श्री
शिव लीला

ॐ

गणेशाय नमः

प्रणाम भगवान गणेश को!
जो सारी विघ्न-बाधाओं को हरने और नष्ट करने वाले,
और हर कार्य में सिद्धि दिलाने वाले हैं।

–गणाष्टकम्

श्री शिव लीला

वनमाली

अनुवाद : मदन सोनी

MANJUL
मंजुल पब्लिशिंग हाउस

MANJUL

मंजुल पब्लिशिंग हाउस

कॉरपोरेट एवं संपादकीय कार्यालय

द्वितीय तल, उषा प्रीत कॉम्प्लेक्स, 42 मालवीय नगर, भोपाल-462003

विक्रय एवं विपणन कार्यालय

7/32, भू तल, अंसारी रोड, दरियागंज, नई दिल्ली-110002

वेबसाइट : www.manjulindia.com

वितरण केन्द्र

अहमदाबाद, बेंगलुरू, भोपाल, कोलकाता, चेन्नई,
हैदराबाद, मुम्बई, नई दिल्ली, पुणे

आर्यन बुक्स इंटरनैशनल
के सहयोग से प्रकाशित

वनमाली द्वारा लिखित मूल अंग्रेजी पुस्तक
श्री शिव लीला का हिन्दी अनुवाद

यह हिन्दी संस्करण 2016 में पहली बार प्रकाशित

ISBN 978-81-8322-732-2

अनुवाद : मदन सोनी

मुद्रण व जिल्दसाज़ी : थॉमसन प्रेस (इंडिया) लिमिटेड

ॐ

मृत्युंजयाय नम:

समर्पण

पुत्र को जन्म देने वाली माँ के प्रति पुत्र
का प्रतिदान इस बात में है कि लोग कहें,
"यह किस तपस्या का सुफल होगा जो इसने
ऐसे पुरुष को जन्म दिया!"

—तिरुवल्लुवर द्वारा रचित तिरुक्कुरल

अपने प्रिय पुत्र
जनार्दन
के लिए आशीर्वाद सहित

ॐ

जगत्पित्रे नमः

यौवन-काल में, श्रुति और दृष्टि के, स्वाद और
स्पर्श और गन्ध के विषधर नागों ने,
मेरे मर्मस्थलों को डँसकर मेरे
विवेक की हत्या कर दी थी।
आह! शिव के ध्यान से वंचित मेरा हृदय,
अहंकार और अभिमान से फूल गया था!
इसलिए हे शिव!
हे महादेव! हे शम्भो!
प्रार्थना करता हूँ,
मेरे अपराधों के लिए मुझे क्षमा कर दें।

अब इस वृद्धावस्था में, मेरी इन्द्रियाँ
सत्-असत्-विवेक और उचित-अनुचित कर्म के बीच
भेद करने का सामर्थ्य खो चुकी हैं।
मेरा शरीर रोगों से जर्जर और दुर्बल हो गया है।
लेकिन तब भी मेरा चित्त, शिव का
ध्यान करने की बजाय निरर्थक इच्छाओं और
खोखले वार्तालापों के पीछे भागता फिरता है।
इसलिए हे शिव! हे महादेव! हे शम्भो!
प्रार्थना करता हूँ,
मेरे अपराधों के लिए मुझे क्षमा कर दें।

मैं प्रणाम करता हूँ उसको जो ऋषियों को
परम सत्य का प्रत्यक्ष ज्ञान प्रदान करता है।
मैं प्रणाम करता हूँ तीनों लोकों के गुरु,
दक्षिणामूर्ति, स्वयं भगवान को
जो जीवन-मरण के क्लेश को मिटाने वाले हैं।

—आदि शंकराचार्य

अनुक्रमणिका

भाग 1

भाग 2

ॐ नमः शिवाय!

ॐ

शिवाय नमः!

भूमिका

वेद इस समूचे जगत के स्रष्टा के रूप में उस मायिन (मायावी) को देखते हैं, जो माया के वशीभूत नहीं है। मायिन महेश्वर हैं - सबके प्रभु। वे जगत के प्रज्ञ सृष्टा या कारण भर नहीं हैं, बल्कि वे जगत-रूप भी हैं। देश, काल और देश-काल में विद्यमान सब कुछ उन्हीं की अभिव्यक्तियाँ हैं और इसलिए वे उनसे अलग नहीं हैं। इसलिए वे जगत के पिता भी हैं और उसकी जननी भी हैं। हर रूप उनका ही रूप है और इसलिए उनका आह्वान किसी भी रूप में किया जा सकता है।

यदि आप इस महेश्वर को किसी व्यक्त ऊर्जा या विधि-संहिता के दृष्टिकोण से देखते हैं, तो वह देवता बन जाता है। अगर आप इस देवता को संस्कृत में एक नाम देते हैं, तो वह नाम उस रूप का वर्णन हो जाता है। इस प्रकार विष्णु नाम का अर्थ है, ईश्वर सर्वव्यापी है।

ब्रह्मा नाम का अर्थ है, वह जो अनन्त और सर्वसमावेशी है। रुद्र नाम का अर्थ है, वह जो रुदन का कारण है (इस अर्थ में कि कर्म उसके कारण फलों को धारण करते हैं), और वह भी जो रुदन को दूर करता है, आँसुओं को पोंछता है। आप इनमें से किसी भी नाम या रूप के माध्यम से सृष्टिकर्ता, पालनहार, और संहारकर्ता के रूप में महेश्वर का आह्वान कर सकते हैं।

शिव पुराण में महेश्वर की समूची लीला एक ऐसी शैली में प्रस्तुत की गयी है जो पाठकों को इस बात की खोजबीन और तथ्यान्वेषण की भरपूर गुंजाइश प्रदान करती है कि ईश्वर के गुण-धर्म क्या होते हैं। पुराणों से गुज़रते हुए हम अनिवार्य रूप से हर सद्गुण को उसकी अनन्त सम्भावनाओं में देख पाते हैं।

इस पुस्तक की लेखिका वनमाली ने *शिव पुराण* में वर्णित भगवान के उस रूप को प्रस्तुत किया है, जिसे शिव के नाम से पुकारा जाता है। भगवान के प्रति लेखक की भक्तिभावना ने उसकी क़लम को अभिव्यक्ति की ऐसी सामर्थ्य से रंजित किया है, कि पाठक भगवान की महिमा और उत्प्रेरक भक्ति का सहज साक्षात्कार कर सकता है।

लेखिका को भगवान का अनुग्रह प्राप्त है, और चूँकि उसने इस अनुग्रह का उपयोग भगवान की महिमा को प्रस्तुत करने में किया है, इसलिए वह पुनः भगवान के विपुल अनुग्रह की पात्र बनी है।

ॐ नमः शिवाय!

स्वामी दयानन्द

दयानन्द आश्रम
ऋषिकेश
5 मई 2001

ॐ

पंचवक्त्राय नमः!

प्रस्तावना

ॐत्र्यम्बकं यजामहे सुगन्धिं पुष्टिवर्धनम्
उर्वारुकमिव बन्धनान् मृत्योर्मुक्षीय मा मृतात्

("हम उस सुगन्धियुक्त, सम्पूर्ण बल की वृद्धि करने वाले त्रिनेत्र (शिव) की स्तुति करें जो हमें उसी प्रकार मृत्यु के बन्धनों से मुक्त कर अमरत्व प्रदान करता है जिस प्रकार खरबूजा पककर लता के बन्धन से मुक्त हो जाता है।")

—यजुर्वेद

पौराणिक साहित्य मनुष्य की सम्पूर्णता की सिद्धि की गहरी हार्दिक आकांक्षा के भीतर से जन्म लेता है। वह हमारी उस अन्तरात्मा में गहरे उतर जाता है जो अपने में परम सत्ता की अचेतन और अवर्णनीय आकांक्षा लिये होती है, और वह उन अत्यन्त विलक्षण रूपाकारों तथा अवधारणाओं को प्रकट करता है जो समकालीन मनुष्य के मानस को आश्चर्यचकित करती रही हैं। जो लोग आधुनिक वैज्ञानिक पूर्वग्रहों से भ्रमित रहे हैं, जिनकी कल्पनाएँ केवल इन्द्रियों के अनुभव पर आधारित सत्य से चिपके रहने के कारण कुण्ठित बनी रही हैं, उन लोगों को *पुराणों* को पढ़ना और मानव स्वभाव में उनकी गहरी पैठ को समझ पाना मुश्किल लग सकता है। लेकिन जिनकी बुद्धि इस तरह की अवरोधक धारणाओं से बाधित नहीं हुई है वे मानव मस्तिष्क को ऊँचाइयों पर ले जा सकने में सक्षम अभिव्यक्ति की इस परम स्वतन्त्रता में और कल्पना की चकित कर देने वाली उड़ान में भरपूर आनन्द ले सकते हैं। जो चीज़ याद रखने की है वह यह है कि देवताओं के रूप निरी कल्पना की उड़ानें नहीं हैं, बल्कि उनका उद्देश्य सत्य के उन विविध पक्षों को सामने लाना है जिनको पाँच इन्द्रियों के द्वारा महसूस नहीं किया जा सकता। ये पाँच इन्द्रियाँ अपने श्रेष्ठतम क्षणों में सीमित हैं और अपने निकृष्टतम क्षणों में छलपूर्ण हैं, क्योंकि उनका उद्देश्य किसी भी ऐसे सत्य को छिपाना है जो उनकी पहुँच से परे है। आधुनिक विश्वदृष्टि सिर्फ़ ताप और गति से परिचित है - सिर्फ़ उस ऊर्जा से जो कोई डेढ़ अरब वर्ष पहले बिग बैंग के विस्फोट से पैदा होकर उन आकाश गंगाओं के विन्यास में फैल गयी जो विराट कालावधि के दौरान अधिकतम ताप और सघनता की अवस्था से खण्डों-खण्डों में विभाजित ठण्डी स्थिरता की

अवस्था में पहुँचती गयी हैं। जीवन और चेतना - जिनका इस विश्वदृष्टि में कोई ख़ास मायने नहीं है - दूसरे दर्जे की चीज़ें हैं जो तत्त्वों के इस अर्थहीन नृत्य में मृत्यु की नीरस पहेली में बिला जायेंगी। वैज्ञानिक दृष्टिकोण उच्चतम मूल्यों को लेकर बेहद शंकालु है। उसके अनुसार ब्रह्माण्ड का न तो कोई उद्देश्य है और न ही उसमें कोई योजना है, और बुद्धि खुद अपने आप में पदार्थ का अनुषांगिक उत्पाद मात्र है, जिसको समय के साथ नष्ट हो जाना है। जो लोग इस दृष्टिकोण के क़ायल हैं उनके लिए *पुराण* मनोरंजन का साधन मात्र होंगे, क्योंकि कौन सा आधुनिक दिमाग़ होगा जो दूध के समुद्र और पाँच सिरों वाले देवताओं में विश्वास कर पाएगा!

आधुनिक वैज्ञानिक दृष्टिकोण से अलग सृष्टि के *पौराणिक* दृष्टिकोण का आधार परम सत्ता के संकल्प में निहित है। भारत के प्राचीन सन्त या ऋषि जानते थे कि भौतिक पदार्थ महज़ चेतना की उत्पत्ति है और वह अपनी ही आन्तरिक आध्यात्मिक सम्भावना को बीज रूप में अपने भीतर समाहित किये होता है, उसी तरह जिस तरह एक विशाल वट वृक्ष को राई जितने आकार का उसका छोटा-सा बीज अपने भीतर धारण किये रहता है। हम जो कुछ भी देख सकते हैं उस सबके पहले और उसके मूल में ऊर्जा का एक अदृश्य क्षेत्र है। दिखायी देने वाली वस्तुओं का यह समूचा क्षेत्र उसी ऊर्जा का प्रक्षेप है, जो निराकार है और हमारी पाँचों इन्द्रियों की पहुँच से परे है। ऋषि इस बात के प्रति पूरी तरह से सजग थे। भगवान कृष्ण इस क्षेत्र को अव्यक्त की संज्ञा देते हैं जिससे सारे रूप और आकार उत्पन्न होते हैं।

इस अव्यक्त के भी पहले वह विराट क्षेत्र है जिसको चिदाकाश या चेतना का क्षेत्र कहा गया है जिसमें सृजन की क्षमता निहित है। इस क्षेत्र को शक्ति या दिव्यता का सृजनात्मक पक्ष भी कहा गया है। वह नारी तत्त्व है जो समस्त कर्म और सृजन में सक्षम है, इसीलिए उसको देवी माँ के रूप में जाना जाता है। विश्व और भौतिक जीवन का समूचा कार्यव्यापार सच्चे अर्थों में सृष्टि नहीं है बल्कि इसी दैवीय चेतना का प्रक्षेप है जो जड़ प्रतीत होती है लेकिन जो दरअसल जीवन के स्पन्दों से भरी हुई है। सृष्टि को किसी ने शून्य के भीतर से उत्पन्न नहीं किया है, बल्कि वह उस सत्ता का प्रक्षेप है जो शाश्वत रूप से अस्तित्व में है। विज्ञान से विश्व को नियन्त्रित करने वाले बहुत से भौतिक और रासायनिक नियमों की खोज की हो सकती है, लेकिन उसे उन अलौकिक नियमों की खोज करना अभी भी बाक़ी है जो इस विश्व के मूल में कार्यरत हैं। ये शाश्वत आध्यात्मिक नियम प्रकृति में सन्निहित हैं।

समय की चक्राकार अवधारणा पर आधारित *पौराणिक* इतिहास का विस्तार मानव इतिहास की सीमित अवधारणा के मुक़ाबले में कहीं ज़्यादा व्यापक है। एक रैखिक होने के नाते आधुनिक इतिहास को इसकी कोई जानकारी ही नहीं है कि समय की रेखा की शुरुआत कहाँ और कब हुई और किस बिन्दु पर वह समाप्त हो सकती है। शुरुआत से पहले क्या था, और अन्त के बाद क्या होगा? ये वे प्रश्न हैं जिनके उत्तर आधुनिक वैज्ञानिक के पास नहीं हैं। सिर्फ़ एक ठस दिमाग़ ही इतिहास की ऐसी अवधारणा से सन्तुष्ट हो सकता है। लेकिन पुराण हमें अलौकिक इतिहास उपलब्ध कराते हैं। उनका बुद्धिमत्तापूर्ण पाठ हमारी दृष्टि को व्यापक बनाता है और हमें सृष्टि के इतिहास की एक सर्वथा नयी समझ प्रदान

करता है। हम इस बात के प्रति सजग होते हैं कि मनुष्य का इतिहास उतना सरल या संक्षिप्त नहीं है जितना कि आधुनिक इतिहासकार हमें भरोसा दिलाना चाहते हैं। साइंस फ़िक्शन लेखक एच. जी. वेल्स, जो कि अपने सोच में ख़ासे *पौराणिक* थे, ने लिखा है, "लगता है कि प्राचीन युग के लोगों में एकमात्र भारतीय दार्शनिक ही ऐसे थे जिनको उन व्यापक कालखण्डों का बोध था जिनसे होकर अस्तित्व गुज़रा प्रतीत होता है।"

हो सकता है कि इतिहास की आधुनिक अवधारणा के पास मानव जाति के एकदम ताज़ा इतिहास के बारे में कहने लायक़ कुछ अर्थपूर्ण बातें हों, लेकिन वह हमारे सुदूर अतीत पर, हमारे भविष्य पर या ब्रह्माण्ड के इतिहास में हमारी अर्थवत्ता पर कोई रोशनी नहीं डाल सकती। जबकि *पुराण* हमें मनुष्य की एक सच्ची व्याख्या उपलब्ध कराते हैं - एक ऐसी चेतना के अंग के रूप में जो परिपूर्णता के उन उच्चतर स्तरों की ओर विकसित होती चली जाएगी जिसमें अन्य बुद्धिशील और चेतन सत्ताएँ साझा करेंगी। वह मनुष्य के इतिहास को काल की अनन्तता में एक अर्थहीन अध्याय से ऊपर उठाकर मनुष्य से देवता तक की सार्थक विकास-यात्रा में स्थित कर देता है। *पुराण* प्राचीन भारत के सन्तों की अन्तर्दृष्टियों, अन्तःप्रेरणाओं और प्रकटनों पर आधारित हैं, और इसलिए वे ताम्रपट्टिकाओं और पत्थरों पर अंकित इबारतों से मुक़ाबले कहीं ज़्यादा सांस्कृतिक और आध्यात्मिक मूल्य रखते हैं। आधुनिक इतिहास के पास कोई आध्यात्मिक मूल्य नहीं है। जबकि *पौराणिक* इतिहास जीवन की उन अगोचर सच्चाइयों पर आधारित हैं जो हमें हमारे अन्तस के श्रेष्ठतम और उच्चतम आध्यात्मिक केन्द्र तक ले जाएँगे। शिव, विष्णु और शक्ति जैसे हिन्दू देवता, अलावा अपनी मूर्तियों के, कभी भी भौतिक देशकाल में स्थित नहीं रहे हैं। बल्कि वे आध्यात्मिक सत्ताएँ हैं - परम सत्ता के अवतार। इनके मुक़ाबले में भौतिक वस्तुएँ महज़ छायाएँ हैं।

भगवान कृष्ण *श्रीमद् भगवद्गीता* में कहते हैं, "मनुष्य जिस किसी भी रूप में मुझे पाना चाहता है, मैं उसी रूप में उसके पास पहुँच जाता हूँ।" ईश्वर के भक्त ईश्वर की जिस किसी भी रूप में कल्पना करते हैं, ईश्वर अपने आप को उसी रूप में ढाल लेने को तत्पर और सक्षम होता है। यहाँ यह सवाल नहीं उठता कि क्या किसी एक ख़ास स्थल पर, समय के किसी एक ख़ास बिन्दु पर कोई वस्तु या व्यक्ति किसी एक ख़ास रूप में प्रकट हुआ है। आस्था देश और काल के बन्धनों के पार निकल जाती है, और अनन्त सत्ता अपने भक्तों के हृदय को आनन्द से भर देने के लिए अन्तहीन रूप धारण करने में सक्षम है। उसको किसी एक रूप या एक ढाँचे में सीमित करना उसकी अनन्तता और सर्वशक्तिमत्ता को परिसीमित करना है। जिस तरह इस देश की विशाल नदियाँ, पर्वत और महासागर पृथ्वी के भीतर सक्रिय नैसर्गिक शक्ति की अभिव्यक्तियाँ हैं, उसी तरह *पुराण* उस भारतीय मानस की अभिव्यक्तियाँ हैं जिसने अत्यन्त साधारण-सी घटनाओं में भी परम सत्ता की असीम उपस्थितियों का साक्षात्कार किया है। *पुराण* परम सत्ता की सर्वज्ञता और सर्वशक्तिमत्ता की एक अर्थपूर्ण व्याख्या करने की कोशिशें हैं; उसको एक ऐसी प्रेय, आध्यात्मिक वास्तविकता में चरितार्थ करने की कोशिशें जिसके साथ अपनी भावनाओं में साझा किया जा सके, जिसकी प्रार्थना की जा सके और जिसकी आध्यात्मिक महिमा से युक्त विभिन्न रूपों में कल्पना की जा सके। इस तरह पुराण हमें आधुनिक इतिहास की सीमाओं के परे स्थित शाश्वत सत्यों

में झाँकने का मूल्यवान अवसर उपलब्ध कराते हैं।

विभिन्न देवताओं के रूप वास्तव में आध्यात्मिक प्रज्ञा की संक्षिप्त पुस्तकें हैं। *पुराणों* के द्रष्टा या ऋषि, जिन्होंने इन रूपों का साक्षात्कार किया था, वे वास्तव में आला दर्ज़े के वैज्ञानिक थे जिनकी मीमांसाएँ उनके पूर्वाग्रहों से परिसीमित नहीं थीं। उनकी खोजों को अज्ञानियों के क़ाबिल बचकानी मूर्खताएँ मानना वैसा ही होगा जैसा किन्हीं बीजगणितीय संकेतों को किसी पागल आदमी की ऊलजलूल लिखावट मानने लगे। *पुराणों* ने जिस सफलतापूर्वक जीवन्त और यथार्थपरक वर्णनों के सहारे निराकार ईश्वर को अनुभवगम्य वास्तविकता में रचा है, वैसा कर पाने में दुनिया का कोई दूसरा साहित्य सफल नहीं हो सका।

आधुनिक भौतिकी ने पूरे ज़ोर-शोर से यह सिद्धान्त प्रतिपादित किया कि पदार्थ स्थिर और जड़ है। अणु को ठोस पिण्ड के रूप में नहीं बल्कि शून्य में स्थित एक ऐसे नाभिक के रूप अन्वेषित किया गया जो चक्राकार घूमते ऊर्जा-कणों से घिरा हुआ है। यहाँ तक कि इन कणों को भी चीज़ों के रूप में नहीं बल्कि अन्य चीज़ों के बीच के परस्पर सम्बन्धों के रूप में पाया गया। इस तरह क्वाण्टम भौतिकी विश्व के एक बुनियादी एकत्व को उजागर करती है : हम दुनिया को स्वतन्त्र अस्तित्व रखने वाली इकाइयों में विघटित नहीं कर सकते। हम जितना ही पदार्थ में सेंध लगाते जाते हैं उतना ही हम पाते हैं कि वह एक एकीकृत समग्र के विभिन्न हिस्सों के बीच के रिश्तों का जटिल ताना-बाना है। रिश्तों का यह जाल तत्त्वतः गतिपरक है न कि स्थिर है; वह हमेशा चलायमान अवस्था में है। यह पदार्थ की भारतीय अवधारणा से बहुत ज़्यादा मिलती-जुलती बात है, जो कहती है कि पदार्थ को एक गतिपरक सन्तुलन धारण करने वाली चीज़ के रूप में समझा जाना चाहिए। द्रष्टा ऋषियों ने इस बात को पूरी तरह से समझा और इसे देवताओं के तथा संसार के साथ उनके अन्तर्सम्बन्धों के जीवन्त वर्णन के सहारे सशक्त तरीक़े साधारण लोगों के दिमाग़ में बिठाया। अक्सर इन विचारों को दृश्यात्मक रूप में प्रस्तुत किया गया है, जैसे कि नृत्यरत शिव के दृश्य में, जो कि सृष्टि और संहार की हर समय ज़ारी रहने वाली प्रक्रिया को चित्रित करता है।

वेद सर्वोच्च सत्ता को ब्रह्म कहकर पुकारते हैं, जो कि अव्यक्त निराकार परमात्मा है। लेकिन *पुराण* इस परमात्मा की अवर्णनीय महिमा को लाखों नाम और रूप प्रदान कर उसे इस संसार के शोर-शराबे के बीच ले आते हैं। प्रश्न इस प्रयोग के उचित या अनुचित होने का नहीं है, बल्कि इसके उपयोगितापरक होने का है। मनुष्य का दिमाग़ इस निराकार और अव्यक्त की कल्पना करने में अक्षम है; वह अमूर्त्तनों में सोचने का अभ्यस्त नहीं होता। इस अनन्त, निराकार परमात्मा तक पहुँचने का कोई न कोई उपाय, कोई न कोई रास्ता निकालना ज़रूरी है, भले ही वह रास्ता कितना ही अजीबो-ग़रीब क्यों न हो। *पुराणों* के प्राचीन ऋषियों ने देवताओं की रचना कर ऐसा ही रास्ता ढूँढ़ा था। इन सन्तों के वर्णनों से दिव्यता अपने अनेकानेक रूपों में हिन्दुओं के मानस में एक जीती-जागती वास्तविकता बन गयी। आख़िर कौन है जो पूरे निश्चय के साथ कह सकता हो कि क्या वास्तविक है और क्या अवास्तविक है? आइन्स्टाइन के सापेक्षता के सिद्धान्त – दुनिया की हर चीज़ सापेक्षिक है और कोई भी चीज़ निरपेक्ष नहीं है – ने कोपरनिकस के सिद्धान्त को हिलाकर

रख दिया था कि पदार्थ एकमात्र है जो वास्तविक है। उपनिषदों के ऋषियों ने भी अलग ढंग से यही बात कही है : उन्होंने कहा कि सिर्फ़ परमात्मा है जो सत्य है, बाक़ी सब कुछ सापेक्ष है। मन के हज़ारों महल हैं, और इनमें से हरेक की अपनी वास्तविकता है। चेतना की प्रत्येक अवस्था - जाग्रतावस्था, स्वप्नावस्था, सुप्तावस्था - में यथार्थ का हमारा अनुभव पूरी तरह से भिन्न-भिन्न होता है, ठीक वैसे ही जैसे कि एक जीवविज्ञानी सूक्ष्मदर्शी यन्त्र से किसी पत्ती का परीक्षण करते हुए वास्तविकता का सर्वथा भिन्न रूप देखता है। पुराणों के ऋषियों ने अपनी चेतना की उद्दीप्त अवस्थाओं में अनेकानेक देवताओं और उनके रूपों का अन्वेषण किया था, जिनमें से हर रूप परम यथार्थ की ओर एक संकेत है। देवताओं के सारे नाम मन्त्र हैं, या वे विशिष्ट ध्वनियाँ जो उनके रूपों का संकेत करती हैं। इनमें से हर एक रूप और नाम की मनुष्यता के आध्यात्मिक विकास में एक ख़ास भूमिका है। हर *पुराण* भगवान, यानी परम पुरुष के बारे में बात करता है, लेकिन हर *पुराण* उसको अलग नाम से पुकारता है। इसलिए कि भगवान कोई व्यक्ति नहीं बल्कि आद्य रूप है जो उसके आह्वान के लिए इस्तेमाल किया गया कोई भी रूप धारण कर सकता है। उस पर एक मानव रूप का स्वाँग आरोपित करना ज़रूरी है क्योंकि हम उस श्रेष्ठतम और आदर्शतम अवधारणा के बारे में ही सोच सकते हैं जो मानव मस्तिष्क के लिए सम्भव है। इस तरह द्रष्टा ने यह सुनिश्चित किया कि उस परम सत्ता को किसी निश्चित रूपाकार में न बाँधा जाए, क्योंकि वह निराकार है। महान ऋषि व्यास ने सारे *पुराण* लिखे हैं, लेकिन उनमें से हर एक *पुराण* में उन्होंने उसमें वर्णित एकमात्र देवता को ही परमात्मा मानकर उसका गुणगान किया है। *भागवत पुराण* में कृष्ण परमात्मा के अवतार हैं। *देवी पुराण* में देवी परमात्मा का अवतार हैं। *शिव पुराण* में शिव ही परमात्मा हैं। इस प्रकार मस्तिष्क को इस बोध के अनुकूल ढाल दिया गया है कि निराकार होने की वजह से परम सत्ता कोई भी रूप धारण कर सकती है, और इनमें से कोई भी रूप हमें अन्तिम सत्य तक ले जा सकता है। इस प्रकार पौराणिक साहित्य का महान कौशल मानव मस्तिष्क को रूप से अरूप तक की क्वाण्टम छलांग लेने की गुंजाइश देता है। ऐसा वह हमारे दिमाग़ में बैठी आम धारणाओं को हिलाते हुए और प्रतीकों तथा वैचित्र्यपूर्ण वर्णनों के व्यूह के रास्ते हमें अज्ञात की ओर धकेलते हुए करता है। जिस तरह बौद्ध आख्यान हमारी सामान्य अवधारणाओं को प्रतिरोध देते हैं और हमें बिलकुल अलग तरह से सोचने को प्रेरित करते हैं, उसी तरह देवताओं के ये रूप भी सामान्य विचार के मानकों को प्रतिरोध देते हैं और हमें अज्ञात की दिशा में छलांग लगाने के लिए तथा दिमाग़ को चकरा देने वाले अपने वर्णनों के विस्मयकारी व्यूह के पीछे निहित वास्तविकता को खोजने के लिए मजबूर कर देते हैं। यह मस्तिष्क में दैवीय चेतना का ज़बरदस्त प्रभाव पैदा करता है।

प्राचीन लोगों ने अनुभव किया कि सूर्य, चन्द्रमा और ग्रह आकाश में जिस तरह के जटिल तानेबाने बुनते हैं, उसी तरह के जटिल तानेबाने वे हमारी कायाओं के ऊतकों में और हमारे मानस के पटल पर भी बुनते हैं। इस तरह उन्होंने ज्योतिष विज्ञान की खोजकर यह बताया कि किस तरह ग्रह-नक्षत्र हमारी भौतिक और मानसिक अवस्थाओं को नियन्त्रित करते हैं। इसी तरह तमाम देवता भी हमारे भीतर वास करते हैं, और यह उनके अस्तित्व

के कारण ही है कि हमारे शरीर की छोटी से छोटी हरक़तें और प्रतिक्रियाएँ सम्भव हो पाती हैं। ये देवता देह और आत्मा दोनों को नीरोग बना सकते हैं। सारे दर्शन और कला को, यहाँ तक कि वैज्ञानिक ज्ञान को भी, इन देवताओं के ज्ञान पर आधारित होना चाहिए, जो उस आध्यात्मिक क्षेत्र के ऊर्जा-कणों की रचना करते हैं जिसका साक्षात्कार प्राचीन द्रष्टाओं ने किया था। इन देवताओं के साथ निकट सम्बन्ध के कारण उनको भूत और भविष्य का ज्ञान हुआ करता था, और इसलिए वे मनुष्य के जीवन को एक जीवन्त आध्यात्मिक उपस्थिति में ढालने के रहस्य को समझते थे। आधुनिक वैज्ञानिक मानस इस राह को भूल चुका है और वह ब्रह्माण्ड में स्पन्दित इन देवताओं के साथ अपने सुख-दुखों का साझा करने में सक्षम नहीं रह गया है; विज्ञान के द्वारा सुलभ करायी गयी तमाम तरह की सुख-सुविधाओं के बावजूद हमारे जीवन में गहरे व्याप्त उथल-पुथल और उद्विग्नता के पीछे यही कारण है। आधुनिक विज्ञान ने हमें बहुत ही ख़ूबसूरत ढंग से गढ़ी गयी और आराम देने वाली कुर्सी उपलब्ध करायी है, लेकिन जिस फ़र्श पर वह कुर्सी रखी हुई है वह अगर डगमगाता है, तो हम उसपर आराम से बैठकर कैसे सुस्ता सकते हैं? चेतना सारे अस्तित्व की एकमात्र बुनियाद है, और देवता वह आध्यात्मिक सत्त्व हैं जिससे वह चेतना गढ़ी गयी है। अपने भीतर इन देवताओं का अन्वेषण करके ही हम इस विश्व की बुनावट को उस दिव्य चित्रपट के रूप में देख सकते हैं जिसमें जीवन का नक्षत्र मण्डल बुना हुआ है।

ॐ नमः शिवाय!

पंचाक्षरी स्तोत्रम्

नागेन्द्रहाराय त्रिलोचनाय, भस्मांगरागाय महेश्वराय
नित्याय शुद्धाय दिगम्बराय तस्मै 'न' काराय नमःशिवाय!

मन्दाकिनी सलिल चन्दनचर्चिताय, नन्दीश्वर प्रमथनाथ
महेश्वराय मन्दारपुष्प बहुपुष्प सुपूजिताय
तस्मै 'म' कराय नमःशिवाय!

शिवाय गौरी वदनाब्ज बाल-सूर्याय दक्षाध्वरनाशकाय,
श्रीनीलकण्ठाय वृषध्वजाय तस्मै 'शि' काराय नमःशिवाय!

वशिष्ठकुम्भोद्भव गौतमार्य, मुनीन्द्र देवार्चित शेखराय,
चन्द्रार्क वैश्वानर लोचनाय तस्मै 'व' काराय नमःशिवाय!

यक्षस्वरूपाय जटाधराय, पिनाकहस्ताय सनातनाय,
दिव्याय देवाय दिगम्बराय तस्मै 'य' काराय नमःशिवाय!

पंचाक्षरमिदं पुण्यं यः पठेत शिवा सन्निधौ,
शिवलोकमावाप्नोति शिवेन सह मोदते।

ॐ

श्री गुरवे नमः

(परम गुरु की वन्दना)

गुरु ब्रह्मा, गुरु विष्णु, गुरु देवो महेश्वरा!
गुरु साक्षात् परम ब्रह्म तस्मै श्री गुरुवे नमः!

(गुरु ही ब्रह्मा हैं, गुरु ही विष्णु हैं,
गुरु ही शिव हैं! गुरु ही साक्षात् परमब्रह्म हैं।
ऐसे दिव्य गुरु को मैं साष्टांग प्रणाम करता हूँ।)

ॐ

गुरवे सर्व लोकानां,
भिषजे भवरोगिणाम
निधये सर्वविद्यानां,
दक्षिणामूर्तये नमः!

(जो समस्त विश्व के गुरु हैं,
जो मृत्युलोक के सारे पापों का निवारण करते हैं
और जो समस्त महानतम् विद्याओं की निधि हैं, ऐसे उन
भगवान दक्षिणामूर्ति को मैं प्रणाम करता हूँ।)

—आदि शंकराचार्य-रचित
दक्षिणामूर्ति स्तोत्रम् से

ॐ

गिरिप्रियाय नमः!

भाग 1

शिव के दिव्य रूप

करण चरणकृतं वाक्कायजं कर्मजं वा
श्रवण नयनजं वा मानसं वापराधम्
विहितमविहितं वा सर्वमेतत्क्षमस्व
जय जय करुणाब्धे श्रीमहादेव शम्भो!

(हे महादेव! आप दया के सागर हैं!
विनती करता हूँ कि मुझे क्षमा करें
मेरे उन अपराधों के लिए जो मैंने जाने या अनजाने,
अपनी वाणी से, कर्मों से, श्रुतियों से,
आँखों से या मानसिक रूप से किए हैं।)

—आदि शंकराचार्य
रचित शिव स्तोत्रम् से

ॐ

महादेवाय नमः!

अध्याय 1

महादेव

आह, देखो उसको,
कर्णवल्ली पर लटकाए वलययुक्त तालपत्र,
नन्दी पर सवार,
केशों पर धारण किये उज्ज्वल शुभ्र चन्द्रमा,
श्मशान की ताज़ा गर्म राख में लिपटा,
मेरा चितचोर...

—सन्त संबंदर

हिन्दू देवताओं की विस्मयकारी आकाशगंगा में भगवान शिव सबसे प्राचीन और सर्वाधिक प्रिय देवता हैं। वे भारतीय संस्कृति जितने या शायद उससे भी प्राचीन हैं। ब्रह्माण्ड के आदिकाल में, मनुष्य की सृष्टि से पहले, वे एक दिव्य धनुर्धारी के रूप में प्रकट होते हैं, जिनका तीर अव्यक्त परम सत्ता की ओर उठा हुआ है। संसार उनका आखेट-स्थल है। ब्रह्माण्ड उनकी उपस्थिति से गूँजता है। वे ध्वनि भी हैं, प्रतिध्वनि भी हैं, स्पर्शातीत स्पन्दन भी हैं और सूक्ष्मतम पदार्थ भी हैं। वे एकसाथ पतझड़ की पत्तियों और घास की चिकनी कोपलों की सरसराहट हैं। वे नाविक हैं जो हमें अपनी नाव में खेकर जीवन से मृत्यु की यात्रा पर ले जाते हैं, लेकिन वे हमें मृत्यु से अमरत्व की ओर ले जाने वाले मुक्तिदाता भी हैं। उनके असंख्य मुख हैं और, जैसा कि वेदों में वर्णन है, उनके एकादश रूप हैं। आकाश और ऋतुएँ उसके तेज से स्पन्दित हैं। वे बाँधते हैं, थामते हैं, उन्मुक्त करते हैं, मोक्ष प्रदान करते हैं। वे रोग भी हैं और रोग-हन्ता भी हैं। वे भोजन हैं, भोजन देने वाले हैं, और भोजन की प्रक्रिया हैं। उनके दिव्य तेज और बल का चित्रण विस्मय जगाने वाले उस सांकेतिक किन्तु अत्यन्त वास्तविक व्यक्तित्व के माध्यम से किया गया है, जो एक ओर अडिग हिमालय के अपने एकान्त में बन्द, एकदम ठण्डा, बहुत दूर और दुर्गम है, और दूसरी ओर दिव्यता का अत्यन्त आत्मीय, कृपालु और वत्सल, जीवन्त, धड़कता हुआ प्रतीक है।

इतिहास के उदय से पहले वे इस उपमहाद्वीप के आरपार फैली घूमन्तू वनवासी जनजातियों द्वारा दिव्य मायावी के रूप में पूजे जाते थे। वे लोग मस्तिष्क को उत्प्रेरित करने

वाले मिश्रणों के उपयोग तथा जादुई अनुष्ठानों के माध्यम से उनके साथ सम्पर्क स्थापित करते थे। बाद में हम उनको सिन्धु घाटी सभ्यता की टेराकोटा मुहरों पर देखते हैं। वहाँ पर उनको वनैले जन्तुओं से घिरे पशुपति के रूप में दर्शाया गया है। उनको विभिन्न ध्यान-मुद्राओं में बैठे योगी के रूप में भी दर्शाया गया है। वेदों के ऋषियों ने हिमालय-श्रृंखलाओं पर दृष्टि डाली और इन श्रृंखलाओं को उनके केशों के रूप में देखा; उन्होंने हवा में उनकी श्वास को पाया, और उनके नृत्य - ताण्डव नृत्य - में समूची सृष्टि और संहार का अवलोकन किया। मनुष्यता के लिए ज्ञात प्राचीनतम धार्मिक ग्रन्थ *ऋग्वेद* उनको रुद्र, यानी क्रोधित कहकर पुकारता है, जो भयावह स्थलों पर वास करता है और व्याधियों के तीर छोड़ता रहता है। उनको प्रसन्न करने के लिए निरन्तर बलि दी जाती थी।

उस ज़माने में धर्म देवियों के प्रभाव में था, इसलिए शिव की उपासना जल्दी ही महादेवी माता शक्ति की उपासना के साथ एकाकार हो गयी, जिनको बाद में दुर्गा, उमा, पार्वती आदि नामों से जाना गया। नर और नारी एक ही सम्पूर्ण सत्य के दो परस्पर पूरक हिस्से हैं, और कुछ प्रतिमाएँ शिव को अर्धनारीश्वर, यानी आधे नर और आधी नारी के रूप में चित्रित करती हैं।

उनका उल्लेख ईश्वर के रूप में भी होता है - ब्रह्म से हुए प्रथम रहस्यमय प्रकटन के रूप में। इस प्रकार वे महा ईश्वर अर्थात महेश्वर और महान देवता अर्थात महादेव हैं। वे अमर, अजन्मा और अमर्त्य देवताओं में से एक हैं। *शिव पुराण* उनकी तुलना वेदों के परम ब्रह्म से करता है।

वे आनन्द प्रदान करने वाले आत्मीय देवता शम्भुनाथ भी हैं, और सरल हृदय भोला भी हैं। दूसरी ओर वे दक्षिणामूर्ति, अर्थात परम गुरु हैं जिन्होंने ऋषियों को वेदों, शास्त्रों और तन्त्रों की शिक्षा दी थी। वे समस्त कलाओं के ज्ञाता, परम नर्तक नटराज, *सामवेद* के संगीत-रचयिता परम संगीतकार भी हैं। हालाँकि आमतौर से उनकी कल्पना उनके प्रचण्ड रूप में की जाती है, लेकिन वे सुदर्शन सुन्दरामूर्ति का रूप भी धारण कर सकते हैं और किसी को भी मोहित कर ले सकते हैं। दुष्टों के लिए वे भैरव, या रुद्र या उग्र हैं। भक्तों की आकांक्षा के अनुसार वे अनेकानेक रूप धारण करने में समर्थ हैं।

उनके रूपों, गुणों, आभूषणों, शस्त्रों, अनुचरों और गतिविधियों का इतने नाना रूपों में वर्णन किया गया है कि वे एक जीती-जागती सच्चाई बन जाते हैं। रुद्र के रूप में वे क्रोध और विनाश से भरे हुए हैं, लेकिन शिव के रूप में वे मंगल के आगार हैं। उनके स्वभाव के दो पक्ष हैं - एक, बीहड़ और उग्र, और दूसरा, प्रशान्त और धीर। तमाम देवताओं के बीच वे ऐसे देवता हैं जिनको अत्यन्त सरलतापूर्वक प्रसन्न किया जा सकता है। इसके अलावा, दया के मामले में उनका कोई मुक़ाबला नहीं है। वे भाग्यहीनों के - अन्धों, अपंगों के, पिशाचों, भूतों के - मित्र हैं। जिनसे दूसरे घृणा करते हैं, उनको उनके सेवकों की मण्डली में जगह मिल जाती है। राक्षस, भूत, पिशाच आदि जिनसे दूसरे लोग भय खाते हैं, वे उनके निकट अनुचर हैं। साँप जिनसे सामान्य तौर पर लोग आतंकित होते हैं और दूर भागते हैं, वे बड़े प्रेम से उनके गले में लिपटे रहते हैं। विकलांग और कुरूप उनके संगातियों में शामिल हैं; उनको किसी से भी विरक्ति नहीं है। वे महज़ देवताओं और सन्तों

की दुनिया के वासी नहीं हैं। पाताल लोक के कोषागार की रक्षा करने वाले उपदेवताओं, यक्षों के राजा कुबेर, राक्षसों के राजा रावण, और असुरों के राजा शुक्र उनके अनन्य भक्त हैं। विद्याधर, वैतालिक, चुड़ैलें और अभिचारी भी उनकी पूजा करते हैं। हर जीवात्मा, चाहे वह अमंगलकारी हो या करुणामय, शिव की कृपा की आकांक्षा करती है। गण उनके अनुचर हैं, जो उपद्रवी और असामाजिक तत्त्व हैं। वे कुरूप, विद्रूप और विकलांग हैं। वे मदिरा और भंग जैसे नशीले द्रव्यों का सेवन करते हैं। वे पूरी तरह से निरंकुश हस्तियों का समूह हैं जिनको केवल शिव ही क़ाबू में रख सकते हैं। उनके सनकीपन पर लगाम लगाने की बजाय, शिव उलटे उनकी उच्छृंखल मौजमस्ती में शामिल होते हैं और उनके बेसुरे हंगामेदार संगीत पर नाचते हैं। लेकिन वे उनको नियन्त्रण में भी रखते हैं। उन्हीं की वजह से वे संसार में बहुत ज़्यादा तबाही करने से बाज़ आते हैं। वे परम योगी हैं, भौतिक लालसाओं के प्रति उदासीन, सदा अपने दिव्य आनन्द की असीमता में डूबे हुए। मृत्यु उनसे भय खाती है और उनके शब्दकोष में अमंगल शब्द के लिए कोई जगह नहीं है। मुण्डमालाओं और अस्थियों से अलंकृत शिव श्मशान भूमि पर भटकते, अपनी देह पर शवों की राख लपेटे, जलती चिताओं की रोशनी में नृत्य करते हैं। अपनी ही जाति के जीवों का मांस भक्षण करने वाले तथा हिंस्र पशुओं से भरे जंगल, और हिमालय की बर्फ़ से ढँकी दुर्गम चोटियाँ उनके प्रिय स्थान हैं। जंगलों में वे वनवासी जनजातियों द्वारा किरात, यानी शिकारी के रूप में पूजे जाते हैं। शिव का अर्थ होता है - मंगलकारी, लेकिन उनके मामले में हर चीज़ अमंगलकारी प्रतीत होती है। वे निष्प्रभ, अँधेरी कन्दराओं और जंगलों में वास करते हैं और जलती चिताओं से रोशन श्मशान भूमि में खोपड़ियों की टकराहट और ढोलकों की ताल पर नाचते हैं। वे इन चिताओं की राख अपनी देह पर लपेटते हैं, ज़हर पीते हैं और नशीले पदार्थों का धूम्रपान करते हैं, और भूतों, पिशाचों, और राक्षसों की संगत में आनन्द लेते हैं। परम्पराविरोधी, कुलीन और अनुयायियों के समाज से बाहर के लोग उनमें एक ऐसे विद्रोही के दर्शन करते हैं जिसने कर्मकाण्डों से परे, समाज से परे, भौतिक तत्त्वों से परे जाकर अन्तिम सत्य की खोज की। वे पहले तान्त्रिक थे और पहले सिद्ध थे। कुलीनों की दुनिया से बाहर के लोगों ने अपने जादुई मन्त्रों को बुदबुदाने से पहले, अपने टोनों-टोटकों और अपनी कीमियागिरी से पहले उनका आशीर्वाद प्राप्त किया था।

इस प्रकार, परम्परावादी पुरोहितों के ब्राह्मण समाज ने इस जंगली और भयावह देवता को स्वीकार करने में कठिनाई का अनुभव किया। जैसा कि पुरोहितों के राजा दक्ष के उदाहरण से ज़ाहिर है, उन्होंने उनका अपमान किया। उन्होंने उनको अपने यज्ञों में देवताओं के लिए दिया जाने वाले हव्य का उनका हिस्सा देने से इंकार कर दिया। दक्ष-यज्ञ की कथा बताती है कि किस तरह शिव महज़ सत्य के अपने बल पर, जो कि समूची सृष्टि का सत्य है, महादेव के रूप में स्वीकार किए गए। वे शुभ और अशुभ के, उचित और अनुचित के, मंगल और अमंगल के द्वैत के परे हैं। सनातन धर्म, जोकि हिन्दू धर्म का वास्तविक नाम है, मानव मस्तिष्क को इस तथ्य को स्वीकार करने को प्रायः विवश करता रहा है कि निर्मल और अनिर्मल, स्वच्छ और अस्वच्छ, मंगल और अमंगल दोनों ही रूपों में कुल मिलाकर दैवीय सत्ता ही है जिसका अस्तित्व है। जो विधान हमें जाति-व्यवस्था प्रदान करता है, ठीक

वही विधान हमें शिव की छवि भी उपलब्ध कराता है, उन स्वतन्त्रचेता शिव की जिन्होंने तमाम सामाजिक विधानों को चुनौती दी और एक ऐसे सत्य की खोज की जो सारे ऊपरी द्वन्द्वों के परे है। ऐसी कोई वस्तु और व्यक्ति नहीं है जिसको समाज के लिए अस्वीकार्य कहा जा सके। दैवीय सत्ता हर प्राणी को स्वीकार करती है, चाहे वह प्राणी कितना ही असुन्दर और विद्रूप क्यों न हो। दिव्यता के मार्ग पर चलने के लिए मनुष्य द्वारा अपनाये गये सारे कर्मकाण्ड और अनुष्ठान दिव्य सत्ता को स्वीकार करने होंगे, क्योंकि वे सब भी उसी सत्ता से उपजे हैं। शिव ईश्वर सम्बन्धी हिन्दू दृष्टिकोण के इस सर्वसमावेशी समष्टिभाव के प्रतीक हैं, इसीलिए ब्राह्मणों को उनको अपने रूढ़िवादी विश्वासों के भीतर स्वीकार करने को विवश होना पड़ा। उपनिषदों के लिखे जाने के समय तक शिव एक महत्त्वपूर्ण देवता के रूप में स्थापित हो चुके थे। हालाँकि शुरुआत में उनको अमंगलकारी और अशिव माना गया, लेकिन बाद में वे शिव, अर्थात मंगलकारी, देवता के रूप में जाने गये। वे नृत्य और नाटक जैसी कलाओं के लिए प्रेरक बने, और चित्रकारों तथा मूर्तिकारों के चित्रण के प्रिय विषय बन गये।

हिन्दू त्रयी, या त्रिमूर्ति में ब्रह्मा सृष्टि के रचयिता हैं, विष्णु पालनहार हैं, और शिव संहारकर्त्ता हैं। इस तरह यह दिव्य त्रिमूर्ति अस्तित्व के चक्र को सुनिश्चित करती है। हालाँकि दर्शन का शैव सम्प्रदाय शिव को इस त्रिमूर्ति के मात्र एक अंग के रूप में स्वीकार नहीं करता। उनके अनुसार वे परब्रह्म हैं जिनको ब्रह्मा और विष्णु दोनों ही पूजा अर्पित करते हैं। उनको पति कहा गया है, जो पाँच दैवीय कार्यों का निष्पादन करते हैं : सृष्टि, पालन, संहार, आच्छादन, और शोभा। मानव आत्मा को पशु कहा जाता है, जो पाश में, अर्थात बन्धनों में जकड़ा हुआ है। इन बन्धनों में तीन तरह की अशुचिताएँ शामिल हैं : पहली है अविद्या, अर्थात आदि अज्ञान। अगली है, कर्म माला, अर्थात कर्मों से संग्रहीत अशुचिता। अन्तिम है, माया माला, अर्थात माया के जगत से मोह की प्रक्रिया में उत्पन्न अशुचिता।

इनमें से अन्तिम दो अशुचिताओं के निवारण के लिए चार तरह की विधियाँ बतायी गयी हैं : पहली है, दास मार्ग। इसमें पूजा के बाहरी कर्मों का निष्पादन शामिल है, जैसे कि पूजा के लिए पुष्प एकत्रित करना, पूजा में उपयोग किये गये पात्रों को स्वच्छ करना, पूजा-स्थल में झाड़ू बुहारना आदि। यह कर्म सालोक्य की ओर ले जाता है, जिसका अर्थ है, भक्त को उसकी मृत्यु के समय शिव लोक में ले जाया जायेगा जहाँ पर वह हमेशा रहेगा। दूसरी विधि है, ईश्वर की अन्तरंग सेवा करना, जिसमें अनुष्ठानों का निष्पादन, ईश्वर का एकाग्र ध्यान, उसके बारे में चर्चा करना, लेखन करना आदि शामिल हैं। इसे सत्पुत्र मार्ग कहा जाता है। यह भक्त को सामीप्य, अर्थात ईश्वर की आत्मीय निकटता, की ओर ले जाता है। तीसरी विधि सख्य मार्ग के नाम से जानी जाती है, जिसका अर्थ है, मैत्री का मार्ग, और इसमें मनन-चिन्तन तथा ध्यान जैसी गतिविधियाँ शामिल हैं, जो सारूप्य की ओर ले जाती हैं : इस अवस्था में भक्त अपनी मृत्यु के समय स्वयं देवता का रूप प्राप्त कर लेता है। अन्तिम है, ज्ञान मार्ग : इसका अनुसरण करते हुए भक्त सायुज्य, अर्थात ईश्वर के साथ एकत्व, हासिल कर लेता है।

जैसा कि पहले कहा गया है, ये संयम-नियम सिर्फ़ कर्मों तथा जगत के प्रति मोह से उत्पन्न अन्तिम दो तरह की अशुचिताओं - कर्म माला और माया माला - का ही निवारण कर सकते हैं। अविद्या का बन्धन सिर्फ़ ईश्वर की कृपा से ही दूर हो सकता है। इस तरह शिव को पशुपति, या उन समस्त मानव-प्राणियों के स्वामी के रूप में जाना जाता है जो इन अशुचिताओं के बन्धनों में जकड़े हुए हैं। शिव उन सबको स्वीकार करते हैं जिनसे दूसरे लोग घृणा करते हैं और उनका तिरस्कार करते हैं। वे उन सबकी अशुचिताओं को नष्ट करते हैं और उनका शुद्धिकरण करते हैं। वे उद्धारक और पतितपावन हैं। वे अपनी सरलता से आत्मश्लाघा को नष्ट करते हैं, और अहंमन्यता को कट्टरपन्थ के प्रति अपनी अवज्ञा से नष्ट करते हैं। वे उस अहंकार को नष्ट करने वाले हैं जो मनुष्य को जीवन-मृत्यु के महासागर में फँसाये रखता है। वे दुःख, पीड़ा और उद्वेग का भी विनाश कर सकते हैं। हालाँकि ऊपरी तौर वे भयावह लगते हैं, लेकिन वे उन सारे भयावह प्रभावों को दूर कर सकते हैं जो हमारे जीवन को संकट में डाले रहते हैं। जिस प्रकार कीचड़ में उगे होने के बावजूद कमल पवित्रता का प्रतीक बना रहता है, उसी तरह शिव भी अपवित्रताओं से लिप्त होने के बावजूद पवित्रता के प्रतीक हैं।

उनकी भौतिक काया, वेशभूषा और आभूषण भी अनूठे हैं। वे कर्पूर की भाँति गौर वर्ण हैं और उनके जटाजूट शंख के आकार में लिपटे हुए हैं। उनका कण्ठ नीला है क्योंकि उन्होंने घातक विष पिया था ताकि वे उससे संसार की रक्षा कर सकें, और बजाय गुटकने के उस विष को उन्होंने अपने कण्ठ में धारण कर रखा है जिसने उनके गले को नीला कर दिया है। उनके तीन नेत्र हैं। उनके मस्तक पर स्थित तीसरा नेत्र उनको योग के ईश्वर के रूप में दर्शाता है। यह आन्तरिक नेत्र सत्य को भ्रम से अलग करता है और वासना पर विजय हासिल करता है। वे चन्द्रचूड़ हैं क्योंकि वे दूज के चन्द्रमा को अपने केशों पर सज्जा के लिए धारण करते हैं। चन्द्रमा के घटने-बढ़ने की तरह वे भी ब्रह्माण्ड के उत्थान और पतन की लय के साथ एकाकार हैं। वे कृत्तिवास, अर्थात पशु-चर्म धारण करने वाले हैं। उनकी ऊपरी काया काले हिरण के चर्म से ढँकी रहती है, हाथी का चर्म उनके उरुमूल को ढँकता है, और सिंह का चर्म उनका आसन है। बायें कान में कुण्डल (पुरुषों का छल्ला) और दायें कान में ततंक (स्त्रियों का छल्ला) धारण कर वे अपनी उभयलिंगी प्रकृति को प्रकट करते हैं। वे मुण्डों की माला धारण करते हैं और अपने हाथ में भिक्षा-पात्र के रूप में नरमुण्ड लिये रहते हैं, और मानव-जीवन की क्षीणता को दर्शाने के लिए अक्सर उसी पात्र से जल ग्रहण करते हैं। वे स्वयं को आरोग्यप्रद वृक्ष के बीज, रुद्राक्षों से भी अलंकृत करते हैं। नन्दी (बैल) उनका वाहन है, जो कि संयमित शक्ति का प्रतीक है। बैल धर्म या सदाचार का भी प्रतीक है। अपने दायें हाथ से वे मृग को थामे रहते हैं जो इस बात को दर्शाता है कि समस्त प्राणी उनके संरक्षण में हैं। तमाम लोगों की घृणा के पात्र खजैले आवारा कुत्ते उनके पीछे-पीछे घूमते रहते हैं। साँप उनकी देह पर लिपटे रहते हैं। त्रिशूल उनका अस्त्र है जो त्रयी का प्रतीक है। वे एक दण्ड (डण्डा) और पाश भी थामे रहते हैं - पाश जो कि समस्त प्राणियों को मर्त्यता से बाँधे रहता है। उनके दो धनुष पिनाक और अजगाव के नाम से जाने जाते हैं। वे आद्य ध्वनि ॐ के स्रोत हैं और नृत्य करते

समय वे अपना डमरू थामे रहते हैं। उनके डमरू का नाद ब्रह्माण्ड की ऊर्जा के कम्पन को प्रतिध्वनित करता है। वे संगीत के आचार्य हैं और उस रुद्रवीणा का वादन करते हैं जो उनके लिए रावण द्वारा बनायी गयी है। वे एक घण्टी भी धारण करते हैं। वे जगत की रक्षा के लिए अतिशय उत्सर्ग के लिए तत्पर रहते हैं। वे त्रयी के अन्तर्गत भले ही संहारक के रूप में वर्णित हैं, लेकिन वही हैं जिन्होंने नाग द्वारा उगले गये भयानक विष को पीकर संसार की रक्षा की थी। वही हैं जिन्होंने स्वर्ग से गिरी हुई देव नदी गंगा को अपने केशों में थाम लिया था, और इस प्रकार पृथ्वी को उसके प्रलय से बचाया था। उनकी दया और अनुकम्पा का कोई अन्त नहीं है; वे जगत की ख़ातिर स्वयं का उत्सर्ग करने के लिए भी तैयार रहते हैं।

आधुनिक भौतिकी पदार्थ को निष्क्रिय और जड़ रूप में नहीं बल्कि निरन्तर नृत्यरत और स्पन्दनशील रूप में देखती है। भौतिकीविद परमाणु से भी सूक्ष्म कणों के निरन्तर नृत्यरत होने की बात करते हैं और "सृष्टि का नृत्य" और "ऊर्जा नृत्य" जैसे पदों का उपयोग करते हैं। जब हम नृत्यरत शिव, अर्थात नटराज, की प्रतिमा को देखते हैं, तो भौतिकीविदों का उपर्युक्त वर्णन बरबस दिमाग़ में आता है। नटराज ब्रह्माण्ड के नृत्य का साक्षात् रूप हैं। फ़ोटोग्राफ़ी की आधुनिक तकनीकें शिव की नृत्यरत छवि से फूटते कणों की लीक को प्रक्षेपित करने में कामयाब हुई हैं। यह छवि उस महत् सिद्धान्त का असन्दिग्ध प्रतीक है जिसे द्रष्टाओं ने निरूपित किया है : कि जीवन जन्म और मृत्यु की, सृजन और संहार की एक लय में बँधा हुआ कार्य व्यापार है। वैज्ञानिकों ने इसी बात को अपने एक्सलरेटरों में दर्शाया है। शिव का अलौकिक नृत्य ऊर्जा कणों के विक्षिप्त घूर्णन को दर्शाता है। उनका डमरू ब्रह्माण्ड के स्पन्दन को तालबद्ध करता है, और उनकी ऊर्जा या शक्ति उन देवी माँ के द्वारा सक्रिय होती है, जिनको हिन्दुओं के देवमण्डल में दुर्गा और पार्वती समेत अनेक देवियों के रूप में चित्रित किया गया है। देवी माँ वह मोहनी शक्ति है जो समस्त मानव-अमानव प्राणियों को जन्म देती है, उनका पालन करती है, उनको चुस्की देती है। सभी इस देवी माँ के शिशु हैं।

ग्रीकों ने, जोकि लगभग ईसा के 300 वर्ष पहले भारत आये थे, शिव में अपने देवता डायोनीसियॅस का प्रतिबिम्ब देखा था। वह एक विद्रोही था जिसने उनकी सुसंस्कृत देवमण्डली का विरोध किया था और गूढ़ अनुष्ठानों में मुक्ति की तलाश की थी। ईसाई युग के आते-आते शिव की उपासना ने कश्मीर से कन्याकुमारी तक तमाम लोगों के मानस को अपने रंग में रँग लिया था। अब हम देखेंगे कि शिव की अवधारणा को पौराणिक साहित्य में किस तरह वर्णित किया गया है।

ॐ नमः शिवाय

"ओ मेरे सिर, (विश्व के) उस शीर्ष के समक्ष झुक
जो अपने सिर पर सिरों का मुकुट धारण करता है।
जो खोपड़ी में भिक्षा प्राप्त करता है,
ओ मेरे सिर! उसके समक्ष झुक!"

—सन्त अप्पार

"ओ संहारक! अपने उस परम शान्तिपूर्ण स्वरूप से,
जो कि कल्याणकारी और आनन्दमय है,
हमें श्रेष्ठतम प्रज्ञा प्रदान कर।"

—श्री रुद्रम्, यजुर्वेद

ॐ

महेश्वराय नमः!

अध्याय 2

सृष्टि

उस पुरुषोत्तम को मेरा कोटि-कोटि प्रणाम है,
जो अनन्त है और जो संसार की उत्पत्ति,
स्थिति और प्रलय की लीला करने के लिए त्रिगुण
शक्तियों का उपयोग करता है,
जो समस्त प्राणियों के हृदय में
अन्तर्यामी रूप से विद्यमान है और
समस्त जगत का अगोचर नियन्ता है।

—श्री शुक, श्रीमद्भागवत

वह महाप्रलय थी - ब्रह्मरात्रि, जब किसी भी वस्तु का अस्तित्व नहीं था। तब न दिन था न रात थी, न प्रकाश था न अन्धकार, न हर्ष था न विषाद। समस्त जीवित और जड़ सृष्टि अनन्त तत्त्व में लीन हो चुकी थी। न सूर्य था, न चन्द्रमा था और न ही ग्रह-नक्षत्र थे। समूचा ब्रह्माण्ड जीवन के स्पन्दन से भरा हुआ एक सम्पूर्ण शून्य था।

सिर्फ़ उसी का अस्तित्व था। उसका जिसको वेद ब्रह्म के नाम से पुकारते हैं। अद्वितीय। केवल वही अस्तित्व में था - एकल अस्तित्व, एकल चैतन्य, एकल आनन्द - सच्चिदानन्द। इस स्थिति को मस्तिष्क से समझ पाना असम्भव है। उसका न आदि है न अन्त। उसका कोई दूसरा नहीं है। वह न घटता है न बढ़ता है। वह अपरिमेय, अपरिवर्तनीय, अरूप और गुणों से रहित है। वह रूपाकारों से भरे परिवर्तनशील विश्व का एकमात्र सर्वव्यापी कारण है। केवल उसी का अस्तित्व था, और केवल उसी का अस्तित्व है। वही एकमात्र सत्य है; बाक़ी सब कुछ मिथ्या, या भ्रम है। अपनी लीला के दौरान वह स्वयं अपने भीतर से समस्त शक्तियों, गुणों और प्रज्ञाओं से युक्त अपने ही एक कल्याणकारी रूप में प्रकट हुआ। यह ईश्वर का रूप था। यह विशुद्ध सत्त्व का रूप है, रजस और तमस नामक क्रियाशीलता और जड़ता के गुणों से मुक्त। यह वह रूप है जो हर कहीं पहुँच सकता है और तमाम रूप धारण कर सकता है। वह सबको देखता है और सब कुछ का कारण है, और वह सब कुछ को औचित्य प्रदान करता है।

पुराणों में सृष्टि अपनी प्रकृति से ही आवर्तनशील है। सृष्टि के एक विराट कालखण्ड के बाद उतना ही विराट प्रलय का कालखण्ड होता है। सृष्टि का न तो कोई सम्पूर्ण आरम्भ है और इसीलिए न ही सम्पूर्ण अन्त है। इसीलिए समय एक रैखिक नहीं है, जैसा कि वह आधुनिक विचार के मुताबिक़ माना जाता है, बल्कि वह चक्राकार है। ब्रह्मा परम सत्ता का सर्जनात्मक पक्ष हैं। वही हैं जो रचने का काम करते हैं। शिव को इसी परम चैतन्य के संहारक पक्ष के रूप में देखा जाता है, और विष्णु वे समन्वयकारी हैं जो सृष्टि का सन्तुलन क़ायम रखते हैं और उसका पालन-पोषण करते हैं। ब्रह्मा की सृजन गतिविधि का एक चक्र ब्रह्मा के एक दिन के बराबर होता है, और उतना ही लम्बा एक चक्र उनकी एक रात के बराबर होता है। ब्रह्मा के जीवन-काल की अपरिमेय व्यापकता का अनुमान सिर्फ़ तभी लगाया जा सकता है जब हम उसको मानवीय वर्ष में बदलने की कोशिश करें। मनुष्य के एक वर्ष के 365 दिन देवताओं के एक दिन के बराबर होते हैं। इसलिए मनुष्यों के 365 वर्ष देवताओं के एक वर्ष के बराबर हुए। ऐसे बारह हज़ार दिव्य वर्ष एक चतुर्युग (चार युग, जिनमें चक्राकार समय विभाजित है) की रचना करते हैं। ऐसे एक हज़ार चतुर्युग ब्रह्मा के एक दिन की रचना करते हैं और इतनी ही संख्या उनकी एक रात की रचना करती है। सृष्टि के हर चक्र का अपना एक ब्रह्मा होता है, जिसका कुल जीवनकाल ऐसे सौ वर्षों का होता है। इसमें समय की जो विराटता है वह मानवीय गणना की दृष्टि से अकल्पनीय है। यह चालीस अरब तीन सौ ग्यारह मानव-वर्षों के बराबर होगी। मानव-मस्तिष्क ब्रह्मा के जीवन-काल की शायद ही कल्पना कर सके। सृष्टि का एक चक्र ब्रह्मा के लिए सिर्फ़ एक दिन है, और उसका समापन उनकी सिर्फ़ एक रात है। जीवों की सहज प्रवृत्तियाँ उनकी रात के दौरान छिपी रहती हैं और उसी अव्यक्त में वापस लौट जाती हैं जहाँ से वे आयी थीं, और उनके दिन के आरम्भ होने के समय उनके अस्तित्व के अंकुर फूटने लगते हैं।

सृष्टि के हर चक्र में यह काल ही है जो सृष्टि का आरम्भ करता है। ईश्वर की शक्ति जिस प्रथम आद्य नियम में रूपायित होती है, वह काल है। काल अपने आप में अपरिवर्तनीय है। वह निस्सत्त्व है और आदि और अन्त से रहित है। वह अपनी अभिव्यक्ति सृष्टि के आरम्भ होने में पाता है जब वह सत्त्व, रजस और तम नामक तीन गुणों, या प्रकृति की तीन प्रवृत्तियों, के स्फुरण को जन्म देता है। काल परम सत्ता की अपने प्रकटन लीला के लिए आधार है। वह आदिहीन और अन्तहीन है। उद्विकास के काल के बाद प्रत्यावर्तन का काल आता है, जिसे प्रलय कहा जाता है, जिसमें जिसमें समस्त वस्तुएँ अव्यक्त अवस्था में होती हैं। एक ब्रह्माण्डीय चक्र के पूरा होने के बाद ईश्वर की माया शक्ति समस्त वस्तुओं को अपने भीतर समेट लेती है। उद्विकास के नये चक्र के प्रारम्भ होने पर ईश्वर की काल रूपी शक्ति एक नयी प्रक्रिया आरम्भ करती है, जिसके तहत समस्त वस्तुएँ एक बार फिर से अस्तित्व में आ जाती हैं। प्रलय के दौरान विश्व अव्यक्तावस्था में होता है, और प्रलय के बाद वह व्यक्तावस्था में आ जाता है। यह सब परम प्रभु की लीला है।

विश्व का विघटन काल, सत्त्व और प्रकृति के गुणों पर आधारित तीन रूप लेता है। इनमें से पहला नित्य-प्रलय कहा जाता है, जो कि महज़ समय पर आधारित दैनन्दिन विघटन है जिसे हम प्रतिदिन उस समय अनुभव करते हैं जब सोने चले जाते हैं। प्रत्येक

रात प्रत्येक मनुष्य के लिए एक प्रलय है। जब हम सोये होते हैं, तब न कोई जगत होता है न कोई व्यक्तिमत्ता होती है; दोनों ही अव्यक्त अवस्था में होते हैं, चेतना के तल में डूबे हुए। जैसे ही कोई व्यक्ति जागता है, जगत प्रकट हो जाता है और उसकी व्यक्तिमत्ता अपनी घोषणा करने लगती है।

दूसरी तरह का विघटन नैमित्तिक-प्रलय या महाप्रलय कहा जाता है, जो कि ब्रह्मा की रात्रि है, जब स्रष्टा ब्रह्मा सोने चले जाते हैं। यह ब्रह्मा के अपने एक दिन के बाद घटित होता है, जो कि एक हज़ार चतुर्युगों तक जारी रहता है। ब्रह्मा की रात्रि में स्रष्टा पुनः एक हज़ार चतुर्युगों तक सोता है और समूचा विश्व सत्यलोक में, या सर्वोच्च स्वर्ग (ब्रह्मा का जगत) में प्रत्यावर्तन की अवस्था में पहुँच जाता है। जब यह ब्रह्माण्डीय रात्रि समाप्त हो जाती है, ईश्वर की शक्ति काल के रूप में क्रियाशील हो उठती है। फिर जैसा कि इस अध्याय के आरम्भ में बताया गया है, सृष्टि तथा उद्विकास की प्रक्रियाएँ आरम्भ हो जाती हैं।

तीसरी तरह का विघटन प्राकृतिक-प्रलय के नाम से जाना जाता है, जब प्रकृति की सारी कोटियाँ और गुण-धर्म स्वयं अपने परम कारण-रूप, यानी प्रकृति में विलय हो जाते हैं, और स्वयं यह प्रकृति ईश्वर में और फिर ब्रह्म में लीन हो जाती है। यह अवस्था कई महायुगों तक जारी रहेगी, जिस दौरान सब कुछ अव्यक्त अवस्था में होगा। जब सृष्टि एक बार पुनः आरम्भ होती है, तो सब कुछ प्रत्यावर्ती क्रम में बाहर आ जाता है। जैसा कि पहले उल्लेख किया गया है, परम सत्ता की आज्ञा से, सबसे पहले ईश्वर की कालरूपी शक्ति प्रकट होती है। वही सृष्टि के प्रत्येक चक्र के आरम्भ में प्रकृति के गुणों को सक्रिय करती है। इसके बाद, प्रकृति के ब्रह्माण्डीय गर्भ से ब्रह्माण्डीय अहं उत्पन्न होता है, जो तीन गुणों में विभक्त हो जाता है। तीसरी अवस्था तन्मात्राओं या तत्त्वों की उस सूक्ष्म ऊर्जा, के अभ्युदय की है, जो भूतों, अर्थात सकल तत्त्वों, के रूप में विकसित होने में सक्षम होती है। सृष्टि का चौथी अवस्था दस इन्द्रियों - पाँच ज्ञानेन्द्रियों और पाँच कर्मेन्द्रियों - के प्रकटन की है। पाँचवीं अवस्था है, मानस और अंगों के अधिष्ठाता देवों की रचना की, जो सब के सब सत्त्व गुण से उत्पन्न होते हैं। छठवीं अवस्था है, अविद्या की रचना की, जो कि प्राणियों के मानस को सम्भ्रमित ओर विकृत करती है।

अपने लीलामय अवतार में ईश्वर रजोगुण के दोषों को अपना लेता है और, सृष्टा के रूप में, ब्रह्मा की सृष्टि करता है। इसके बाद से ये ब्रह्मा ही सब कुछ की रचना करते हैं। सृष्टि की सातवीं अवस्था में ब्रह्मा छह प्रकार की अचर सत्ताओं को अस्तित्व में लाते हैं : पौधे जो फूलों के आये बिना ही फल देते हैं, वनस्पतियाँ जो फूलों के नष्ट होने के साथ ही नष्ट हो जाती हैं, लताएँ जो अवलम्बन पाकर ऊपर चढ़ती हैं, (बाँस समेत) वे घासें और झाड़ियाँ जो बिना सहारे के खड़ी रहती हैं, और फूल तथा फलदार वृक्ष। इन सभी की विशेषताएँ ये हैं कि वे जड़ प्रतीत होती हैं लेकिन उनमें आन्तरिक प्रतिक्रियाएँ होती रहती हैं, उनकी अन्तहीन क़िस्में होती हैं और वे अपना पोषण जड़ों से प्राप्त करती हैं।

आठवीं रचना पशुओं की होती है। पशुओं में तमस की प्रधानता होती है इसलिए वे कल के बारे में नहीं सोचते और केवल अपने भोजन और दूसरी भौतिक आवश्यकताओं में ही रुचि लेते हैं। उनकी सूँघने की क्षमता बहुत प्रबल होती है। उनमें तर्क करने की सामर्थ्य

नहीं होती। ऐसी प्रजातियों के अट्ठाईस प्रकार धरती पर और अट्ठाईस प्रकार आकाश में विचरते हुए पाये जाते हैं। नौवीं रचना मानव प्रजाति की होती है। मनुष्यों में रजोगुण की प्रधानता होती है और वे अपनी आकांक्षा से कर्म करने के लिए प्रेरित होते हैं।

अगला क्रम देवताओं या अतिमानवीय सत्ताओं की रचना का होता है, जिनकी संख्या आठ है। ब्रह्मा सृष्टि के प्रत्येक ब्रह्माण्डीय चक्र के आरम्भ में इन चार तरह की रचनाओं को अस्तित्व में लाते हैं। विश्व का अस्तित्व प्रत्येक प्रलय के पहले उसी तरह था जैसा कि वह अभी है और प्रत्येक प्रलय के बाद वैसा ही जारी रहेगा जैसा वह अभी है। प्रलय के दौरान वह अव्यक्त अवस्था में होता है, और प्रलय के बाद वह व्यक्त अवस्था में होता है; इतना ही अन्तर है।

शिव पुराण के अनुसार परम पुरुष को सदाशिव के रूप में जाना जाता है। वही ईश्वर, या दिव्यता का परम अवतार है, और विशुद्ध सात्विक रूप है। शक्ति या अपनी ही अन्तर्निहित नारी संकल्पना के साथ मिलकर उसने तीसरे की रचना करने का निर्णय लिया, ताकि वह अपने होने के आनन्द का उपभोग कर सके। उसके उस मानस-महासमुद्र के मधुमय तत्त्व के भीतर से, जहाँ विचारों की लहरें उठ रही थीं, जहाँ सत्त्व एक बहुमूल्य रत्न था, जहाँ रजस मूँगा था और तमस एक मगर था, उस मानस-महासमुद्र के मधुमय तत्त्व के भीतर से एक परम आकर्षक पुरुष प्रकट हुआ, जो अपरिमेय तेज का परिपूर्ण सागर प्रतीत होता था। उसमें नीलमणि की आभा थी। अनुराग से भरे उसके अनिन्द्य नेत्र किसी कमल की नवोन्मीलित पंखुड़ियों की भाँति थे। उसने सुनहरे रंग के रेशमी वस्त्र धारण किये हुए थे, और उसमें अपरिमित धैर्य और प्रेम भरा हुआ था।

उसने स्वर्णिम मधुर स्वर में प्रश्न किया : "मेरा नाम क्या है और मुझे क्या आदेश है?" ईश्वर ने उत्तर दिया : "चूँकि आप सर्वव्यापक और अतिविस्तीर्ण हैं, आप विष्णु नाम से जाने जाएँगे। आपके और भी बहुत से नाम होंगे। आप तपस्या करके समस्त ज्ञान अर्जित करेंगे।"

तब विष्णु ने एक सहस्र दिव्य वर्षों तक कठोर तप किया और उनकी देह से विभिन्न प्रकार के जल-प्रवाह फूट निकले। उनके भीतर से चौबीस तत्त्व - सृष्टि के चौबीस इन्द्रियगोचर आयाम - भी उत्पन्न हुए। परम ब्रह्म ने दिव्य जलराशि के रूप में समस्त शून्य को आप्लावित कर लिया। विष्णु अलौकिक शेषनाग की काया पर लेट गये और इस ब्रह्माण्डीय जलराशि में सो गये। सिवा आद्य सत्ता के तब और कुछ भी नहीं था।

नारायण भगवान आनन्दमय आत्मचैतन्य में मग्न अपने नाग पर अकेले लेटे हुए थे। वह ब्रह्माण्डीय निद्रा थी जिसमें समूची सृष्टि सूक्ष्म अवस्था में बनी रही। एक सहस्र चतुर्युगों का समय बीतने के बाद काल की उनकी शक्ति ने उनकी अन्य स्थगित शक्तियों को जाग्रत किया और उन्होंने अपने दीप्तवर्ण नेत्र खोल दिये। समूचा विश्व उनके भीतर ब्रह्माण्डीय विलयन की अवस्था में पड़ा हुआ था। जैसे ही उनकी आन्तरिक दृष्टि उनके भीतर की इन निष्क्रियताओं पर पड़ी, ये निष्क्रियताएँ एक सुन्दरतम कमल का रूप धरकर उनकी नाभि से फूट निकलीं।

इस कमल में लाखों सूर्यों की चमक थी, और उसने ब्रह्माण्डीय जलराशि के अपरिमित विस्तार को इस तरह आलोकित कर दिया जिस तरह उदीयमान सूर्य उत्तर, दक्षिण, पूरब, पश्चिम, ईशान, वायव्य, नैऋत्य और आग्नेय समेत समस्त दिशाओं को आलोकित कर देता है। सर्वव्यापक सत्ता ने कमल में प्रवेश किया, और तत्काल ही वहाँ पर ब्रह्मा का रूप प्रकट हुआ, जो इस प्रकार पंकज और स्वतःजन्मा नामों से जाने गये और जो वेदों के साक्षात् अवतार हैं। जैसे ही ब्रह्मा ने चारों दिशाओं में अपना सिर घुमाया, उनके चार मुख उत्पन्न हो गये और जब उन्होंने ऊपर की ओर देखा, तो उनका पाँचवाँ मुख उत्पन्न हुआ। उनकी देह सुगठित थी। उन्होंने अपने चारों ओर देखा और स्वयं को ब्रह्माण्डीय जलराशि से घिरे हुए कमल पर बैठा पाया। वे नहीं जानते थे कि वे कौन हैं और कहाँ पर हैं। विराट लहरों के बीच प्रलय की हवाओं से टकराकर कमल की नाल आगे-पीछे झूम रही थी।

अकेले और असहाय वे भयभीत हो उठे। "मैं कौन हूँ और कहाँ से आया हूँ?"

इस प्रकार सोचते हुए वे एक सौ दैवीय वर्षों तक कमल की नाल से नीचे उतरते रहे किन्तु उनको उस नाल का मूल सिरा नहीं मिल सका। वे उदास होकर वापस कमल नाल पर वापस चढ़ गये और उन्होंने आकाशवाणी सुनी जो उनसे तपस्या करने को कह रही थी। इस प्रकार पुनः एक सौ दिव्य वर्षों तक उन्होंने कठोर तप किया और तब उनके परिशुद्ध मस्तिष्क में अन्तरात्मा स्वरूप ईश्वर का सत्य अवतरित हुआ। ब्रह्मा इस सत्य को बाह्य जगत में खोजने पर विफल रहे थे, क्योंकि उसको अन्तरात्मा के भीतर ही पाया जा सकता है। उन्होंने भगवान नारायण को उनकी नाग-शय्या आदिशेष पर लेटे हुए देखा। शेषनाग के सहस्र फण उस ब्रह्माण्डीय जलराशि पर अपनी आभा छोड़ते हुए अन्धकार को दूर कर रहे थे। उन्होंने भगवान का वह विस्मयकारी रूप देखा जो अपने में समूचे विश्व को समाये हुए था। उनके वस्त्र पर्वतों को ढँकते सान्ध्यकालीन मेघों की भाँति थे। उनके शीर्ष की पुष्पमाला संसार के विभिन्न फूलों से बनी हुई थी। उन्होंने उनको देखा जिनकी मुस्कराहट संसार के तमाम दुखों को मिटा देती है, और उनके उपस्करों को देखा। इसी के साथ-साथ ब्रह्मा ने विक्षुब्ध ब्रह्माण्डीय जलराशि के बीच भगवान की नाभि से निकले हुए कमल को और उसपर स्वयं को बैठे हुए भी देखा। विलक्षण देदीप्यमान रंग से युक्त उस रूप को देखकर ब्रह्मा आनन्द से भर उठे और उनसे प्रश्न करने लगे। "आप कौन है? मैं कौन हूँ? प्रार्थना करता हूँ कि मेरा अज्ञान दूर करें।"

भगवान नारायण ने उनको अपनी प्रभा में समेट लिया और कहा, "हे पितामह, तुम्हारा स्वागत है। भयभीत मत होइए। आप जो भी आकांक्षा करेंगे मैं आपको वह सब कुछ दूँगा।" तब ब्रह्मा रजोगुण से उत्प्रेरित होकर अहंकार से भर उठे और बोले, "आप मुझे वरदान देने वाले कौन होते हैं। मैं स्वतःजन्मा, शाश्वत, सर्वव्यापक ब्रह्मा, इस समस्त सृष्टि का पितामह हूँ।"

भगवान विष्णु ने कहा, "मैं आपके स्रष्टा रूप को जानता हूँ। इसी उद्देश्य से मेरी नाभि से निकले इस कमल से आपका जन्म हुआ है। लेकिन इसमें आपका दोष नहीं है कि आप मुझे नहीं जानते। आप मेरी माया के शिकार हुए हैं और अपने उत्स को भूल गये हैं। मुझे परम ब्रह्म और एकमात्र सत्य के रूप में जानिए।"

भगवान की रजस शक्ति के वशीभूत ब्रह्मा भयानक क्रोध से भर उठे, और वे विष्णु के साथ शाब्दिक द्वन्द्व करने लगे। इसी समय सदाशिव एक आदि-अन्तहीन विशाल अग्नि-स्तम्भ के रूप में उनके समक्ष प्रकट हुए। विष्णु और ब्रह्मा दोनों ही इस विशाल अग्नि-स्तम्भ को देखकर विस्मय से भर उठे और उन्होंने उसके स्रोत का पता लगाने का निश्चय किया। विश्वात्मा विष्णु ने एक सुअर का रूप धारण किया और उस विस्मयकारी स्तम्भ के स्रोत का पता लगाने पाताल लोक की ओर भागे। विष्णु अपने इस रूप में कई कल्पों तक पृथ्वी के कटोरे को खँगालते रहे और इस प्रकार उन्होंने अपना 'श्वेत वाराह' नाम कमाया। आख़िरकार वे थककर वापस लौट आये।

ब्रह्मा ने हंस का रूप धारण किया और वे उस स्तम्भ की ऊँचाई का पता लगाने उसके ऊपर की दिशा में उड़े, लेकिन वे भी कई कल्पों तक उड़ने के बावजूद अपने अभियान में विफल रहे। उन्होंने वापस लौटकर विष्णु के समक्ष अपनी पराजय को स्वीकार करने का फ़ैसला किया ही था कि तभी उनको देवताओं की पूजा के लिए प्रसिद्ध एक अतिसुन्दर केवड़े का फूल नीचे की तरफ़ गिरता दिखायी दिया। यह फूल हालाँकि कई वर्षों तक नीचे गिरता रहा लेकिन इस दौरान न तो उसने अपनी सुगन्ध खोयी न ही अपनी शोभा खोयी। ब्रह्मा ने उस फूल से पूछा कि तुम कहाँ से आ रहे हो, और फूल ने उत्तर दिया कि मैं उस आद्य अग्नि-स्तम्भ के मध्य के आसपास से आ रहा हूँ और कई युगों से अपनी यह यात्रा कर रहा हूँ। तब ब्रह्मा ने विष्णु को यह विश्वास दिलाने की एक पक्की युक्ति सोची कि वे सचमुच ही उस रहस्यमय स्तम्भ का ऊपरी सिरा देखकर आ रहे हैं। उन्होंने फूल से अपने साथ चलने को कहा और उससे आग्रह किया कि वह शपथपूर्वक यह कहे कि ब्रह्मा से उसकी भेंट स्तम्भ के ऊपरी सिरे पर हुई थी। फूल सहमत हुआ और विजयी भाव से लौट गया। विष्णु ने उसकी बात पर विश्वास कर लिया, ख़ासतौर से इसलिए भी कि अपनी बात को प्रमाणित करने के लिए उसके पास एक साक्ष्य था। लेकिन तभी उस स्तम्भ के भीतर से रहस्यमय प्रभु के प्रबल स्वर में ये शब्द सुनायी दिये : "हे विष्णु, तुम भविष्य में मेरी बराबरी के माने जाओगे। तुम स्वयं परमेश्वर के रूप में पूजे जाओगे।"

इसके बाद उस अग्नि से कालभैरव का भयावह रूप प्रकट हुआ, जिसको सदाशिव ने छलपूर्ण ब्रह्मा का पीछा करने का आदेश दिया था। भैरव उन पर झपटे और उन्होंने उनका पाँचवाँ सिर पकड़कर उसे काट देने की धमकी दी, लेकिन उन दयालु और अत्यन्त क्षमाशील विष्णु ने भगवान से ब्रह्मा को क्षमा कर देने की प्रार्थना की। सदाशिव पसीजे और पश्चाताप से भरे हुए ब्रह्मा से बोले, "हे ब्रह्मा, तुमने परम प्रभु की भूमिका अपनाने के लिए छल का सहारा लिया है। भविष्य में कोई भी तुम्हारा सम्मान नहीं करेगा और न ही तुम्हारा कोई मन्दिर होगा।" यही कारण है कि आज तक सृष्टि के रचयिता ब्रह्मा का न तो कोई मन्दिर है और न ही उनके कोई भक्त हैं।

इसके बाद, केवड़े के फूल की ओर मुड़ते हुए, सदाशिव ने कहा, "क्योंकि तुम इस छलयोजना में सहअपराधी रहे हो, मेरी पूजा में तुम्हारा उपयोग नहीं किया जायेगा।"

पुष्प ने क्षमायाचना करते हुए कहा, "हे प्रभु, अगर मैं आपकी पूजा में शामिल नहीं किया जाता, तो मेरे होने का उद्देश्य ही समाप्त हो जायेगा। विनती करता हूँ कि मुझे क्षमा

करें।" तब सदाशिव शान्त हुए और बोले कि मेरे शब्द वापस तो नहीं लिये जा सकते, लेकिन मन्दिरों की सजावट में तुम्हारा उपयोग जारी रहेगा। ऐसा ही आज तक होता आ रहा है।

अग्नि का यह स्तम्भ एक लिंग के आकार का था। "लिंग" का वास्तविक अर्थ होता है "चिह्न" या लक्षण। विश्वात्मा ब्रह्म का कोई लिंग नहीं है, लेकिन क्योंकि मस्तिष्क के लिए किसी ठोस वस्तु का सहारा आवश्यक होता है, इसलिए शिव को लिंग के रूप में वर्णित किया जाता है। शिव का लिंग दैवीय लिंग है, ब्रह्माण्ड के बीज का स्रोत, जो अपने भीतर चर और अचर सत्ताओं के समूचे विश्व को समाये हुए है। सारा जीवन उसी से रचा जाता है और उसी में वापस लौट जाता है। योनि या नारी का चिह्न (काम-अंग) लिंग का आधार है और ये दोनों मिलकर पुरुष और स्त्री के, शिव और शक्ति के, मिलन को प्रतिबिम्बित करते हैं - विश्व-प्रकृति से संयुक्त विश्व-आत्मा को जिसके माध्यम से समूची सृष्टि अस्तित्व में आती है। सामान्य तौर पर लिंग के ऊपर एक जलपात्र लटकाकर रखा जाता है ताकि उसको ठण्डा रखा जा सके, क्योंकि उसका उत्स वही आग्नेय-लिंग है जो अनन्त तक फैला हुआ है और जिसके स्वभाव की थाह कोई नहीं पा सका है।

जिस दिन सदाशिव ने इस प्रकार स्वयं को अग्नि-स्तम्भ के रूप में व्यक्त किया था, मार्गशीर्ष (नवम्बर-दिसम्बर) माह के उस दिन आद्रा नक्षत्र आरोह पर था। जो लोग उस दिन शिव की पूजा करते हैं, उनको मोक्ष प्राप्त होता है। जिस स्थल पर उस महान सत्ता ने स्वयं को अग्नि-स्तम्भ के रूप में प्रकट किया था, वह स्थल अरुणाचल की पहाड़ी पर था, जो समय के अन्तराल में एक तीर्थस्थल के रूप में विकसित हुआ।

ब्रह्मा और विष्णु को, जो अब विनम्र पड़ चुके थे, सदाशिव ने समझाया, "मैं परम ब्रह्म हूँ। मेरे व्यक्त और अव्यक्त दोनों ही तरह के रूप हैं। मैं ब्रह्म भी हूँ और ईश्वर भी हूँ। मेरे ईश्वरीय रूप को विभिन्न देवताओं के रूपों के माध्यम से समझा जा सकता है, और मेरे ब्रह्म रूप को इस निराकार लिंग के माध्यम से समझा जा सकता है। शिव की उपासना लिंग के रूप में उनके निराकार स्वरूप के माध्यम से भी की जा सकती है और उनके साकार स्वरूप के माध्यम से भी की जा सकती है। आप दोनों समेत शेष समस्त देवता साकार रूप वाले होंगे।"

जब शिव रूप धारण करते हैं, तो उनके पाँच मुख होते हैं जो उनकी पाँच शक्तियों - सृजन, पालन, संहार, अवगुण्ठन (ढँकना) और उन्मोचन (मुक्त करना) को व्यक्त करते हैं। "अ" की ध्वनि उत्तरी मुख से निकलती है, "उ" की ध्वनि पश्चिमी मुख से निकलती है, "म्" की ध्वनि दक्षिणी मुख से निकलती है, और बिन्दु पूर्वी मुख से। नाद, या ब्रह्माण्डीय ध्वनि मध्य मुख से आती है। ये पाँचों ध्वनियाँ मिलकर रहस्यमय ध्वनि ॐ की रचना करती हैं। इन पाँच ध्वनियों से पंचाक्षरी मन्त्र "न-मः-शि-वा-य" का जन्म हुआ है। ॐ समस्त ज्ञान की ओर संकेत करता है, और सारे मन्त्र और चारों वेद इसी से उत्पन्न हैं। विभिन्न मन्त्रों के माध्यम से विभिन्न वस्तुओं की प्राप्ति होती है, लेकिन अकेले ओंकार (ॐ की ध्वनि) से हर वस्तु की प्राप्ति सम्भव है। इस बीज-मन्त्र के दोहराने से आनन्द और मोक्ष दोनों की प्राप्तियाँ सम्भव हैं।

उस समय चिरन्तनता की इस ध्वनि, अउम् ने, जो कि स्वयं प्रभु का नादस्वरूप है, समस्त दिशाओं को भर दिया। उसने ब्रह्मा और विष्णु के हृदयों का अवर्णनीय आनन्द से भर दिया। विष्णु, जो कि पूरी तरह से निष्कलुष और विपरीत विचारों से मुक्त थे, उनकी दृष्टि के सामने यह ध्वनि ज्योतिर्मय रूप में प्रकट हुई। प्रथम ध्वनि "अ" अग्नि-स्तम्भ के दाँयीं ओर सूर्य की भाँति चमकी, फिर "उ" ध्वनि मध्य में प्रकट हुई, और ध्वनि "म्" चन्द्रमा के गोलक की भाँति चमचमाती हुई बाँयीं ओर प्रकट हुई। उस ध्वनि से आवृत्त विष्णु ने शाश्वत सत्ता का ध्यान किया और एक बार पुनः उस अग्नि-स्तम्भ के परीक्षण की जिज्ञासा करने लगे। उनके प्रशान्त मस्तिष्क में सत्य उजागर हुआ। अग्नि का वह स्तम्भ परम ब्रह्म था। नाद उसी का एक रूप है। ध्वनि "अ" सृष्टा ब्रह्मा के द्वारा उच्चारित है; ध्वनि "उ" प्रसाधक या विष्णु के द्वारा व्यक्त उच्चारित है; और ध्वनि "म्" रुद्र या शिव द्वारा उच्चारित है।

ब्रह्मा और विष्णु दोनों ने महान परमात्मा की स्तुति की। "हे अदेह स्वरूप, हम आपको प्रणाम करते हैं। हे निराकारकान्ति, हम आपको प्रणाम करते हैं। हे सर्वभूतों के स्वामी, हम आपको प्रणाम करते हैं। हे सम्पूर्ण नाद ॐ स्वरूप हम आपको प्रणाम करते हैं। इस प्रकार उन्होंने अपने गुरु का गुणगान किया और उनसे प्रार्थना की कि वे ऐसा रूप धारण करें जिसकी पूजा की जा सके।

उस ध्वनि ने उत्तर दिया कि वे स्रष्टा ब्रह्मा की देह के माध्यम से अवतार लेंगे, और रुद्र के नाम से जाने जाएँगे; शिव और रुद्र अभिन्न संकल्पनाएँ होंगे। उस ध्वनि ने यह भी आदेश दिया कि ब्रह्मा अब से संसार की रचना के काम में लगें, और विष्णु संसार के संरक्षण का काम करें। रुद्र संहार करेंगे। विष्णु सभी को मोक्ष का वरदान देने वाले होंगे। ब्रह्मा और विष्णु को प्रसन्न करने के लिए सदाशिव ने दक्षिणामूर्ति अर्थात जगत गुरु का रूप धारण किया। उन्होंने अपना मुख दक्षिण की ओर किया, जबकि ब्रह्मा और विष्णु ने अपने मुख उत्तर की ओर किये। उन्होंने अपने कमल हस्त उनके सिरों पर रखे और उनको महान मन्त्रों और श्रेष्ठतम ज्ञान की शिक्षाएँ दीं।

ईश्वर की शक्ति तीन रूपों में प्रकट हुई : वाग्देवी सरस्वती, जो ब्रह्मा की संगिनी बनी; धन की देवी लक्ष्मी, जो नारायण अर्थात विष्णु की पत्नी बनी; और काली जो रुद्र के साथ रहती हैं।

ध्वनि जारी रही, "मुझे शाश्वत, अन्तहीन, परिपूर्ण, पवित्र परम ब्रह्म के रूप में जानो। विष्णु के भीतर तमस है, लेकिन बाहर सत्त्व है; वे समस्त लोकों के संरक्षक और पालनकर्त्ता होंगे। ब्रह्मा, जो कि रचते हैं, भीतर और बाहर से रजस-युक्त हैं, और शिव, जो कि प्रलयकारी हैं, अन्दर से सत्त्व-युक्त किन्तु बाहर से तमस-युक्त होंगे। यही त्रिदेवों में गुणों की स्थिति है। हे विष्णु! आप विभिन्न अवतार लेकर हर दिशा में दूर-दूर तक अपनी कीर्ति का विस्तार कीजिए। याद रखें कि आप में और शिव में कोई भेद नहीं है। जो आपको भजता है, वह शिव को भजता है, और जो शिव को भजता है वह आपको भजता है।"

ब्रह्मा और विष्णु दोनों ने एक बार फिर से उस रूप की स्तुति की जो अब दृष्टि से ओझल हो चुका था। ब्रह्मा ने अपने चारों ओर देखकर पाया कि वे एक बार फिर

से अकेले हैं और वे इस चिन्ता में पड़े हुए थे कि संसार की रचना काम किस तरह आरम्भ किया जाए। इसलिए उन्होंने एक बार फिर से विष्णु का ध्यान किया, जो अपनी सम्पूर्ण महिमा के साथ उनके समक्ष तुरन्त ही प्रकट हो गये। जब ब्रह्मा ने उनको अपनी दशा के बारे में बताया, तो विष्णु ने ब्रह्मा को आशीर्वाद दिया और उनसे कहा कि रचना करने का ज्ञान उनको अपने आप प्राप्त होगा। वे बिना किसी बाहरी सहायता के समस्त वस्तुओं की रचना करने में सक्षम होंगे, क्योंकि हर वस्तु अपने बीज रूप में उस कमल में मौजूद थी जिस पर वे बैठे हुए थे।

ब्रह्मा ने अब सात ऋषियों की रचना की : अपने नेत्रों से मारीचि की, अपने हृदय से भृगु की, अपने मस्तक से आंगिरस की और पुलस्त्य, वशिष्ठ, क्रतु तथा दक्ष की अपनी प्राणवायु से। नारद की रचना उनकी गोद और कर्दम की रचना उनकी छाया से हुई। धर्म उनके दाहिने वक्ष से उत्पन्न हुआ। उनकी पीठ से अधर्म की सृष्टि हुई, जो कि जगत के भय, मृत्यु का अधिष्ठान है। उनके हृदय से आकांक्षा का, उनकी भँवों से क्रोध का जन्म हुआ। उनके निचले होंठ से लालच उत्पन्न हुआ और उनके मुख से वाणी उत्पन्न हुई। उनकी मूत्रवाहिनी से समस्त महासागर पैदा हुए और उनकी गुदा से पाप की भावना का जन्म हुआ। उनके मस्तिष्क से सनक, सनन्दन, सनातन और सनतकुमार नामक चार बाल-ऋषि उत्पन्न हुए। उन्होंने उनसे सृष्टि की रचना के काम को आगे बढ़ाने का आग्रह किया, लेकिन ये विशुद्ध आत्माएँ सर्वदा आत्मिक चेतना (समस्त जीवों के साथ तदात्म्य) में प्रतिष्ठित थीं और उन्होंने अपनी पिता की आज्ञा मानने से इनकार कर दिया।

अपनी सन्तानों की इस अवज्ञा से ब्रह्मा का क्रोध भड़क उठा, और उस क्रोध से एक बलिष्ठ बालक का जन्म हुआ। वह पुकार उठा, "हे पिता, मुझे नाम और प्रतिष्ठा-क्रम प्रदान करें।" चूँकि उसने प्रकट होते ही चिल्लाना शुरू कर दिया था, ब्रह्मा ने उसको रुद्र कहकर पुकारा, जिसका अर्थ है, "चिल्लाओ मत।" यह कथा *भागवत पुराण* में दी गयी है। ब्रह्मा ने उसको ग्यारह नाम और ग्यारह रूप तथा प्रत्येक रूप के अनुसार ग्यारह पत्नियाँ प्रदान कीं, और उससे सृष्टि करने को कहा। दुर्भाग्य से रुद्र की रचनाएँ रुद्र की ही भाँति आक्रामक दिखायी देती थीं, इसलिए ब्रह्मा ने उसको रचना करने का कार्य बन्द कर देने को कहा। उन्होंने उससे तपस्या करने को कहा, और इस प्रकार रुद्र ने तपस्या की और वे शिव, अर्थात कल्याणकारी के रूप में जाने गये।

चूँकि सृष्टि का काम बिलकुल भी आगे नहीं बढ़ रहा था, ब्रह्मा ने परमात्मा की प्रार्थना कर उनसे सहायता करने का अनुरोध किया। इस अवसर पर उनकी काया दो हिस्सों में बँट गयी, जिनमें से पहला हिस्सा पुरुष का था, जो स्वयम्भु मनु कहलाया, और दूसरा हिस्सा स्त्री का था, जो शतरूपा कहलायी। वे पति-पत्नी बन गये, और तब के बाद से सृष्टि का विकास यौनपरक सम्बन्धों के माध्यम से होने लगा।

ॐ नमः शिवाय

हे पर्वत-निवासी रुद्रदेव!
हम मंगलमय स्तुतियों से आपकी प्रार्थना करते हैं।
हम पर प्रसन्न हों,
इस सम्पूर्ण जगत को समृद्धि प्रदान करें,
हमारे मन को शान्ति दें और
हमारी कायाओं को रोगों से मुक्त करें।

—श्री रुद्रम्, यजुर्वेद

वे नीलकण्ठ, हमारा कल्याण करें,
जो विशेष रक्तवर्ण होकर उदयकाल में नित्य गोप
और जल ले जाने वाली कुमारियों तथा
सृष्टि के समस्त प्राणियों के बीच
निरन्तर गतिमान रहते हैं।

—श्री रुद्रम्, यजुर्वेद

हे सहस्त्र नेत्र वाले!
हे अनेक तरकश धारण करने वाले!
अपने धनुष की दोनों कोटियों में स्थित प्रत्यंचा को उतार लें
और हाथों में धारण किए हुए बाण का परित्याग कर शान्त
और हमारे प्रति सदेच्छु हों!

—श्री रुद्रम्, यजुर्वेद

आपके हाथों में जो धनुष हैं
वे हमें दु:खों से मुक्त करें और आपके तरकश
हमारे शत्रुओं की ओर मुड़ जाएँ।

—श्री रुद्रम्, यजुर्वेद

ॐ

शम्भवे नमः!

अध्याय 3

सन्ध्या

वे जिनमें यह विश्व, दृश्य में आने के पहले,
उसी तरह उपस्थित था जिस तरह
बीज में वृक्ष उपस्थित होता है,
और अपनी ही सामर्थ्य से रचना कर सकने वाले
किसी महायोगी की भाँति जिनकी स्वेच्छा के जादू से,
यह विश्व विभिन्न रूपों में अस्तित्व में आया,
कल्याणकारी गुरु के रूप में प्रकट ऐसे उन परमात्मा
दक्षिणामूर्ति को मैं भावविह्वल हो प्रणाम करता हूँ।

—आदि शंकराचार्य द्वारा रचित
'दक्षिणामूर्ति स्तोत्रम्' से

शिव पुराण का कहना है कि सात ऋषियों की रचना करने के बाद ब्रह्मा मन में विचार करने लगे और तब वहाँ एक स्त्री का मोहक रूप प्रकट हुआ। उसका नाम "सन्ध्या" पड़ा, क्योंकि वह उस समय प्रकट हुई थी जब दिन रात से मिलता है। वह स्त्री सौन्दर्य का परिपूर्ण रूप थी, और उसको देखने के बाद ब्रह्मा समेत तमाम अन्य ऋषियों के चित्त बेचैन हो उठे। जब ब्रह्मा ने उस भाव की वेदना अनुभव की जिसको प्रेम कहा जाता है, तो उनके विचारों के भीतर से एक और सुन्दर सत्ता प्रकट हुई। उसकी सुनहरी काया, नुकीली नाक, अद्भुत रूप से कामोद्दीपक होंठ और उत्तेजक भँवों से युक्त सुन्दर नेत्र थे। ब्रह्मा को देखकर इस पुरुष ने उनको प्रणाम किया और उनसे विनती की कि वे उसको कोई नाम और काम प्रदान करें। ब्रह्मा का चित्त पहले ही प्रेम की पीड़ा से विक्षुब्ध था सो वे बोले, "तुमको मन्मथ नाम से जाना जायेगा, क्योंकि तुमने तो जन्म लेते साथ ही हम सबके मन प्रेम की भावना से मथ डाले हैं। तुमको काम के नाम से भी जाना जायेगा क्योंकि तुम अपनी इच्छा से कोई भी रूप धर सकने में समर्थ होगे। तुम्हारी शक्ति समस्त देवताओं की शक्ति के कुल योग से भी बढ़कर होगी। इस रूप के साथ, और पाँच फूलों के उन बाणों के साथ जिनके साथ तुम पैदा हुए हो, तुम पुरुषों और स्त्रियों के चित्तों को मोहने और

अपने वश में कर लेने में समर्थ होगे, और इस प्रकार सुनिश्चित करोगे की सृष्टि का काम जारी रहे। कोई भी प्राणी, यहाँ तक कि देवता भी तुम्हारी अवज्ञा नहीं कर सकेंगे। स्वयं मैं, और ये सारे के सारे ऋषि तक तुम्हारे प्रभाव के अधीन हो उठे हैं। समस्त प्राणियों के चित्त तुम्हारे इन पुष्प-बाणों के आसान शिकार होंगे। तुम समस्त लोगों के हृदयों में अदृश्य रूप से प्रवेश करने में, उनको उत्तेजित करने में और उनको सोचने-विचारने की शक्ति से वंचित कर देने में समर्थ होगे। तुम हर किसी में आनन्द का उन्माद जगाने में समर्थ होगे।"

काम के ये पाँच बाण, जिनको कि ऋषि भी रोक पाने में समर्थ नहीं होते, आनन्द की, आसक्ति की, मोहाविष्ट करने की, मुरझाने की, और मार डालने की क्षमताएँ हैं। जब उसको ये सारी शक्तियाँ दे दी गयीं, तो काम ने ब्रह्मा और अन्य ऋषियों की उपस्थिति में ही इन शक्तियों का प्रयोग करने का निश्चय किया। उसने अपने धनुष पर एक बाण चढ़ाया, और तुरन्त ही वहाँ पर एक मोहक, सुगन्धित समीर बहने लगा, जिसने वहाँ उपस्थित सभी के चित्तों को मथना शुरू कर दिया, और जैसे ही उसके धनुष से बाण छूटा, वे सब सन्ध्या को निहारने लगे और उसको अपने कब्ज़े में करने के बारे में सोचने लगे। काम ने अपने बाण छोड़ना तब तक बन्द नहीं किया जब तक कि वहाँ उपस्थित सभी अपनी सोचने-विचारने की शक्ति नहीं गँवा बैठे। सन्ध्या भी उसकी शिकार हुई। उसने हर एक की ओर लज्जा भरी नज़र डाली और उनको कामोत्तेजक ढंग से निहारने लगी। काम अपने इस प्रथम उद्यम की सफलता से बहुत आनन्दित हुआ। ब्रह्मा को हालाँकि इस बात का पर्याप्त अहसास था कि वे बुरे ढंग से आचरण कर रहे हैं; उन्होंने मन ही मन अपने प्रभु से प्रार्थना की कि वे इन भावनाओं पर नियन्त्रण करने में उनकी सहायता करें। भगवान शिव प्रकट हुए और उन्होंने अपनी ही बेटी के प्रति काम-वासनापूर्ण लालसाएँ रखने के लिए उनकी तीखी भर्त्सना की।

(यही कथा अलग तरह से *भागवत पुराण* में भी कही गयी है। ब्रह्मा ने वाग्देवी सरस्वती की रचना की, और फिर उनको उनसे प्रेम हो गया। जब उनके पुत्रों ने अगम्यगमन की इन भावनाओं के लिए उनकी निन्दा की, तो उन्होंने अपनी देह त्याग दी और दूसरी देह धारण कर सरस्वती से विवाह कर लिया।)

ब्रह्मा अपनी भावनाओं से लज्जित हुए। उन्होंने अपना क्रोध उस काम पर उतारा जो इस कुकर्म के लिए ज़िम्मेदार था। "हे काम, चूँकि तेरे कारण हमारी यह लज्जास्पद स्थिति बनी है, एक दिन तू अपना बाण महान प्रभु शिव की ओर तानेगा और तब तू अपने अपराध के लिए कठोरतापूर्वक दण्डित किया जायेगा!"

यह सुनकर काम दुखी हुआ। "हे पितामह, आपने मुझे यह शाप क्यों दिया? मैंने कुछ अनुचित तो नहीं किया। मैंने तो सिर्फ़ आपकी आज्ञा का पालन किया है। आपने स्वयं ही कहा था कि विष्णु और शिव समेत आप सब मेरे बाण के शिकार होंगे। मैं तो मात्र आपके शब्दों की सार्थकता को परखना चाहता था!"

ब्रह्मा यह सुनकर नर्म पड़े और बोले, "तुम्हारी ग़लती यह थी कि तुमने मेरे मन में सन्ध्या के प्रति प्रेम जगाया जो कि मेरी बेटी है। लेकिन, घबराओ मत। भले ही शिव तुमको शाप देंगे, तुम्हारा तत्काल ही फिर पुनर्जन्म हो जायेगा।"

यह कहकर ब्रह्मा वहाँ से अन्तर्ध्यान हो गये। प्रजापति दक्ष, जो उनमें से एक थे जो ब्रह्मा से उत्पन्न हुए थे, ने काम के समक्ष अपनी बेटी रति को प्रस्तुत करते हुए उससे उसके साथ विवाह करने का आग्रह किया। दक्ष की सुन्दर कन्या को देखकर काम अपने बाण से स्वयं ही आहत हो उठा और उसने सहर्ष उसके साथ विवाह करने की सहमति दे दी। वह उसके लिए सर्वथा उपयुक्त पत्नी थी। वह समस्त जगत को मोहित करने की सामर्थ्य रखती थी और सम्भोग की तमाम तरह की प्रक्रियाओं में दक्ष थी।

इस समस्त कार्यव्यापार को देखकर सन्ध्या उदासी और दुःख से भर उठी। सबसे अधिक लज्जा उसको अपने ही आचरण पर थी, वासना की अपनी उन भावनाओं पर जिन्होंने उसके मन को मथ डाला था। उसने पाया कि उसको अपनी उस देह में बने रहना अब सम्भव नहीं होगा जिसने स्वयं उसके पिता पर, साथ ही साथ अन्य गृहपतियों पर जादू डाला है, और वह तपस्या करने हिमालय पर चली गयी। उसको दीक्षित करने ब्रह्मा ने ऋषि वशिष्ठ को उसके साथ भेज दिया। ऋषि ने एक ब्रह्मचारी की काया धारण की और सन्ध्या को त्रिनेत्रधारी शिव की उपासना करने की विधि सिखायी।

उन्होंने कहा, "हे प्रिय देवी, समस्त देवताओं के स्वामी भगवान शिव की 'नमःशिवाय' नामक मन्त्र से पूजा करो। सारे अनुष्ठान मौन रहकर करो और प्रत्येक पूजा के बाद उपवास करो।" उसको इस प्रकार परामर्श कर ऋषि ने विदा ली।

जब सन्ध्या ने कठोर तपस्या पूरी कर ली, तो शिव उसके समक्ष प्रकट हुए और उन्होंने उसको आशीर्वाद दिया। उन्होंने उससे कहा कि वह मेधातिथि ऋषि के यज्ञ में अपनी देह की आहुति दे, जिसके बाद उसका पुनर्जन्म मेधातिथि की पुत्री के रूप में होगा। उन्होंने यह भी कहा कि वह मृत्यु के समय जिस पुरुष का ध्यान करेगी, उसी के साथ अगले जन्म में उसका विवाह होगा। उसको इस प्रकार आशीर्वाद देकर प्रभु अन्तर्ध्यान हो गये।

जैसी कि शिव ने आज्ञा दी थी, सन्ध्या मेधातिथि ऋषि के आश्रम में गयी, और यज्ञ की अग्नि में प्रवेश करने से पहले उसने उस युवा ब्रह्मचारी का ध्यान किया जिसने उसको शिव की पूजा की दीक्षा दी थी, और कामना की कि वह अगले जन्म में उसका पति हो। उसकी देह यज्ञ की आहुति बन गयी, और अग्नि के सम्पर्क से पूरी तरह पवित्र हो चुकने के बाद उस देह को स्वर्ग में ले जाया गया जहाँ वह दो हिस्सों में विभाजित कर दी गयी। उसकी देह का ऊपरी भाग प्रातः सन्ध्या, अर्थात प्रातःकाल, बन गया, जो कि विशेष रूप से देवताओं के अनुकूल माना जाता है। निचला भाग श्यामा सन्ध्या, अर्थात सायंकाल, बन गया, जो कि विशेष रूप से पुरखों के लिए प्रीतिकर होता है। यज्ञ के अन्त में ऋषि मेधातिथि ने हवनकुण्ड में एक शिशु को पड़ा हुआ पाया। उन्होंने उसको स्नेहपूर्वक उठाया और अपनी ही सन्तान की तरह उसका पालन किया। अग्नि ने सन्ध्या के सारे पापों को जलाकर उसको शुद्ध कर दिया था, और उसकी काया कुन्दन की भाँति दमकने लगी। ऋषि ने उसको अरुन्धति नाम दिया। वह आश्रम में बड़ी हुई और जब उसकी आयु विवाह के योग्य हुई, तो उसके पिता ने उसका विवाह उस युवा ब्रह्मचारी ऋषि वशिष्ठ से कर दिया जिसका ध्यान उसने अग्नि में प्रवेश करते समय किया था। अरुन्धति अपने सदाचार और

पवित्रता के लिए प्रसिद्ध हुई और वह आज भी सान्ध्यकालीन आकाश में सान्ध्य-तारिका के रूप में झिलमिलाती हुई दिखायी देती है।

ॐ नमः शिवाय

हे पर्वत की भाँति शाश्वत प्रभु!
जिस दिन आपने मुझे अपना दास बनाया,
क्या उसी दिन से आपने मेरी आत्मा, मेरी देह,
और मेरे निजत्व को अपने अधिकार में नहीं ले लिया था!
अगर आज मेरे साथ कुछ भी घटित होता है,
अच्छा या बुरा, तो उस पर क्या मेरा कोई वश होगा?

—सन्त माणिक्कवाचकर

स्वर्ण-भुजाओं वाले, ब्रह्माण्डीय सेनाओं के नायक,
दिशाओं के स्वामी को हम प्रणाम करते हैं।
प्रकृति के समस्त हरितपत्र वृक्षों के स्रोत,
समस्त प्राणियों के स्वामी को हम प्रणाम करते हैं।
नव अंकुरण के समान पीत वर्ण वाले,
स्वतःआलोकमय समस्त मार्गों के
पति को हम प्रणाम करते हैं।

—श्री रुद्रम्, यजुर्वेद

नन्दी पर सवार, अन्न के स्वामी,
पापविनाशक को हम प्रणाम करते हैं।
सदाहरित, उपवीत धारण करने वाले,
समर्थतम प्राणियों के अधिपति को हम प्रणाम करते हैं।
मायावी जगत के विरुद्ध कवचस्वरूप,
अखिल विश्व के स्वामी को हम प्रणाम करते हैं।

—श्री रुद्रम्, यजुर्वेद

ॐ

अम्बिकानाथाय नमः!

अध्याय 4

दुर्गा

अगर हमें उपलब्ध हो पाता
यह विशेष सुख कि हम देख सकते
उन धनुषाकार भवों को, उन अरुणिम अधरों को,
उस अँकुराती मुस्कराहट को, उन स्निग्ध गुम्फित लटों को
प्रवालवर्ण देह पर पुती उस दुग्ध-धवल पुनीत राख को,
और उस मधुर पद-विक्षेप को,
तो इस धरती पर मानव-जन्म लेना भी
कामना के योग्य होता।

—सन्त तिरुनावुक्करसार

ब्रह्मा इस बात से दुखी थे कि अपनी ही बेटी सन्ध्या के प्रति उनकी यौन-भावनाओं के कारण शिव ने उनकी भर्त्सना की थी, और उन्होंने दक्ष तथा अन्य ऋषियों से सलाह माँगी कि अब क्या करना चाहिए। शिव में यौन भावनाओं के प्रति संवेदनशीलता का अभाव था क्योंकि वे योगी थे और उनको स्त्री या काम-भावना का कोई ज्ञान नहीं था। शिव को प्रेम की पीड़ा का अनुभव कराया जा सके, इसके लिए ब्रह्मा ने काम और उसकी पत्नी रति से सहायता माँगी।

"जब तक वह आद्य सत्ता शिव काम-व्यापार में संलग्न नहीं होती, तब तक सृष्टि-रचना साधारण ही बनी रहेगी। परम निस्संग शिव पर केवल काम की शक्ति ही प्रभाव डाल सकती है।" यह कहते हुए ब्रह्मा ने काम से अनुरोध किया कि वह भगवान शिव पर अपनी युक्तियाँ आजमाये। उन्होंने काम के कृत्यों में सहायता करने उसके स्थायी साथी के तौर पर वसन्त की भी रचना कर डाली। "हे काम, इस संसार के हित के लिए, जाओ और शिव को मोहित करो। शिव जहाँ कहीं भी जाएँ, उनका पीछा करो और उन पर अपना बाण चलाओ ताकि वे पत्नी को प्राप्त करने की ओर उन्मुख हों। पर्वत हों या सरोवर हों, जंगल हों या पहाड़ी चोटियाँ, जहाँ कहीं भी वे जाएँ, वहाँ-वहाँ उनके पीछे जाओ और उन पर अपना जादू चलाओ। केवल तुम्हीं हो जो यह कर सकते हो। वे स्त्रियों के प्रति विमुख

हैं और पूरी तरह से अपने नियन्त्रण में हैं।"

स्रष्टा के इन शब्दों को सुनकर काम अपने साथियों, वसन्त और मन्द मलय समीर के साथ उन कठोर पर्वत-श्रंखलाओं, कन्दराओं और उपत्यकाओं की ओर चल पड़ा जहाँ शिव भटकते रहते थे। काम जहाँ कहीं भी जाता, वहाँ का मौसम बदल जाता। हिमालय के इलाक़ों की बर्फ़ानी अडिगता में अब ठण्डी हवाएँ नहीं बह रही थीं। इसकी बजाय, वहाँ हज़ारों प्रकार के फूलों की सुगन्ध लिये मन्द मलय समीर छा गया। वसन्त के आते ही सारे वृक्ष फूलों से लद गये, लेकिन वे सब शिव को छल नहीं सके; वे तो आत्मिक आनन्द में डूबे हुए थे। काम के ईख-निर्मित धनुष से एक के बाद एक बाण छूटते रहे। उसने और रति ने अपनी सारी युक्तियाँ आज़मा डालीं। शिव को छोड़कर सारे प्राणी उनकी मोहिनी के वशीभूत हो गये। केवल शिव ही थे जो उससे अप्रभावित थे, और आसपास जो कुछ घटित हो रहा था, उस ओर उनका ध्यान तक नहीं गया। काम का अहं बुरी तरह आहत हुआ और वह हताश मन से ब्रह्मा के पास लौट आया।

"हे ब्रह्मा, मेरी बात सुनें! मैंने शिव को मोहित करने का अपनी ओर से भरपूर प्रयत्न किया, लेकिन उन पर कोई प्रभाव ही नहीं पड़ा। मैंने उनको उनकी समाधि से झकझोरने के सारे प्रयत्नों कर डाले पर वे तो अपनी इन्द्रियों को पूरी तरह नियन्त्रण में रखते हुए अपनी समाधि में ही बने रहे। शिव जहाँ कहीं भी गये, मैंने और रति ने उनका पीछा किया और उन पर एक के बाद एक बाण चलाये, लेकिन वे और उनके गण उन बाणों से रत्ती भर भी विचलित नहीं हुए। जहाँ कहीं भी वे समाधि से बाहर आये, मैंने सम्भोग-क्रीड़ाओं में रत पक्षियों और पशुओं के अपने जोड़ों को उनके सामने कर दिया। वे अविचलित बने रहे। मेरे बाण एक भी बार उनके वध्य-स्थल तक नहीं पहुँच सके। मेरे साथी वसन्त ने भी अपनी ओर से भरसक प्रयास किये। उसने पर्वत के पठारों को पुष्पों से और सरोवरों को कमलों से ढँक दिया। प्रकृति के इस वैभव को देखकर जब ऋषि-मुनि तक काम-भावनाओं के शिकार हो गये, तब साधारण मर्त्य प्राणियों की दशा के बारे में बताने की मुझे क्या ज़रूरत रह जाती है? लेकिन शिव की भाव-भंगिमाओं में मामूली-सा भी विचलन नहीं दिखायी दिया। उन्होंने तो मेरी ओर क्रोधभरी दृष्टि तक नहीं डाली। वापस लौट आने के अलावा मेरे पास चारा ही क्या था? मैं आपको विश्वास दिलाना चाहता हूँ कि उनके भीतर वासना जगाने की सामर्थ्य रखने वाला इस संसार में कोई भी नहीं है। अगर आप चाहते हैं कि वे विवाह करें, तो आपको किसी ऐसी सत्ता को उत्पन्न करना होगा, जो उनमें प्रेम की भावना जगा सके।" इतना कहकर काम आपनी पत्नी रति और अन्य सहयोगियों के दल के साथ घर लौट गया।

इस समाचार को सुनकर ब्रह्मा बहुत निराश थे और उनको समझ में नहीं आ रहा था कि वे क्या करें। ब्रह्मा की प्रकृति राजसिक, कर्मशील और ऊर्जामय थी, जबकि शिव की प्रकृति तामसिक, अकर्मक और मननशील थी। इनके बीच सृष्टि के पालनकर्त्ता विष्णु थे, पूरी तरह सात्त्विक और ब्रह्माण्ड की व्यवस्थाओं को सुचारू रखने में सदा व्यस्त रहने वाले। वे सृजनकर्त्ता ब्रह्मा की अग्रगामी उग्रता और संहारकर्त्ता रुद्र की प्रतिगामिता के बीच ब्रह्माण्ड का सन्तुलन बनाये रखते थे। इस प्रकार ये तीनों - ब्रह्मा, विष्णु और शिव - सृष्टि,

स्थिति और संहार का प्रतिनिधित्व करते थे। ब्रह्मा ने अनुभव किया कि यदि शिव संसार के प्रति पूरी तरह से उदासीन हो गये, तो ब्रह्माण्डीय सन्तुलन नष्ट हो जायेगा, क्योंकि सृजन की प्रक्रिया को बनाये रखने के लिए तनाव की एक निश्चित मात्रा आवश्यक होती है। सहसा उनके मन में विष्णु से मिलने का विचार आया, जो स्वयं ब्रह्मा की उत्पत्ति के मूलभूत कारण थे। जैसे ही उन्होंने उनके बारे में सोचा, कमल-नयन, चार भुजाओं वाले और नीलवर्ण विष्णु उनके समक्ष प्रकट हो गये और मुस्कराते हुए उनसे पूछने लगे कि वे क्या चाहते हैं। ब्रह्मा ने अपनी दुःखभरी कथा कह सुनायी कि किस तरह उन्होंने शिव को मोहित करने काम को भेजा था और किस तरह वे दुखद ढंग से विफल रहे।

यह कहानी सुनकर विष्णु मुस्कराये और बोले, "हे ब्रह्मा! आख़िर यह भ्रम आपको हुआ ही कैसे? क्या आप नहीं जानते कि शिव तमाम तरह की मायाओं से परे, अपने आत्मानन्द में डूबे रहने वाले महायोगी हैं? आखिर आप सोच भी कैसे सके कि आप उनको काम की छलपूर्ण युक्तियों का शिकार बना सकते हैं? हे ब्रह्मा, अगर आप सचमुच शिव को विवाहित देखना चाहते हैं, तो इसके लिए आपको स्वयं शिव से प्रार्थना करनी होगी। आप जानते हैं कि उनकी शक्ति उन्हीं का अंश हैं। शक्ति उनका नारी प्रतिरूप हैं और वे शिवा के नाम से जानी जाती हैं। अगर वे देवी मनुष्य के रूप में जन्म ले लें, तो वे निश्चय ही उनकी अर्धांगिनी बनेंगी, क्योंकि वे उन्हीं का एक अंश हैं। अपने पुत्र दक्ष को आदेश दें कि वह तपस्या कर उन देवी को प्रसन्न करे, और उनको अपनी पुत्री के रूप में जन्म लेने के लिए मनाये; और फिर दक्ष से कहें कि वह अपनी उस पुत्री का शिव के साथ विवाह कर दे। याद करें कि जब हम तीनों उस निराकार ब्रह्म से उत्पन्न हुए थे, तभी यह निश्चय कर दिया गया था कि लक्ष्मी मेरी, सरस्वती आपकी और सती शिव की नारी प्रतिरूप होंगी। सदाशिव ने रुद्र के रूप में अवतार लिया था और वे आपकी भँवों बाहर निकले थे। वे अब कैलाश पर निवास करते हुए दक्ष की पुत्री सती के रूप में शिवा के अवतार की प्रतीक्षा कर रहे हैं। इसलिए उनके अवतार के लिए सारी तैयारियाँ पूरी कीजिए।" इतना कहकर विष्णु ने ब्रह्मा को आशीर्वाद दिया और अन्तर्ध्यान हो गये।

विष्णु के जाते ही ब्रह्मा ने शिव के नारी प्रतिरूप शिवा या दुर्गा का ध्यान करना आरम्भ कर दिया। ये देवी विद्या और अविद्या दोनों हैं। वे परम ब्रह्म ही हैं। ब्रह्मा के तप से प्रसन्न होकर देवी दुर्गा उनके समक्ष प्रकट हुईं। वे रात्रि के समान काली थीं और उनके चार दिव्य हाथ थे, जिनमें से एक में वे कमल थामे थीं और दूसरे में खड्ग धारण किये हुए थीं। तीसरा हाथ आशीर्वाद की मुद्रा में उठा हुआ था। उनके नेत्र काले और आबदार थे और उन रत्नों की भाँति चमक रहे थे जो उनके कुंचित केशों को अलंकृत कर रहे थे। उनके मस्तक का तीसरा नेत्र बन्द था। वे माघ के चन्द्रमा की भाँति सुन्दर थीं, और दूज का चन्द्रमा उनके चौड़े माथे को सुशोभित कर रहा था। वे एक भव्य सिंह पर सवार थीं जो अपनी भूरी आँखों से उनको प्रसन्नतापूर्वक निहार रहा था।

दिव्य शक्ति की इस विस्मयकारी झलक को देखकर ब्रह्मा ने अपने हाथ जोड़े और उनका स्तुतिगान करने लगे : "हे देवी, आपको नमन करता हूँ! आप ब्रह्म की वह शाश्वत ऊर्जा हैं जिसने स्वयं को अनेक रूपों में प्रकट किया है। लक्ष्मी के रूप में आप विष्णु के

बायें विराजती हैं; पृथ्वी के रूप में आप सब कुछ को अपने भीतर धारण करती हैं। आप कर्म भी हैं और अकर्म भी हैं; आप सृष्टि और संहार दोनों का कारण हैं। आप चर और अचर दोनों ही तरह की सत्ताओं की आदि ऊर्जा हैं, और हर किसी को वशीभूत करने में सक्षम हैं। यद्यपि आप निराकार हैं, लेकिन अनन्त अवतार लेने में सक्षम हैं। आप वह शाश्वत काल हैं जो समस्त सृष्टि को नियन्त्रित करता है।"

ब्रह्मा की इस स्तुति को सुन देवी प्रसन्न हुईं और उनसे पूछा कि वे क्या चाहते हैं। ब्रह्मा ने उत्तर दिया, "हे देवी, महादेव शिव, जो मेरे माथे से रुद्र के रूप में अवतरित हुए हैं, कैलाश पर्वत पर रहते हैं। वे अकेले तपस्या करते रहते हैं और विवाह करने से मना करते हैं। आप उनकी शाश्वत शक्ति हैं। वे महायोगी हैं और किसी अन्य स्त्री द्वारा रिझाये नहीं जा सकते। लेकिन जैसा कि आप स्वयं जानती हैं, योग के मार्ग को भोग के मार्ग से सन्तुलित करना आवश्यक होता है। जैसा कि आपने लक्ष्मी के रूप में विष्णु को मोहित किया है, इस समूची सृष्टि में एकमात्र आप ही हैं जो भगवान शिव को उत्तेजित कर सकती हैं। हे जगत जननी, मैं आपसे प्रार्थना करता हूँ कि आप दक्ष की पुत्री के रूप में जन्म लें और उन प्रभु को मोहित करें जो सांसारिकता से पूरी तरह निस्संग हैं। दक्ष इस समय आपका ध्यान करते हुए तपस्या कर रहे हैं। कृपा कर उन पर प्रसन्न हों और उनकी पुत्री सती के रूप में जन्म लेकर उनकी मनोकामना पूरी करें।" देवी ने उनकी प्रार्थना स्वीकार की और उनको आशीर्वाद देकर अन्तर्ध्यान हो गयीं।

वे दक्ष के समक्ष प्रकट हुईं, जो ब्रह्मा के निर्देशानुसार समुद्र के तट पर तपस्या कर रहे थे। दक्ष उनके मनोहारी रूप को देखकर अभिभूत हुए और उनकी प्रशंसा में स्तुतिगान करने लगे। वे उनकी भक्ति से प्रसन्न हुईं और उन्होंने उनसे वर माँगने को कहा। दक्ष ने कहा, "हे जगत जननी! जैसा कि आप जानती हैं, रुद्र ने शिव के रूप में अवतार लिया है, लेकिन उन्होंने अभी तक अर्धांगिनी को धारण नहीं किया है। एकमात्र आप ही इस भूमिका को निभा सकती हैं, इसलिए मेरी पुत्री के रूप में जन्म लेने की कृपा करें और शिव की अर्धांगिनी बनें। मैं इसी वरदान की याचना करता हूँ।"

इन शब्दों को सुनकर देवी ने उत्तर दिया, "हे दक्ष! आपका कथन उचित है। शिव के लिए मैं एकमात्र योग्य सहगामिनी हूँ। मैं हर अवतार में उनकी प्रेयसी रही हूँ, इसलिए मैं आपकी पुत्री के रूप में अवतार लूँगी। अब आप अपने घर जाइए और प्रार्थना करिए। आपकी इच्छा शीघ्र ही पूरी होगी। लेकिन हे दक्ष, मेरी एक शर्त है। अगर आपने भविष्य में कभी भी मेरा या शिव का अनादर किया, तो मैं अपनी देह का त्याग कर स्वयं में वापस लौट जाऊँगी।" इतना कहकर देवी दक्ष के सामने से अन्तर्ध्यान हो गयीं।

ॐ नमः शिवाय

खड्ग और बाणों से युक्त,
ठगों के स्वामी को हम नमन करते हैं।
छलपूर्वक लूटने वालों के स्वामी को हम नमन करते हैं।
नमन करते हैं हम कभी भी हाथ न लगने वाले जंगली
छापामारों के स्वामी को।

—श्री रुद्रम्, यजुर्वेद

अपने बचाव के लिए चौकस और आक्रमण की
टोह में रहने वालों के स्वामी का हम नमन करते हैं।
नमन करते हैं हम उन डकैतों के उस मुखिया का जो
रात के अँधेरे में तलवारें लिये घूमते हैं।
नमन करते हैं हम पर्वतों के उन
लाल पगड़ीधारी वासियों का
जो हमारा सामान चुरा ले जाते हैं।

—श्री रुद्रम्, यजुर्वेद

नमन करते हैं हम आपको,
जो आसन पर बैठे भी हैं और लेटे भी हैं।
नमन करते हैं हम आपको जो
सोये भी हैं और जागे हुए भी।
नमन करते हैं हम आपको जो
अचल भी हैं और गतिशील भी।
नमन करते हैं हम आपको
जो सभापति भी हैं और सभासद भी।

—श्री रुद्रम्, यजुर्वेद

ॐ

पिनाकिने नमः!

अध्याय 5

सती

युवा हिरणी है वह, या किसी दिव्य पुष्प की कोमल कली,
या सुगन्धित मधु का यौवनकाल,
या समुद्र की लहरों के तले नवजात मूँगे का सुन्दर तन्तु,
या चन्द्र किरणों की आरम्भिक कौंध,
या फिर वह लघु कमान जिस पर
कामदेव ने बाण चलाना सीखा था।

—सेक्किझर, पेरिय पुराणम्

दक्ष अब अपने आश्रम में लौट आये और ब्रह्मा ने उनसे विवाह करने तथा सन्तान की उत्पत्ति कर उस संसार की जनसंख्या में अभिवृद्धि करने को कहा जिसकी जनसंख्या उस युग में बहुत क्षीण थी। उन्होंने दो स्त्रियों से विवाह किया - असिक्नी और विरिणी। अपनी दूसरी पत्नी से उनकी अनेक सन्तानें हुईं जिनको उन्होंने सृष्टि करने के निर्देश देकर पश्चिम दिशा में भेज दिया। जब वे नारायण सरस के नाम से प्रसिद्ध सरोवर पर पहुँचे और उन्होंने उसके जल का स्पर्श किया, तो उनके संकल्प बदल गये और उन्होंने उस सुन्दर स्थल पर तपस्या करने का निश्चय किया। दक्ष के पुत्रों के इस निश्चय के बारे में सुनकर नारद मुनि उस स्थल पर गये और उन्होंने उनको परामर्श दिया कि वे सन्तान की इच्छा त्याग दें और भगवान का ध्यान करें, और इस प्रकार स्वयं को ज्ञान से आलोकित करें। दक्ष के समझदार पुत्रों ने उनके शब्दों की सच्चाई को अनुभव करते हुए विवाह करने के अपने इरादे त्याग दिये और सत्य की खोज में योगियों के रूप में भ्रमण करने लगे। अपने पुत्रों की नियति के बारे में सुनकर दक्ष ने अपना धीरज खोये बिना अपनी दूसरी पत्नी से एक हज़ार सन्तानें उत्पन्न कीं। जब वे पुत्र वयस्क हुए, तो वे भी सरस सरोवर पर गये। उन्होंने भी जैसे ही उसके पवित्र जल का स्पर्श किया, उनके इरादे बदल गये। एक बार पुनः नारद उनके पास पहुँचे और उनको परामर्श दिया कि बजाय पत्नियों की खोज में भटकने के वे ईश्वर की खोज करें, और वे भी अपने भाइयों के मार्ग का अनुसरण करते हुए योगियों के रूप में भ्रमण करने लगे।

अपने असाधारण पुत्रों से इस प्रकार वंचित होने पर दक्ष शोक में डूब गये। नारद की छलपूर्ण चालों के बारे में सुनकर उन्होंने नारद को शाप देते हुए कहा, "हे नारद! चूँकि तुमने मेरे पुत्रों को ईश्वर की खोज में भटकते बेघर यायावरों में बदल दिया है, तुम्हें भी कभी अपना घर उपलब्ध नहीं होगा। तुम अगर किसी भी स्थान पर अधिक समय तक टिकोगे, तो तुम्हारा मस्तक फट जायेगा। तुम अब सदा-सदा के लिए एक ऐसे यायावर बने रहने के लिए अभिशप्त हो, जिसको लम्बे समय तक किसी भी जगह विश्राम किये बिना हर समय गतिशील रहते हुए तीनों लोकों में भटकते रहना होगा।"

नारद इस शाप से न केवल तनिक भी विचलित नहीं हुए बल्कि उन्होंने यह शाप देने की कृपा के लिए दक्ष को धन्यवाद दिया। इस शाप ने यह सुनिश्चित कर दिया था कि अब वे अपनी वीणा पर ईश्वर का गुणगान करते हुए संसार भर में भटकते रह सकेंगे, जैसा कि वे करना चाहते थे। भगवान के भक्त ऐसे ही शान्त स्वभाव के होते हैं, और वे शाप दिये जाने पर भी कभी क्रोधित नहीं होते।

अपने सारे पुत्रों को खो देने के बाद दक्ष ने निर्णय लिया कि वे पुत्रियों को जन्म देंगे, जिनसे उनको उम्मीद थी कि वे उनके पुत्रों की तरह यायावर नहीं निकलेंगी। उन्होंने साठ पुत्रियों को जन्म दिया और जैसे ही वे विवाह-योग्य हुईं, उन्होंने उनके विवाह तय कर दिये। दस का विवाह धर्म से कर दिया गया, तेरह का विवाह कश्यप ऋषि से हुआ, और सत्ताईस का विवाह चन्द्रमा से कर दिया गया। शेष अन्यान्य लोगों से ब्याही गयीं, और इन पुत्रियों की सन्तानों ने संसार को परिव्याप्त करना आरम्भ कर दिया।

यही वह समय था जब दक्ष का अपने दामाद चन्द्रमा के साथ झगड़ा हुआ। लगता है कि दक्ष को अपने सभी दामादों से झगड़ने की आदत पड़ चुकी थी, जैसा कि हम आगे चलकर देखेंगे। चन्द्रमा ने दक्ष की सत्ताईस कन्याओं से विवाह किया था। ये चन्द्रमा के सत्ताईस तारा उपमण्डल हैं, लेकिन चन्द्रमा ने इनमें सबसे गौरवर्ण रोहिणी को विशेष वरीयता प्रदान की हुई थी। अन्य बेटियों ने पिता से इसकी शिकायत की, और दक्ष ने चन्द्रमा को शाप दे दिया कि उसकी सुन्दर काया दुर्बल होकर छीज जाएगी। जैसे ही इस शाप ने अपना प्रभाव दिखाना आरम्भ किया, चन्द्रमा दुर्बल से दुर्बल होता चला गया। वह घबरा गया और भागा-भागा विष्णु के पास पहुँचा, जिन्होंने उसको परम चिकित्सक वैद्यनाथ, अर्थात शिव, की शरण में जाने का परामर्श दिया, जो पवित्र औषधि सोम के रखवाले हैं, जिस नाते वे सोमनाथ के नाम से जाने जाते हैं। शिव ने चन्द्रमा को चंगा तो कर दिया, लेकिन हर बार जैसे ही वह घर वापस पहुँचता वह रोग उसको फिर से घेर लेता। आख़िर चन्द्रमा ने शिव से प्रार्थना की कि वे उसको पूरी तरह स्वस्थ बना दें। शिव ने उसकी विनती स्वीकार की और उसको अपने जूड़े में रख लिया। यह दूज का चन्द्रमा, चन्द्रकला, शिव की जटाओं को अलंकृत करता है, और इस प्रकार शिव ने चन्द्रशेखर नाम प्राप्त किया। लेकिन दक्ष ने शिव को इस बात के लिए क्षमा नहीं किया कि उन्होंने उस व्यक्ति की रक्षा की जिसको उसने शाप दिया था।

तभी दक्ष को देवी दुर्गा द्वारा दिये गये उस वचन का स्मरण हो आया कि वे उसकी पुत्री के रूप में जन्म लेंगी। इसलिए उसने और उसकी पत्नी ने देवी की स्तुति की और

वे प्रकट हो गयीं। देवी ने उनसे शुद्धिकरण के कुछ अनुष्ठान करने को कहा कि और कहा कि इन अनुष्ठानों के पूरा होने के बाद शीघ्र ही वे दक्ष की पत्नी विरिणी के गर्भ से जन्म लेंगी। दुर्गा, काली आदि अन्य नामों से जानी जाने वाली देवी शिवा ने अपने वचन को निभाते हुए दक्ष की पुत्री के रूप में जन्म लिया। उनके जन्म लेते समय आकाश से जल की हल्की फुहार और पुष्पों की बारिश हुई। उन्होंने अपने माता-पिता को अपने दिव्य दर्शन दिये और उन्होंने अनेक स्तुतियों से उनका गुणगान किया। इसके बाद वे फिर से शिशु बन गयीं और नवजात शिशु की ही भाँति रोने लगीं। उनको सती नाम दिया गया। एक बालिका के रूप में उनका प्रिय खेल हुआ करता था, एक जगह बैठकर शिव का चित्र बनाना, जिनको इस जन्म में उन्होंने कभी देखा भी नहीं था। उनके सारे गीत भी शिव या रुद्र के बारे में ही होते।

एक दिन ब्रह्मा नारद के साथ दक्ष के निवास पर गये और उन्होंने सती से कहा कि उनकी इच्छा अवश्य पूरी होगी और वे शिव को अपने पति के रूप में प्राप्त करेंगी। वे अपनी माँ के पास गयीं और उनसे बोलीं कि वे शिव को अपने पति के रूप में पाने के लिए एक वर्ष की तपस्या करने जा रही हैं।

इसके बाद उन्होंने शिव को प्रसन्न करने कठोर तप आरम्भ कर दिया। पूरा वर्ष बीतने तक वे हर माह अपनी देह को कठोरतम यातनाएँ देती हुईं विभिन्न विधियों से शिव की उपासना करती रहीं। अन्त में जब एक वर्ष पूरा हुआ, तो उन्होंने पूजा समेटी और सदा कृपालु त्रिनेत्रधारी शिव का एकाग्र चित्त से ध्यान करने लगीं। यहाँ तक कि ऋषिगण भी उनका दर्शन करने आने लगे क्योंकि वे उस उच्चतम अवस्था में पहुँच चुकी थीं जहाँ ये ऋषिगण वर्षों तक तपस्या करने के बाद भी नहीं पहुँच पाये थे। ऋषिगण विष्णु के पास पहुँचे और उन्होंने उनसे अनुरोध किया कि शिव के पास जाकर उनके समक्ष सती का पक्ष रखें। ब्रह्मा और विष्णु के साथ वे कैलाश पर्वत पर गये और शिव की स्तुति करने लगे। वे आनन्दित हुए और उनसे बोले कि वे अपनी इच्छा प्रकट करें, वह अवश्य पूरी होगी। उन सबने मिलकर उनसे प्रार्थना की कि वे उसी तरह पत्नी को धारण करें जिस तरह विष्णु ने लक्ष्मी को और ब्रह्मा ने सरस्वती को धारण किया हुआ है।

यह सुनकर शिव ने कहा, "हे देवों! केवल अपूर्ण ज्ञान रखने वाला व्यक्ति ही विवाह की आकांक्षा कर सकता है। वह एक बहुत बड़ा बन्धन है। मैं सदा आत्मानन्द में लीन एक योगी हूँ। मैं जगत से उदासीन हमेशा तपस्या में व्यस्त रहने वाला हूँ। मुझे विवाह से क्या लेना-देना है? फिर, मैं भूतों और पिशाचों की संगत में रहने वाला हूँ। मैं जलते हुए घाटों और श्मशानों में घूमता-फिरता हूँ। मेरी देह जले हुए शरीरों की राख से पुती रहती है। नाग और दूसरे सरीसृप मेरे अलंकार हैं। कौन स्त्री होगी जो मुझसे विवाह करना चाहेगी?"

देवताओं ने पुनः उनसे अपनी प्रार्थना पर विचार करने का अनुरोध करते हुए कहा कि यह जगत के कल्याण के लिए आवश्यक है कि वे जीवन-संगिनी को धारण करें। उनके ये शब्द सुनकर शिव मुस्कराये और बोले, "ठीक है। मैं अपने भक्तों की प्रार्थना कभी भी अनसुनी नहीं कर सकता, इसलिए मैं पत्नी धारण करूँगा, लेकिन ध्यान रहे, वह विशेष तरह की स्त्री होनी चाहिए। जब मैं योगी होऊँ तो वह योगिनी बनकर रहे, और जब मैं उसकी

आकांक्षा करूँ तो वह मुझे पत्नी के रूप में उपलब्ध हो। जब मैं समाधि में जाऊँ, तो वह मेरे पास न आये अन्यथा वह मेरी तपश्चर्या की आग में जलकर भस्म हो जाएगी। अगर वह मेरे कहे हुए पर विश्वास नहीं करेगी, तो मैं उसको तज दूँगा। हे ब्रह्मा, इन सारी बातों पर विचार कीजिए और तब मुझे बताइए कि क्या आपकी सृष्टि में ऐसी कोई स्त्री है!"

ब्रह्मा इन शब्दों को सुनकर आनन्दित हुए और बोले, "निश्चय ही है, प्रभु, दक्ष की पुत्री के रूप में ऐसी स्त्री का जन्म हो चुका है। वह सती के नाम से जानी जाती है और वह आपसे विवाह रचाने के सर्वथा योग्य है। इस समय वह आपको पति के रूप में पाने के लिए कठोर तपस्या कर रही है। वह उन्हीं देवी माता का अवतार है जिन्होंने लक्ष्मी और सरस्वती के रूप धारण किये हुए हैं।" विष्णु ने भी सती के गुणों की प्रशंसा की और शिव से अपनी प्रार्थना स्वीकार करने तथा सती की इच्छा पूरी करने का अनुरोध किया। शिव ने प्रार्थना स्वीकार की।

अश्विन मास के शुक्ल पक्ष की अष्टमी के दिन सती ने अपना अन्तिम उपवास करते हुए शिव की पूजा का अपना एक वर्ष पूरा किया। वे जंगल में बैठीं उनके ध्यान में डूबी हुईं थी जब शिव उनके समक्ष प्रकट हुए। उन्होंने उनके सामने अपना पंचमुखी, त्रिनेत्र-युक्त और दूज के चन्द्रमा से सज्जित जटाजूट वाला अतुलनीय रूप प्रकट किया। वे अपने हाथों में त्रिशूल और डमरू धारण किये हुए थे। उनका चेहरा इतना दीप्त था कि उस पर सती की दृष्टि मुश्किल से टिक पा रही थी। उन्होंने अपनी आँखें झुका लीं और उनके पैरों पर झुक गयीं।

हालाँकि वे उनकी इच्छा को समझते थे, लेकिन तब भी उन्होंने उनसे वरदान माँगने को कहा, क्योंकि वे चाहते थे कि वे बिना किसी संकोच के स्पष्ट शब्दों में अपनी इच्छा उनके सामने व्यक्त करें। लेकिन वे अत्यन्त लज्जा से भरी हुई थीं और इसलिए बोल नहीं पा रही थीं। उन्होंने एक बार फिर से उनसे अपनी इच्छा प्रकट करने का आग्रह किया। अन्त में उन्होंने बुदबुदाते स्वर में कहा, "हे स्वामी, आप मुझसे परिहास क्यों कर रहे हैं? आप मेरी इच्छा जानते हैं। मुझको अपनी इच्छा से वर चुनने की अनुमति दें।"

वे अपनी बात अभी पूरी भी नहीं कर पायी थीं कि शिव ने कहा, "हे सती, आप निश्चय ही मेरी अर्धांगिनी होंगी!" इन शब्दों से आनन्दित हो वे कुछ भी नहीं कह सकीं, केवल उनकी ओर देखते हुए धीरे से मुस्करा दीं। उनके सम्मोहनकारी रूप को देखकर शिव का गम्भीर, अनासक्त हृदय भी प्रेम के आवेग से पिघल गया और वे अनुराग भरी दृष्टि से उनकी ओर देखने लगे। अन्त में सती बोलीं, "हे स्वामी, प्रसन्न हों और मेरे पिता के पास जाकर विधिपूर्वक उनसे मेरा हाथ माँगें।" शिव ने सहमति दी, और वे उनको प्रणाम कर अत्यन्त प्रसन्न मन से अपने माता-पिता के घर वापस लौट गयीं। उनकी सखियों ने विरिणी को समाचार दिया कि शिव ने सती को वह वरदान दे दिया है जिसके लिए वे तपस्या कर रही थीं। दक्ष और विरिणी दोनों ही यह समाचार सुनकर प्रसन्न हुए। वे सोच ही रहे थे कि इस सिलसिले को किस तरह आगे बढ़ाया जाय कि तभी ब्रह्मा अपनी पत्नी सरस्वती के साथ उनके पास आ पहुँचे। शिव ने ही उनसे कहा था कि वे दक्ष के पास जाकर औपचारिक रूप से विवाह के लिए उनकी पुत्री का हाथ माँगें, क्योंकि यही उनकी

पुत्री की इच्छा है। ब्रह्मा ने कहा, "हे दक्ष! हम सब जिस वस्तु की कामना कर रहे थे, वह अन्ततः प्राप्त हुई है। जो काम के बाणों से भी मोहित नहीं किये जा सके, वे आपकी पुत्री सती के आखेट बन गये हैं। महान प्रभु आत्मा का चिन्तन तजकर अब केवल सती के बारे में सोच रहे हैं। इसलिए मुझे अनुमति दें कि मैं शिव के पास जाकर उनको यह शुभ समाचार दूँ कि आपने अपनी सहमति दे दी है।"

दक्ष ने तत्काल अपनी सहमति दी, और ब्रह्मा ने जाकर यह समाचार शिव को दिया, जो अपने प्रस्ताव के परिणाम की व्यग्रतापूर्वक प्रतीक्षा कर रहे थे। समाचार सुनकर शिव अत्यन्त हर्षित हुए। जब कोई भक्त अपना हृदय उनको सौंप देता है, तो बदले में भगवान भी उतनी ही व्यग्रता के साथ उसको अपना प्रेम प्रदान करते हैं। शिव ने आगे कोई तर्क-वितर्क किये बिना अपने भयावह गणों को एकत्र किया और ब्रह्मा तथा अन्य ऋषियों को अपने साथ आने को कहा।

चैत्र मास के शुक्ल पक्ष के एक रविवार के दिन शिव ने ब्रह्मा, विष्णु और ऋषियों को तथा अपने गणों को साथ लेकर दक्ष के राज्य की ओर प्रस्थान किया। दूल्हे ने हाथी और शेर की छालें लपेटी हुई थीं। उनके केश की जटाएँ एक जूड़े में बँधे हुई थीं जिसके भीतर से दूज का चन्द्रमा झाँक रहा था, और सर्प उनके कण्ठ को शोभित कर रहे थे।

दक्ष और उनकी पत्नी ने अत्यन्त हर्षित होकर बारात का स्वागत किया और ब्रह्मा से विवाह के अनुष्ठान सम्पन्न करने का अनुरोध किया। ब्रह्मा ने अनुरोध स्वीकार किया और सती का हाथ शिव के हाथों में सौंप दिया। यह आदर्श युगल शिव और सती का मिलन था। शिव ने उनके हाथ को दृढ़तापूर्वक थामा और, जैसी कि प्रथा थी तीन बार पवित्र अग्नि की परिक्रमा की। शेष औपचारिकताएँ पूरी की गयीं, और नन्दी पर सवार होकर, गोद में अपने सम्मुख सती को बिठाकर शिव ने वहाँ से प्रस्थान किया। सारे देवता कुछ दूर तक बारात के साथ गये। इसके बाद शिव और सती अपने गणों की अगुवाई में उन हिम-श्रंखलाओं की ओर चले गये जहाँ उनका निवास था।

ॐ नमः शिवाय

नमन करते हैं हम उनको जो काष्ठकारों और रथ-निर्माताओं का वेष धारण करते हैं। नमन करते हैं हम उनको जो आखेटकों और मछुआरों का वेष धारण करते हैं। नमन करते हैं हम उनको जो श्वानों और उनको पालने वालों को वेष धरते हैं।

–श्री रुद्रम, यजुर्वेद

नमन करते हैं हम पर्वतों के उस वासी को जो समस्त सत्ताओं में उपस्थित है। नमन करते हैं हम उस धनुर्धारी को, जो बादलों से जमकर बरसता है। नमन करते हैं हम उस लघुकाय को जो सुन्दर है। नमन करते हैं हम उस प्राचीन को जो देश, काल और पदार्थ के परे है।

—श्री रुद्रम्, यजुर्वेद

निस्संग, निस्संग, निस्संग हूँ मैं (देह, मन और बुद्धि से)।
चेतना और आनन्द के रूप में केवल मुझ अकेले
और अपरिवर्तनीय का ही अस्तित्व है।
मैं सदा निष्कलुष और स्वतन्त्र हूँ,
अपरिवर्तनीय रूप और अपरिवर्तनीय प्रकृति।

—श्री रुद्रम्, यजुर्वेद

मैं शाश्वत हूँ और असीम,
अनिवार्य और अचल।
केवल मेरा ही अस्तित्व है,
चेतना और आनन्द के रूप में अपरिवर्तनीय।

—आदि शंकराचार्य द्वारा विरचित
'दश श्लोकी'

ॐ

शशिशेखराय नमः!

अध्याय 6

सती और शिव

आसक्त होओ उसके प्रति जो अनासक्त है।
केवल उसी आसक्ति को थामे रहो।
केवल तभी तुम दूसरी आसक्तियों से मुक्त हो सकोगे।

—सन्त तिरुवल्लुवर

सती शिव के लिए सर्वथा आदर्श सहगामिनी थीं। उनका अनुसरण करने और उनको प्रसन्न रखने के अतिरिक्त अन्य किसी चीज़ में उनकी रुचि नहीं थी, लेकिन इसका यह अर्थ नहीं है कि उनका अपना विवेक नहीं था। इसके विपरीत, वे हालाँकि सती थीं, लेकिन वे दुर्गा और काली भी थीं, और जब वे कोई निर्णय कर लेती थीं, तो कोई नहीं था जो उनको रोक सकता, जैसा कि हम आगे चलकर देखेंगे। लेकिन इस समय उनको अपने उस राजमहल की विलासिताओं की कोई चाह नहीं थी, जहाँ तमाम तरह की सुख-सुविधाओं के बीच उनका लालन-पालन हुआ था। इस समय तो वे केवल अपने विलक्षण पति का अनुसरण करती हुईं उनके पिशाचों और गणों के पीछे-पीछे हिमालय की श्रंखलाओं और चोटियों का भ्रमण करना चाहती थीं। शुरू में तो वे उनकी तरफ़ ध्यान भी नहीं देते थे, लेकिन वे उनकी इस ऊपरी उदासीनता की परवाह किये बिना उनका अनुसरण करती रहती थीं।

एक दिन उन्होंने उनसे अकस्मात पूछा, "तुम मेरे पीछे क्यों लगी रहती हो?" उन्होंने उत्तर दिया, "क्योंकि मैं आपकी धर्मपत्नी हूँ।"

"तुमने मुझसे विवाह क्यों किया?" उन्होंने पूछा।

"क्योंकि आपके बिना मैं अधूरी हूँ," उन्होंने उत्तर दिया।

"मेरे पास तुमको देने के लिए कुछ भी नहीं है।"

"लेकिन मैं तो सिवा आपके और कुछ की चाहना ही नहीं करती," उन्होंने कहा।

"मेरे न तो कोई जनक हैं, न कोई वंश है, और न ही कोई सम्पत्ति ही है मेरे पास। ये विचित्र प्राणी ही मेरे सब कुछ हैं।"

"मैं आपके अलावा और कुछ नहीं चाहती। जिनको आप अपना समझते हैं, वे ही मेरे अपने भी हैं," उनका उत्तर था।

उनकी दृढ़ता और प्रेम ने अन्ततः उनका हृदय पूरी तरह से जीत लिया, और उन्होंने अपने गणों से कहा कि वे उनको अकेला छोड़ दें, और जब उनको उनकी आवश्यकता होगी वे उनको बुला लेंगे। इसके बाद भगवान ने सती को अपनी बाँहों में भर लिया और उनके साथ उसी तरह रति-क्रीड़ाएँ करने लगे जिस तरह कोई भी पुरुष अपनी नवविवाहित पत्नी के साथ करता है। वे पल भर को भी उनसे दूर न होते, और अगर होते भी, तो अचानक वापस आकर पीछे से उनकी आँखें बन्द कर लेते, जिससे वे काँप उठतीं और और सहारे के लिए उनसे लिपट जातीं। वे अचानक अदृश्य हो जाते और फिर उनको पकड़ लेते और डर के मारे उनकी चीख़ निकल जाती, और फिर उनके सामने अचानक प्रकट हो जाते जिससे वे दिखावटी भय के साथ उनकी बाँहों में सिमट जाने को भागतीं। कभी-कभी वे फूल एकत्र कर उनके हार से उनके केशों को सजाते। कभी जब वे अपना ही रूप निहारने के लिए पानी के किसी गहरे कुण्ड में झाँक रही होतीं, वे उनके पीछे से आकर पानी में झाँकने लगते। तब वे मानसून के काले बादल के समान होतीं जिसके पीछे से पूर्णिमा का चाँद झाँक रहा होता, क्योंकि सती आबनूसी रंग की थीं जबकि शिव चन्द्रमा की भाँति शुभ्र थे। फिर वे सरोवर से कमल एकत्र करते और उनकी साँवली काया को उन फूलों से सजाते। अक्सर स्नान के बाद वे वस्त्र पहनने में उनकी सहायता करते और उनको चन्दन का उबटन लगाते तथा उनके स्तनों पर कस्तूरी मलते।

जब जाड़े का मौसम आया, तो शिव ने काम का ध्यान किया और काम वसन्त के साथ आ पहुँचा। वसन्त के आते ही प्रभु की मानसिक अवस्था के अनुकूल हिमालय की घाटियों में वृक्ष और लताएँ पल्लवों और पुष्पों से लद गयीं। सरोवर पुष्पित कमल दलों से भर गये और मन्द मलय समीर ने हवा को सराबोर कर दिया। लवंग और इलायची जैसी चीज़ों की गन्ध हवा को और भी मादक बनाते हुए भ्रमरों को बेहाल करने लगी। बादलों से पूरी तरह स्वच्छ आकाश में चन्द्रमा रातों को उजला कर रहा था। ऐसे विमोहक वातावरण में भगवान शिव वर्षों सती का अनुगमन करते रहे। जिस तरह रस्सी हाथी को बाँधे रखती है, उसी तरह लगता था वे भी उनके मुख के सौन्दर्य और उनकी मोहक, कामोद्दीपक क्रियाओं के पाश में बँधे हुए थे। देवताओं की गणना के अनुसार पच्चीस वर्षों तक शिव हिमालय की चोटियों और कन्दराओं में सती के साथ काम-क्रीड़ाएँ करते रहे। लेकिन इन समूची काम-क्रीड़ाओं के बावजूद एक बार भी उनका वीर्य स्खलित नहीं हुआ।

जब वर्षा ऋतु आयी, तो सती ने शिव को उलाहना देते हुए कहा, "हे प्रियतम, हम जैसे यायावरों के लिए, जिनका अपना कोई ठिकाना नहीं है, यह सबसे बुरा मौसम है। ये भयानक झंझावात और बिजलियाँ मुझे डराती हैं। न सूरज दिखायी देता है न चन्द्रमा। विशाल देवदारु वृक्ष भरभराकर गिर रहे हैं। दिन रातों की तरह लगते हैं। मेरे शरीर को देखिए जो कठोर ओलों के गिरने से छिल गया है। सिर्फ़ मोर ही हैं जो बादलों के इस गर्जन से मग्न होकर नाचते हैं। इस मौसम में कौवे और चकोर तक अपने घोंसले बना लेते हैं। हे मेरे प्रियतम, अब आप भी बिना विलम्ब किये अपने लिए एक घर बनाने की कृपा करें।"

सती के इन शब्दों को सुनकर शिव ने कहा, "हे मेरी प्रिया, आपकी इच्छा पूरी हो। आप अपनी रुचि की कोई जगह चुनें, और आपके योग्य घर तैयार हो जायेगा। क्या आप उस मेरु पर्वत पर रहना चाहेंगीं, जहाँ देवता निवास करते हैं? शायद आप काशी में रहना चाहें। आप जगह का नाम भर लें, वह उसी क्षण से आपकी होगी। आपकी सुन्दरता स्वर्ग की अप्सराओं की सुन्दरता से होड़ करेगी और उनको लज्जित करेगी। या फिर आप हिमालय के राजा हिमवान के राज्य में रहना पसन्द करेंगी, जहाँ पर्वतीय स्त्रियाँ और नागों की कन्याएँ आपकी सेवा किया करेंगीं? वहाँ के शिकारी पक्षी तक शान्तिप्रिय होते हैं, क्योंकि वह अनेक ऋषियों और मुनियों का आवास है। या शायद आप मेरे अपने कैलाश पर्वत पर ही रहना पसन्द करें, जो धन के देवता कुबेर के निवास के एकदम निकट है? आप ही चुनिए। सारी जगहें आपकी हैं।"

सती ने हिमवान के देश का चुनाव किया, इसलिए प्रभु उनको वहीं ले गये जहाँ उन्होंने एक सुन्दर निवास बनाया और वहाँ अनेक दैवीय वर्षों तक उनके साथ रहे। वे उनके साथ रहते हुए कभी ऊब नहीं अनुभव करते थे, और वे उनकी उपस्थिति से हमेशा अभिभूत रहती थीं। भगवान शिव जो कभी केवल आत्मा के आनन्द में ही डूबे रहा करते थे, अब केवल सती के आनन्द में ही डूबे रहने लगे। वे रात-दिन, संसार को भूलकर, अपने ही प्रेम में निमग्न, एक दूसरे को आनन्द से निहारते रहते।

आख़िरकार एक दिन सती ने स्वयं को उनके आलिंगन से मुक्त किया और और उनसे उन अनेक विषयों पर प्रश्न पूछना आरम्भ कर दिया जिनके उत्तर केवल वे ही दे सकते थे। ऐसा उन्होंने जगत की ख़ातिर ही किया, अन्यथा वे तो स्वयं ही देवी माँ थीं जो सारे उत्तर पहले से जानती थीं। सती ने पूछा, "हे महायोगी! मैं उस दर्शन के बारे में जानना चाहती हूँ जिससे समस्त प्राणी अपने दुखों से मुक्ति पा सकते हैं। वह क्या है जो लोगों को सांसारिक बन्धनों से छुटकारा दिलाता है और उनको परम धाम को प्राप्त करने में सहायता करता है?"

"हे देवी सती, ध्यान से सुनिए, क्योंकि मैं आपको वह ज्ञान देता हूँ जो बन्धनों में पड़ी समस्त आत्माओं को मोक्ष प्रदान करता है। हे देवी, इस बात को जानिए कि परम ज्ञान इस महान सत्य को अनुभव करने में निहित है कि मैं ही ब्रह्म हूँ (अहं ब्रह्मास्मि)। एक निर्मल बुद्धि में इसके अतिरिक्त और किसी भी बात की स्मृति नहीं रहती। इस तरह की आत्मचेतना इस जगत में बहुत कम पायी जाती है। लेकिन, हे प्रिये, ध्यान रहे कि जिस तरह विष्णु हैं, उसी तरह मैं स्वयं भी परम ब्रह्म हूँ। उनके प्रति या मेरे प्रति भक्ति मोक्ष प्राप्ति का सबसे आसान उपाय है। परम भक्ति परम ज्ञान के ही बराबर है और उसे आचरण में लाना अधिक आसान होता है। जो भक्ति में डूबा होता है वह नित्य आनन्द की अवस्था में होता है। भक्ति में मुझको आकर्षित करने की जो सामर्थ्य है वह किसी और चीज़ में नहीं है। अगर शूद्र भक्त होते हैं, तो मैं उनके भी घर पहुँच जाता हूँ। भक्ति के नौ गुण हैं : ईश्वर की महिमा का श्रवण करना, उनका गुणगान करना, हर समय उनका स्मरण करना, उनकी सेवा करना, उनके समक्ष अपने अहंकार का उत्सर्ग करना, अन्यान्य रूपों में उनकी पूजा करना, उनको साष्टांग प्रणाम करना, उनके प्रति समर्पित होना, और

समस्त प्राणियों के प्रति मैत्री और दया की भावना रखना। भक्त हमेशा यह विश्वास करता है कि मैं जो कुछ भी उसके लिए देता हूँ वह उसके कल्याण के लिए ही होता है। वह सब कुछ मेरे लिए समर्पित कर देता है और अपने पास कुछ भी नहीं रखता। जो ये नौ गुण हासिल कर लेता है वह सब कुछ हासिल कर लेता है - सम्पूर्ण ज्ञान और सांसारिक सफलताएँ, तथा अटल मोक्ष, सब कुछ। इस कलियुग में, मुझे प्रसन्न कर सकने वाला भक्ति के मार्ग से अधिक आसान कोई दूसरा मार्ग नहीं है। निरन्तर अवनति की ओर जाते इस युग में ज्ञान, या आध्यात्मिक साधना, और वैराग्य, या अनासक्ति का दुरुपयोग हो रहा है और वे उपेक्षित हैं। इनको समझ सकने वाले लोग बहुत दुर्लभ होते जा रहे हैं। लेकिन हे प्रिये! भक्ति इन दोनों के ही लाभ प्रदान कर सकती है और वह मुझे सबसे अधिक प्रिय भी है। ध्यान रहे कि विष्णु और मैं, दोनों ही अपने भक्तों के अधीन हो जाते हैं।"

भक्ति के बारे में इस प्रवचन को सुनकर सती अत्यन्त प्रसन्न हुईं। वे उनसे शास्त्रों, नीतियों, नैतिक मर्यादाओं, और धर्म के बारे में, भिन्न-भिन्न युगों में भिन्न-भिन्न तरह के लोगों के आचरण के बारे में, और तन्त्रों-मन्त्रों के ज्ञान के बारे में लगातार प्रश्न करती रहीं।

शिव और सती के बीच इन विभिन्न विषयों पर हुए संवाद हिन्दू दर्शन में पाये जाने वाले महान ज्ञान की बुनियाद हैं। नक्षत्र विज्ञान, भेषज विज्ञान, औषधि विज्ञान और हस्तरेखा विज्ञान समेत विभिन्न विज्ञानों से सम्बन्धित पवित्र पुराकथाएँ उनको सुनायी गयीं। शिव ने उनको तन्त्रों-मन्त्रों की सहायता से बहुत-सी बातें समझायीं। इस प्रकार सती और शिव, जो सर्वज्ञ हैं और जो मनुष्यों की सहायता में सदा तत्पर रहने वाले हैं, ने हिमालय पर अपना विमर्श जारी रखा, ताकि विपत्तियों में डूबी मनुष्यता की सहायता की जा सके और मनुष्यों को संसार सागर से, या जीवन-मरण के चक्र से छुटकारा पाने में सक्षम बनाया जा सके।

एक बार शिव सती के साथ अपने नन्दी पर सवार होकर पृथ्वी का भ्रमण कर रहे थे। यह श्री राम के अवतार का समय था, जब भगवान विष्णु ने संसार को दानवराज रावण से छुटकारा दिलाने कोसल के राजकुमार का रूप धारण किया हुआ था। राम को उनकी सौतेली माँ द्वारा वनवास दे दिया गया था। जब वे वन में रह रहे थे, तभी उनकी प्रिय पत्नी सीता का रावण द्वारा अपहरण कर लिया गया। राम शोक में डूबे अपनी पत्नी के वियोग में रोते हुए भटक रहे थे। यही समय था जब शिव और सती दण्डक नाम के उस वन में पहुँचे और उन्होंने राम को देखा जो अपनी पत्नी के वियोग में उसी तरह तड़प रहे थे जैसे अपनी पत्नी के प्रेम डूबा कोई भी पति तड़पेगा। राम और उनके भाई लक्ष्मण को देखकर सती ने शिव से पूछा, "ये दोनों कौन हैं जो किसी वस्तु के खो जाने के कारण इस क़दर शोकाकुल दिखायी दे रहे हैं? और क्या कारण है कि इन्हें देखकर आप इतने आनन्दित हैं और आपने तो इनमें से उस नीलवर्ण पुरुष को प्रणाम तक कर डाला है?"

शिव ने मुस्कराते हुए समझाया, "हे देवी! ये राम और लक्ष्मण नाम के दो भाई हैं। ये अयोध्या के राजा दशरथ के पुत्र हैं, और सूर्यवंश से सम्बन्ध रखते हैं। बड़े भाई राम विष्णु के अवतार हैं। वे किसी भी तरह के संकटों से परे हैं। भगवान ने लोककल्याण और अच्छाई की रक्षा के लिए पृथ्वी पर अवतार लिया है। अपने इस मनुष्य अवतार में वे एक शोकग्रस्त पति की लीला-मात्र कर रहे हैं। वास्तव में वे सदा आत्मानन्द में डूबे रहने वाले

हैं।" राम के अतिशय दुःख को देखकर सती शिव की इस व्याख्या पर विश्वास नहीं कर सकीं। उनके सन्देह को देखकर उन्होंने उनसे कहा कि वे स्वयं जाकर राम की परीक्षा ले लें। सती राम की परीक्षा लेने को तत्पर ही थीं, इसलिए उन्होंने सीता का रूप धारण कर राम के सम्मुख जाने का निर्णय किया। उन्होंने सोचा, "अगर वे सचमुच विष्णु ही हैं, तो वे मेरे छद्मवेश को भेद पाने में सक्षम होंगे।" राम ने तत्काल ही उनके छद्मवेश को पहचान लिया और उनको प्रणाम करते हुए बोले, "हे देवी सती, आपको प्रणाम करता हूँ। आपने अपना रूप तजकर यह छद्मवेश क्यों धारण कर रखा है। आपके स्वामी शिव कहाँ हैं? क्या आप अकेली आयी हैं?"

राम के ये शब्द सुनकर सती आनन्दित हुईं और उनको उनके दैवीय स्वरूप पर विश्वास हो गया। उन्होंने उनको बताया कि किस तरह उन्होंने शिव की बातों पर अविश्वास किया और वे उनकी परीक्षा लेना चाहती थीं। लेकिन एक सन्देह तब भी उनके मन में बना हुआ था। वे हमेशा सोचा करती थीं कि शिव और विष्णु एक दूसरे के समकक्ष हैं, तब फिर उनके पति ने राम को प्रणाम क्यों किया? यह उनका अगला प्रश्न था। राम ने उत्तर दिया, "एक बार शिव ने दिव्य विश्वकर्मा से एक अद्भुत सभागार का निर्माण कराया था जिसमें एक अत्यन्त सुन्दर सिंहासन रखा हुआ था। उन्होंने वहाँ पर सारे देवताओं, ऋषियों और अन्य स्वर्गिक विभूतियों को आमन्त्रित किया। इसके बाद उन्होंने वैकुण्ठ से विष्णु को आमन्त्रित किया और उनको उस महान सिंहासन पर आसीन कर अत्यन्त मांगलिक मुहूर्त में वैदिक ऋचाओं के पाठ के साथ विष्णु के मस्तक पर सोने का मुकुट रखते हुए सबके समक्ष घोषणा की कि अबके बाद से विष्णु उनके ही समान पूजा के पात्र होंगे।" राम ने बताया, "उस अवसर पर शिव ने कहा था कि आप अखिल ब्रह्माण्ड के स्वामी हैं। आप ही हैं जो समस्त देवताओं द्वारा पूजे जाने के परम अधिकारी हैं। आप मेरे साथ युद्ध होने की दशा में भी अपराजेय होंगे। मैं स्वयं आपके भक्तों को मोक्ष प्रदान करूँगा। इस प्रकार शिव ने कहा था और उस समय के बाद से शिव मेरी पूजा करते हैं और मैं शिव की पूजा करता हूँ।"

सती ने जब यह सुना तो वे सन्तुष्ट हुईं, लेकिन अब उनको अपने पति के शब्दों पर अविश्वास करने को लेकर क्लेश हो रहा था। जब वे शिव के पास लौटीं तो वे दुखी और उदास थीं। उनकी इस मानसिक अवस्था को देखकर शिव ने उनसे उनके दुःख का कारण पूछा। उन्होंने अपने संशय शिव को बताये और उन्होंने तत्काल ही विष्णु को दिये गये अपने उस वचन के बारे में सोचा कि यदि सती ने कभी भी उन पर या उनके उपदेशों पर सन्देह किया तो वे उनको तज देंगे। यद्यपि उन्होंने उनसे इस बारे में कुछ भी कहा नहीं लेकिन वे समझ गयीं कि कोई उनके मन में कोई विचलित करने वाला विचार पैदा हो चुका है, और हालाँकि उन्होंने उनके प्रति पहले की ही तरह प्रेमपूर्ण व्यवहार करना जारी रखा, लेकिन दोनों को ही इस बात का अहसास हो चुका था कि जल्दी ही कोई ऐसी घटना होने वाली है जो उनको उनके वचन का निर्वाह करने की ओर ले जाएगी।

ॐ नमः शिवाय

जब समस्त सत्ताएँ एक आत्म के रूप में
अनुभूत होने लगती हैं, तब उस एकत्व के द्रष्टा के
मन में दुःख का कोई विभ्रम शेष नहीं रह जाता।

—वशिष्ठ कृत योगवाशिष्ठ से

ॐ

रुद्राय नमः!

अध्याय 7

दक्ष का यज्ञ

अग्नि से अधिक आग्नेय है वह,
जल से अधिक शीतल है वह,
कोई थाह नहीं ले सकता पूरी तरह उसकी कृपा का।
ममत्वहीन भले ही हो पर अपने भक्तों के निकट है,
किसी माँ से भी अधिक, कोमल हृदय है वह।

—सन्त तिरुमूलार

एक बार की बात है, प्रयाग के नाम से प्रसिद्ध गंगा, यमुना और सरस्वती के पवित्र संगम पर एकत्र हुए ऋषियों ने एक महान यज्ञ का आयोजन किया। भगवान शिव भी अपनी पत्नी सती के साथ वहाँ पहुँचे। उनके पहुँचने पर वहाँ एकत्र सभी ने अपने-अपने आसनों से उठकर उनको प्रणाम किया। जल्दी ही उस सभागार में दक्ष का आगमन हुआ। उनके सम्मान में हर कोई उठ खड़ा हुआ, लेकिन शिव अपने आसन पर बने रहे। दक्ष संसार में अपनी प्रतिष्ठा में हुई वृद्धि के नाते अहंकारी हो उठा था, इसलिए जब उसने अपने ही दामाद द्वारा प्रदर्शित की गयी इस अवमानना को देखा, तो वह क्रोध से जल उठा।

क्रोध दर्शाते हुए वह बोला, "यह क्या बात हुई कि जब सारा संसार मुझे सम्मान दे रहा है, तब अकेला यह आदमी, जो कि मेरा दामाद है, अहंकारपूर्वक मुझे सम्मान देने से इनकार कर रहा है? ये आदमी पूरी तरह से असंस्कृत और अशिष्ट है। लेकिन, ऐसे आदमी से आप इसके सिवा और उम्मीद भी क्या कर सकते हैं जिसके अनुचर प्रेत और पिशाच हों! ये आदमी श्मशान में रहता है और सर्पों का हार पहनता है। होगा यह मेरी बेटी का पति, लेकिन मैं इसको शाप दिये बिना नहीं रह सकता।"

फिर अन्य लोगों की ओर मुड़ते हुए उसने घोषणा की, "सभी सभासद सुनें। यह अज्ञातकुलशील शिव, जो श्मशान और चिताओं के चक्कर काटता रहता है, आज के बाद से समस्त यज्ञों से बहिष्कृत किया जाता है। आज के बाद इसे आप में से कोई भी किसी भी यज्ञ में कोई हिस्सा नहीं देगा!" वहाँ उपस्थित ऋषियों में भृगु एकमात्र थे जिन्होंने इन शब्दों का अनुमोदन किया। शिव ने कुछ नहीं कहा, लेकिन उनका प्रिय अनुचर नन्दी, जो उनके

वाहन का रूप धारण कर लेता था, उठा और उसने तीखे शब्दों में दक्ष को फटकार लगायी।

"हे मूर्ख दक्ष," उसने कहा, "तू उन शिव को शाप देने का दुस्साहस कैसे कर सकता है जिनकी उपस्थिति मात्र सारे जगत को पवित्र करने वाली है। वे महादेव हैं जिनके द्वारा इस सृष्टि की रचना, पालन और संहार होता है। उनकी एक दृष्टि मात्र तुमको और तुम्हारे अनुयायियों को राख के ढेर में बदल देने के लिए पर्याप्त है। वे ऐसा नहीं कर रहे हैं, तो यह उनकी महान कृपादृष्टि को ही दर्शाता है। लेकिन, सावधान! तुम्हारा अहंकार जल्द ही राख हो जाने वाला है।"

नन्दी द्वारा इस तरह सार्वजनिक रूप से फटकारे जाने से दक्ष और भी कुपित हो उठा और उसने नन्दी समेत शिव के सारे गणों को शाप दे दिया। "तुम सबके सब विधर्मी कहलाओगे और वैदिक समाज से बहिष्कृत कर दिये जाओगे। जटाजूट, राख और खोपड़ियाँ तुम्हारे अलंकार होंगे। तुम समस्त वैदिक अनुष्ठानों से बहिष्कृत होगे।"

यह सुनकर नन्दी भी भड़क उठा और उसने भी बदले में उन सबको शाप दे दिया। "हे मूर्ख लोगों, भगवान शिव भृगु जैसे पापियों द्वारा इसलिए शापित हुए हैं क्योंकि इनको ब्राह्मण होने का अहंकार है। लेकिन मैं तुम लोगों से कहता हूँ कि तुम ब्राह्मणों, जो आज वासना, क्रोध, लालसाओं, और अहंकार में डूबे हुए हो, निर्लज्ज भिखारियों में बदल जाओगे। तुम सदा निर्धन बने रहोगे और धन की ख़ातिर शूद्रों तक के घरों में जाया करोगे। धन के प्रति अपने लालच के कारण तुम नर्क में जाओगे और राक्षसों के रूप में अवतार लोगे। दक्ष का सुन्दर मुख जल्द ही ग़ायब हो जायेगा और बकरे का मुख उसकी जगह ले लेगा।"

अभिशापों के इस आदान-प्रदान से वहाँ के वातावरण में हड़कम्प छा गया। केवल शिव ही थे जो अविचलित थे। वे बहुत ही स्नेहपूर्वक नन्दी की ओर मुड़े और बोले, "हे प्रिय, तुम इतने उत्तेजित क्यों हो उठे हो? दक्ष मुझे अभिशाप नहीं दे सकता क्योंकि मैं तो स्वयं ही यज्ञ, यज्ञ का अनुषंग और यज्ञ का आत्मा हूँ। दक्ष कौन है? तुम कौन हो? ये सारे लोग कौन हैं? यथार्थ में तो मैं ही हूँ जो इन सब में हूँ। यह जान लेने के बाद तुम्हें न तो दुखी होना चाहिए, न ही किसी को शाप देना चाहिए। दक्ष ने यह सब अज्ञानवश किया है, जिसके लिए उसे भारी मूल्य चुकाना होगा। लेकिन तुम मेरे भक्त हो और इसलिए तुम्हें क्रोध और नकारात्मक भावनाओं से मुक्त होना चाहिए।"

अपने स्वामी के इन विवेकपूर्ण वचनों को सुनकर नन्दी क्रोध से मुक्त और शान्त हुआ। इस अप्रिय दृश्य के बाद शिव सती और अपने गणों के साथ अपने निवास पर लौट गये। दक्ष और उसके अनुयायी भी अपने-अपने घरों को चले गये। वह शिव के प्रति क्रोध से उबल रहा था और अपने शाप को फलीभूत होते देखने के लिए उचित अवसर की प्रतीक्षा कर रहा था।

शिव को अपमानित करने के उद्देश्य से दक्ष ने एक विशाल यज्ञ आयोजित किया जिसमें उसने सारे देवताओं ऋषियों और अन्य दिव्य सत्ताओं को आमन्त्रित किया। कहने की आवश्यकता नहीं कि उसने जानबूझकर शिव के लिए कोई निमन्त्रण नहीं भेजा। ब्रह्मा और विष्णु आमन्त्रित किये गये और उनको उस महा यज्ञ में स्थापित किया गया। ऐसा

कभी किसी ने देखा-सुना नहीं था। जो जगह दक्ष ने अपने इस यज्ञ के लिए चुनी थी, वह कनखल थी, जो आज के हरिद्वार के निकट स्थित है। चूँकि शिव आमन्त्रित नहीं थे, इसलिए दक्ष की बेटी सती को भी यज्ञ से बाहर रखा गया, हालाँकि एक समय था जब वे दक्ष के लिए अत्यन्त प्रिय हुआ करती थीं। देवताओं, ऋषियों और राजाओं के इस कुलीन समागम को बसाने के लिए देवताओं के वास्तुकार विश्वकर्मा ने अनेक सुन्दर महल तैयार किये।

शिव के भक्त ऋषि दधीचि ने दक्ष से ज़ोर देकर कहा, "हे दक्ष! अगर इस यज्ञ में शिव को आमन्त्रित नहीं किया गया तो यह यज्ञ अपूर्ण और असंस्कारित होगा। तुरन्त ही ऋषियों के साथ जाइए और महान प्रभु शिव और सती को यहाँ पर लेकर आइए। वे समस्त पुण्यों के स्रोत हैं। उनके बिना सब कुछ अमांगलिक और अपूर्ण होगा।"

दक्ष ने धृष्टतापूर्वक उत्तर दिया, "विष्णु जो कि इस ब्रह्माण्ड के आदि कारण हैं, जो समस्त सद्गुणों के स्रोत हैं, उन्होंने इस स्थल को अपनी उपस्थिति से गौरवान्वित किया है। समस्त सृष्टियों के पितामह ब्रह्मा *वेदों* और *उपनिषदों* के साथ यहाँ पधारे हुए हैं। देवताओं और स्वर्गिक ऋषियों के सम्राट इन्द्र अपने दल-बल सहित यहाँ उपस्थित हैं। शिव की यहाँ क्या आवश्यकता रह जाती है? वह तो ओछे कुल में जन्मा, भूतों, प्रेतों और पिशाचों का स्वामी है। मैंने तो केवल ब्रह्मा के कहने पर अपनी प्रिय बेटी उसको दे दी। वह इस कुलीन समागम में आमन्त्रित किये जाने की दृष्टि से सर्वथा अयोग्य है।" दधीचि ने दक्ष को शाप देते हुए उससे कहा कि उसका विनाश उसके सिर पर मँडरा रहा है, और यह कहकर वे क्रुद्ध हो, शिव के कुछ अन्य भक्तों के साथ, यज्ञ-स्थल से बाहर निकल गये।

इस बीच, सती हिमालय के गन्धमादन पर्वत पर अपनी सखियों के साथ क्रीड़ाओं में रत थीं। सहसा उनकी दृष्टि अपनी बहन रोहिणी पर पड़ी जो अपने पति चन्द्रमा के साथ विमान में बैठी आकाशमार्ग से जा रही थी। उन्होंने अपनी सखी विजया से पूछा कि वे लोग कहाँ की यात्रा पर जा रहे हैं। सखियों ने उनको दक्ष के उस यज्ञ के बारे में विस्तार से बताया जिसमें समस्त देवगण आमन्त्रित थे और जहाँ पर उनकी बहन भी जा रही थीं। अब सती ने अपनी शेष उनसठ बहनों को और अन्य देवताओं को भी देखा जो सबके सब उसी दिशा की ओर जा रहे थे। "मेरे पिता ने मेरे पति को और मुझको आमन्त्रित क्यों नहीं किया?" उन्होंने मन ही मन सोचा। "निश्चय ही उनसे चूक हुई होगी। मुझे जाकर इस बारे में शिव से पूछना चाहिए।"

ऐसा सोचती हुईं वे शिव के पास भागीं और उनको सारा किस्सा कह सुनाया। शिव सब कुछ पहले से ही जानते थे, उन्होंने अपनी प्रिया सती की ओर करुण भाव से देखा, प्रेमपूर्वक उनको अपनी गोद में बिठाया और उनसे उनके दुःख का कारण पूछा। उन्होंने उत्तेजित स्वर में कहा, "हे स्वामी, मेरे पिता एक महान यज्ञ आयोजित कर रहे हैं जिसमें हर कोई जा रहा है। हम क्यों नहीं जा रहे हैं? कृपा कीजिए कि हम भी चलें। मैं आपसे प्रार्थना करती हूँ कि आप भी मेरे साथ चलिए।"

"मेरी प्रियतमा, क्या तुम नहीं जानतीं कि जो लोग बिना निमन्त्रण के किसी के यहाँ जाते हैं, वे निश्चित रूप से अपमानित होते हैं? हम लोगों को आमन्त्रित नहीं किया गया है, और इसलिए हम निश्चय ही उस यज्ञ में नहीं जाएँगे।"

अपने पति के इन शब्दों को सुनकर सती के साँवले मुख पर और भी कालिमा छा गयी, उनकी काली आँखें रोष से तमक उठीं, और वे शिव से बोलीं, "हे स्वामी, अगर आपको, जिनकी उपस्थिति से सारे यज्ञ मंगलमय होते हैं, आमन्त्रित नहीं किया गया है, तो मेरे पिता ने निश्चय ही महान अपराध किया है। मुझे इस यज्ञ में जाकर उनसे इसका उत्तर माँगना होगा, और वहाँ उपस्थित अन्य लोगों से भी पूछना होगा कि वे लोग ऐसे यज्ञ में गये ही क्यों जिसमें समस्त लोकों के स्वामी आपको आमन्त्रित तक नहीं किया गया। इसलिए कृपाकर मुझे वहाँ जाने की अनुमति दीजिए।"

शिव ने पाया कि यदि वे उनको मना करते हैं, तो वे शोक से व्याकुल होंगी और प्राण त्याग देंगी। वे यह भी जानते थे कि यदि वे गयीं तो भी मृत्यु उनकी प्रतीक्षा कर रही होगी। उदास होकर उन्होंने उनको जाने की अनुमति दे दी। उन्होंने उनसे अपने वाहन नन्दी पर सवार होकर जाने को कहा, और उनकी देखभाल के लिए तथा आवश्यकता पड़ने पर उनकी रक्षा के लिए उनके साथ अपने साठ हज़ार गणों को भी भेज दिया। सती ने अपना शृंगार किया और पूरे राजसी ठाटबाट के साथ अपने पिता के घर की ओर चल पड़ीं। गण उनके सिर पर सफ़ेद राजसी छत्र थामे, रंगबिरंगी ध्वजाएँ फहराते, चँवर डुलाते, शंखनाद करते, तुरहियाँ बजाते उनके पीछे चल पड़े। शिव विषाद में डूबे उनका जाना देखते रहे, यह जानते हुए कि अब वे उनको इस रूप में कभी भी नहीं देख पाएँगे।

सती अपने पिता के नाना प्रकार के विस्मयकारी दृश्यों से समृद्ध राजमहल जा पहुँचीं, और नन्दी से उतरकर अकेली ही अन्दर चली गयीं। उनकी माँ विरिणी और उनकी बहनों ने आनन्दित होकर उनका स्वागत किया, लेकिन दक्ष ने उनको अनदेखा कर दिया। सती ने चारों ओर दृष्टि घुमायी और देखा कि संसार की तमाम महान आत्माएँ वहाँ पर एकत्र हैं। उन्होंने देखा कि वहाँ पर शिव को छोड़कर शेष समस्त देवताओं के आसन निर्धारित किये गये हैं, और यह देखकर वे क्रोध से भर उठीं। उनकी आँखें लाल अंगारों की तरह सुलग उठीं और उनसे नीली लपटें निकलने लगीं। उनके केश खुलकर बिखर गये। उनके माथे के बीचोंबीच सामान्य तौर पर अदृश्य बना रहने वाला तीसरा नेत्र सहसा खुलकर फड़कने और काँपने लगा। उन्होंने पूरी तरह से काली या संहारक देवी का रूप धारण कर लिया।

गरजते स्वर में उन्होंने दक्ष से पूछा, "क्या कारण है कि मेरे पति को, जिनकी उपस्थिति मात्र सारे अनुष्ठानों को पूर्ण करती है, इस यज्ञ में आमन्त्रित नहीं किया गया? उनके बिना सम्पन्न किया जाने वाला कोई भी अनुष्ठान अशुचितापूर्ण होगा। मैं यह देखकर लज्जित हूँ कि मेरा अपना ही पिता ही किस कदर अविवेकी और क्षुद्र हो उठा है!" ब्रह्मा, विष्णु और अन्य देवताओं की ओर मुड़ते हुए उन्होंने समूची शक्ति भर अपना क्रोध उन पर उगल दिया, "क्या आप सब इतने अन्धबुद्धि हो चुके हैं कि आपको शिव की महानता का बोध ही नहीं रह गया है? आप ऐसी जगह पर कैसे आ सके जिसको उनके पुनीत चरणों के स्पर्श से वंचित कर अपवित्र बना दिया गया है?"

सब चुप रहे, केवल दक्ष ने टेढ़ा उत्तर दिया, "जब तुमको बुलाया ही नहीं गया था, तो तुमको यहाँ आने के लिए किसने कहा था? शिव की धृष्टता और अकुलीनता को देखते हुए, उसके भोंडे लिबास और उजड्ड आचरण को देखते हुए मैंने जानबूझकर उसको यहाँ

पर आमन्त्रित करने से अपने आपको रोका है। मैं उस दिन को याद करके पछताता हूँ जब मैंने तुम्हारा हाथ उस बर्बर के हाथों में सौंपा था। लेकिन, चूँकि तुम अब आ ही गयी हो, तो यहाँ रुक सकती हो। कृपा करके शान्त हो जाओ और यज्ञ में अपना भाग प्राप्त करो।"

सती क्रोध और दुःख से भरी हुई थीं। "रे दक्ष, मैं तेरे दान पर थूकती हूँ!" कहते हुए उन्होंने उसकी ओर आग्नेय दृष्टि से देखा। "मेरे पति ने मुझे यहाँ आने से मना किया था। उन्होंने मुझे चेतावनी दी थी कि यहाँ पर मेरा अपमान होगा, लेकिन हतभाग्य! मैंने आपके प्रति अपने प्रेम की ख़ातिर, ओ पिता, उनकी बात नहीं मानी। लेकिन अब मैं देखती हूँ कि आप घृणा के योग्य हैं। मैं अब इस शरीर में नहीं रह सकती जो आपसे जन्मा है। अब मैं दक्षायनी कहलाना और नहीं सह सकती। इसलिए मैं अभी इसी क्षण आप सबके सामने यह देह त्यागती हूँ। मैं अब अपने प्रियतम के पास इस देह में कभी नहीं लौट सकती जो अपवित्र हो चुकी है। वे सारे देवता जिन्होंने शिव की निन्दा की है, और जिन्होंने उस निन्दा को सुना है, अगर तत्काल ही इस सभागार से कूच नहीं कर जाते, तो वे सब नर्क में जाएँगे।"

उन्होंने गहरे पश्चाताप में डूबे हुए सोचा कि आख़िर क्यों उन्होंने यज्ञ में न जाने के अपने स्वामी के परामर्श का उल्लंघन किया। एक बार फिर अपने पिता की ओर उन्मुख होते हुए वे बोलीं, "शिव के केश जटाओं में बँधे हुए हैं, वे अपने हाथ में नरमुण्ड थामे रहते हैं, और वे श्मशान में वास करते हैं, तब भी देवता और ऋषि उनके चरणों की धूल अपने सिर पर लगाते हैं। तुम हर दृष्टि से अधम हो। तुमसे जन्मी इस काया से अब के बाद से मेरा कोई लेना-देना नहीं रहेगा। तुम्हारे बीज से जन्मी इस काया को मैं एक शव की तरह त्याग दूँगी। यह धिक्कार के योग्य है।" इतना कहने के बाद सती मौन हो गयीं। वे उत्तर की ओर मुँह करके, अपनी समूची देह को ऊपरी वस्त्र से ढँककर, यौगिक समाधि की मुद्रा में बैठ गयीं। अपने चित्त को अपने स्वामी पर एकाग्र करते हुए, उन्होंने प्राण और अपान वायु को अपनी देह के भीतर सन्तुलित किया, और उदान वायु को अपनी नाभि से ऊपर उठाते हुए उसको क्रमशः हृदय चक्र तथा कण्ठ चक्र से ले जाते हुए, अपने मस्तक के मध्य में दोनों भवों के बीचोंबीच आज्ञाचक्र में स्थित कर लिया। केवल अपने स्वामी का स्मरण करते हुए उन्होंने अपनी देह का परित्याग किया और स्वर्गलोक को प्रस्थान कर गयीं।

जब सती ने अपनी देह त्याग दी तो हर ओर हड़कम्प मच गया। हर ओर से "दक्ष, तुझे धिक्कार है! इस यज्ञ को धिक्कार है!" जैसी पुकारें उठने लगीं। शोक से भरी इन पुकारों को सुनकर शिव के गण, जो द्वार पर प्रतीक्षा कर रहे थे, भागे हुए आये, और वे चीख़-पुकार मचाने लगे। उग्र रूप से तने हुए हथियारों से उन्होंने दक्ष और अन्य लोगों पर वार करना और उनका वध करना आरम्भ कर दिया। कुछेक ने तो स्वयं को ही मार डाला क्योंकि उनको भय था कि यदि वे सती के बिना लौटेंगे तो उनको शिव के कोप का भाजन बनना पड़ेगा। यह देखकर भृगु ऋषि ने अनेक भयावह प्रेतात्माओं का आवाहन किया ताकि वह हत्याकाण्ड रोका जा सके। ऋभु नामक हज़ारों शक्तिशाली आत्माएँ उठ खड़ी हुईं और दोनों पक्षों के बीच भयानक युद्ध हुआ जिसका अन्त शिव के गणों की पराजय से हुआ। उनको अपने प्राण बचाकर कैलाश पर वापस जाना पड़ा। तभी आकाशवाणी हुई जिसमें

कहा गया कि दक्ष के यज्ञ का भयानक ढंग से अन्त होता है।

"चूँकि तुमने जगत्माता माँ सती और जगत्पिता शिव को प्रसन्न नहीं किया, तुम्हारे ऊपर दुर्भाग्य का पहाड़ टूटेगा।" इस आकाशवाणी को सुनकर सभी हतप्रभ होकर खड़े रह गये। अधिकांश लोग वह स्थल छोड़कर चले गये। दूसरे लोगों ने दक्ष को परामर्श दिया कि इसके पहले कि और अधिक विनाश हो, वे तत्काल शिव को मनाने का उद्यम करें।

ॐ नमः शिवाय

ॐ

विरूपाक्षाय नमः!

अध्याय 8

शिव का कोप

हे पापों के और दुःख के संहारक!
आपके क्रोध को हम प्रणाम करते हैं!
और फिर आपके तरकश को,
आपके धनुष को, और आपके हाथों को।

—श्री रुद्रम्, यजुर्वेद

गण भागते हुए शिव के पास पहुँचे और उनसे रक्षा करने की प्रार्थना करने लगे। उन्होंने उनको वह पूरा दुःखभरा किस्सा कह सुनाया कि किस तरह सती ने अपनी उस देह का त्याग कर दिया जिसको एक ऐसे मनुष्य ने जन्म दिया था जिसने उनके स्वामी का अपमान किया था। इस भयानक समाचार को सुनकर शिव विषाद से भर उठे और फिर उनके इस विषाद के भीतर से भयावह क्रोध उत्पन्न हुआ। उन्होंने संहारक रुद्र का रूप धारण कर लिया। क्रोध से उनके नेत्र आगबबूला हो उठे और उनमें से आग की लाल-नीली चिंगारियाँ बरसने लगीं। इस तरह उनका नाम विरूपाक्ष पड़ा। वे जिस शिला पर विराजमान थे उससे उछले और अपने जटाजूट से एक लट निकालकर उसको पर्वत से टकरा दिया। एक भारी, विस्फोट की ध्वनि सुनायी दी, मानो कोई विशाल चट्टान बीच से फट गयी हो। शिव की उस लट के आधे हिस्से से अंगारों की भाँति दहकते हज़ारों हाथों वाले रुद्र का एक रूप प्रकट हुआ; उनका नाम था वीरभद्र। दूसरे आधे हिस्से से भद्रकाली नामक देवी उत्पन्न हुईं। भयानक रूपधारी उनकी देह से रक्त टपक रहा था, गुँथे हुए केशों ने उनकी पीठ को ढँक रखा था, उनके आग्नेय नेत्रों से चिंगारियाँ बरस रही थीं, उनकी लाल जिह्वा बाहर लटकी हुई थी, और अपने अनेक हाथों में वे नाना प्रकार के अस्त्र उठाये हुए थीं।

बादलों की भाँति गरजते स्वर में वीरभद्र ने कहा, "सूर्य, चन्द्र और अग्नि के नेत्रों वाले, हे भयावह रूपधारी रुद्र, मुझे शीघ्र आदेश करें। मुझे क्या करना है? मैं आपके प्रति समर्पित हूँ, इसीलिए मेरी सदा विजय होगी। आपके अनुग्रह के बिना मैं कुछ भी नहीं कर सकता।"

शिव ने वीरभद्र और भद्रकाली को आदेश दिया कि वे उनके गणों के साथ दक्ष के यज्ञ में जाकर उसका सम्पूर्ण विनाश करें। रुद्र की ही भाँति रूप, वेशभूषा और रूपसज्जा वाले वीरभद्र सिंहों से जुते रथ में सवार होकर आगे-आगे चल पड़े। उनके साथ भद्रकाली थीं जिन्होंने नवदुर्गाओं - काली, कात्यायनी, ईशानी, चामुण्डा, मुण्डमर्दिनी, भद्रा, महाकाली, त्वरिता और वैष्णवी - को, तथा अनेक असुरों को अपने साथ ले रखा था। बड़ी संख्या में प्रचण्ड आँधियाँ, भूत, प्रेत, जिन्न, दैत्य, नाग, राक्षस, पिशाच, असुर और अन्य आत्माएँ उनके साथ थीं। शिव की जटाओं से तीन करोड़ रक्तपिपासु कुत्ते उत्पन्न हुए। वे सब एक विषाक्त क़िस्म के उन्माद से ग्रस्त थे।

जैसे ही यह दल आगे बढ़ा, वैसे ही दक्ष के यज्ञ में अनेक प्रकार के अपशकुन होने लगे। यज्ञ-स्थल की समूची धरती काँपने लगी। नक्षत्र और उल्कापिण्ड गिरते देखे गये, और सूर्य में धब्बे पड़ गये तथा उसके इर्दगिर्द भयावह वृत्त बन गये। हज़ारों गिद्ध उस स्थल पर मँडराने लगे। एक भीषण चक्रवात ने यज्ञशाला की धज्जियाँ बिखेर दीं और सियार तथा कुत्ते चीख़ने-चिल्लाने लगे। वीरभद्र की सेना को आते देख पृथ्वी अपने महासागरों और महाद्वीपों के साथ भय से काँपने लगी। दक्ष भागा-भागा विष्णु के पास पहुँचा और उनसे दया की भीख माँगने लगा। विष्णु ने उसको जवाब दिया कि उसे महेश्वर शिव के अपमान की क़ीमत चुकानी ही पड़ेगी। दक्ष ने इन्द्र और दूसरे देवताओं से मदद की गुहार की, और वे उस भयावह सेना का मुक़ाबला करने बढ़े, लेकिन वीरभद्र ने उनको तत्काल धूल चटा दी और वे भयभीत होकर उलटे पैर भाग खड़े हुए।

इसके बाद उस भयानक सेना ने सिलसिलेवार तरीक़े से यज्ञशाला का विध्वंस आरम्भ कर दिया। कुछ ने शहतीरों और ऊपरी ढाँचों को तोड़ा, तो दूसरे अन्दरूनी कक्षों पर पिल पड़े। एक समूह ने यज्ञ की वेदी को तोड़ा, तो दूसरे ने सभागार को, और तीसरे ने पाकशालाओं को। कुछ ने पवित्र पात्रों और यज्ञ के कुण्डों को नष्ट कर दिया। इसके बाद उन्होंने अनुष्ठान सम्पन्न कराते पुरोहितों को बाँध दिया और भागते हुए देवताओं का पीछा करते हुए उनको खदेड़ दिया। वीरभद्र ने भृगु ऋषि की दाढ़ी उखाड़ दी, क्योंकि उसने कभी अपनी मूँछें उमेठते हुए शिव का उपहास किया था। उसने भग की आँखें नोच लीं, क्योंकि उसने उन आँखों से इशारा करते हुए दक्ष को शिव का अपमान करने के लिए प्रोत्साहित किया था। उसने पूषन् के दाँतों पर प्रहार किया, क्योंकि जब रुद्र का अपमान किया जा रहा था, तो वह पूरी बत्तीसी प्रदर्शित करते हुए हँसा था। फिर उसने दक्ष का सिर काटने का प्रयत्न किया लेकिन यह कार्य उसको असम्भव लगा। उसने कुछ देर सोचा फिर उसको समझ में आया कि चूँकि दक्ष ने पशुवत आचरण किया था इसलिए उसको यूप से बाँधकर उसका बलिपशु की भाँति वध करना होगा। भद्रकाली दक्ष के बाल खींचती हुई उसको वेदी तक ले गयीं, और वीरभद्र ने फरसा उठाकर इस पुरखे का सिर काट डाला। उसका निर्जीव शरीर एक हल्के से धमाके के साथ ज़मीन पर जा गिरा। भद्रकाली ने उसका रक्त पी लिया, और वीरभद्र ने उसका कटा हुआ सिर यज्ञ की लपटों में होम कर दिया। इस बीच भद्रकाली ने पृथ्वी पर लुढ़कते हुए अन्य मुण्डों की माला तैयार की, और वीरभद्र ने उनका रक्त अपने शरीर में लपेट लिया। दोनों ने बुझते हुए अंगारों की अलौकिक रोशनी

में वीभत्स नृत्य किया जिसमें आह्लादित गणों की चीख़ें और तालियाँ संगत कर रही थीं। फिर, समूचे परिसर को आग में झोंकने के बाद वे विजयी भाव से अपने स्वामी के पास लौट गये। शिव, इस प्रकार हर, अर्थात अपहरणकर्त्ता के रूप में जाने गये।

इस बीच, पराजित देवता ब्रह्मा के पास गये और उनसे अनुरोध करने लगे कि वे दक्ष के यज्ञ की पुनर्प्रतिष्ठा करें, क्योंकि दक्ष ने देवताओं की सहायता के आश्वासन के आधार पर ही यज्ञ आरम्भ किया था। ब्रह्मा उनको साथ लेकर हमेशा की तरह विष्णु के पास पहुँचे और उन्होंने उनसे अनुरोध किया, "हे लक्ष्मीपति! हे देवताओं के स्वामी! हम दक्ष के यज्ञ को पूरा करने में आपकी सहायता के लिए आपका आह्वान करने आये हैं।"

विष्णु ने कहा, "हे ब्रह्मा, चूँकि देवताओं ने एक ऐसे यज्ञ में भाग लेने का पाप किया है जिसमें शिव को आमन्त्रित नहीं किया गया, अतः अब आप एक ही काम कर सकते हैं कि शिव के चरणों में गिरकर उनका अनुग्रह प्राप्त करें। चूँकि मैं स्वयं भी इस यज्ञ में सम्मिलित होने का अपराधी हूँ, मैं भी आपके साथ चलता हूँ। मैंने उस यज्ञ में केवल इसलिए भाग लिया था क्योंकि दक्ष मेरा भक्त है और मैं अपने भक्त के अनुरोध को ठुकरा नहीं सकता।"

इस प्रकार वे सब शिव को मनाने उनके निवास की ओर चल पड़े। उन्होंने देखा कि वे अपनी दायीं जंघा और घुटने पर अपना बायाँ पैर रखकर एक वटवृक्ष के नीचे बैठे हुए हैं। उनकी बायीं कलाई में रुद्राक्ष की माला झूल रही थी, और उनका दायाँ हाथ तारकमुद्रा (उपदेश की मुद्रा) में था। यह वही दक्षिणामूर्ति मुद्रा थी जो उन्होंने सृष्टि की रचना के समय पर ब्रह्मा और विष्णु के समक्ष प्रदर्शित की थी। दर्भ घास से बने आसन पर बैठे हुए वे ऋषियों को परम ब्रह्म के ज्ञान का उपदेश कर रहे थे। द्वितीया का चन्द्रमा उनकी जटाओं से झाँक रहा था, और उनकी देह राख से पुती हुई थी। चूँकि उनका सारा क्रोध जाता रहा था, वे साक्षात् शान्ति की देवमूर्ति लग रहे थे। सारे जगत के हितैषी वे समस्त प्राणियों के कल्याण की ख़ातिर सदा ही तपश्चर्याओं में व्यस्त रहते हैं। विष्णु और अन्य देवताओं ने उनके पास पहुँचकर उनको प्रणाम किया।

उन्होंने कहा, "हम महाप्रभु को प्रणाम करते हैं, जो प्रशान्तचित्त और शान्ति की मूर्ति हैं, जो इस जगत का कल्याण करने वाले हैं। उदात्त आत्माएँ सदा ही सहिष्णु होती हैं और वे ऐसे प्राणियों से कभी प्रतिशोध नहीं लेतीं जिनके चित्त प्रभु की माया के प्रभाव में होते हैं। इसलिए, हे प्रभु आपके लिए यही शोभा देता है कि आप उन लोगों को क्षमा करें जो माया के वशीभूत हो गये हैं। कृपा करके वह करें जिससे दक्ष का वह यज्ञ पूर्ण हो सके, जिसको आपके गणों ने दूषित कर दिया है। कुलपिता दक्ष पुनर्जीवन प्राप्त करें और जो विकलांग हो गये हैं, वे पूर्णांग हों। हे रुद्र, यज्ञ का समस्त शेष भाग आपको दिया जाए।"

यह सुनकर रुद्र प्रसन्न हुए और बोले, "मैंने यह सब दक्ष का शुद्धिकरण करने के लिए किया था, उससे किसी तरह का प्रतिशोध लेने के लिए नहीं। कुलपिता का जो सिर जल गया है, उसके स्थान पर उसको एक बकरे का सिर प्राप्त होगा; भग जिसके नेत्र निकाल लिये गये हैं, वह अब मित्र के नेत्रों से देख सकेगा; पूषन् जिसके दाँत उखाड़ दिये गये हैं, अब चावल का बूरा खाएगा या फिर वह यज्ञ के आचार्य के दाँतों से खाया करेगा। भृगु को उसकी खोयी हुई दाढ़ी के स्थान पर बकरे की दाढ़ी मिलेगी। शेष समस्त पुरोहित

जो विकलांग हो चुके हैं, पूर्णांग हो जाएँगे।"

इसके बाद देवताओं के अनुरोध पर रुद्र यज्ञ-स्थल कनखल की ओर रवाना हुए। उन्होंने वीरभद्र को आदेश दिया कि वह दक्ष को उसकी काया वापस लाकर दे। उसने वैसा ही किया, और शिव ने देवताओं से कहा कि वे किसी बलि दिये गये बकरे का सिर लाकर दक्ष के धड़ पर रखें। जब शिव ने उसके शव पर अपनी कृपालु दृष्टि डाली, तो वह जीवित हो उठा। दक्ष, जिसने एक बकरे की तरह आचरण किया था, अब बकरे के सिर वाला हो गया था। जैसे ही उसने शिव को अपने सम्मुख खड़े देखा, दक्ष का मन, जो पहले घृणा से भरा हुआ था, शुद्ध हो गया, और उसने उनका गुणगान करना आरम्भ कर दिया, हालाँकि अपनी प्रिय पुत्री के अवसान की स्मृति से उसका गला रुँधा जा रहा था।

दक्ष ने कहा, "आपने मुझे जो उचित दण्ड दिया है, उसके लिए मैं आपका कृतज्ञ हूँ, क्योंकि इस दण्ड के बिना मैं आप जैसे पुरुष का अपमान करने के लिए नरक में जाता। आप सचमुच कृपालु शंकर हैं।"

अब दक्ष को निर्देश दिया गया कि वह अन्य पुरोहितों की सहायता से यज्ञ को पूरा करे। समस्त देवताओं ने शिव का गुणगान किया, और दक्ष ने सभी औपचारिकताएँ पूरी करते हुए यज्ञ को पूर्ण किया। यज्ञ की पूर्णाहुति होने पर ईश्वर स्वयं श्री हरि के रूप में प्रकट हुए और उन्होंने यज्ञ के समस्त सहभागियों को आशीर्वाद प्रदान किया।

श्री हरि ने कहा, "हे ज्ञानियों! मुझे इस जगत के परम कारण, सब कुछ के एकमात्र साक्षी, स्वतःदीप्तिमान, निर्गुण, अक्षय सत्ता के रूप में जानो। मैं सृष्टि की रचना, उसके पालन और संहार के निमित्त ब्रह्मा, विष्णु और शिव जैसे विभिन्न नाम धारण करता हूँ। यह सब मेरी योग माया के माध्यम से होता है, जिसके सत्त्व, रजस और तम नामक तीन गुण हैं। अज्ञानी मनुष्य ब्रह्मा, विष्णु और रुद्र को परस्पर भिन्न समझते हैं, जबकि वे तीनों मुझ सर्वव्यापक में ही समाहित हैं। जिस तरह कोई मनुष्य अपने शरीर के विभिन्न अंगों को अपने से अलग नहीं देखता है, उसी प्रकार जिसने मुझमें शरण ले रखा है, वह भी समस्त सत्ताओं को मेरे ही अंगों के रूप में देखता है। उसे शाश्वत शान्ति उपलब्ध हो जाती है जो ब्रह्मा, विष्णु और शिव तीनों के बीच कोई भेद नहीं देखता। ये तीनों अपनी प्रकृति में एक ही हैं और वे ही समस्त सत्ताओं में व्याप्त हैं।"

इस प्रकार वहाँ उपस्थित सभी को आशीर्वाद देकर श्री हरि अन्तर्ध्यान हो गये और देवता भी अपने-अपने स्थानों को चले गये। शिव ने हालाँकि दक्ष को क्षमा कर दिया था लेकिन अपनी प्रिया सती के अन्त से वे गहरे व्यथित थे। उन्होंने उनके निर्जीव शव को उठाया और उसको अपनी भुजाओं में लेकर वे समूचे ब्रह्माण्ड में भटकते रहे। उनके गण, अपने स्वामी को सान्त्वना दे पाने में असमर्थ, आँसू बहाते हुए उनका अनुसरण करते रहे। उनकी शोकाकुल चीत्कारों ने आकाशगंगाओं को भेद दिया और सारे जगत में हाहाकार पैदा कर दिया। ब्रह्मा को लगा कि इस स्थिति का समाप्त होना आवश्यक है, अन्यथा समूचा विश्व शिव के शोक में डूब जायेगा। उन्होंने विष्णु से याचना की जिन्होंने शिव की ओर अचूक निशाना साधते हुए अपना सुदर्शन चक्र छोड़ दिया। उस चक्र ने सती के शव को 108 टुकड़ों में विभाजित कर दिया। ये टुकड़े जहाँ-जहाँ गिरे वे स्थल शक्ति पीठों के नाम

से जाने जाते हैं और महान आत्मिक शक्तियों से सम्पन्न ये स्थल इनकी पूजा करने वालों को वरदान देने में सक्षम हैं।

जब सती की काया इस प्रकार नष्ट हो गयी, तब शिव के पास अपनी प्रिया की स्मृतियाँ भर शेष रह गयीं। अपनी दिव्य अन्तर्दृष्टि से वे जानते थे कि सती का विनाश कभी नहीं हो सकता, क्योंकि वे शिवा हैं - उनकी अपनी ही सत्ता का अंश, और वे किसी अन्य देशकाल में फिर से अवतार लेंगी। इस बीच, उनको उस स्थान पर रह पाना असम्भव लगने लगा जहाँ पर उन्होंने सती के साथ हर तरह का आनन्द भोगा था। उन्होंने हिमालय की बर्फ़ीली कन्दराओं में स्वयं को छुपा लिया और इस प्रकार वे एक बार पुनः विरक्त और एकान्तवासी बन गये।

ॐ नमः शिवाय

ॐ

कपर्दिने नमः!

अध्याय 9

पार्वती

वह उस पर्वत-कन्या को अपनी
जीवनसंगिनी के रूप में पाकर आनन्दित है
जिसकी चाल हस्तिनी और हंसिनी जैसी है।

—सन्त सम्बन्दर

जैसा कि पहले बताया जा चुका है, दक्ष की साठ कन्याएँ थीं जिनमें से एक स्वधा पितरों को ब्याही गयी थी। स्वधा की तीन बेटियाँ थीं जिनमें मेना सबसे बड़ी थी, धन्या मँझली थी, और कलावती सबसे छोटी थी। एक बार तीनों बहनें विष्णु का दर्शन प्राप्त करने उनके धाम गयीं। वहाँ पर बड़ी संख्या में ऋषि और योगी एकत्र थे। संयोग से सनक, सनन्दन, सनातन और सनत्कुमार नाम से प्रसिद्ध चारों बालऋषि भी वहाँ भगवान को प्रणाम करने जा पहुँचे। उनको आया देख सन्तों की पूरी जमात उनके सम्मान में उठ खड़ी हुई। वे तीनों बहनें अपने ही विचारों में खोयी हुई थीं, इसलिए वे नहीं उठीं। सनक और अन्य भाई यद्यपि सदा आत्मानन्द में निमग्न रहते थे, लेकिन इस समय वे प्रभु के अबूझ प्रयोजन की सिद्धि के निमित्त होने के नाते क्रुद्ध हो उठे। उन्होंने तीनों बहनों को शाप दे दिया कि वे पृथ्वी पर मनुष्य के रूप में जन्म लेंगी। यह सुनकर वे तीनों बहनें विषाद से भर उठीं और उनके पैरों पर गिरकर क्षमा माँगने लगीं।

तब सनक ने कहा, "सन्तों का दिया शाप हमेशा जगत के कल्याण का निमित्त होता है, इसलिए तुमको दुखी नहीं होना चाहिए। मेना हिमवान की पत्नी होगी, जो कि वस्तुतः भगवान विष्णु का ही एक अंश हैं। मेना की पुत्री के रूप में देवी शक्ति जन्म लेंगी और वे पार्वती के रूप में जानी जाएँगीं; वे भगवान शिव की पत्नी होंगी। दूसरी बहन धन्या एक महान योगिनी होंगी और जनक के नाम से ज्ञात महान सन्त-महाराज विदेह की पत्नी होंगी। स्वयं लक्ष्मी उनकी बेटी होंगी और वे सीता कहलाएँगी। वे राम के रूप में विष्णु के अवतार के समय उनकी पत्नी होंगी। तीसरी बहन कलावती ग्वालों के वैश्य परिवार में जन्म लेगी और वृषभानु को ब्याही जाएगी; उसकी पुत्री के रूप में राधा का जन्म होगा। ये राधा जो अभी गोलोक में रहती हैं, कृष्ण की प्रिया होंगी।" जब उन बहनों ने यह सुना तो वे

अत्यन्त प्रसन्न हुईं और उन्होंने ऋषियों को इस अभिशाप के लिए धन्यवाद दिया, जो कि न केवल उनके लिए बल्कि समस्त जगत के लिए एक वरदान ही था।

भारतवर्ष के समूचे उत्तरी सीमान्त पर हिम का आगार, विशाल पर्वत हिमालय स्थित है। इसके दो पक्ष हैं : एक पक्ष अचल है, और दूसरा मानवीय रूपाकारयुक्त है। इस मानवीय रूपाकार में वह हिमवान के नाम से जाना जाता है और वह समस्त पर्वतों का राजा है। हिमालय अनेक प्रकार के रत्नों और औषधियों का भण्डार है, और वहाँ पर अनेक हिंसक पशु रहते हैं। इसकी ऊँची चोटियों पर देवताओं तक को क्रीड़ाएँ करने में आनन्द आता है। प्राचीन युगों से ही ऋषिगण अनुभव करते रहे हैं कि ये क्षेत्र आध्यात्मिकता से रंजित हैं। आश्चर्य की बात नहीं कि यह स्थल देवभूमि के नाम से जाना जाता है।

हिमालय पर्वत-श्रृंखलाओं के स्वामी हिमवान ने विवाह की आकांक्षा की और उन्होंने देवताओं से उपयुक्त वधू की खोज करने का आग्रह किया। देवता पितरों के पास पहुँचे और उन्होंने हिमवान के लिए उनकी बेटी मेना का हाथ माँगा। उन्होंने उनको समझाया कि इस विवाह-सम्बन्ध से समस्त प्राणियों का महान हित सधेगा।

ऋषियों की भविष्यवाणियों का स्मरण करते हुए वे खुशी-खुशी सहमत हुए और सुन्दरी मेना का विवाह हिमवान से कर दिया गया। इस विवाह-समारोह में विष्णु समेत तमाम देवता सम्मिलित हुए।

इसके बाद ही, शिव ने सती से विवाह किया था और इस दैवी युगल ने हिमवान और मेना के निकट अपना घर बसाया था। जब मेना ने सती को देखा था, तो उन्होंने मन ही मन सती जैसी ही बेटी की कामना की थी और सती को नाना प्रकार के सुस्वादु व्यंजन खिलाये थे। सती मेना की मनोकामना समझती थीं, और उन्होंने अपनी देह का त्याग करते समय मेना की पुत्री के रूप में पुनर्जन्म लेने की कामना की थी।

शिव को एकान्तवासी जीवन का चुनाव करते देख देवताओं ने उनको फिर से विवाह करने को मनाने का निर्णय लिया। उन्होंने दुर्गा, अर्थात शिव के नारी प्रतिरूप शिवा, की स्तुति की और उनसे हिमवान और मेना की पुत्री के रूप में जन्म लेने का अनुरोध किया। "हे देवी! आप *वेदों* की माता गायत्री हैं; सूर्य की महिमा सावित्री हैं; ज्ञान की देवी सरस्वती हैं। जो लोग उत्तम ढंग से कर्म करते हैं, उनके लिए आप वैभव की देवी लक्ष्मी हैं; पापियों के लिए आप अप्रतिष्ठा की देवी हैं। आपकी मुस्कान विश्व में शान्ति पैदा करती है और आपकी त्यौरियाँ, युद्धों को जन्म देती हैं। आप समस्त प्रणियों की दिव्य माता हैं।"

देवी सिंहों से जुते रत्नजटित रथ पर सवार उनके समक्ष प्रकट हुईं। उनकी आभा करोड़ों सूर्यों को लज्जित करती थी। उनके इस विस्मयकारी रूप को देखकर देवताओं ने उनको प्रणाम किया और उनसे अनुरोध किया कि वे एक बार पुनः देह धारण करें। "हे देवी माता! पूर्व में आपने दक्ष की पुत्री के रूप में जन्म लिया था और शिव से विवाह किया था। जब से आपने देह त्यागी है, शिव अवसाद में डूबे हुए हैं। आपके अवतार का प्रयोजन अभी भी पूरा नहीं हुआ है, इसलिए कृपा करके एक बार पुनः हिमवान और मेना की पुत्री के रूप में जन्म लें, ताकि सभी सुखी हो सकें।"

देवी ने उनकी प्रार्थना स्वीकार करने का आश्वासन दिया, और तब देवताओं ने मेना से कहा कि वे देवी को अपनी पुत्री के रूप में पाने के लिए कठोर तप करें। मेना ने देवी को प्रसन्न करने के लिए सत्ताईस वर्ष संकल्पों और उपवासों में बिताये, जिसके बाद देवी ने उनके समक्ष प्रकट होकर उनको आशीर्वाद दिया, और उनकी पुत्री के रूप में जन्म लेने का आश्वासन दिया।

जैसे ही मेना गर्भवती हुईं, वे दैवीय कान्ति से दीप्त हो उठीं। उनके पति हिमवान उनकी हर इच्छा को पूरी करने के लिए तत्पर रहने लगे, और उन्होंने उनको प्रेमपूर्ण उपहारों से लाद दिया। दिव्य जन्म के समय सारे ग्रह-नक्षत्र मांगलिक अवस्था में थे। जब हिमवान की पत्नी दिव्य कन्या को जन्म दे रही थीं तब देवता आकाश से पुष्प-वर्षा कर रहे थे। हिमवान का समूचा देश आनन्द में डूबा हुआ था, और सुख से भरे पिता ने निर्धनों को नाना प्रकार के उपहार बाँटे। कन्या को काली और पार्वती नाम दिये गये। वे नीलकमल की भाँति श्यामल आभा से दीप्त थीं।

जब वे बच्ची थीं, तो वे सामान्य बालिकाओं की ही भाँति गंगा किनारे गेंदों और गुड़ियों से खेला करती थीं। वैसे तो उनके अनेक वीर पुत्र थे, लेकिन माता-पिता की दृष्टि सदा अपनी बेटी के खिलन्दड़ेपन पर ही जाकर टिकती थी। एक बार नारद मुनि उनके घर पधारे। मुनि को देख हिमवान अत्यन्त प्रसन्न हुए और उन्होंने उनसे अपनी बेटी की हस्तरेखाएँ देखकर उसके भविष्य के बारे में बताने का अनुरोध किया।

नारद ने वैसा ही किया और कहा, "हे मेना! हे हिमवान! इसमें रत्ती भर भी सन्देह नहीं कि आपकी इस बेटी का भविष्य असाधारण है। इसके ग्रह-नक्षत्र अत्यन्त मंगलमय हैं। यह अपने माता-पिता की कीर्ति के स्तर को प्राप्त करेगी और अपने पति को आनन्दित करेगी। लेकिन इसकी हथेली में एक असामान्य संकेत भी है - इसका पति एक नंगा योगी होगा, जिसमें कोई गुण नहीं होंगे। उसकी न माता होगी न ही उसके पिता होंगे, और वह मान-अपमान के प्रति पूरी तरह से उदासीन होगा। वह वासनाओं से मुक्त होगा, और उसका आचरण तथा वेशभूषा अमंगलकारी प्रतीत होंगे।"

मुनि के इन शब्दों को सुनकर माता-पिता तो अत्यन्त चिन्तित हो उठे लेकिन पार्वती आनन्दित हुईं क्योंकि वे जानती थीं मुनि के द्वारा किया गया यह वर्णन पूरी तरह उन शिव के चरित्र से मेल रखता है, जिनसे वे मन ही मन पहले ही विवाह कर चुकी थीं।

माता-पिता की चिन्ता को देखकर मुनि ने उनको इन शब्दों में सान्त्वना दी, "हे पर्वतों के स्वामी, दुखी मत होइए। भगवान शिव इस कन्या के वर होंगे, और जो कुछ भी मैंने कहा है वह पूरी तरह से उन पर ही लागू होता है। उनमें न तो अच्छाई है न बुराई है, न तो कुछ मांगलिक है न अमांगलिक। कन्या को तप करके उनको प्रसन्न करने की अनुमति दीजिए और इसमें सन्देह नहीं कि वे इससे विवाह करने पर सहमत होंगे। इन दोनों के बीच जो प्रेम होगा, वैसा प्रेम संसार में अन्यत्र दुर्लभ होगा। पार्वती को अपनी अर्धांगिनी के रूप में पाकर शिव अर्धनारीश्वर होंगे। अपने तप से शिव को प्रसन्न करके यह कन्या सुवर्ण की कान्ति प्राप्त करेगी और इसको गौरी नाम दिया जायेगा।

हिमवान को एक और सन्देह था। "हे अलौकिक मुनिवर, मैंने लोगों को ऐसा कहते हुए सुना है कि भगवान शिव पूरी तरह से तपस्या में लीन रहते हैं और किसी भी तरह के सम्पर्क से, विशेष रूप से स्त्री-सम्पर्क से घृणा करते हैं। मैंने यह भी सुना है कि उन्होंने अपनी पत्नी सती को वचन दिया था कि वे कभी भी दूसरा विवाह नहीं करेंगे, ऐसी दशा में वे मेरी बेटी पार्वती से विवाह करने पर कैसे सहमत होंगे?"

नारद ने मुस्कराते हुए उत्तर दिया, "हे हिमवान, डरिए मत! आपकी यह पुत्री ही पूर्वजन्म में दक्ष की बेटी थी और सती के नाम से जानी जाती थी। यह वही है जिसने पार्वती के रूप में आपके यहाँ जन्म लिया है। इसमें कोई सन्देह नहीं कि यह शिव की पत्नी होगी। अभी आप इसको अपनी गोद में रखे हुए हैं, लेकिन भविष्य में शिव की गोद ही इसका स्थायी घर होगा।" पर्वतराज को इस प्रकार सान्त्वना देकर नारद ने अपनी वीणा उठायी और वे प्रभु का गुणगान करते हुए इस लोक से उस लोक की अपनी सतत यात्रा पर निकल गये।

हालाँकि मेना अपनी बेटी के लिए एक सुन्दर वर की कामना करती थीं, लेकिन अपने पति की सलाह मानते हुए उन्होंने पार्वती को तप करने के लिए प्रोत्साहित किया ताकि वे भगवान शिव को अपने पति के रूप में प्राप्त कर सकें।

हिमवान ने कहा, "शिव के सन्दर्भ में 'अमंगल' शब्द का प्रयोग नहीं किया जा सकता। वे समस्त मांगलिकताओं की आत्मा हैं। इसलिए अपनी बेटी को सलाह दो कि वह शिव को अपने पति के रूप में प्राप्त करने का लक्ष्य बनाकर निरन्तर तपस्या करे। इससे उसका कल्याण ही होगा।"

मेना अपनी बेटी के पास सलाह देने पहुँचीं, लेकिन उसकी सुकुमार काया को देखकर उनका हृदय करुणा से भर उठा, और उन्होंने उसको तपस्या करने का परामर्श देने में अपने को असमर्थ पाया। पार्वती अपनी माँ की अनिच्छा को समझ गयीं और बोलीं, "हे माँ, कल मैंने एक स्वप्न देखा था जिसमें एक ऋषि ने आकर मुझसे शिव की तपस्या करने को कहा था।"

हिमवान ने भी कहा कि उनको भी सपना आया था जिसमें एक संन्यासी, जिसको बाद में मैंने शिव के रूप में पहचाना, इस नगर में आकर ठहरा हुआ था। इसलिए माता-पिता ने उस स्वप्न के सच होने तक प्रतीक्षा करने का निर्णय लिया। निश्चय ही, जल्द ही एक संन्यासी, जो शिव के अतिरिक्त और कोई नहीं था, हिमवान के राज्य में अपने कुछ गणों के साथ तपस्या करने आया। हिमवान ने जाकर उनका स्वागत किया और कहा कि वे अपनी सामर्थ्य भर उनकी सेवा करने को तत्पर हैं, वे अपनी इच्छा व्यक्त करें।

संन्यासी प्रसन्न हुए और बोले, "मैं इस पर्वत पर तपस्या करने आया हूँ, और आप मेरी केवल इतनी ही सेवा कर सकते हैं कि मेरे तप में किसी प्रकार की बाधा उत्पन्न न होने दें।" हिमवान सहमत हुए और उन्होंने आदेश दिया कि भगवान के तप में कोई व्यवधान न डाले। इसके बाद वे कुछ पुष्प और फल लेकर अपनी बेटी के साथ भगवान के पास गये और बोले, "हे प्रभु, मेरी बेटी आपकी सेवा करने के लिए बहुत इच्छुक है। कृपा कर

उसकी और उसकी दो सेविकाओं की सेवा स्वीकार करने की अनुमति प्रदान करें।"

शिव ने पार्वती पर एक दृष्टि डाली और तुरन्त ही अपनी आँखें बन्द कर लीं। यौवन के पहले प्रस्फुटन के क्षण में ही उनका सौन्दर्य शब्दातीत था। उनका रंग नीलकमल के समान था, उनके नवअंकुरित उरोजों का अन्त उनकी उस छरहरी कमर पर होता था जो उनकी दो हथेलियों मे समा सकती थी, और उनके काले घुंघराले केशों में दिव्य चमक भरी हुई थी। हिमवान की ओर मुड़ते हुए उन्होंने कहा कि भविष्य में वे अपनी बेटी के बिना अकेले ही आवें। "स्त्री माया की एक अवस्था है। युवा स्त्री एक संन्यासी के लिए बाधा होती है। मैं एक संन्यासी हूँ, योगी हूँ, मेरे लिए आपकी बेटी जैसी सुन्दर एक युवा स्त्री किस उपयोग की हो सकती है?" हिमवान स्तब्ध रह गये, उनसे कुछ कहते नहीं बना। लेकिन पार्वती अपने प्रेम के साहस के बल पर बोल उठीं।

"हे प्रभु," उन्होंने कहा, "क्या आपने इस तथ्य पर विचार किया है कि सारी गतिविधियाँ प्रकृति के अधीन हैं? यहाँ तक कि तपस्या का यह कर्म भी इसलिए सम्भव है क्योंकि आप प्रकृति के प्रभाव में हैं।"

शिव ने उत्तर दिया, "मैं अपने तप से प्रकृति को नष्ट कर रहा हूँ। सच्चाई यह है कि मैं प्रकृति के गुणों से रहित हूँ।"

पार्वती ने उत्तर दिया, "क्या आप यह नहीं जानते कि मैं प्रकृति हूँ और आप पुरुष हैं? मेरे बिना आप निष्क्रिय, निर्गुण और निःस्वभाव हैं। मेरे बिना आपको जाना भी नहीं जा सकता।"

शिव हँसे और बोले, "हे पार्वती! मैं देख रहा हूँ कि तुम सांख्य मत की समर्थक हो, लेकिन लगता है वेदान्त के बारे में बहुत कम जानती हो। मुझे तुम माया के प्रभाव से पूरी तरह मुक्त परम ब्रह्म के रूप में जानो, जो प्रकृति के कार्यव्यापार से परे, केवल आध्यात्मिक ज्ञान के मार्ग से समझे जाने योग्य है। तुम भले ही प्रकृति हो, लेकिन तुम मुझ पर कोई प्रभाव नहीं डाल सकतीं।"

पार्वती ने उत्तर दिया, "अगर, जैसा कि आपका कहना है, आप प्रकृति से ऊपर उठे हुए हैं, तो फिर आप तपस्या करते ही क्यों हैं, और आपको मेरे निकट आने से डर क्यों लगता है?"

शिव उनकी हाज़िर जवाबी से अत्यन्त प्रसन्न हुए और मुस्कराते हुए बोले, "बहुत अच्छे पार्वती। मैं देख पा रहा हूँ कि तुम मेरे लिए क्या कर सकती हो! तुम मेरी जो भी सेवा करना चाहती हो करो।"

अपनी इस सफलता से प्रसन्न होकर पार्वती पिता के साथ घर लौट आयीं। इसके बाद से वे अपनी सेविकाओं के साथ प्रतिदिन गहरे सेवाभाव के साथ अपने त्रिनेत्रधारी प्रिय देवता के पास जाने लगीं। वे उनके चरण धोकर उस पवित्र जल को पीतीं, और अग्नि से गर्म किये हुए वस्त्र से उनके चरण पोंछतीं। उन्होंने सोलह प्रकार की विहित विधियों से उनकी पूजा की। कभी वे अत्यन्त रसपूर्ण गीत सुनातीं, तो कभी नृत्य करतीं। जिस स्थल पर बैठकर वे तपस्या कर रहे थे, उसको टहनियों से बनी झाड़ू से अपने हाथों से बुहारकर

वे अपने घर लौट आतीं। इस प्रकार कई वर्ष बीत गये जिस दौरान भगवान तपस्या में लीन बने रहे और उन्होंने पार्वती की सेवाओं की ओर कभी ध्यान ही नहीं दिया। अन्ततः एक दिन उनका ध्यान उनकी गतिविधियों की ओर गया और वे मन ही मन सोचने लगे, "यह पूरे संयम और समर्पण के साथ काम कर रही है, लेकिन तब भी अहंकार के कुछ अवशेष उसमें बचे हुए हैं। इनका निराकरण तभी हो सकता है जब यह स्वयं भी तपस्या करे।"

इस प्रकार सोचते हुए भगवान फिर से समाधि में लौट गये और उन्होंने उनकी ओर ध्यान देना पूरी तरह से बन्द कर दिया। पार्वती उनकी इस उदासीनता की चिन्ता किये बिना रात-दिन सेवा करती रहीं।

इस बीच ब्रह्मा और अन्य देवता कुछ परेशान थे। वे तारकासुर के अत्याचारों से पीड़ित थे, और जानते थे कि उसको केवल शिव और पार्वती का पुत्र ही मार सकता है। लेकिन इस मिलन की सिद्धि की दूर-दूर तक कोई सम्भावना दिखायी नहीं देती थी, इसलिए उन्होंने अपनी मदद के लिए काम को नियुक्त करने का निर्णय लिया।

ॐ नमः शिवाय

ॐ

कामाख्ये नमः!

अध्याय 10

कामदेव की पराजय

नृत्य करता वह और भूत उसके इर्दगिर्द खड़े गीत गाते हैं।
उसके केशों के जटाजूट के शीर्ष पर एक नदी है।
वेद उसके उस संगीत के स्वरों की रचना करते हैं
जो वह गाता है।

—सन्त सम्बन्दर

जैसा कि पहले बताया जा चुका है, प्रजापति दक्ष की तेरह कन्याएँ महर्षि कश्यप को ब्याही गयीं थीं। इनमें से सबसे बड़ी दिति अधम स्वभाव की थी और तमाम राक्षसों की माँ थी। उसकी बहन अदिति सच्चरित्र थी और देवताओं की जननी थी। एक बार दिति ने अपने पति के पास जाकर उससे अनुरोध किया कि वह उसको एक ऐसा पुत्र प्रदान करे जो उसकी बहन अदिति के देवता पुत्रों को पराजित करने में समर्थ हो। कश्यप जानते थे कि दिति के साथ तर्क करना बेकार है, क्योंकि उसकी बुद्धि भ्रष्ट है। इसलिए उन्होंने उससे बहस करने की कोशिश तो नहीं की लेकिन उसको कुछ विशेष व्रत करने की सलाह दी। उसने पूरे उत्साहपूर्वक ये व्रत किये जिसके परिणामस्वरूप उसको वज्रांग नाम का एक पुत्र उत्पन्न हुआ जिसकी देह, उसके नाम को सार्थक करती हुई चट्टान की भाँति मज़बूत थी। अपनी माँ का आदेश पाकर उसने इन्द्र तथा अनेक अन्य देवताओं को पकड़ लिया और उनको दण्डित करने लगा। देवताओं की माता अदिति ने ब्रह्मा के पास जाकर इसकी शिकायत की तो ब्रह्मा ने वज्रांग से सम्पर्क कर उससे देवताओं को छोड़ देने का अनुरोध किया। वज्रांग शिव का भक्त था, और उसने ब्रह्मा के विनम्र अनुरोध से प्रसन्न होकर देवताओं को छोड़ दिया। "मैंने यह केवल अपनी माँ को प्रसन्न करने के लिए किया था," उसने कहा, "वास्तव में लोकों पर विजय पाने की मेरी कोई इच्छा नहीं है। इसकी बजाय मैं तो आपसे उपदेश प्राप्त कर जीवन के सत्त्व को जानना चाहूँगा ताकि मैं सदा सुखी और भयमुक्त जीवन जी सकूँ।"

ब्रह्मा दिति के इस पुत्र से बहुत प्रसन्न हुए और उन्होंने वारांगि नामक एक अत्यन्त सुन्दर स्त्री की रचना कर वज्रांग को उसकी पत्नी के रूप में सौंप दिया। उन्होंने कुछ वर्ष तक सुखपूर्ण जीवन बिताया और वारांगि ने अपनी सेवा और प्रेम से उसको आनन्दित

किया। वज्रांग ने प्रसन्न होकर वारांगि से मनमाना वरदान माँगने को कहा। उसने तत्काल उससे एक ऐसा पुत्र प्रदान करने को कहा जो तीनों लोकों को जीत सके और विष्णु को क्लेश दे सके। वज्रांग अपनी सेवाव्रती पत्नी के इस अनर्गल अनुरोध को सुनकर धर्मसंकट में पड़ गया। वह निश्चय ही देवताओं से वैर नहीं चाहता था, लेकिन साथ ही साथ अपनी पत्नी को अप्रसन्न भी नहीं करना चाहता था। उसने ब्रह्मा की तपस्या कर उनसे एक सुपुत्र का वरदान माँगने का और इस प्रकार अपनी ओर से देवताओं को कोई क्षति पहुँचाये बिना अपनी पत्नी को प्रसन्न करने का निर्णय लिया। उसकी तपस्या के अन्त में ब्रह्मा ने उसके सम्मुख प्रकट होकर उसको वांछित वरदान प्रदान किया। उसकी पत्नी गर्भवती हुई और नियत समय में उसने सन्तान को जन्म दिया। बच्चे की विशाल काया थी और उसके जन्म के समय संसार में अनेक प्रकार के अपशकुन घटित होते देखे गये। वज्रांग समझ गया कि उसका पुत्र एक दैत्य है, जैसा कि उसकी पत्नी चाहती थी, और उसने उसका नाम तारक रखा।

इस दैत्य ने कई वर्ष तक ब्रह्मा की कठोर तपस्या की, और जब ब्रह्मा प्रकट हुए, तो उसने उनसे दो वरदान प्रदान करने का अनुरोध किया। पहला वरदान यह कि तीनों लोकों में उसके जैसा बलशाली कोई दूसरा न हो, और दूसरा यह कि केवल शिव का पुत्र ही उसको मार सके। वह जानता था कि शिव एक योगी हैं और इसलिए उसका सोचना था कि शिव का कोई पुत्र होगा इस बात की दूर-दूर तक कोई सम्भावना नहीं है। जैसा कि होना था, ब्रह्मा ने कमज़ोर पड़ते हुए उसको दोनों वरदान दे दिये।

इसके बाद उस दैत्य ने तीनों लोकों में अत्याचार करने शुरू कर दिये और मनुष्यों तथा देवताओं को समान रूप से कष्ट देने लगा। वह जो कुछ भी चाहता उसे, चाहे वे देवता हों, चाहे ऋषि हों, या चाहे मनुष्य हों, उनसे बलपूर्वक छीन लेता। चूँकि तीनों लोक उसके नियन्त्रण में थे, उसने स्वयं को देवराज इन्द्र घोषित कर दिया। उसने देवताओं को पदच्युत कर उनके स्थान पर दैत्यों को प्रतिष्ठित करना आरम्भ कर दिया। जैसा कि होना था, देवता इन्द्र के नेतृत्व में ब्रह्मा के पास गये और उनसे अनुरोध किया कि वे कुछ करें। तारक जैसे असुर को अविवेकपूर्ण ढंग से वरदान देने के नाते ब्रह्मा ही उन सबके कष्टों के लिए उत्तरदायी थे। ब्रह्मा ने कहा कि चूँकि तारक उनका भक्त है, इसलिए उसका वध करना उनके लिए उचित नहीं होगा।

"लेकिन मेरे पास एक निदान है," उन्होंने कहा। "उसको मारने में समर्थ एकमात्र व्यक्ति शिव का पुत्र हो सकता है। यह वरदान मैंने स्वयं उसको दिया हुआ है। लेकिन जैसा कि आप सब जानते हैं, शिव इस समय गहरी समाधि की अवस्था में हैं, और वे हिमवान की बेटी पार्वती की ओर देखना भी नहीं चाहते जो कि पूरे समर्पण भाव से उनकी सेवा में लगी हुई है। अब यह आप पर है कि आप ऐसा कोई उपाय करें जिससे वे पार्वती से विवाह कर पुत्र उत्पन्न करें। केवल उनके बीज से उत्पन्न सन्तान ही तारकासुर का वध कर सकती है।"

यह सुनकर इन्द्र को तुरन्त ही काम का स्मरण हो आया, जो अपने समूचे सौन्दर्य के साथ अपनी पत्नी रति और मित्र वसन्त सहित उनके समक्ष प्रकट हो गया। इन्द्र ने

उससे अनुरोध किया कि वह हिमालय पर जाकर अपनी सारी युक्तियाँ भिड़ाते हुए शिव को प्रेरित करे कि वे अनुरागपूर्वक पार्वती को निहारें। "जाइए और शिव के हृदय को पार्वती की आकांक्षा से भर दीजिए। उनको तपस्या छोड़ने पर और पर्वतों की उस मोहक राजकुमारी का आलिंगन करने पर विवश कर दीजिए," इन्द्र ने कहा।

काम अहंकार से भरा हुआ था। उसको अपनी योग्यता पर बहुत गर्व था स्वयं को देवताओं में सबसे ऊपर मानता था, क्योंकि वे तक उसके संघातक बाणों के शिकार हो जाया करते थे। उसने इन्द्र से कहा कि वह कुछ ऐसे काम तक कर सकता है जो स्वयं देवराज के बूते के बाहर हैं।

उसने हिमवान के निवास पर पहुँचकर ऐसी जगह पर अपना डेरा जमाया जो शिव के तपस्या-स्थल के बहुत निकट थी। वसन्त ने फूलों का अपना वैभवशाली क़ालीन बिछाया और वृक्षों को फूलों और फलों से लाद दिया। गुनगुनी मलय समीर बर्फ़ानी चोटियों पर बहने लगी और उसने इन चोटियों को अलबेली सुगन्ध से भर दिया। बर्फ़ पिघलकर कलकल करती नदियों और कमलों से ढँकी प्रशान्त झीलों में एकत्र होने लगा। सारे पक्षी अपने-अपने घोंसले बनाने में व्यस्त थे और उनकी उत्कण्ठाओं से भरी प्रेम की पुकारें वातावरण में समायी हुई थीं। पपीहों की पीहू-पीहू और मकरन्द के नशे में झूमती मधुमक्खियों की उन्मत्त भनभनाहट उन ऋषियों के चित्त में भी आनन्द की लहरें पैदा करने लगीं जो वहाँ पर तप कर रहे थे। काम के साथ आयी अप्सराएँ आनन्द और उल्लास से नाच रही थीं। पूर्णिमा का चन्द्रमा अपने पूरे वैभव पर था और अपनी चाँदनी की छटा बिखेरते हुए प्रेमी जोड़ों को अपनी मधुर आभा तले विहार करने का न्यौता दे रहा था। जब शिव ने अपनी आँखें खोलीं और अपने सात्विक, शीतकालीन आश्रम में वसन्त की इस असमय घुसपैठ पर ध्यान दिया, तो वे किंचित परेशान हो उठे, लेकिन आख़िर वे एक अखण्ड योगी थे, इसलिए उन्होंने आँखें मूँदीं और एक बार फिर से अपनी समाधि में लौट गये। सामान्य तौर पर लोगों के मन में ही अपनी अनुभूति जगाने वाले काम ने अब विलक्षण रूप धारण कर लिया और अपनी पत्नी रति के साथ शिव की बायीं ओर जाकर खड़ा हो गया। इसके बाद उस प्रेमी युगल ने तमाम तरह की सम्मोहनकारी मुद्राएँ अपनाते हुए अपनी काम-क्रीड़ाएँ आरम्भ कर दीं। वे स्वर्ग के कलावन्तों द्वारा दिये जा रहे संगीत पर महान योगी के सामने नाचने लगे, लेकिन उनकी भावभंगिमा में उनको कोई परिवर्तन दिखायी नहीं दिया। काम को भय सताने लगा कि यह उसकी पहली पराजय हो सकती है। अब तक उसका सामना शिव को छोड़ किसी भी ऐसे व्यक्ति से नहीं हुआ था जो उसकी छलयोजनाओं को प्रतिरोध दे सका हो। तभी अपनी सेविकाओं के साथ वहाँ पर भगवान की सुबह की पूजा के लिए विभिन्न प्रकार के पुष्प लेकर पार्वती आ पहुँचीं। वे हमेशा की भाँति संकोच के साथ शिव के पास पहुँचीं, उनको प्रणाम किया, और उनके चरणों पर एक-एक करके पुष्प अर्पित कर दिये। इसके बाद वे लज्जित होती हुईं उनके सामने खड़ी हो गयीं, इस आशा से कि शायद शिव आँखें खोलकर उनकी ओर देखें। शिव ने पल भर के लिए अपने नेत्र खोले, और काम ने इस अवसर का लाभ उठाते हुए आम्र-धनुष पर चढ़ा हुआ अपना पुष्प-बाण त्रिशूलधारी के ऊपर छोड़ दिया। सामान्यतः तो यह होता था कि शिव यदि कुछ पलों के लिए अपनी

आँखें खोलते भी थे, तो उनको पुनः बन्द कर शान्तिपूर्वक अपने ध्यान में लौट जाते थे। उनका आत्मसंयम ऐसा ही था। लेकिन इस बार, काम के हस्तक्षेप के कारण, वे पार्वती के मादक रूप पर से अपनी दृष्टि नहीं हटा सके। वे उनकी ओर मन्त्रमुग्ध से देखते रह गये, और पार्वती, जो इसी दिन की आकांक्षा और प्रतीक्षा करती आ रही थीं, भी उनकी आँखों में आँखें गड़ाकर देखने लगीं।

शिव ने मन ही मन सोचा, "यह सचमुच अनिन्द्यता का भण्डार है। इसकी सुन्दरता का मुक़ाबला करने वाला तीनों लोकों में कोई नहीं है। अगर इसको देखने मात्र से मैं इतना आनन्दित हो रहा हूँ, तो इसको आलिंगन में लेने का सुख कितना अद्भुत होगा!"

वे उनको छूने के लिए अपना हाथ बढ़ाने ही वाले थे कि सहसा रुक गये और सोचने लगे, "आख़िर यह कैसे हुआ कि मैं प्रेम की पीड़ाओं का आखेट बन गया? मेरे इस पतन का कारण कौन हो सकता है?" इस प्रकार सोचते हुए उन्होंने अपना सिर घुमाया और तब उन्होंने अपनी बायीं ओर रति के साथ खड़े हुए काम को देखा। वह अपना धनुष ताने हुए दूसरा बाण छोड़ने को तैयार खड़ा था। जैसे उसका बाण निर्भय ढंग से छूटा कि उसने अपने शरीर पर शिव के क्रोध का सम्पूर्ण आघात अनुभव किया।

काम भय से काँप उठा और उसने मन ही मन इन्द्र से सहायता का आह्वान किया। तत्काल ही इन्द्र के साथ सारे देवता दृश्य पर प्रकट हो गये, लेकिन इसके पहले कि वे शिव के कोप को शान्त करने के लिए कुछ बोल पाते, शिव ने अपना तीसरा नेत्र खोल दिया, और उनके मस्तक के मध्य भाग से अग्नि की एक भीषण ज्वाला निकलकर किसी उल्का की भाँति आकाश में तैर गयी। वह पृथ्वी पर गिरकर फैल गयी और उसने पल भर में ही काँपते हुए काम को निगलकर राख के ढेर में बदल दिया। काम की पत्नी रति मूर्च्छित होकर पृथ्वी पर गिर पड़ी। पार्वती भय के मारे काँप उठीं और उनकी सेविकाएँ उनको वहाँ से दूर ले गयीं। देवता अत्यन्त भयभीत हो उठे, वे समझ नहीं पा रहे थे कि शोक में डूबी रति को किस तरह सान्त्वना दें। वह ज़मीन पर छटपटाती हुई उन अस्थियों को समेटने का प्रयत्न कर रही थी जिनको हवा उड़ाकर नहीं ले जा पायी थी। उन्होंने शिव से प्रार्थना की कि वे उसके पति का जीवन वापस लौटा दें।

"ये आपने मेरे पति के साथ क्या कर डाला?" रति चीत्कार कर रही थी। "आपने जगत के समस्त प्राणियों को प्रेम से वंचित जीवन जीने के लिए अभिशप्त कर दिया है। अगर प्रेम नष्ट हो गया, तो समाज ध्वस्त हो जायेगा। बैल गाय को तज देगा, घोड़ा घोड़ी को तज देगा, मधुमक्खियाँ फूलों से विरक्त हो जाएगीं, और पुरुष अपनी पत्नियों से विरक्त हो जाएँगे। आसक्ति केवल दुःख का कारण नहीं है, बल्कि वह सारे सुखों का आधार भी है। आकांक्षा के बिना जीवन की क्या सार्थकता है? वह सुगन्धहीन पुष्प की भाँति निरा रसहीन अस्तित्व है। आनन्द के सारतत्त्व को केवल वही अनुभव कर सकता है जिसने दुःख भोगा है। जीवन का मूल्य चुकाना होता है, और वह मूल्य दुःख है, लेकिन उसका पुरस्कार भी मिलता है, और वह पुरस्कार आनन्द है, और काम के बिना दुःख और आनन्द दोनों का अस्तित्व नहीं है।"

शिव का क्रोध सदा ही क्षणिक होता था। उन्होंने रति के शब्दों की सच्चाई को स्वीकार किया। "मैंने काम की देह को नष्ट किया है, उसकी आन्तरिक शक्ति को नष्ट नहीं किया है। वह अनंग होकर, अर्थात शरीर से रहित होकर, हर प्राणी के हृदय में वास करेगा। वह कृष्णावतार के समय कृष्ण के पुत्र प्रद्युम्न के रूप में पुनर्जन्म भी लेगा, और हे रति, तब तुम एक बार फिर से उसकी पत्नी बनोगी।" इतना कहकर शिव अपनी तपश्चर्या में वापस लौट गये। इसके बाद पार्वती ने उनके पास जाने का साहस नहीं किया क्योंकि वे उनके क्रोध को देख चुकी थीं और उसके सम्भावित परिणामों से भयभीत थीं।

ॐ नमः शिवाय

नमन करते हैं हम उसको जो पतझड़ के
सफेद बादलों में है, और सूर्य में।
नमन करते हैं हम उसको जो
आँधियों में है और बाढ़ों में। नमन करते हैं
हम उसको जो भूमि और पशुधन का रखवाला है।

—श्री रुद्रम्, यजुर्वेद

नमन करते हैं हम उसको जो
गोशाला में उपस्थित है और घरों में।
नमन करते हैं हम उसको जो खेतों में है और महलों में।
नमन करते हैं हम उसको जो कँटीली झाड़ियों में है और
पर्वतीय कन्दराओं में। नमन करते हैं
हम उसको जो भँवरों में है और ओस की बूँदों में।

—श्री रुद्रम्, यजुर्वेद

ॐ

शंकराय नमः!

अध्याय 11

पार्वती की तपस्या

वह परिशुद्ध जो शाश्वत रूप से वास करता है
उन प्राणियों के हृदय में जो उसको प्रिय हैं,
और जो उसको नमन करते हैं।
चारों दिशाओं का और
महान वैभवशाली देवी का स्वामी।

—सन्त तिरुमूलार

पार्वती अत्यन्त विक्षुब्ध और चिन्तित मन से घर लौट आयीं। वे सोचने लगीं कि दैहिक सौन्दर्य किस काम का है, अगर वह मेरे स्वामी को प्रभावित ही नहीं करता? वे सच्चे योगी हैं, और मैं समझती हूँ कि जो एकमात्र चीज़ उनको प्रभावित कर सकती है, वह तप की शक्ति है, न कि देह का सौन्दर्य। उनके माता-पिता और भाइयों ने उनको सान्त्वना देने का यत्न किया, लेकिन उसका कोई प्रभाव उन पर नहीं पड़ा। अन्ततः दिव्य नारद मुनि उनके पास आये और बोले :

"हे पार्वती! उदास मत होओ। तुम भगवान शिव को निश्चय ही अपने पति के रूप में प्राप्त करोगी। उन्होंने तुम्हें इसलिए अब तक स्वीकार नहीं किया है क्योंकि तुममें अभी भी अहंकार के कुछ अवशेष बचे हुए हैं। तुम अपने यौवन और सौन्दर्य के गर्व में यह सोचती रही हो कि तुम त्रिनेत्रधारी को अपने आकर्षण-मात्र के बल पर अपने अधीन कर लोगी। लेकिन, ध्यान रहे कि वे महायोगी हैं। उनको केवल सघन तपस्या के बल पर ही मोहित किया जा सकता है। मैं तुमको उस पवित्र मन्त्र का ज्ञान देता हूँ जो शिव के लिए विशेष रूप से प्रिय है। यह पाँच शब्दांशों का मन्त्र है, 'ॐ नमः शिवाय।' जो भी श्रद्धा और अध्वसायपूर्वक इस मन्त्र को दोहरायेगा, वह उनको निस्सन्देह प्रसन्न कर सकेगा।"

इसके बाद पार्वती वन में जाकर तपस्या करने की अनुमति प्राप्त करने अपने माता-पिता के पास गयीं। पिता ने तो उनको सहमति दे दी, लेकिन उनकी माँ उनको वन में जाने देने को लेकर बिलकुल भी इच्छुक नहीं थीं। "क्या तुम घर में रहकर तपस्या नहीं कर सकतीं?" उन्होंने पूछा। "यहाँ सारी सुविधाएँ उपलब्ध हैं। तुम जैसी एक युवती के लिए

जंगल में जाकर तपस्या करना उचित नहीं है। ऐसी जगहें तो साधु-सन्तों के लिए होती हैं।" माँ के इन शब्दों के कारण ही पार्वती का नाम 'उमा' पड़ा था, जिसका अर्थ है 'मत जाओ।' मेना के इन शब्दों को सुनकर उनका मन उदास हो गया और और वे शिव का ध्यान करती हुई खाने-पीने की सुध बिसरा बैठीं। पुत्री की इस दशा को देखकर अन्ततः मेना ने बेमन से अपनी सहमति दे दी।

अपनी सारी राजसी वेशभूषा और अलंकार तजकर पार्वती ने एक वृक्ष की छाल को घास की करधनी से बाँध लिया। अपनी दोनों सेविकाओं के साथ वे हिमालय की उस ऊँची चोटी पर पहुँचीं जहाँ पर शिव तपस्या करते रहे थे और जहाँ काम भस्म हुआ था। उस स्थल को देखकर, जहाँ शिव आसन लगाया करते थे, वे गहरे दुःख से भरकर ज़ोर-ज़ोर से रोने लगीं। अन्त में, बड़ी कठिनाई के साथ अपने दुःख को नियन्त्रित कर उन्होंने पूजा की तैयारियाँ आरम्भ कीं। उन्होंने एक वेदी तैयार की और उस पर शिव का लिंग स्थापित किया। फिर वे उसके सम्मुख बैठ, शिव का ध्यान करते हुए, उस पाँच शब्दांशों वाले मन्त्र को दोहराने लगीं।

ग्रीष्म ऋतु में वे अग्नि के पाँच कुण्डों के बीच बैठीं। वर्षा ऋतु में वे बारिश में बैठीं, और ठण्ड के मौसम वे बर्फ़ के बीच बैठी रहीं, और इस पूरे समय वे बिना रुके मन्त्र का पाठ करती रहीं। वे ग्रीष्म की तपिश को, पतझड़ी हवाओं के बर्फ़ीले झोंकों को और हिमालयी ठण्ड के हिमपात को सहती रहीं। पहले वर्ष वे केवल फल खाकर रहीं, और अगले वर्ष केवल पत्तियाँ, और इस प्रकार उन्होंने 'अपर्णा' नाम अर्जित किया जिसका अर्थ है 'वह जो केवल पत्तियों पर जीवित है।' तीसरे वर्ष में उन्होंने पत्तियाँ भी त्याग दीं और केवल वायु का सेवन कर उपवास करने लगीं। छाल से ढँकी, उलझे हुए केश लिये, अपनी समस्त नैसर्गिक इच्छाओं का निग्रह करती हुए उन्होंने अपने संयम से ऋषियों तक को पीछे छोड़ दिया।

प्रकृति तक उनकी तप की शक्ति से रोमांचित हो उठी। उनके चारों तरफ़ विपुल मात्रा में फूल उग आये ताकि उनकी पूजा के लिए फूलों की कमी न होने पाये। पशुओं के जगत में नैसर्गिक ढंग से जन्म लेने वाले शत्रु उनके प्रति मैत्री का भाव रखने लगे, उन्होंने अपनी शत्रुता त्याग दी, और उस पवित्र कुंज के आसपास स्वच्छन्द भ्रमण करने लगे। एक के बाद एक कई वर्ष बीत गये, और तब भी शिव प्रकट नहीं हुए। हिमवान और मेना पार्वती के पास आये और उन्होंने उनको इस निष्फल तपस्या से हटाने का भरसक प्रयत्न किया, लेकिन उन्होंने उनकी बात नहीं मानी; उनको पूरा विश्वास था कि शिव उनके तप की शक्ति के सामने एक दिन अवश्य ही आत्मसमर्पण कर देंगे। उनके माता-पिता अपने घर लौट गये, और पार्वती ने अपनी तपस्या को इतना सघन कर दिया कि तीनों लोक उनकी तपश्चर्या की ऊष्मा से असह्य रूप से तपने लग गये। देवता वातावरण में आये इस भीषण परिवर्तन के कारणों को समझ नहीं पा रहे थे। वे ब्रह्मा के पास पहुँचे और उनसे अनुरोध करने लगे कि वे कुछ करें, इसलिए ब्रह्मा उनको लेकर विष्णु के पास पहुँचे और उन्होंने उनसे सहायता की प्रार्थना की।

विष्णु मुस्कराये और बोले, "ऋतुओं में यह परिवर्तन पार्वती की तपस्या की प्रचण्डता

के कारण हो रहा है। इसलिए मैं आप लोगों के साथ उस स्थल पर चलता हूँ जहाँ शिव समाधि लगाये बैठे हैं, और उनसे अनुरोध करता हूँ कि वे पार्वती के पास जाकर उनकी मनोकामना पूरी करें।"

देवता शिव के कोप के भय से उनके पास जाने से डरे हुए थे, लेकिन विष्णु ने उनको रक्षा का आश्वासन दिया, और वे घोर आशंका से भरे हुए उनके साथ चल पड़े। शिव गहरी समाधि में थे, इसलिए देवताओं ने उनके गण नन्दी से कहा कि वे उनको देवताओं के आगमन की सूचना दें। शिव उनसे हर्षपूर्वक मिले, और देवताओं ने अपना निवेदन उनके सामने रखा।

विष्णु बोले, "हे प्रभु! सारे देवता तारकासुर के अत्याचारों से पीड़ित हैं। आपके ब्रह्मचर्य को अडिग मानकर उसने ब्रह्मा से यह वरदान प्राप्त कर लिया है कि वह आपके उरुमूल से जन्मे बच्चे के सिवाय और किसी के भी हाथों से नहीं मारा जा सकेगा। पर्वत पुत्री पार्वती आपको पति के रूप में पाने की आकांक्षा के साथ इस समय कठोर तपस्या कर रही है। केवल आप ही हैं जो विवाह के लिए पार्वती का हाथ थामकर तारकासुर के अत्याचारों से इस जगत की रक्षा कर सकते हैं। उनकी तपस्या की प्रचण्डता से तीनों लोक तप्त हो रहे हैं। हे प्रभु, हम सबकी रक्षा कीजिए! जगत के कल्याण की ख़ातिर अपनी समाधि का त्याग कीजिए।"

शिव ने एक छलपूर्ण टिप्पणी करते हुए उत्तर दिया, "अगर पार्वती को मेरे द्वारा स्वीकार किया जाता है, तो काम को फिर से जीवित होना होगा, और यह आप सबके लिए तथा ऋषियों के लिए भी घातक होगा क्योंकि उसका अस्तित्व निश्चय ही आप सबके चिन्तन-मनन को नष्ट कर देगा। जैसा कि आप सब जानते हैं, वासना सदा नर्क की ओर ले जाती है। वासना से क्रोध उत्पन्न होता है, क्रोध से आत्मसम्भ्रम उत्पन्न होता है, और आत्मसम्भ्रम तपस्या को नष्ट कर देता है। इसके बाद भी आप लोग पार्वती के साथ मेरे विवाह के लिए क्यों आग्रह कर रहे हैं?" इतना कहकर शिव मौन हो गये।

विष्णु एक बार फिर से बोले। "क्या आप नहीं जानते कि पार्वती कोई और नहीं बल्कि स्वयं सती हैं, जिन्होंने पर्वत-कन्या के रूप में पुनर्जन्म लिया है? वे सघन तपस्या कर रही हैं, और तीनों लोक उनकी तपस्या के ताप से झुलस रहे हैं। हम सब पार्वती के साथ आपके विवाह की व्यग्रता के साथ बाट जोह रहे हैं। केवल इस समागम से उत्पन्न पुत्र ही तारकासुर का वध कर सकेगा। इसलिए कृपा कर हमारे निवेदन को स्वीकार कीजिए और हम सबको तथा पार्वती को सुख प्रदान कीजिए।"

अब शिव बोले, "हे विष्णु! विवाह एक योगी के लिए बहुत बड़ा बन्धन होता है। इस जगत में कई तरह के बन्धन हैं, लेकिन किसी स्त्री के साथ बँध जाना उनमें सबसे मज़बूत बन्धन है। जो व्यक्ति सांसारिक सुखों की ओर आकर्षित होता है, उसके लिए मोक्ष पहुँच से बाहर हो जाता है। मेरी बुद्धि आप लोगों के निवेदन को स्वीकार करने से रोकती है, लेकिन मेरा हृदय कुछ और कहता है। मैं सदा से अपने भक्तों का दास रहा हूँ और उनके लिए कुछ भी देने मना नहीं कर सकता। मैं आप लोगों के स्वार्थ के सिद्धि के लिए अपना स्वार्थ तज रहा हूँ। यद्यपि विवाह में मेरी तनिक भी रुचि नहीं है, मैं आप लोगों के सुख

के लिए पार्वती से विवाह करूँगा और पुत्र उत्पन्न करूँगा।"

यह कहकर वे मौन हो गये, और देवता अपने-अपने निवास पर लौट गये। इसके बाद शिव ने सप्त ऋषियों को बुलाया और उनसे कहा कि वे जाकर पार्वती के निश्चय की परीक्षा लें। वे उनकी परीक्षा लेने गौरीशंकर नामक पर्वत-शिखर पर पहुँचे। उन्होंने पार्वती की कंकाल हो चुकी काया को तपस्या की दीप्ति से जगमगाते हुए देखकर उनको प्रणाम किया और उनसे कहा कि वे तपस्या त्याग दें क्योंकि शिव किसी भी दशा में उनके मनोरथ को पूरा करने वाले नहीं हैं।

"जिन नारद मुनि ने आपको तपस्या करने की सलाह दी थी, वे ठग हैं। वे सदा ही लोगों को सांसारिक मार्ग से भटकाकर तपस्या की ओर प्रेरित करते रहते हैं। उन्होंने दक्ष के एक सहस्र पुत्रों को रोककर उनको संन्यास के मार्ग पर चलने के लिए विवश कर उनके पिता को कठिनाई में डाल दिया था जिन्होंने अपने उन पुत्रों को सन्तानें उत्पन्न करने के लिए भेजा था। उन्होंने तो असुर-पुत्र प्रह्लाद तक को विष्णु का भक्त होने की सलाह दे डाली थी, जिसके परिणामस्वरूप उसको अपार कष्ट भोगना पड़े थे और अपने पिता का तिरस्कार करना पड़ा था। अब वे आपको बहकाने में जी-जान से लगे हुए हैं। शिव स्त्रियों के प्रति उदासीन हैं और उनमें प्रेम करने की सामर्थ्य नहीं है। सच तो यह है कि वे काम के शत्रु हैं। उनका रूप-रंग अत्यन्त अमंगलकारी है, और उनका न नाम है न कोई कुल-गोत्र है। इसलिए यह निष्फल उद्यम त्यागिए और अपने माता-पिता के पास जाकर किसी ऐसे व्यक्ति से विवाह कीजिए जो आपकी सौम्य प्रकृति से मेल खाता हो।"

पार्वती हँस दीं और बोलीं, "हे ऋषियों, इसमें कोई सन्देह नहीं कि आपने जो कुछ कहा वह आपकी अपनी समझ के अनुसार सच है, लेकिन यह मेरे दृढ़ निश्चय को तनिक भी नहीं डिगा सकता। जैसा कि आप जानते हैं, मैं पर्वत-पुत्री हूँ और इसलिए मुझे इतनी आसानी से डिगाया नहीं जा सकता। इसीलिए मेरा नाम अचला भी है। शिव परम योगी हैं। स्वाभाविक ही वे अपनी साज सज्जा में रुचि नहीं रखते। वे परम ब्रह्म हैं, और वे यदि मुझसे विवाह नहीं करते, तो मैं कुँवारी बनी रहने को तैयार हूँ। यह बात मैं शपथपूर्वक कहती हूँ। सूर्य पश्चिम से उग सकता है, अग्नि शीतल हो सकती है और मेरु पर्वत चलायमान हो सकता है और कमल पत्थर की शिलाओं पर फूलने लग सकते हैं, लेकिन मेरा कहा हुआ कभी असत्य नहीं होगा। मैं तो तब तक शिव की उपासना करती रहूँगी, जब तक कि वे मेरे पास नहीं आ जाते या फिर मैं यहीं इसी समय अपनी देह त्याग दूँगी।"

पार्वती के इस दृढ़ निश्चय से ऋषि अत्यन्त आनन्दित हुए। उन्होंने लौटकर शिव को सारा संवाद कह सुनाया। अब शिव स्वयं पार्वती की परीक्षा लेने उनके आश्रम की ओर चल पड़े। दरअसल उनके दृढ़ निश्चय को लेकर उनको वैसे भी पूरा विश्वास था, वे तो केवल संन्यासिनी के लिबास में उनकी एक झलक देखने को लालायित थे। वे हाथों में एक छतरी और एक लकुटिया थामे अत्यन्त बूढ़े एक साधु के रूप में उनके सम्मुख प्रकट हुए। पार्वती इस वृद्ध के सम्मान में उठ खड़ी हुईं और उन्होंने पूरे श्रद्धाभाव से उसकी पूजा की, और वृद्ध ने उनसे उनके कुल-गोत्र के बारे में जानकारी लेते हुए उनकी उस कठोर तपस्या के प्रयोजन के बारे में पूछा। पार्वती ने उत्तर दिया, "मैं पार्वती हूँ, हिमवान और मेना की

पुत्री। मैं केवल शिव को अपने पति के रूप में प्राप्त करने की मनोकामना के साथ यह तपस्या कर रही हूँ। लेकिन लगता है मेरी तपस्या अकारथ जाने वाली है, क्योंकि वे अभी तक आये ही नहीं हैं। अब मैंने अपनी इस काया को अग्नि के हवाले करने का निश्चय कर लिया है, ताकि मैं फिर से जन्म ले सकूँ। मैं तब तक नये जन्म लेकर तपस्या करती रहूँगी जब तक कि शिव मुझको स्वीकार नहीं कर लेते।"

शिव उनके उत्तर से मन ही मन तो अत्यन्त आनन्दित थे, लेकिन उनके निश्चय को और अधिक परखने के लिए उन्होंने उनसे आग्रह किया कि वे ऐसा कठोर क़दम न उठाएँ। पार्वती तनिक भी विचलित हुए बिना केवल मुस्करा दीं और उनको प्रणाम करने के बाद उस अग्नि में कूद गयीं जो उन्होंने पहले से ही तैयार कर रखी थी। लेकिन वह अग्नि चन्दन के लेप की भाँति ठण्डी हो गयी। वृद्ध ने मुस्कराते हुए उनको दोबारा अग्नि प्रज्ज्वलित करने से रोका और अपना पूरा वृत्तान्त एक बार फिर से सुनाने का आग्रह किया। आँसुओं के कारण पार्वती का गला रुँध गया था और इसलिए वे कुछ बोल न सकीं। उनकी सखी विजया ने पूरी कहानी सुनायी।

इस पर साधु ने वह कहानी पार्वती के मुख से सुनने का आग्रह दोहराया। पार्वती ने कहानी दोहरायी और वृद्ध परामर्श देने का अनुरोध किया।

वृद्ध ने कहा, "हे भद्रे, आख़िर आप शिव को अपना पति क्यों बनाना चाहती हैं? उनकी देह हमेशा श्मशान की राख से पुती रहती है, उनके केश जटाओं में उलझे हुए हैं, और उनके कण्ठ में हर समय सर्प लिपटे रहते हैं। कभी वे शेर और हाथी की खाल लपेटे रहते हैं, तो कभी नंगे ही घूमते रहते हैं। या तो वे अकेले ही भटकते रहते हैं या फिर उनके पीछे भूत-प्रेत लगे रहते हैं। आप जैसी सुन्दर कन्या के लिए वे सर्वथा बेमेल पति होंगे। उनकी एक पत्नी थीं, दक्ष की बेटी सती, जिनको शिव के साथ सम्बन्ध रखने के कारण उनके पिता ने त्याग दिया था। आख़िरकार उस बेचारी लड़की को अपना जीवन ही गँवा देना पड़ा था। आप तो स्त्रियों के बीच मणि जैसी हैं। आप क्यों इस अजूबे से विवाह करने पर तुली हुई हैं? इस तरह के आदमी के साथ जंगलों में मारे-मारे फिरने के लिए क्यों आप महलों का सुख त्याग रही हैं? उसमें एक भी तो ऐसा गुण नहीं है जो किसी स्त्री को आकर्षित कर सके। उसने आपके मित्र काम का वध कर दिया था और वहाँ से दूर भागकर आपका अपमान किया था। मैं तो आपको यही परामर्श दूँगा कि आप उस पर से अपना चित्त हटाइए और किसी उपयुक्त वर को प्राप्त करने का प्रयत्न कीजिए।"

पार्वती यह सुनकर आगबबूला हो गयीं और उन पर टूट पड़ीं, "आप यहाँ क्यों आये हैं, मेरे स्वामी के विरुद्ध इस तरह के असहनीय अपशब्दों के साथ? आप मुझे मेरे कृत्य से तनिक भी विचलित नहीं कर सकते। आप जैसा विवेकहीन मनुष्य मेरे स्वामी के उस वास्तविक रूप को कभी नहीं पहचान सकता जो कि गुणों से रहित परम ब्रह्म का रूप है। आपका कहना है कि उनमें अमंगलकारी लक्षण भरे हुए हैं, लेकिन मैं जानती हूँ कि उनका चिन्तन करने मात्र से हर चीज़ मंगलकारी हो जाएगी। मेरे स्वामी से स्पष्ट ही घृणा करने वाले आप जैसे व्यक्ति को आतिथ्य प्रदान कर मैंने बहुत बड़ी भूल की है। शिव जो भी हों, मैं उनसे प्रेम करती हूँ। एकमात्र वे ही मेरे स्वामी हैं, और मुझे किसी भी दूसरे

की आवश्यकता नहीं है।"

वृद्ध की ओर से अपना चेहरा हटाते हुए उन्होंने अपनी सखी से कहा कि वह उसको दूर खदेड़ कर आये, अन्यथा यह व्यक्ति मेरे स्वामी को लेकर ऐसे ही अपमानजनक शब्द उगलता रहेगा। उन्होंने घृणा से भरकर मुँह फेर लिया और वे उससे दूर भागने को उठी ही थीं कि शिव ने अपना वास्तविक रूप प्रकट करते हुए उनका हाथ पकड़ लिया।

"तुम कहाँ जा रही हो, मुझको अकेला छोड़कर? हे पार्वती, मैं इतनी आसानी से तुम्हारे द्वारा तिरस्कृत नहीं हो सकता!" उन्होंने उनको चिढ़ाते हुए कहा। "मैं तुम्हारी निष्ठा से आनन्दित हूँ, और मैं यहाँ पर केवल तुम्हारे मनचाहे वरदान देने के लिए ही आया हूँ। तुमने अपने तप से मेरे प्रेम का भरपूर मूल्य चुकाया है। अब से मैं तुम्हारा दास हूँ। मुझे आदेश दो और मैं उसका पालन करने को तैयार हूँ। तुम मेरी शाश्वत जीवन-संगिनी हो और सदा से रही हो। मैंने तुम्हें इतना असहनीय ढंग से सताया, इसके लिए मुझे क्षमा करो, लेकिन तुम मेरी सारी परीक्षाओं पर खरी उतरी हो, और अब मैं तुम्हारा क्रीत दास हूँ। चलो मेरे साथ हिमालय के मेरे निवास पर।" ऐसा कहते हुए उन्होंने अपने हाथों में थमे उनके हाथ को अपनी ओर खींचा।

पार्वती आनन्द-विह्वल थीं। उन्होंने उत्तर दिया, "हे स्वामी, पूर्व जन्म में मैं दक्ष की पुत्री थी लेकिन उस समय हमारे विवाह के अनुष्ठान उचित रीति से सम्पन्न नहीं हो सके थे। ग्रह-शान्ति नहीं की गयी थी। इस बार मैं आपसे अनुनय करती हूँ कि आप मेरे पिता के पास जाकर उनसे मेरा हाथ माँगें, और हमारी विवाह पूरे रीतिरिवाज़ों और ठाटबाट के साथ सम्पन्न होने दें।"

शिव ने कहा, "हे प्रिय पार्वती, यह सारा जगत एक मिथ्या है। मैं सारी भविष्यवाणियों और ग्रह-नक्षत्रों से ऊपर हूँ, लेकिन यदि आप चाहती हैं कि हमारा विवाह विधिपूर्वक ग्रहों की शान्ति के साथ पारम्परिक रीति से सम्पन्न हो, तो ऐसा ही हो, क्योंकि मैं आपकी किसी भी इच्छा को अस्वीकार नहीं कर सकता। जैसा कि आप चाहती हैं, मैं आपके पिता के पास जाकर आपका हाथ माँगूगा।" पार्वती खुशी-खुशी अपने घर लौट गयीं और शिव अपने निवास पर लौट गये। देवताओं और गणों ने आनन्द मनाया।

पार्वती के अभियान की इस सफलता के बाद घर पर उनका पूरे सम्मान के साथ स्वागत किया गया। जल्द ही शिव एक साधु नर्तक का भेष धारण कर हिमवान की राजसभा में जा पहुँचे। उन्होंने इतना सुन्दर नृत्य और गान किया कि सभी लोग चकित रह गये। उन्होंने तुरही और ढोल बजाये। मेना तो मन्त्रमुग्ध हो गयी। इसी प्रकार पार्वती भी मन्त्रमुग्ध थीं, लेकिन सहसा उन्होंने उनके समक्ष अपना वास्तविक विलक्षण शिव-रूप प्रकट कर दिया। यह देखकर वे मूर्च्छित हो गयीं और उनको होश में लाना पड़ा। उनको लगा, जैसे वे उनसे पूछ रहे हों कि "तुम वरदान चाहती हो या वर?"

वे बुदबुदायीं, "वरदान तो मैं पहले ही माँग चुकी हूँ। मैं आपको अपने वर के रूप में चाहती हूँ।" इस अन्तरंग संवाद को सुनने का सौभाग्य किसी अन्य को प्राप्त नहीं सका।

मेना इस नर्तक से बहुत प्रसन्न थीं और उन्होंने उसको समुचित धन और मूल्यवान

रत्न प्रदान करने चाहे। लेकिन उसने यह सब लेने से मना कर दिया। अन्त में उन्होंने उससे पूछा कि वह क्या चाहता है, और उसने उत्तर दिया कि वह उनकी बेटी चाहता है। यह सुनकर वे क्रोध से लाल-पीली हो उठीं और उन्होंने अपने अनुचरों को आदेश दिया कि वे उसको नगर के बाहर खदेड़ आएँ, लेकिन कोई भी उनका स्पर्श नहीं कर सका। उनके स्पर्श में आग थी, जिससे उनको छूते ही लोगों के हाथ जलने लगते थे। सहसा वे उनकी विस्मय से भरी आँखों के सामने से ग़ायब हो गये।

देवता शिव की इन लीलाओं से उद्वेलित थे। उन्होंने एक बार पुनः उनसे अनुरोध किया कि वे उनकी मनोकामनाएँ पूरी करें और हिमवान के पास जाकर उनकी पुत्री का हाथ माँगें। इस बार शिव एक कुलीन ब्राह्मण के भेष में वहाँ पर पहुँचे। उनके हाथ में स्फटिक की माला थी, गले में शालिगराम की मूर्ति थी और वे निरन्तर विष्णु का नाम जप रहे थे। केवल पार्वती ही उनके इस छद्मवेश को पहचान सकीं, और उन्होंने उनको मन ही मन प्रणाम किया तथा उनके इस नटखट कृत्य पर हँसीं। ब्राह्मण ने हिमवान को परामर्श दिया कि वे किसी भी दशा में अपनी बेटी को शिव जैसे भिक्षुक के हाथ में न सौंपें। इतना कहकर वे उलटे पाँव लौट गये। यह सुनकर मेना ने हिमवान से प्रार्थना की कि वे इस तरह के अजीबो-ग़रीब व्यक्ति को अपनी बेटी न दें।

इस बीच शिव ने सप्तऋषियों को बुलाया और उनको आदेश दिया कि वे हिमवान के पास जाकर शिव के लिए उनकी बेटी का हाथ माँगें, क्योंकि ऐसी पार्वती की इच्छा है और उन्होंने पहले ही उनको यह वरदान दे दिया है। वे सहर्ष हिमवान के पास गये और बोले, "शिव इस विश्व के पिता हैं और पार्वती माता हैं। इसलिए आपको यही शोभा देता है कि आप अपनी बेटी केवल उन्हीं को प्रदान करें। इस दान से आपका जीवन सार्थक होगा।"

हिमवान ने उत्तर दिया, "मैं स्वयं भी इस कार्य के लिए व्यग्र हूँ, लेकिन एक ब्राह्मण ने यहाँ आकर शिव के बारे में प्रतिकूल टिप्पणियाँ की हैं, इसलिए मेरी पत्नी इस विवाह के विरुद्ध हो गयी है और उसने अपनी बेटी उनको देने से मना कर दिया है।"

इस पर वशिष्ठ की पत्नी अरुन्धति मेना के पास गयीं और उन्होंने मेना को समझाया कि वे अपनी बेटी शिव को प्रदान करें, क्योंकि यही देवताओं की इच्छा है और केवल इस समागम के फलस्वरूप ही भयानक असुर तारक मारा जा सकेगा।

ऋषियों ने हिमवान से कहा, "पार्वती का जन्म ही शिव की पत्नी बनने के लिए हुआ है। वे महानतम दैवीय मनीषा और इस जगत की जननी हैं। आप उनका विवाह शिव से करके ही सम्मान और कीर्ति हासिल करेंगे।" ये सारी बातें सुनने के बाद मेना शान्त हुईं और सगाई के लिए राजी हो गयीं। ऋषि लौट गये और उन्होंने यह समाचार महादेव को सुनाया, और इस सुखदायी आयोजन के लिए तमाम तरह की तैयारियाँ शुरू हो गयीं।

ॐ नमः शिवाय

नमन करते हैं हम उसको जो पत्थरों में है
और धूल में है। नमन करते हैं
हम उसको जो हरी घास में है और
सूखी घास में। नमन करते हैं
हम उसको जो मरुभूमि में है और खेतों में है।

—श्री रुद्रम्, यजुर्वेद

वह जिसका अस्तित्व और यथार्थ सदैव और
एक समान जगमगाता है, देह की शैशव आदि
हर अवस्था में। फिर हमारी जागृति आदि
विभिन्न मानसिक अवस्थाओं में।
जो ज्ञानमुद्रा के प्रदर्शन मात्र से आत्म के
श्रेष्ठतम ज्ञान को उजागर करता है,
कल्याणकारी गुरु के रूप में अवतरित उस परम सत्ता
दक्षिणामूर्ति को मैं अगाध श्रद्धा के
साथ प्रणाम करता हूँ।

—आदि शंकराचार्य द्वारा रचित
'दक्षिणामूर्ति स्तोत्र' से

ॐ

श्रीकण्ठाय नमः!

अध्याय 12

अलौकिक विवाह

वही है जो तटों, समुद्रों और पर्वतों को संसिक्त करता है,
और मेरे शब्दों को भी। अद्वितीय,
रुद्र के देश का वह, सुन्दर पर्वत-कन्या का पति,
अधिपति स्वर्गलोक के वासियों का।

—सन्त वन्तोदर

हिमवान ने निश्चय कर रखा था कि यह विवाह विश्व का अब तक का सबसे भव्य उत्सव होना चाहिए। सारे देवताओं और ऋषियों के साथ-साथ समस्त पर्वतों और नदियों को इसमें आमन्त्रित किया गया था। सारा नगर अद्भुत ढंग से सजाया गया था। मार्गों को बुहारा और सींचा गया था। केले के वृक्षों, रेशमी बन्दवारों और आम की पत्तियों की कतारों से सड़कें सजायी गयी थीं। सड़कों के हर मोड़ पर मंगल कलश रखे गये थे, चमेली की कलियों और कमल के फूलों से धरती को ढँक दिया गया था। हिमवान ने वर-वधू के बैठने के लिए स्वर्ग से विश्वकर्मा को बुलाकर देवमूर्तियों से सज्जित विशेष मंच तैयार कराया था। विश्वकर्मा ने मंच को देवमूर्तियों से इतने जीवन्त ढंग से सजाया था कि लगता था सारे देवता पहले से आकर विराजमान हो गये हैं। अलग-अलग देवताओं के लिए अलग-अलग महल तैयार कराये गये थे, और इनमें से सर्वश्रेष्ठ महल दूल्हे, अर्थात शिव के लिए आरक्षित किया गया था।

नियत दिन पर सारे देवता बारात में दूल्हे का साथ देने कैलाश पर जा पहुँचे। उन्होंने शिव से अनुरोध किया कि वे इस अवसर पर दूल्हे के लिए शोभा देने वाली वेशभूषा पहने। शिव ने मुस्कराकर उनके निवेदन को स्वीकार किया। द्वितीया का चन्द्रमा उनके मुकुट में बदल गया, उनका तीसरा नेत्र उनके माथे का सुन्दर आभूषण बन गया, उनके कानों के पास के सर्प कानों के कुण्डलों में बदल गये, और गले के इर्दगिर्द लिपटे सर्प उनका कण्ठहार बन गये। उनकी देह पर पुती राख सुगन्धित चन्दन के लेप में बदल गयी, और हाथी की खाल रेशमी वस्त्र में बदल गयी। इस प्रकार वे आनन्दित होकर चल पड़े। संसार भर से आये गण नाचते, हुड़दंग मचाते बारात में शामिल हो गये। देवता भी

अत्यन्त उत्सवी मनःस्थिति में थे और वे भी नाच और गा रहे थे। डमरुओं, दुन्दुभियों और शंखों की कोलाहलपूर्ण ध्वनियों से चारों दिशाएँ गूँज उठीं। लक्ष्मी के साथ गरुड़ पर सवार विष्णु सबसे आगे थे; उनके पीछे ऐरावत हाथी पर सवार इन्द्र और सरस्वती के साथ हंस पर सवार ब्रह्मा उनके पीछे थे। विश्व की माताएँ, स्वर्ग की कन्याएँ और तमाम देवताओं की पत्नियाँ आनन्दमग्न होकर शिव के विवाह में सम्मिलित होने के लिए चली जा रही थीं। इस मांगलिक भीड़ के बीच शिव, स्फटिक की भाँति निर्मल और सुन्दर, धर्म के प्रतीक, अपने सफ़ेद बैल पर सवार जा रहे थे।

जब वे उस पर्वतीय नगर की सीमा पर पहुँचे, तो हिमवान ने अपने दलबल और परिजनों के साथ वहाँ पहुँचकर उनकी अगवानी की। वे शिव के उस दिव्य रूप को देखकर मन्त्रमुग्ध रह गये, जो उससे बिलकुल अलग था जिसकी उन्होंने अपेक्षा की हुई थी। भगवान सुन्दरामूर्ति के अपने इस रूप में विलक्षण लग रहे थे। वे अलंकारों से और रेशमी परिधानों से सज्जित मुस्कराते हुए अपने नन्दी पर सवार थे। उनकी मुस्कराहट अपनी दीप्ति से उस समूचे स्थल को जगमगा रही थी। हिमवान आनन्दित थे और उन्होंने पूरे खुले हृदय से इस दिव्य मण्डली का स्वागत किया।

मेना उस व्यक्ति को देखने के लिए आतुर थीं, जिसको पाने उनकी बेटी ने इतनी विकट तपस्या की थी; जब बारात ने प्रवेश किया तो वे छज्जे पर खड़े होकर दूल्हे को देखने की कोशिश करने लगीं। शिव उनके अहंकार के बारे में जानते थे, इसलिए उन्होंने आदतन उनके साथ कौतुक करने का मन बना लिया; उनकी लीलाओं का उद्देश्य सदा ही अपने भक्तों के अहंकार को कम करना रहा है। उन्होंने विष्णु और अन्य देवताओं से आगे चलने का आग्रह करते हुए कहा कि वे उनके पीछे आएँगे। मेना इस भव्य बारात को देखकर आनन्दित थीं। सबसे पहले उनकी दृष्टि स्वर्ग के संगीतज्ञ गन्धर्वों पर पड़ी, जो भव्य वस्त्रसज्जा के लिए जाने जाते हैं। उनके साथ रंगबिरंगे ध्वज फहराती अप्सराएँ थीं। एक गन्धर्व को देखकर मेना को लगा कि यही हैं शिव और वे आनन्दविह्वल हो आह भर उठीं, लेकिन उनको बताया गया कि वे तो उनके अनुचर हैं। इसके बाद कोष-रक्षक यक्ष आये और एक बार फिर मेना को लगा कि उनके ही अधिपति को शिव होना चाहिए। एक बार पुनः उनको बताया गया कि वे उनके अनुचर हैं।

"जब उसके अनुचर इतने सुन्दर हैं, तो वह कितना सुन्दर होगा," उन्होंने सोचा। इसके बाद पिघले हुए स्वर्ण की भाँति अग्निदेव, और फिर अप्रतिम कान्ति से युक्त, मृत्यु के देवता यम प्रकट हुए, और हर बार मेना यह सुनकर निराश हुईं कि वे शिव नहीं हैं। फिर जब विष्णु आये तब तो वे इतने सुन्दर थे कि उनको देख मेना लगभग मूर्च्छित ही हो गयीं। उनको पक्का विश्वास था कि वे ही शिव होंगे, उनकी प्यारी बेटी के सर्वथा उपयुक्त वर लेकिन इस बार भी उनको निराश होना पड़ा।

इसके बाद शिव आये, अपने गणों के साथ। "ये हैं आपके दूल्हे राजा, जिनको आपकी बेटी ने चाहा था," किसी ने उनके कान में फुसफुसाकर कहा। मेना इस चित्रविचित्र जमात को अचम्भे से भरकर देखती रह गयीं। सबसे आगे-आगे भूत, प्रेत और पिशाच थे। कुछ हवा की तीखी सनसनाहटों की भाँति आवाज़ें कर रहे थे, तो कुछ के विद्रूप चेहरे और

आड़े-टेढ़े शरीर थे। कुछ विकलांग थे, तो कुछ अन्धे, कुछ एक पैर पर लड़खड़ा रहे थे, तो कुछ अपने हाथ में छड़ियाँ और त्रिशूल थामे हुए थे। कुछ के चेहरे ही नहीं थे और कुछ के चेहरे-मोहरे ऐंठे और मुड़े-तुड़े थे। किन्हीं की आँखें ही नहीं थीं, तो कुछ की कई-कई आँखें थीं। मेना ने जब इन विद्रूप और डरावने जन्तुओं को देखा, जिनके बारे में यह अनुमान था कि वे दूल्हे के आगे-आगे चल रहे हैं, तो मेना भय से काँप उठीं। उनको लगा कि निश्चय ही कहीं कुछ गड़बड़ हुई है, और उन्होंने किसी से आग्रह किया कि वह उनको बताये कि शिव इनमें कहाँ हैं।

"वे रहे शिव! वे रहे दूल्हे राजा!" कोई चिल्लाया।

उनको देखकर मेना काँप उठीं और लगभग मूर्च्छित हो गयीं। "ये है वो व्यक्ति जिसके लिए मेरी बेटी ने तपस्या की थी?" उन्होंने आश्चर्य से पूछा।

उनके पाँच मुख और तीन नेत्र थे। उनके केश जटाजूट में बँधे हुए थे जिनके भीतर से द्वितीया का चन्द्रमा झाँक रहा था। उनके दस हाथ थे जिनमें से एक में नरमुण्ड था, और दूसरे हाथों में त्रिशूल, तलवार और अन्य विकराल अस्त्र थे। उनकी देह का ऊपरी हिस्सा शेर की खाल से और निचला हिस्सा हाथी की खाल से ढँका हुआ था। वे पूरी तरह से मलिन और अस्तव्यस्त थे, रहस्यमय आँखों से देखते हुए, मानो उन्होंने नशा कर रखा हो। सारी बारात ही नशे में धुत्त प्रतीत होती थी और मदमत्त उल्लास में भरकर अट्टहास कर रही थी। वे रह-रहकर पुकार रहे थे, "धन्य हैं शिव! धन्य हैं शिव," और बजाय फूलों के खोपड़ियाँ और अस्थियाँ हवा में उछाल रहे थे।

"यह है दूल्हा," कोई उनके पीछे से फुसफुसाया। मेना ने एक नज़र देखा और फिर मूर्च्छित हो गयीं। जैसे ही उनकी चेतना वापस लौटी वे विलाप करने लगीं और शपथ खाकर बोलीं कि वे ऐसे जन्तु के लिए अपनी बेटी किसी भी हालत में नहीं देंगी।

"मैं क्या करूँ? कहाँ जाऊँ?" उन्होंने आर्तनाद करते हुए कहा। "मेरा तो कुल ही डूब गया। मेरा जीवन बर्बाद हो गया। कहाँ हैं वे ऋषि जो अपने आपको अलौकिक कहते हैं? मैं अपने इन हाथों से उनकी दाढ़ियाँ नोच डालूँगी। इन्हीं लोगों ने मुझे ठगा है।" फिर अपनी बेटी की ओर मुड़ते हुए वे रो पड़ीं, "ये है तेरी तपस्या का फल? निश्चय ही तेरी बुद्धि फिर गयी है। तूने चन्दन का लेप तजकर स्वयं को कीचड़ में लपेट लिया है। पका हुआ चावल एक तरफ़ रखकर तू चोकर खा रही है! हे प्रभु, मुझे किन कर्मों का फल मिल रहा है?" इस तरह की बातें करती हुई वह बेचारी फूटफूटकर रोने लगी और अपने भाग्य को कोसने लगी।

नारद और अन्य ऋषियों ने उनको समझाने का यत्न किया, लेकिन वे किसी की भी बात सुनने को तैयार नहीं थीं। अन्ततः उनके पति आये और उन्होंने उनको समझाया यह सब शिव की लीला थी, और वे केवल उनकी परीक्षा लेने की कोशिश कर रहे थे। पार्वती अपनी माँ की दशा देखकर बहुत दुखी थीं। उन्होंने कोमल स्वर में उनसे कहा, "हे माँ! यह भ्रम आपको क्यों हुआ? कृपाकर मुझे भगवान शिव के हाथों में सौंप दीजिए। मैं मन, वचन और कर्म से उनको अपना इष्ट मान चुकी हूँ। मैं कभी भी किसी और से ब्याह नहीं

करूँगी।" ब्रह्मा आये और मेना से बोल, "भगवान शिव के अनेक नाम और रूप हैं। उनको तरह-तरह की लीलाएँ करने में आनन्द मिलता है। वे परम मायावी हैं। यह जान लेने के बाद आपको अपनी बेटी उनको देने में संकोच नहीं करना चाहिए।"

मेना तब भी मना करती रहीं, और तब स्वयं विष्णु उनके पास आये और बोले, "आप पितरों की प्रिय बेटी हैं, और मुझे लगता है कि इसके बाद भी आपको शिव की महिमा का कोई बोध नहीं है। उन्होंने यह सब आपकी परीक्षा लेने के लिए किया है। उनमें सारे गुण मौजूद हैं, और तब भी गुणों से रहित हैं। वे साकार भी हैं और निराकार भी। यह केवल आपकी पुत्री की महान तपस्या का ही प्रताप है कि वे आपके दामाद बनने के लिए सहमत हुए हैं। स्वयं को भाग्यशाली समझिए कि उन्होंने इस प्रकार आप पर कृपा की है। इसलिए, हे हिमवान की अर्धांगिनी, अपने अश्रुओं को विराम दीजिए और उनको अपने दामाद के रूप में स्वीकार कीजिए। सब कुछ भला ही होगा।"

विष्णु के इन प्रिय वचनों को सुनकर मेना थोड़ी-सी पसीजीं और बोलीं, "मैं उनको अपनी बेटी तभी दूँगी जब वे सौम्य रूप धारण करेंगे। अन्यथा आप लोग जो भी कहते रहें, मैं इस विवाह के लिए अनुमति नहीं दूँगी। यह मेरा दृढ़ निश्चय है।" इतना कहकर उन्होंने अपना मुँह मोड़ लिया और मौन साध लिया।

विष्णु ने जाकर शिव को यह समाचार सुनाया और वहीं पार्वती भरे हृदय से मन ही मन शिव से उस रूप में प्रकट होने की प्रार्थना करने लगीं जिससे उनकी माँ को आनन्द मिल सके। शिव ने हँसते हुए सहमति दी, और जैसे ही महल के द्वार खुले, उन्होंने अन्दर प्रवेश किया, और मेना को चकित करते हुए, अपने नयनाभिराम रूप में प्रकट हो गये।

उनका एक-एक अंग ऐश्वर्यशाली था। वे गौरवर्ण और कमनीय थे और दैवी प्रभा से दीप्त हो रहे थे। उनकी काली उज्ज्वल दृष्टि मेना की ओर घूमी और उनकी आत्मा की गहराई में धँसती चली गयी। मेना को लगा कि वे नर सौन्दर्य की साक्षात् मूर्ति हैं। उनके काले रेशमी बाल उनके विस्तृत कन्धों पर फैले हुए थे। सुदीर्घ, सुडौल अंग रेशमी परिधानों से ढँके हुए थे। उनका कण्ठ अनेक प्रकार के आभूषणों से सज्जित था, और वे सुगन्धित मालती की माला पहने हुए थे। वस्तुतः वे साक्षात् सुन्दरामूर्ति थे, संसार के सुन्दरतम पुरुष। मेना को सकपकाता हुआ देखकर उनके चेहरे पर हल्की-सी मुस्कराहट थी।

आठों सिद्धियाँ उनके मार्ग में गुलाब की पंखुरियाँ बिखेरती हुई उनके सम्मुख नाच रही थीं। गंगा और यमुना सुरागाय की पूँछ से बना चँवर डुलाती हुई उनके दोनों ओर चल रही थीं। विष्णु, ब्रह्मा और अन्य देवता उनके पीछे-पीछे चल रहे थे।

मेना ने हिमवान के साथ आगे बढ़कर उनका स्वागत किया और कहा, "हे महाप्रभु, मेरी बेटी सचमुच धन्य हो गयी। यह उसी के तप का प्रताप है कि आप हमारी देहरी पर आये हैं।" ऐसा कहते हुए मेना ने उनको चन्दन का तिलक और हल्दी में रँगे चावल अर्पित करते हुए उनकी पूजा की। अन्य सुहागिन स्त्रियाँ घी और कर्पूर के दीप लिये आयीं और उन्होंने उनकी आरती उतारी। गन्धर्वों ने मधुर गान किया और अप्सराओं ने उल्लास से भरा नृत्य किया।

इसके बाद ऋषि-पत्नियाँ पार्वती को उत्सवपूर्वक उनके कुलदेवता के मन्दिर में ले गयीं। पार्वती का सौन्दर्य वहाँ उपस्थित हर किसी को मन्त्रमुग्ध कर रहा था। उनका वर्ण काजल की भाँति काला था, उनके घने, काले बाल कलात्मक ढंग से गुँथे थे और फूलों और आभूषणों से सजे हुए थे। कण्ठहार उनके वक्षों को ढँक रहे थे और चूड़ियाँ तथा कंगन उनकी कलाइयों को। लाल लाक्षा से रंजित उनके होंठ हल्के से खुलकर मोतियों की भाँति चमकती उनकी सुन्दर दन्तपंक्ति को उजागर कर रहे थे। उनकी देह पर चन्दन, कस्तूरी और केसर का लेप था। उनके गुलाबी पैरों में नूपुरों की रुनझुन थी। उनके एक हाथ में रत्नों से मढ़ा हुआ छोटा-सा दर्पण था और दूसरे में कमल। जगत-जननी का ऐसा नयनाभिराम रूप देखकर सारे देवताओं ने उनको प्रणाम किया। पल भर के लिए उनकी दृष्टि शिव की दृष्टि से टकरायी और उन्होंने उनकी ओर एक हल्की-सी भेदभरी मुस्कराहट से देखा, जो उनके बीच के अकथ प्रेम का सन्देश देती थी। इसके बाद वे कुलदेवी की पूजा करने नगर के बाहर गयीं। जब वे लौटीं तो उनको एक बार फिर पवित्र स्नान कराया गया और फिर उनको वे आभूषण पहनाये गये जो शिव उनके लिए लेकर आये थे।

दूल्हे के घर में भी शिव के लिए इसी तरह के अनुष्ठान सम्पन्न कराये गये थे। उबटन और स्नान के बाद वे बैल पर सवार होकर विवाह-मण्डप में पहुँचे। उनके ऊपर सफ़ेद रंग का राजसी छत्र तना हुआ था, और गायकों तथा नर्तकों की मण्डलियाँ उनके आगे-आगे चल रही थीं और देवता उनके पीछे थे। उनको वर-वधू के लिए आरक्षित विशेष मंच पर बिठाया गया। इसके बाद शुभ घड़ी आने पर पार्वती को लाया गया और विशेष रूप से तैयार की गयी विवाह-वेदी पर बिठाया गया। जब सारे ग्रह अनुकूल दशा में पहुँचे, तब विवाह का अनुष्ठान आरम्भ हुआ।

हिमवान ने बेटी का हाथ अपने हाथ में लेकर इन शब्दों को दोहराया, "हे प्रभु शिव, मैं इस नवयौवना कन्या पार्वती को आपको आपकी पत्नी के रूप में सौंप रहा हूँ। कृपा कर इसको स्वीकार करें।" इतना कहकर उन्होंने पार्वती का हाथ शिव के हाथों में देते हुए "तस्मै रुद्राय महते" मन्त्र का उच्चारण किया।

शिव ने पार्वती का कमल जैसा हाथ अपने हाथ में थामा और अवसरानुकूल मन्त्रों का उच्चारण किया। अनुष्ठान सम्पन्न करा रहे पुरोहित के आग्रह पर शिव ने पार्वती की माँग में मांगलिक सिन्दूर भरा। पार्वती का काँपता हाथ अपने हाथ में पकड़कर उन्होंने वैवाहिक गठबन्धन को वचनबद्ध करते हुए पवित्र अग्नि के तीन फेरे लगाये। इस प्रकार, यथाविहित वैदिक मन्त्रों के उच्चारण के बीच सुन्दरमूर्ति शिव ने महादेवी पार्वती से विवाह किया। इसके बाद उनको एक ही सज्जित आसन पर बिठाया गया और अन्य अतिथियों ने आकर इस दिव्य युगल की पूजा की, जो वस्तुतः एक ही समग्र सत्ता के दो आधे-आधे अंश थे।

इस कार्यक्रम के सम्पन्न होने के बाद समूचे नगर में भव्य उत्सव और आनन्द मनाये गये। अन्तिम अनुष्ठान के रूप में वर को वधू के सुसज्जित कक्ष में ले जाया गया। सोलह दिव्य माताओं ने पार्वती को लाकर शिव को सौंप दिया। उचित अवसर जानकर काम की पत्नी रति वहाँ पहुँच गयी और उसने शिव से अपने पति को पुनः जीवन-दान देने की प्रार्थना की। शिव ने मुस्कराते हुए उसकी प्रार्थना स्वीकार की और तब रति के आनन्द का

ठिकाना न रहा जब काम अपने पहले वाले रूप में उनके सामने प्रकट हो गया।

जैसी कि प्रथा थी, बारात चार दिनों तक वधू के घर में रहने के बाद वर के निवास को प्रस्थान कर गयी। मेना रोयीं और उन्होंने शिव से प्रार्थना की कि वे उनकी प्यारी बेटी का समुचित ध्यान रखें। दिव्य माताओं ने पार्वती को पतिव्रता स्त्री के कर्त्तव्यों के बारे में परामर्श दिये। पार्वती ने अपने माता-पिता को प्रणाम किया और उनसे विदाई के इस पल में उनकी आँखों से कुछ आँसू टपक पड़े। शिव देवताओं और अपने गणों के साथ पार्वती को लेकर कैलाश पर लौट गये। देवतागण इस युगल को उत्सवपूर्वक वहाँ पर छोड़ अपने-अपने स्थानों पर लौट गये।

ॐ नमः शिवाय

ॐ

शिवप्रियाय नमः!

अध्याय 13

अलौकिक युगल

मैंने उसको देखा, मैंने उसको देखा,
अनिन्द्य सुन्दरी उमा के हृदय की आकांक्षा वह।
उसने मुझको दास बना लिया, दास बना लिया उसने मुझको,
अपने उस प्रभु के चरणों को मैंने
अपने शीर्ष पर धारण कर लिया है।

—सन्त सुन्दरार

पार्वती को उनके माता-पिता के सुख-सुविधाओं भरे महल से हिमालय की बर्फ़ीली कन्दराओं में ले आया गया था। अब के बाद से यही कन्दराएँ उनका अन्तःपुर बनने वाली थीं। उनके मन में कोई पछतावा नहीं था; उन्होंने अपना मार्ग स्वयं चुना था, और उनकी दृष्टि में सब कुछ एकदम परिपूर्ण था। शिव ने कैलाश के इस निर्दोष, उज्ज्वल शिखर का चुनाव अपने नये निवास के रूप में किया था। उसके निकट ही मानसरोवर, अर्थात मानस का सरोवर, नाम का झिलमिलाता हुआ तालाब था, जहाँ पर स्वर्ग की अप्सराएँ अपने प्रेमियों के साथ क्रीड़ाएँ किया करने आती थीं। इस बर्फ़ीले जल में पार्वती स्नान करती थीं। पार्वती अपने इस नये निवास के संयमित सौन्दर्य पर मुग्ध थीं। सुविधाओं की कमी उनको तनिक भी नहीं खटकती थी। वे इसके लिए पहले से ही तैयार थीं। उन्होंने अपने सौन्दर्य और चंचलता से इस महान योगी का, इस अनोखे तपस्वी का, हृदय जीत लिया था, जिससे उन्होंने विवाह किया था। हिमालय पर्वत की चोटियों और फिसलनों पर वे उनके साथ तरह-तरह की क्रीड़ाएँ करतीं और कमलों तथा राजहंसों से भरे उस सरोवर के शीतल जल में जल-क्रीड़ाएँ करतीं। शिव जितने ही बीहड़ और ऊर्जामय थे, वे उतनी ही सौम्य और सुकुमार थीं। उनके कोमल और मद्धिम लास्य और शिव के ऊर्जस्वित और पुरुष ताण्डव ने मिलकर समूचे ब्रह्माण्ड को रोमांचित कर दिया था। उनकी सुन्दरता ने शिव को नाना प्रकार की कलाओं, गीतों और नृत्यों की रचना के लिए प्रेरित किया था। वे समस्त कलाओं के गुरु बन गये थे। उन्होंने अपने नृत्य और प्रेम से पूरे विश्व को कम्पित कर दिया। उनकी भुजाओं में लिपटी नन्दी पर सवार पार्वती ने समूचे अन्तरिक्ष का भ्रमण किया। जब बारिश होती, तो

वे उनको बादलों से ऊपर ले जाते, और जब गर्मी पड़ती, तो उनको कन्दराओं में ले जाते। इस तरह यह अलौकिक युगल कैलाश के शिखर पर और अन्य दिव्य क्षेत्रों में एक दूसरे के साथ क्रीड़ाएँ करता रहा और अनेक युग बीत गये।

युगों के बीतने के साथ इस बीच संसार में दो दैत्यों का जन्म हो चुका था। ये दोनों भाई थे और इनका नाम था शुम्भ और निशुम्भ। उनकी तपस्या से प्रसन्न होकर ब्रह्मा ने उनको मनचाहे वरदान दे दिये थे। उनका आग्रह था कि उनकी मृत्यु किसी स्त्री के हाथों से ही होनी चाहिए। इसी के साथ, उसको कुमारी होना चहिए, शिव के अंश से उसका जन्म होना चाहिए, और उसको इतना सुन्दर होना चाहिए कि उनको उससे प्रेम हो सके। ब्रह्मा सहमत हो गये। वे भाई इतने दुस्साहसी हो गये कि उन्होंने देवताओं और मनुष्यों दोनों को ही प्रताड़ित करना आरम्भ कर दिया; वे पूरी तरह से निश्चिन्त थे कि ऐसी किसी स्त्री का जन्म नहीं होने वाला है। देवता ब्रह्मा के पास गये और ब्रह्मा शिव के पास गये और उनसे आग्रह किया कि वे एक ऐसी स्त्री की रचना करें जो उनका अंश और अनिन्द्य सुन्दरी हो। शिव सहमत हुए और उन्होंने पार्वती के क्रोधित होने तक का समय माँगा ताकि वे अपना रंग छोड़ सकें और अक्षतयौवना देवी, अर्थात काली बन सकें, क्योंकि केवल वही इन दैत्यों को मारने में सक्षम हो सकती थीं।

अनेक वर्ष बीत गये और लगा कि महान योगी पूरी तरह से पार्वती के विलक्षण सौन्दर्य और आकर्षण के वशीभूत हो चुके हैं। उनकी वाग्मिता और प्रज्ञा ने उनको उस समस्त ज्ञान में उनके साथ साझा करने को उत्प्रेरित कर दिया जो ज्ञान उन्होंने सघन तपस्या से प्राप्त किया था। उन्हीं के कारण सारा जगत उस ज्ञान को हासिल कर सका जो *पुराणों*, शास्त्रों और तन्त्रों के माध्यम से हम तक पहँचा है। न तो पार्वती की ज्ञान की भूख का कोई अन्त था न ही शिव की प्रज्ञा का। वे एक कुशाग्र-बुद्धि शिष्या थीं और वे उतने ही परिपूर्ण गुरु दक्षिणामूर्ति थे। वे उनसे लोक, प्रकृति, जीवन, विवाह, और अन्यान्य प्रकार के लोगों के कर्तव्यों आदि के बारे में; संगीत, नृत्य, हस्तरेखा विज्ञान, नक्षत्र विज्ञान, फलित ज्योतिष के बारे में; पक्षियों, पशुओं, और मृत्युपरान्त जीवन के बारे में तथा जीवन-मरण के चक्र से मुक्ति के विभिन्न उपायों आदि के बारे में जिज्ञासाएँ किया करतीं। ऐसा कोई विषय नहीं था जो उनसे अछूता रह गया हो, और ऐसी कोई जिज्ञासा नहीं थी जिसका उत्तर शिव ने न दिया हो। उनके दैवीय विमर्श की निधि हम तक उन अनेक विधियों से पहुँची है जिनके माध्यम से ऋषियों की मनीषा ने उन पर चिन्तन किया है।

पार्वती ने उनको बहुत सूक्ष्म तरीक़ों से विमोहित किया था, और उनको इस बात का अहसास हो गया था कि जो व्यक्ति द्वन्द्वों से निबटे बिना और उनसे ऊपर उठे बिना जीवन से भागता है वह कभी भी मुक्ति प्राप्त नहीं कर सकता। दूसरी ओर, जो व्यक्ति हर वस्तु में अन्तर्निहित परम सत्य का अनुभव किये बिना पूरी तरह से सांसारिक सुखभोगों में लिप्त बना रहता है, वह मूर्ख व्यक्ति कभी भी मन की शान्ति हासिल नहीं कर सकता। इन दो तरह की विरोधी स्थितियों के बीच सामंजस्य या सन्तुलन ही सत्य की ओर ले जाता है – सामंजस्य पुरुष और प्रकृति के बीच, पदार्थ और आत्मा के बीच; सामंजस्य दैवीय युगल, शिव और पार्वती के बीच।

एक बार उनके बीच एक नृत्य-प्रतियोगिता हुई जिसमें पार्वती को शिव की सारी मुद्राओं की नक़ल करनी थी। वे यह नक़ल अचूक ढंग से कर सकती थीं, लेकिन शिव ने उनको परेशान करने के लिए ऊर्ध्व ताण्डव नामक अत्यन्त कठिन मुद्रा प्रस्तुत की। इस मुद्रा में उनका दायाँ पैर सीधा उनके सिर तक उठा हुआ था। पार्वती को हार माननी पड़ी क्योंकि यह मुद्रा वे नहीं बना सकीं। इसके बाद उन्होंने शिव के समक्ष एक अत्यन्त सुन्दर, सम्पूर्ण स्त्री-मुद्रा प्रस्तुत की। वे इतनी काली थीं कि इस मुद्रा में वे आबनूस की लकड़ी से बनी प्रतिमा की भाँति दिखायी देती थीं। शिव ने हँसते हुए उनके रंग को लेकर उनको चिढ़ाया। उन्होंने सोचा कि उनको क्रोध दिलाने का यह अच्छा अवसर है।

"तुम सचमुच ही काली हो," उन्होंने कहा, "रात्रि की देवी, मृत्यु की देवी, वह देवी जो कलियुग के सारे पापों को दूर कर देती है।"

उनके इन शब्दों से आहत होकर उन्होंने अपना रंग बदल डालने का निश्चय कर लिया। वे उनसे विदा लेकर उसी जंगल में चली गयीं जहाँ पर उन्होंने शिव को पति रूप में पाने के लिए तपस्या की थी। शिव ने उनको जाने दिया क्योंकि वे जानते थे कि यह विछोह उन दो दैत्यों को मारने की उनकी योजना का ही हिस्सा है। जंगल में जाकर उन्होंने कठोर तपस्या आरम्भ कर दी। एक बार एक शेर उनको खाकर अपनी भूख मिटाने की नीयत से उनके पास आया, लेकिन जैसे ही वह उनके निकट पहुँचा, उसका शरीर सुन्न पड़ गया और वह हिलडुल ही नहीं सका। वह उसी मुद्रा में जड़ होकर रह गया जो उसने उन पर झपट्टा मारने के लिए बनायी थी। शेर उनके ऊपर से अपनी दृष्टि हटाये बिना उसी स्थिति में बना रहा। काफ़ी समय बीत जाने के बाद जब उन्होंने अपनी आँखें खोलीं और उसको देखा, तो उनको उस पर करुणा हो आयी और उन्होंने उस पर अपनी कृपा दृष्टि डाल दी। शेर ने पश्चाताप प्रकट किया; उसको उस दिव्य प्रकृति का अहसास हो गया जिस पर लम्बे समय तक अपनी दृष्टि टिकाये रखकर वह अनजाने ही उसका चिन्तन करता रहा था। उसकी जड़ता दूर हो गयी, और तब के बाद से वह उनका स्वामीभक्त सेवक बन गया, और अन्य जंगली जानवरों से उनकी रखवाली करता हुआ उनके निकट रहने लगा।

पार्वती को इस कठोर तपस्या में लगा हुआ देखकर ब्रह्मा उस स्थान पर पहुँचे और उन्होंने पार्वती की स्तुति की। उन्होंने उनसे प्रार्थना की कि वे दूसरा रूप धारण कर संसार को शुम्भ-निशुम्भ नामक उन दो दैत्यों के अत्याचार से मुक्ति दिलाएँ जिन्होंने हर किसी को आतंकित कर रखा है।

"हे माते! मैंने इन दम्भी दैत्यों को वरदान दे दिया है, और केवल आप ही उनको पराजित करने में सक्षम हैं। मैं आपसे प्रार्थना करता हूँ कि आप इनको नष्ट करें। यह केवल आप ही के वश में है।"

यह सुनकर देवी पार्वती ने अपनी काली त्वचा त्याग दी और वे गौर वर्ण की दिखने लगीं, जिसके कारण उनका नाम गौरी पड़ा। उनकी उस काली त्वचा ने, वर्षा ऋतु के मेघ जैसी कान्ति से युक्त, अक्षतयौवना देवी काली का रूप ले लिया। अपने विभिन्न हाथों में वे विष्णु के शंख और चक्र तथा शिव का त्रिशूल लिये हुए थीं, क्योंकि उनमें इन दोनों ही देवताओं की शक्ति समाहित थी। शिव की ही भाँति उनके तीन नेत्र थे और भाल पर

द्वितीया का चन्द्रमा था। उनके स्वभाव के तीन पक्ष थे – सौम्य, भयावह और इन दोनों का मिश्रण। वे अक्षतयौवना, अनिन्द्य सुन्दरी और अपराजेय थीं। पार्वती ने उनसे उन दैत्यों का वध करने ब्रह्मा के साथ जाने को कहा। काली ने भूरे-पीले रंग का एक विशालकाय सिंह लिया जो उनके वाहन के रूप में प्रकट हुआ था। अपनी माँ पार्वती को प्रणाम कर वे उस सिंह पर सवार हुईं और विन्ध्याचल पर्वत की उन श्रंखलाओं की ओर चल पड़ीं जो उनका स्थायी निवास बनने वाली थीं।

शुम्भ और निशुम्भ नामक वे दोनों दैत्य काली के उस निवास-स्थल पर पहुँचे, और उनके रूप पर मोहित हो गये। उन्होंने काली के साथ दुष्कर्म करने की कोशिश की लेकिन जैसी कि ब्रह्मा ने भविष्यवाणी की थी, उन्होंने उन दोनों को आसानी से मार गिराया।

कहा जाता है कि पार्वती का वह काला रंग यमुना या कालिन्दी नाम की नदी में घुलता गया। यह रंग हिमालय से होकर वृन्दावन के उन जंगलों की ओर चला गया था, जहाँ पर आने वाले द्वापर युग में कृष्ण ने गोपियों के साथ रास रचाया था। गौरी कैलाश पर लौट आयीं और पिघले हुए स्वर्ण जैसे रंग की देवी की अपनी इस नयी भूमिका में एक बार पुनः अपने स्वामी को आनन्दित करने लगीं।

जब शिव ने देखा कि वे इस बात को लेकर अभी भी थोड़ी-सी अप्रसन्न हैं कि उन्होंने उनको जंगल जाने से क्यों नहीं रोका था, तो उन्होंने कहा, “हे मेरी प्रिया! क्या तुम नहीं जानतीं कि हम कभी भी एक दूसरे से अलग नहीं हो सकते? ये तो केवल देवताओं के अनुरोध को पूरा करने के निमित्त था कि मैंने आपके रंग का उपहास किया था। रूपाकारों का यह जगत केवल शब्दों के माध्यम से ही जाना जाता है। आप शब्दरूप हैं और मैं उन शब्दों अर्थ हूँ। अर्थ को शब्द से अलग कैसे किया जा सकता है? आप ज्ञानरूप हैं और मैं समस्त प्रकार के ज्ञान का लक्ष्य हूँ। हमें भला कौन अलग कर सकता है?” इस प्रकार मधुर छेड़छाड़ और तर्कों से उन्होंने एक बार फिर उनका हृदय जीत लिया और वे फिर से सुख की अपनी सामान्य अवस्था में आ गयीं। एक बार फिर से वे अपनी प्रिय लीलाओं में व्यस्त हो गये।

कभी-कभी वे अपने पर्वतीय निवास-स्थान पर चौपड़ खेला करते। एक बार इस खेल में शिव ने अपना त्रिशूल और पार्वती ने अपने गहने दाँव पर लगा दिये। वे हार गये और उन्होंने अपना सर्प दाँव पर लगा दिया, और फिर से हार गये। पार्वती लगातार जीतने के दौर में थीं, और देखते ही देखते शिव अपना सब कुछ हार गये। उन्होंने अप्रसन्न होने का स्वाँग किया और अकेले ही जंगल में भाग गये। वहाँ पर उनकी भेंट विष्णु से हुई जिन्होंने उनको आश्वासन दिया कि यदि वे एक बार फिर से पार्वती के साथ बाज़ी खेलें, तो वे उनको जिता सकते हैं।

पार्वती तैयार हो गयीं क्योंकि उनको निश्चय था कि भाग्य उनका साथ देगा, लेकिन वे लगातार हारने लगीं, और शिव वह सब वापस जीतते गये जो वे पहले हार चुके थे। पार्वती के मन में भाग्य के इस आकस्मिक परिवर्तन को लेकर भारी सन्देह जागा, और उन्होंने शिव को चेतावनी दी कि यदि उन्होंने छल किया, तो इसके बुरे परिणाम होंगे। उनके बीच यह गरम बहस चल ही रही थी कि तभी विष्णु प्रकट हो गये और उन्होंने

स्थिति स्पष्ट करते हुए पार्वती को शान्त किया। उन्होंने स्वीकार किया कि दरअसल उन्होंने स्वयं पाँसों में प्रवेश करके शिव की जीत को सुनिश्चित किया है। उन्होंने उनको यह भी स्मरण कराया कि जीवन स्वयं एक जुआ है - कभी हम जीतते हैं, कभी हारते हैं, लेकिन जीवन और जुआ दोनों ही के बारे में हम पहले से कोई अनुमान नहीं लगा सकते। हमें जीत या हार को बहुत महत्त्व नहीं देना चाहिए, बल्कि खेल को जारी रखना चाहिए। इस कल्याणकारी परामर्श ने शिव और पार्वती दोनों को ही शान्त कर दिया। शिव ने घोषणा कि उस विशेष दिन पर जो भी कोई जुआ खेलेगा उसको उनका आशीर्वाद प्राप्त होगा। यह दीपावली का दिन होता है।

एक बार इस अलौकिक युगल के बीच संसार की सच्चाई को लेकर बहस छिड़ गयी। शिव, जो कि पक्के वैरागी थे, अद्वैतवादी दृष्टिकोण की पक्षधरता कर रहे थे, जिसके अनुसार यह जगत माया है और ब्रह्म के अतिरिक्त और किसी वस्तु का अस्तित्व नहीं है। पार्वती सांख्य मत की वकालत कर रही थीं और कह रही थीं कि प्रकृति भी उतनी ही सच है। उनका कहना था कि वे स्वयं प्रकृति हैं, और उनके बिना किसी भी चीज़ का अस्तित्व नहीं हो सकता। अपनी बात को सिद्ध करने के लिए वे हिमालय की बर्फ़ीली चोटियाँ छोड़कर अपनी सूक्ष्म प्रकृति में लीन हो गयीं। स्वाभाविक था कि उनके ग़ायब हो जाने से संसार पर विपत्ति आ गयी। संसार का सारा कारोबार ठप पड़ गया। धरती बंजर हो गयी, ऋतुओं में परिवर्तन होने बन्द हो गये, और किसी के लिए भी भोजन नहीं बचा। पशु, मनुष्य, राक्षस और देवता सभी भूखों मरने लगे। लोगों ने इस क्रूर दुर्भाय से छुटकारा दिलाने के लिए प्रकृति को पुकारना आरम्भ कर दिया। यहाँ तक कि ऋषि भी कहने लगे कि भोजन के बिना, ब्रह्मज्ञान तो दूर की बात है, कुछ भी सम्भव नहीं है। देवी माता अपने पुत्रों की इस पुकार को अनसुना नहीं कर सकीं और काशी नामक तीर्थस्थल पर प्रकट हुईं। वहाँ पर उन्होंने अपने बच्चों को भोजन उपलब्ध कराने एक रसोई स्थापित की, और वे सब अलग-अलग रूपों में उनके पास पहुँचने लगे और माँ की ओर से सबको भरपूर भोजन दिया गया। यहाँ तक कि पक्के योगी शिव भी भिक्षु बनकर उनके पास पहुँच गये और भिक्षा माँगने लगे। उन्होंने उनको अपने हाथों से खिलाया। इस प्रकार वे अन्नपूर्णा के नाम से जानी गयीं।

संसार को उद्वेलित करने के लिए इस ब्रह्माण्डीय युगल ने अनेक लीलाएँ कीं। कहा जाता है कि एक बार शिव वैवाहिक जीवन का आनन्द उठाते-उठाते इतना ऊब गये कि वे फिर से तपस्या करने जंगल चले गये। पार्वती उनके पीछे-पीछे चल पड़ीं, लेकिन उन्होंने उनकी तरफ़ कोई ध्यान नहीं दिया। उन्होंने विष्णु से सहायता के लिए प्रार्थना की, और विष्णु ने उनको सलाह दी कि वे आदिवासी स्त्री का रूप धरकर अपने पति को मोहित करें। इस प्रकार उन्होंने शिव का ध्यान तपस्या से हटाया और वे उनके पीछे-पीछे अपनी कन्दरा में लौट आये। उनके उस सौन्दर्य से अभिभूत होकर उन्होंने अपनी प्रिय रुद्र वीणा पर कई राग तैयार किये।

एक बार और जब शिव उनको उपदेश दे रहे थे, तो उन्होंने देखा कि उनका ध्यान सरोवर की मछलियों की ओर भटक रहा है। "अगर तुम्हें मछलियाँ मेरे शब्दों से ज़्यादा रोचक लग रही हैं, तो बेहतर है, तुम मछुआरिन बन जाओ," उन्होंने कहा। उनका इतना

कहना था कि पार्वती ने मछुआरों के मुखिया की बेटी के रूप में जन्म लिया। वे अद्भुत और सुन्दर थीं और मछलियों का शिकार करने तथा नौकाओं को बरतने में मर्दों से भी आगे थीं। उनका मुखिया पिता यह देखकर अत्यन्त आनन्दित था और अपनी सुन्दर बेटी के लिए एक उपयुक्त वर पाने के लिए परेशान था, क्योंकि वह गाँव के बाक़ी मछुआरों से बिलकुल अलग थी। शिव कैलाश की अपनी चोटी से उत्सुकतापूर्वक अपनी प्रिया की इस उन्नति को देखते और उनको वापस हासिल करने के बारे में सोचा करते। उनके एक गण, मणिभद्र ने अपने स्वामी की सहायता करने का निश्चय किया। उसने शार्क मछली का रूप धारण किया और जिस समुद्रतट पर पार्वती रहती थीं, वहाँ के मछुआरों को त्रस्त करना शुरू कर दिया। वह नौकाएँ उलट देता और समुद्र में जाने वाले असावधान मछुआरों को मारकर खा जाता। मछुआरे घबरा गये और इस भयानक जन्तु के कारण मछली मारने समुद्र में जाने से डरने लगे। आख़िरकार गाँव के मुखिया ने घोषणा कर दी कि जो भी कोई उस शार्क को मार देगा, वह उसके साथ अपनी बेटी का विवाह कर देगा। शिव ने एक मछुआरे का भेष बनाया और उस गाँव में जाकर आसानी से उस शार्क को मार दिया। इसके बाद उन्होंने पार्वती से विवाह किया और उनको हिमालय के अपने आवास पर वापस लेकर आ गये।

ये शिव और पार्वती ही थे जिन्होंने संसार को उस कुण्डलिनी शक्ति के बारे में बताया जो हमारे मेरुदण्ड के आधार में स्थित होती है। पार्वती स्वयं उस कुण्डलिनी की ऊर्जा थीं - समस्त मानवों में केन्द्रीभूत वह बुनियादी आध्यात्मिक ऊर्जा जो शिव, अर्थात विशुद्ध आत्मा, के साथ मिलना चाहती है। वह मेरुदण्ड के आधार में, सुषुम्ना मार्ग (मानसिक ऊर्जा की वाहिका) के नीचे कुण्डली मारे स्थित होती है। विशुद्ध आत्मारूप शिव इस वाहिका के शीर्ष पर स्थित ऊर्जा विवर्त, या सहस्रार चक्र में मस्तिष्क के उच्चतम बिन्दु पर स्थित हैं। पार्वती शक्ति हैं, समस्त ऊर्जा का साक्षात् रूप, और शिव विशुद्ध आत्मा का साक्षात् रूप हैं। पार्वती पदार्थ या प्रकृति हैं और शिव चेतना हैं। शिव को भव, या शाश्वत सत्ता के रूप में जाना जाता है, और पार्वती को भवानी या शाश्वत रूपान्तरण के रूप में जाना जाता है। वे अस्तित्व के परस्पर विपरीत और पूरक ध्रुव हैं। जब वे ब्रह्माण्डीय एकत्व में एक दूसरे से मिलते हैं, तो जीवात्मा का अस्तित्व समाप्त हो जाता है और वह परमात्मा में विलीन हो जाती है। पार्वती ने अपनी कुण्डलिनी खोली और वे सुषुम्ना नाड़ी के रास्ते ऊपर की ओर उठीं, वैसे ही जैसे कोई सर्प अपनी कुण्डली खोलकर अपने शिकार पर झपटने के लिए अपना फन उठाता है। वे उठीं और मूलाधार, स्वाधिष्ठान, मणिपुर, अनाहत, विशुद्धि और आज्ञा नाम से जाने जाने वाले छह चक्रों, अर्थात मेरुदण्ड में अवस्थित आध्यात्मिक ऊर्जा के छह विवर्तों को भेदती हुईं, मस्तिष्क के शीर्ष-बिन्दु पर सहस्रदल कमल रूपी सहस्रार नामक सातवें चक्र में अवस्थित विशुद्ध ब्रह्माण्डीय चैतन्यस्वरूप अपने स्वामी से जा मिलीं। ये छह चक्र भय, इच्छा, क्षुधा, क्रोध, सम्प्रेषण और आत्मनिरीक्षण के मानसिक केन्द्र हैं, और जो व्यक्ति इनको भेद लेता है, वह इन भावनाओं से ऊपर उठकर शिव रूपी विशुद्ध चेतना में रूपान्तरित हो जाता है। जैसे-जैसे पार्वती इन चक्रों का स्पर्श करती गयीं, वैसे-वैसे वे अलग-अलग रंगों की पंखुड़ियों वाले कमलों की भाँति खिलते गये। जब वे अन्तिम चक्र पर

पहुँच गयीं, तो उनका अस्तित्व एक स्वतन्त्र सत्ता के रूप में नहीं रह गया। सम्पूर्ण मिलन की उस अवस्था में केवल आनन्द था। वहाँ कोई द्वैत नहीं था, केवल एकत्व था - शिवोऽहम्, शिवोऽहम् (मैं शिव हूँ, मैं शिव हूँ)। इस प्रकार इस अलौकिक युगल को पुरुष और प्रकृति के उस आनन्दमय एकत्व की अवस्था में डूबे हुए कई युग बीत गये। सन्तान की दृष्टि से यह पूरी तरह से अनुर्वर अवस्था थी। उस अवस्था में न सृजन था, न संहार था; सब कुछ केवल आनन्द था। जब न वासना होगी, न इच्छा होगी, तो सन्तान कहाँ से होगी? देवता कष्ट में थे। वे शिव और पार्वती के उस मिलन को लेकर उद्विग्न थे जिससे उनका वह पुत्र उत्पन्न हो सकता जो तारक असुर को मार सकता, और लगता था जैसे वह युगल अपने विवाह के प्रयोजन को ही पूरी तरह से भुला बैठा है। देवता विष्णु के पास पहुँचे, और उन्होंने उनसे आग्रह किया कि वे भगवान शिव को उनके वचन का स्मरण कराएँ।

ॐ नमः शिवाय

ॐ

शिवप्रियाय नमः!

अध्याय 14

कार्तिकेय

मैं शिव के पुत्र, देवताओं के सेनापति,
सुब्रमण्य को प्रणाम करता हूँ,
जिसके छह मुख हैं और जो चन्दन के लेप से अलंकृत है,
और जो मोर के वाहन पर आरूढ़ है।

—सुब्रमण्य पंचरत्नम्

सृष्टि और संहार अस्तित्व के दो विपरीत छोर हैं। वे एक दूसरे के पूरक हैं और एक सम्पूर्ण जीवन जीने के लिए अनिवार्य हैं। द्वैत अस्तित्व की प्रकृति में ही निहित है; अँधेरे का अनुभव किये बिना हम प्रकाश के महत्त्व को नहीं समझ सकते। इस प्रकार हम देखते हैं कि हमारे *पुराण* देवों और असुरों के बीच संघर्ष की कहानियों से भरे पड़े हैं। देव प्रकाश की सत्ताएँ हैं; असुर अन्धकार की सत्ताएँ हैं। एक दूसरे के प्रति उनका शत्रुतापूर्ण व्यवहार उनकी शाश्वत दुश्मनी को बताता है। कभी देवता विजयी होते हैं, तो कभी असुरों का पलड़ा भारी होता है। इस उत्थान-पतन से ही वह क्रियाशीलता जन्म लेती है जिसके माध्यम से यह ब्रह्माण्ड स्वयं को थामे रख पाता है। मनुष्यों की प्रार्थनाएँ और यज्ञ देवताओं को शक्ति देते हैं और सामान्य तौर पर शुभ और अशुभ के बीच ब्रह्माण्डीय सन्तुलन को बनाये रखने में सहायता करते हैं। लेकिन कभी-कभी, जब संसार किसी विशेष नकारात्मक दौर से गुज़र रहा होता है, जब मनुष्य की अशुभ प्रवृत्तियाँ उसकी शुभ प्रवृत्तियों से बहुत ऊपर उठ गयी होती हैं, तब असाधारण शक्ति और क्रूरता से युक्त किसी दैत्य का जन्म होता है। जब ऐसा होता है, तो देवता सहायता के लिए विष्णु और शिव की शरण में जाने को विवश होते हैं। लेकिन इन ब्रह्माण्डीय सत्ताओं तक देवताओं की भी सीधी पहुँच नहीं होती, और उनको भी इन सत्ताओं तक पहुँचने के लिए सृष्टिकर्त्ता ब्रह्मा की मध्यस्थता आवश्यक होती है। तारक असुर का जन्म सृष्टि के इतिहास में ऐसे समय पर हुआ था जब निषेधात्मक प्रवृत्तियाँ अपनी ऊँचाई पर थीं। वह असाधारण शक्ति से सम्पन्न दैत्य था जिसको देवता अपने बल पर पराजित नहीं कर सकते थे, इसलिए वे ब्रह्मा के पास गये थे जिन्होंने विष्णु से सम्पर्क किया था, और इस प्रकार शिव और पार्वती का मिलन हो सका था। अब एक

बार फिर देवता ब्रह्मा के पास पहुँचे, जिन्होंने उनके अनुरोध को विष्णु के समक्ष रखा, और फिर वे सब मिलकर कैलाश पर शिव के पास पहुँचे और उनसे कहा कि वे तारक का वध करने में एकमात्र सक्षम पुत्र को जन्म देने का अपना वचन पूरा करने का अनुग्रह करें।

जिस कन्दरा में शिव और पार्वती सहवास कर रहे थे, उसके बाहर तैनात गणों को आदेश मिला हुआ था कि वे किसी को भी अन्दर न जाने दें, इसलिए उन्होंने देवताओं को बलपूर्वक कन्दरा के बाहर ही रोक दिया। प्रवेश-द्वार पर खड़े देवताओं ने शिव की स्तुति आरम्भ कर दी।

शिव और पार्वती कई युगों से परम आनन्द की अवस्था में थे और वे नहीं जानते थे कि इस बीच कितना समय बीत चुका है। आख़िरकार पार्वती इस अगाध आलिंगन से जागीं और उनके मन में विचार आया कि क्या ही अच्छा हो कि शिव से एक पुत्र प्राप्त किया जाए। शिव पार्वती के मनोरथ को भाँप गये और उसको पूरा करने को तैयार हो गये। लेकिन ठीक इसी बिन्दु पर देवता उनके द्वार पर आ पहुँचे। उन्होंने जैसे ही देवताओं के अनुरोध को सुना, तुरन्त ही वह बीज स्खलित कर दिया जिसको वे कई युगों से रोके हुए थे। वह आग्नेय बीज पृथ्वी पर गिरा। पृथ्वी उसके ताप को सह न सकी और उसने अग्नि से सहायता माँगी। अग्नि ने एक कपोत का रूप धारण किया और उस आग्नेय बीज को निगल लिया।

पार्वती इस वंचना से अत्यन्त क्षुब्ध हो उठीं। वे क्रोधित होकर कन्दरा से बाहर आयीं और उन्होंने देवताओं को शाप दे दिया, "हे स्वार्थियों! तुम लोग केवल अपने प्रयोजनों को सिद्ध करने में लगे रहते हो, और कभी भी दूसरों के सुखों की चिन्ता नहीं करते। तुम्हारे कारण मैं बाँझ हो गयी हूँ। मैं तुम्हें शाप देती हूँ कि तुम्हारी पत्नियाँ भी बाँझ होंगी।"

अग्नि को भी पुंसत्व से भरे उस बीज का ताप असहनीय लगा। उसने उसको हिमालय पर हिम और बर्फ़ के बीच इस उम्मीद में स्खलित कर दिया कि इससे वह ठण्डी हो जाएगी, लेकिन उसने पर्वत को तपाना जारी रखा। पर्वतराज हिमवान उस बीज के आग्नेय ताप को सह नहीं सके, और उन्होंने उसको गंगा में फेंक दिया। नदी उस बीज को बहाकर अपने किनारों पर ले गयी और उसको सरकण्डों के एक झुरमुट में छोड़ दिया। वह घास शिव के उस बीज का गर्भ बनी और उसने उसके भ्रूण का पोषण किया। छठवें दिन, मार्गशीर्ष माह के शुक्ल पक्ष में वहाँ पर शिव के पुत्र का जन्म हुआ। देवताओं ने अलौकिक संगीत बजाया और अग्नि की लपट की भाँति तेजस्वी उस बालक पर पुष्पों की वर्षा की।

जब वह बालक उस झुरमुट में अपने पैर फटकारता हुआ किलकारियाँ भर रहा था, महान ऋषि विश्वामित्र वहाँ से गुज़रे और उस बालक के अलौकिक तेज को देखकर विस्मय से भर उठे। ऋषि ने अनुभव किया कि वह बालक उनसे जन्म के समय किये जाने वाले शुद्धिकरण के आवश्यक अनुष्ठान किये जाने की अपेक्षा करता है। ऋषि ने उनके मानस तक पहुँचाये गये इस सन्देश को ग्रहण किया और तत्काल वह सब किया जो करने योग्य था। बच्चे ने उनको आशीर्वाद दिया और कहा कि भविष्य में वे ब्रह्मर्षि के रूप में जाने जाएँगे। जब ऋषि ने उस बालक से उसके माता-पिता के बारे में पूछा, तो उसने उत्तर

दिया, "मुझको गुह (रहस्यमय) के रूप में जानिए।" उनको शरभु (सरकण्डों के बीच जन्मा) के नाम से भी जाना गया।

जल्दी ही अग्निदेव वहाँ पर पहुँचे और, क्योंकि उन्होंने उस बीज को अपने भीतर धारण किया था, इसलिए उन्होंने पहचान लिया कि वह बालक उन्हीं का पुत्र है। उन्होंने उसको वेल (भाला) प्रदान किया जो गुह का अस्त्र बना। इस प्रकार वे वेलायुध के नाम से भी जाने गये। वे पावकात्मज (अग्नि-पुत्र) के नाम से भी जाने गये।

इस बीच कृत्तिका नाम की छह स्त्रियाँ, जो कि वस्तुतः अप्सराओं के रूप में ज्ञात नक्षत्र हैं, पृथ्वी पर उतरीं, उन्होंने बालक को देखा, और उसको देखकर मन्त्रमुग्ध हो गयीं। वे सबकी सब उसका लालन-पालन करना चाहती थीं और इसको लेकर उनमें झगड़ा होने लगा कि उनमें से कौन सबसे पहले उसको दूध पिलाये। उनकी इस इच्छा को जानकर बालक ने अपने छह मुख बना लिये और इस प्रकार वह उन सबके स्तनों से दूध पीने लगा। इस तरह वे षण्मुख (छह मुँह वाले) कहलाये। कृत्तिकाएँ उसको अपने घर ले गयीं और वहाँ पर उन्होंने उसका जी भरकर लालन-पालन किया। चूँकि वे उसकी वास्तविक माताओं जैसी ही थीं, इसलिए वे उसको कार्तिकेय के नाम से पुकारने लगीं। वह उनकी सबसे प्रिय सम्पत्ति बन गया, और वे उसको पल भर के लिए आँखों से ओझल नहीं होने देती थीं।

इस बीच पार्वती ने शिव के पास जाकर कहा कि वे पता तो लगाएँ कि उनके उस बीज का आख़िर हुआ क्या जो पृथ्वी पर गिर गया था, क्योंकि वे जानती थीं कि वह कभी नष्ट नहीं हो सकता। शिव ने देवताओं को बुलाया और उनसे कहा कि वे उस बीज के बारे में पता लगाएँ कि उसको किसने छिपा रखा है। अग्नि ने स्वीकार किया कि चूँकि पृथ्वी उसके ताप को सह नहीं पा रही थी इसलिए उसने उसको निगल लिया था, लेकिन क्योंकि वह स्वयं भी उस ताप को नहीं सका, इसलिए उसने उसको पर्वत पर रख दिया था, जिसने उसको गंगा में फेंक दिया था। गंगा भी उस आग्नेय बीज को ठण्डा नहीं कर सकी और उसने उस बीज को अपने किनारे सरकण्डों के झुरमुट में छोड़ दिया था।

इस किस्से को आगे बढ़ाते हुए पवनदेव ने पार्वती को बताया कि कृत्तिकाओं के नाम से जानी जाने वाली अप्सराएँ उस बालक को अपने घर ले गयीं हैं जहाँ पर वह उनकी देखरेख में पल रहा है। उन्होंने बताया कि वे उसका अपने ही बेटे की भाँति पालन-पोषण कर रही हैं। यह सुनकर शिव ने अपने गणों को कृत्तिकाओं के घर पर भेजा। शिव के इन दूतों ने कृत्तिका के निवास को घेर लिया, और कृत्तिकाएँ इन असाधारण जन्तुओं को देखकर भयभीत हो उठीं और उन्होंने कार्तिकेय से रक्षा करने का अनुरोध किया। कार्तिकेय ने उनको अभयदान देते हुए कहा कि वे इन गणों को आसानी से पराजित कर देंगे। इसके पहले कि कार्तिकेय उनसे टक्कर लेते, गणों के प्रधान नन्दीश्वर उनके सामने जा खड़े हुए और उन्होंने उनको उनके जन्म का पूरा वृत्तान्त सुनाते हुए उनसे आग्रह किया कि शिव, पार्वती और समूची देवमण्डली कैलाश पर उनकी प्रतीक्षा कर रही है और इसलिए वे उनके साथ वहाँ वापस चलें।

कार्तिकेय सहमत हुए और अपनी दत्तक माताओं कृत्तिकाओं से विदा लेकर नन्दीश्वर के साथ कैलाश की ओर चल पड़े। वहाँ पर उनका स्वागत करने तथा सभागार तक

उनकी अगवानी करने एक शिव-भक्तों की एक पूरी मण्डली उपस्थित थी। वे उस बालक का, जिसको कि कुमार के नाम से भी जाना जाता है, प्रशस्तिगान करते हुए उसको उसके दिव्य माता-पिता के पास ले गये। जब वे सभा में जाकर खड़े हुए तो उनकी विस्मयकारी उपस्थिति को देखकर हर कोई चकित रह गया। पिघले हुए कंचन की भाँति उनका रंग था, सूर्य की भाँति उनका तेज था और उनके सिर के पीछे एक प्रभामण्डल दमक रहा था। शिव और पार्वती दोनों ही अपने इस पुत्र को देखकर आनन्द से भर उठे और उन्होंने उसको गले से लगा लिया। पार्वती ने उसको अपनी गोद में लेकर अपना दूध पिलाया और उसके सिर को दुलराया। इसके बाद कुमार शिव की गोद में जा बैठे और उनके गले में लिपटे हुए सर्पों से खेलने लगे।

कुछ समय बाद देवताओं ने शिव से बालक का अभिषेक करने का अनुरोध किया। शिव ने उसको रत्नजटित सिंहासन पर बिठाया, और ऋषियों ने वेद-मन्त्रों के उच्चारण के साथ उसकी पूजा की। तमाम पवित्र नदियों के जल से भरे पात्र लाये गये, उनको मन्त्रों से अभिषिक्त किया गया, और वैदिक मन्त्रों के उच्चारण के साथ वह पवित्र जल बालक के सिर पर डाला गया। ब्रह्मा ने बालक का उपनयन संस्कार कर उसको जनेऊ, कमण्डल, ब्रह्मास्त्र नामक अपराजेय अस्त्र और गायत्री मन्त्र प्रदान किये। उन्होंने उसको वेद का ज्ञान भी दिया।

विष्णु ने उनको एक मुकुट तथा स्वयं अपनी वनमाल समेत अनेक आभूषण प्रदान किये। शिव ने उनको त्रिशूल, पिनाक नामक धनुष, एक फरसा तथा पाशुपत नामक एक प्रक्षेपास्त्र प्रदान किया। देवराज इन्द्र ने कार्तिकेय को अपना स्वयं का शस्त्र, वज्र तथा एक राजसी हाथी प्रदान किया। जलदेवता वरुण ने उनको श्वेत राजसी छत्र तथा रत्नों का एक हार प्रदान किया। सूर्य ने उनको मन से भी तेज गति से दौड़ने वाला एक रथ और अभेद्य कवच का एक आवरण प्रदान किया। चन्द्रमा ने अमृत से भरा एक कलश प्रदान किया। कुबेर ने उनको एक गदा तथा प्रेम का अस्त्र काम प्रदान किया। उनकी माँ पार्वती ने उनको समस्त शक्तियों और समृद्धियों का आशीर्वाद प्रदान किया। लक्ष्मी ने उनको दैवीय सम्पदाएँ प्रदान कीं, और सिद्धियों की देवी सरस्वती ने समस्त अतिप्राकृतिक शक्तियों का ज्ञान प्रदान किया। कार्तिकेय को उनके प्रतीक-चिह्न के रूप में एक मुर्गा प्रदान किया गया जो उनके ध्वज की पहचान बना, और वाहन के रूप में एक मोर प्रदान किया गया।

इस प्रकार समस्त देवताओं का आशीर्वाद प्राप्त कर कार्तिकेय असुर का सामना करने के लिए तैयार हो गये। शिव ने देवताओं से कहा कि वे उनको अपना सेनापति बनाकर ले जाएँ और तारकासुर का वध करें। इस प्रकार उनको देवसेनापति के नाम से भी जाना जाता है। अपने दिव्य वायुयान पर सवार होकर कार्तिकेय देवताओं को लेकर असुरों के क्षेत्र में पहुँचे। उधर तारक तमाम तरह के अस्त्रों से सज्जित असुरों का नेतृत्व कर रहा था। गणों के नेता वीरभद्र तेजी से आगे बढ़े और उन्होंने तारक के साथ भीषण युद्ध किया। अन्त में वीरभद्र पराजित हुए और असुरों ने आनन्द मनाया। इसके बाद इन्द्र आगे आये और उन्होंने तारक के साथ युद्ध किया और पराजित हुए। अपराजेय प्रतीत होते तारक ने इसी प्रकार एक के बाद एक सभी देवताओं को पराजित कर दिया। जब विष्णु उससे टक्कर लेने को आगे बढ़ने लगे, तो ब्रह्मा ने उनको युद्ध न करने का परामर्श देते हुए कहा कि

केवल शिव का पुत्र ही उसको मार सकता है; यही वह वरदान था जो ब्रह्मा ने उसको दे रखा था। देवताओं ने कार्तिकेय की स्तुति करते हुए उनसे प्रार्थना की कि वे उस भयावह असुर के अत्याचारों से उनकी रक्षा करें। तब कार्तिकेय और तारक के बीच एक भीषण द्वन्द्व युद्ध प्रारम्भ हुआ। जब वे एक दूसरे से भिड़े, तो हवा की साँसें थम गयीं, सूर्य का प्रकाश मद्धिम पड़ गया, और पृथ्वी काँपने लगी। आख़िरकार जब तारक की मृत्यु का नियत समय आया, तो कार्तिकेय ने अपना भाला खींचा और उसकी छाती पर तीखा प्रहार किया। तारक भीषण गर्जना करता हुआ पृथ्वी पर गिरा और समस्त दर्शकों की आश्चर्य से विस्फारित आँखों के सामने उसने प्राण त्याग दिये। जब तक शिव और पार्वती अपने लाड़ले पुत्र को बधाई देने पहुँचे तब तक बाक़ी सारे असुर भयभीत होकर भाग खड़े हुए, और सारा जगत आनन्द का उत्सव मनाने लगा।

इन भगोड़े असुरों में एक असुर बाण भी था। उसने क्रौंच पर्वत पर अत्याचार आरम्भ कर दिये, और वह पर्वत सहायता के लिए भागा-भागा कार्तिकेय के पास पहुँचा। कार्तिकेय ने बाण को मारकर पर्वत को उसके अत्याचारों से मुक्त किया। इन सारे असुरों के वध की स्मृति में कार्तिकेय ने तीन शिवलिंगों की स्थापना की। फिर उन्होंने सर्पों की सन्तान कुमुद को प्रलम्ब नामक असुर के अत्याचार से मुक्त किया। इसके बाद आनन्द का उत्सव मनाते हुए देवता कार्तिकेय की अगवानी करते हुए उनको उनके पिता के निवास-स्थल कैलाश तक वापस ले गये। उनके माता-पिता ने आनन्दविभोर हो उनका स्वागत किया और इसके बाद उन्होंने कुछ समय पर्वत पर उनके साथ रहकर बिताया।

कार्तिकेय के अतिप्राकृतिक जन्म और जीवन में गहरा अर्थ छुपा हुआ है जो समझने योग्य है। उनका जन्म संसार की आसुरी शक्तियों का विनाश करने के लिए हुआ था; इसलिए उनका उन शिव के बीज से पैदा होना आवश्यक था जो देवताओं की त्रयी के संहार-पक्ष को रूपायित करते हैं। उनका जन्म वस्तुतः सृष्टि रचना की कथा के रूपक को प्रतिबिम्बित करता है। आरम्भ में हर वस्तु ब्रह्म के प्रकाश से भरी हुई थी। इसके बाद वह प्रकाश वायु, अग्नि, जल और पृथ्वी में रूपान्तरित हुआ। यह कार्तिकेय के जन्म की व्युत्पत्ति है - निराकार ब्रह्म का पाँच महातत्त्वों (पंचभूतों) में अवतरण। वे शिव के बीज से उत्पन्न हुए थे जो आकाश के अन्तराल में स्खलित हुआ था और वायु के द्वारा अग्नि तक ले जाया गया था, जिसने उसको गंगा के जल में गिरा दिया था। गंगा ने उस बीज को अपने तट पर सरकण्डों के झुरमुट में रख दिया था। इस प्रकार शिव के उस बीज का पोषण करने आकाश, वायु, अग्नि, जल और पृथ्वी नामक तत्त्व आपस में मिलते हैं। गुरुत्वाकर्षण और विद्युतचुम्बकत्व प्रकृति के दो महान बल हैं। गणेश गुरुत्वाकर्षण का बल हैं और कार्तिकेय विद्युतचुम्बकत्व के देवता हैं। विद्युत उनकी शक्ति है। उनका वेल या भाला हमारे भीतर की गहराई में उस सशक्त बल के रूप में क्रियाशील होता है जो इलेक्ट्रॉन और न्यूट्रॉन को एक दूसरे से बाँधता है। यह शक्ति उनके भाले से उन ऊर्जा-कणों के रूप में फूटती है जो ध्वनि और प्रकाश की तरंगों के रूप में ब्रह्माण्ड को फैलाती और भरती हैं। वह बीज अग्नि के सम्पर्क में आकर पोषण प्राप्त करता है और फिर गंगा की शुद्धता में ठण्डा होता है। शिशु का पालन-पोषण कृत्तिका नामक नक्षत्रों द्वारा किया जाता है। उनके छह मुख छह ऋतुओं

को प्रतिबिम्बित करते थे, और इस तरह वे समय के स्वामी थे। उन्होंने स्वर्ग की अप्सराओं के स्तनों से दूध पिया था और इस प्रकार वे उनकी दिव्य कायाओं की ऊर्जा से उनका पोषण हुआ था। भाला उनका अस्त्र था जिससे उन्होंने आसुरी शक्तियों को पराजित किया था। उनका वाहन मोर अपने अहंकार के लिए जाना जाता है। कार्तिकेय शाश्वत युवा हैं, देखने में अत्यन्त सुन्दर, लेकिन उनका अहंकार पूरी तरह से नियन्त्रित है क्योंकि वे उस पर सवारी करते हैं। उनका प्रतीक-चिह्न मुर्गा है, जो कि अपने पौरुष और हेकड़ी के लिये जाना जाता है। बल और सौन्दर्य से युक्त जिस पुरुष ने अपने ऊपर नियन्त्रण पा लिया है उसमें व्यक्तित्व के इन लक्षणों को लेकर कोई अहंकार नहीं रह जाता और वह सदा परम आनन्द में डूबा रहता है। वे एक वनवासी कन्या से विवाहित हैं क्योंकि वे सारे मनुष्यों को समान दृष्टि से देखते हैं। देवराज उनको उनकी पत्नी के रूप में अपनी खुद की कन्या प्रदान करते हैं। स्वर्ग स्वयं ही उसी को पुरस्कृत करता है जो भौतिक सौन्दर्य और शक्ति के प्रलोभनों से ऊपर उठकर उस परम सत्य पर अपना ध्यान एकाग्र करता है, जो वह स्रोत है जहाँ से हम सब आये हैं।

ॐ नमः शिवाय

चर और अचर विश्व उसी के सूक्ष्म और अव्यक्त रूप की अभिव्यक्ति है। वह जिसकी दृष्टि मात्र से ये सारी अभिव्यक्तियाँ इस बोध के साथ लुप्त हो जाती हैं कि उस परम ब्रह्म के सिवा और किसी वस्तु का अस्तित्व नहीं है : कल्याणकारी गुरु के रूप में अवतरित उस परम सत्ता, दक्षिणामूर्ति को मैं अगाध श्रद्धा के साथ प्रणाम करता हूँ।

—आदि शंकराचार्य द्वारा रचित
'दक्षिणामूर्ति स्तोत्रम्' से

ॐ

शर्वाय नमः!

अध्याय 15

गणेश

मैं भगवान गणेश को प्रणाम करता हूँ,
जिनकी कुन्दन की भाँति दमकती विशाल काया है
और लम्बा उदर और सुन्दर नेत्र हैं।

—गणाष्टकम्

एक दिन जब पार्वती स्नान कर रही थीं, शिव बिना अनुमति लिये उस स्थल पर आ पहुँचे। पार्वती लजा गयीं और उन्होंने शिव को इस तरह बिना अनुमति के प्रवेश करने पर हल्का-सा झिड़क दिया। जल्दी ही जया और विजया नाम की उनकी दो परिचारिकाएँ उनके पास आयीं और उन्होंने पार्वती से अनुरोध किया कि वे कोई ऐसा सेवक रख लें जो पूरी तरह से उनके ही अधीन हो। पिछली घटना को ध्यान में रखते हुए पार्वती को लगा कि उनको वैसा ही करना चाहिए। इसके अलावा उनके मन में अपने एक पुत्र की गहरी आकांक्षा भी थी, क्योंकि कार्तिकेय सदा युद्धों में व्यस्त रहा करते थे। अगली बार जब वे स्नान के लिए गयीं तो उन्होंने अपने शरीर में हल्दी और केसर का उबटन लगाया और फिर उस उबटन को छुटाकर उसका एक गोला तैयार किया, और फिर उसको एक बच्चे का रूप देकर उसमें प्राण फूँक दिये। बच्चा बड़ा और मोहक था, और शक्ति तथा पराक्रम से सम्पन्न था। उन्होंने उसको विनायक नाम दिया, और उसको वस्त्र तथा आभूषण प्रदान करते हुए कहा, "तुम मेरे पुत्र हो, और आज के बाद से तुम मेरे रक्षक भी होगे।"

बालक यह सुनकर अत्यन्त प्रसन्न हुआ और उसने माँ से आज्ञा देने को कहा। उन्होंने उससे कहा कि उसका पहला दायित्व यह होगा कि जब वे स्नान कर रही हों, या अपने कक्ष में एकान्तवास करना चाहती हों, तो वह द्वार पर पहरा दिया करे। घुसपैठ करने वाले को डराने के लिए एक डण्डा भी उन्होंने उसको दे दिया। अगले दिन जब वे स्नान के लिए गयीं, तो उन्होंने उसको द्वार पर तैनात करते हुए सख़्त हिदायत दी कि वह किसी को भी अन्दर न आने दे। संयोग से, जल्दी ही हुआ यह कि शिव वहाँ आ पहुँचे और अन्दर जाने लगे। बच्चे ने द्वार पर अपना डण्डा अड़ाते हुए उनको रोक दिया। शिव को विश्वास नहीं

हुआ कि इतना छोटा-सा बच्चा इस क़दर दुस्साहसी हो सकता है और उन्होंने सख़्ती के साथ उससे सवाल किया, "कौन हो तुम, और तुमको किसने अनुमति दी है कि तुम मुझको मेरी ही पत्नी के कक्ष में जाने से रोक सको?"

बच्चे ने उत्तर दिया, "महाशय, मेरी माँ स्नान कर रही है, और उसने ही मुझको यहाँ तैनात कर आज्ञा दी हुई है कि मैं किसी भी घुसपैठिये को अन्दर न जाने दूँ।"

शिव ने कहा, "तुम मुझको नहीं जानते? मैं शिव हूँ और पार्वती मेरी पत्नी है। मुझको अन्दर जाने दो।" बच्चे ने विनम्रतापूर्वक मना कर दिया और रास्ता रोक दिया। यह देखकर शुरू में तो शिव का ख़ासा मनोरंजन हुआ और उन्होंने डण्डे को हटाकर अन्दर घुसने की कोशिश की, लेकिन बच्चे ने उन पर डण्डे से प्रहार कर दिया। यह तो अति हो गयी थी। शिव ने अपने क्रोध को नियन्त्रित किया और अपने कक्ष में जाते हुए अपने गणों से कहा कि वे उस बच्चे को बलपूर्वक वहाँ से हटाएँ।

बच्चे ने गणों से निर्भय होकर टक्कर ली और कहा कि वह किसी को भी अन्दर नहीं जाने देगा, चाहे वे साक्षात् सृष्टिकर्त्ता ब्रह्मा ही क्यों न हों। उनको पीछे हट जाना पड़ा, क्योंकि एक इतने प्यारे बच्चे को मारने का उनका मन नहीं हुआ। खीजे हुए गणों ने शिव के पास जाकर उनको हालात की जानकारी दी। शिव ने उनको वापस भेजते हुए कहा कि वे बालक को एक बार फिर से हरसम्भव समझाने की कोशिश करें, लेकिन विनायक को शब्दों से बहलाया नहीं जा सका।

स्नानघर के द्वार पर शोरशराबा सुनकर पार्वती ने अपनी परिचारिकाओं को वहाँ भेजकर मामले का पता लगाने को कहा। उन्होंने आकर बताया कि विनायक ने गणों की पूरी सेना का डटकर मुक़ाबला किया है। यह सुनकर वे आनन्दित हुईं और परिचारिकाओं को वापस भेजते हुए बोलीं कि वे विनायक का मनोबल बढ़ाएँ।

विनायक प्रोत्साहन से भरे इन शब्दों को सुनकर प्रसन्न हुए और गणों से निर्भीक स्वर में बोले, "आप लोग शिव के गण हैं और मैं पार्वती का गण हूँ इसलिए हम दोनों ही बराबर हैं। मेरी माँ की आज्ञा है कि इस कक्ष में कोई भी न घुसने पाये, न बलपूर्वक और न ही विनम्रतापूर्वक। इसलिए आप सब वापस जा सकते हैं।"

इस पर गणों ने शिव के पास लौटकर उनसे अगला आदेश देने को कहा। शिव अपनी पत्नी के इस अकेले गण के हाथों मिली पराजय को स्वीकार करने को तैयार नहीं थे, इसलिए वे अपने गणों के साथ उस स्थल पर पहुँचे, और इसके बाद वहाँ भारी घमासान छिड़ गया जिसमें एक ओर विनायक थे और दूसरी ओर शिव और उनके गण शामिल थे। जब शिव ने अपने गणों को पराजित होते देखा तो उन्होंने अपना त्रिशूल फेंका और बालक का सिर उसके धड़ से अलग कर दिया।

जब पार्वती ने यह सुना, तो वे अत्यन्त क्रोध से भर उठीं और उन्होंने अनेक शक्तियों की रचना कर उनको शिव के गणों से लड़ने का आदेश दे दिया। इस पर देवता उस लड़ाई में शामिल हो गये और वे गणों की सहायता करने लगे। वह भयानक युद्ध था, जिसके अन्त में देवताओं ने पार्वती से क्षमा माँगते हुए उस युद्ध को समाप्त करने का अनुरोध किया।

पार्वती ने उत्तर दिया, "मेरा पुत्र मारा गया है, और जब तक उसको पुनः जीवित नहीं कर दिया जाता, तब तक मैं क्षमा नहीं करूँगी।" देवताओं ने शिव के पास जाकर यह सन्देश उनको सुनाया, और शिव ने उनसे कहा कि वे उत्तर दिशा में जाएँ और उनको जो भी पहला प्राणी वहाँ पर दिखायी दे उसका सिर काटकर विनायक के धड़ पर लगा दें। संयोग से उनको जो पहला प्राणी मिला, वह एक हाथी था। उन्होंने तत्परता से उसका सिर काटा और उसको बिना सिर के इस धड़ पर रख दिया। उन्होंने उस काया के पुनरुज्जीवन के लिए मन्त्र पढ़े और उस पर पवित्र जल छिड़का, और हाथी के सिर तथा विनायक के धड़ वाली वह काया तत्काल उठ खड़ी हुई। पार्वती अपने पुत्र को फिर से जीवित पाकर सुखी हुई, भले ही उसका सिर अब हाथी का था।

कहा जाता है कि बहुत पहले वे देवताओं की एक कलादीर्घा में गयीं थीं। वहाँ पर जब उन्होंने ॐ की आकृति देखी थी, तो उन पर जादू छा गया था और वे उस मन्त्र के सामने ठगी-सी खड़ी रह गयी थीं। तभी विनायक की आकृति उनके मन में उभरी थी, और देवताओं की जननी होने के नाते वे उस आकृति को अस्तित्व में लायीं थीं। इस प्रकार विनायक का रूप ब्रह्म के प्रतीक मन्त्र ॐ का जीवन्त, मानवरूप प्रतिबिम्बन है। वे यह देखकर प्रसन्न थीं कि उनकी अवधारणा विनायक के उस रूप के साथ कितनी मिलती-जुलती थी।

उन्होंने विनायक को चूमा, आशीर्वाद दिया और देवताओं से कहा कि विनायक भविष्य में सांसारिक जीवन और आध्यात्मिक उद्यमों के दौरान आने वाले विघ्नों को दूर हटाने वाले होंगे, और इस प्रकार किसी भी पूजा के पहले उनकी पूजा की जाएगी। शिव और अन्य देवताओं ने सहमति दी और तब के बाद से आज तक यह परिपाटी बनी हुई है कि किसी भी धार्मिक अनुष्ठान के पहले अनिवार्यतः उनकी पूजा की जाती है। पार्वती ने यह भी आग्रह किया कि उनको गणों का स्वामी बनाया जाना चाहिए, और इस प्रकार वे गणेश या गणपति के नाम से जाने गये। चूँकि उनका जन्म भादों मास के अँधेरे पक्ष में हुआ था, शिव ने घोषणा की कि वह दिन सदा उनके जन्मदिन के रूप में मनाया जायेगा, और हर चन्द्रमा के प्रत्येक पखवाड़े का चौथा दिन भी उनके विशेष दिन के रूप में जाना जायेगा। शिव, पार्वती और सभी देवताओं ने अन्य अनेक वरदान भी गणेश को दिये।

गणेश जब बालक ही थे, तब एक बार वे एक बिल्ली के साथ खेल रहे थे। उन्होंने बिल्ली की की पूँछ पकड़ी और उसको कीचड़ में लथेड़ दिया। क्रुद्ध जानवर दर्द से गुर्राया और भाग खड़ा हुआ। गणेश भागकर अपनी माँ के पास पहुँचे और उनकी गोद में चढ़ गये लेकिन वे यह देखकर बहुत उदास हुए कि वे कीचड़ से लथपथ थीं और उनकी आँखों में आँसू थे। उन्होंने बेचैन मन से उनके दुख के कारण के बारे में पूछा, और तब उन्होंने उनको जीवन के सामंजस्य के बारे में एक महत्त्वपूर्ण सीख दी। "मेरे दुःख का कारण तुम ही हो," उन्होंने कहा।

"यह कैसे हो सकता है? मैंने तो आपको कभी कोई नुक़सान नहीं पहुँचाया।"

"क्या तुमने मेरी पूँछ खींचकर मुझको कीचड़ में नहीं घसीटा?" उन्होंने पूछा। तब गणेश को इस महान सच्चाई का अहसास हुआ कि किसी भी प्राणी को पहुँचाया गया

दुःख उनकी अपनी माँ को पहुँचाये गये कष्ट के ही समान है, क्योंकि वे जगत्माता भी हैं।

गणेश की कथा के क्रम में आगे बढ़ने से पहले, उनके रूप और उद्गम के अर्थ की पड़ताल कर लेना अच्छा होगा। पार्वती शक्ति, या परम ब्रह्म स्वरूप भगवान शिव की शक्ति हैं। गणेश का उद्गम उनकी देह से खुरचे गये मैल और अन्य सामग्री से होता है। इस रूप में वे उस चेतना को प्रतिबिम्बित करते हैं जो पदार्थ से विकसित होती है और आध्यात्मिक स्वातन्त्र्य की अपनी सर्वोच्च अवस्था तक विस्तार पाती है। गणेश के रूप में हम पृथ्वी से जीवन के प्रकटन और पदार्थ से चेतना के प्रस्फुटित होने का बिम्ब पाते हैं। वे उस संस्थापक आध्यात्मिक शक्ति का प्रतिनिधित्व करते हैं जो हर वस्तु का आधार है; इसीलिए उनकी उपासना सबसे पहले होनी चाहिए। वे देवताओं की वर्णमाला के पहले अक्षर हैं। वे विकास की हर अवस्था की संस्थापक आध्यात्मिक शक्ति भी हैं। अगर हम घुमावदार सूँड़ वाली उनकी आकृति को ध्यान से देखें तो हम उसमें ॐ की आकृति को पहचान सकते हैं। गणेश का रूपाकार पृथ्वी से जीवन के उदय और पदार्थ से चेतना के प्रस्फुटन को दर्शाता है। जानवर और मनुष्य को उनका दोहरा रूप इस ओर संकेत करता है कि भले ही हमारा विकास पशु की प्रजाति से हुआ है, लेकिन तब भी हम परामानसिक स्तर तक पहुँचने की महत्त्वाकांक्षा कर सकते हैं। गणों के ईश्वर के रूप में वे इस विश्व की सूक्ष्म अवरोधक शक्तियों का नियन्त्रण करते हैं। चूँकि वे इन शक्तियों के स्वामी हैं, इसलिए वे विघ्नेश्वर भी हैं - वह ईश्वर जो विघ्न या बाधाएँ पैदा करने वाली उन सारी शक्तियों का विनाश करता है जो हमारे आध्यात्मिक विकास में आड़े आती हैं। वे मनुष्य में उसके मेरुदण्ड के नीचे, आध्यात्मिक शक्तियों से सम्पन्न, मूलाधार चक्र में अवस्थित हैं। कुण्डलिनी शक्ति गणेश की कृपा प्राप्त होने पर ही जाग सकती है।

गणेश का वाहन मूषक (चूहा) है, जो सचमुच अचम्भित करने वाली बात है। ज़रा कल्पना करिये एक ज़रा से चूहे पर हाथी के बैठे होने की! इसका क्या अर्थ है? चूहे का जन्म धरती से होता है और उसका जीवन धरती में बने छिद्रों और बिलों पर निर्भर होता है। भारतीय विश्वास के अनुसार, रेत के एक कण तक में चेतना निहित होती है; वह अविकसित रूपाकारों से होकर गुज़रने के बाद ही ज्ञान सम्पन्न अवस्था में बदलती है। चूहा इसका एकदम सटीक प्रतीक है। उसमें अज्ञान के आवरण में ढँकी हुई एक आदिम बुद्धि होती है और इसलिए वह बेचैन, लोभी और भयभीत रहता है।

दूसरी ओर, हाथी बल और प्रज्ञा का प्रतीक है और कहा जाता है कि उसमें ज़बरदस्त स्मरणशक्ति और विवेक होता है। हाथी की सूँड़ चीज़ों को अलग कर देखने के विवेक का प्रतीक है जो दाने को भूसे से अलग कर पहचान लेती है। उसकी सूँड़ ज़मीन पर पड़ी हुई ज़रा सी सुई को भी उठा सकती है और जंगल के भारी भरकम लट्ठों को भी उठा सकती है। हाथी का मस्तक बल, विस्तार तथा प्रकृति में छिपी हुई बलशाली शक्तियों के प्रति श्रद्धा के भाव की ओर संकेत करता है।

इस प्रकार मूषक पर सवार गणेश की प्रतिमा इस ओर संकेत करती है कि मनुष्य दोनों ही तरह की विशेषताओं को रूपायित करता है : एक ओर हाथी, जो अपनी प्रकृति से शान्त और विपुल सम्भावनाओं से युक्त एक भव्य प्राणी है; और दूसरी ओर, चूहा, जो

भोजन की परिश्रम से भरी खोज में बेचैन लगातार यहाँ से वहाँ भटकता रहता है। मनुष्य में अपनी चेतना को अनन्त तक विस्तार देते हुए शान्त और भव्य बने रहने की शक्ति मौजूद है, लेकिन वह चूहा बना रहता है, और तुच्छ चीज़ों को लेकर लड़ता-झगड़ता हुआ जीवन की 'चूहा-दौड़' में लगा रहता है। ये दो प्राणी चेतना के दो स्तरों के प्रतीक हैं – चेतना की आदिम अवस्था और उसकी विकसित अवस्था। मानव-देह इन दोनों के बीच सेतु का काम करती है। गणेश के हाथ में थमी हुई नकेल उन इन्द्रियों को नियन्त्रित रखने के लिए है जो बेलगाम घोड़े की भाँति यहाँ-वहाँ भागती रहती हैं। दूसरे हाथ में वे एक अंकुश लिये रहते हैं, जिसका उपयोग आमतौर से महावत के द्वारा विक्षुब्ध जानवर को नियन्त्रित रखने के लिए किया जाता है। हमारे आवेगों की तुलना पागल हाथियों से की जा सकती है, और केवल अंकुश ही उनको क़ाबू में रखकर राह पर ला सकता है।

गणेश के उदर से लिपटा हुआ साँप मनुष्य में कुण्डलिनी शक्ति, अर्थात उस मानसिक ऊर्जा की ओर संकेत करता है जो जो योग की कुछ विशेष तकनीकों का प्रयोग करने पर जाग्रत होती है। दो दाँत जीवन के द्वन्द्वों की ओर संकेत करते हैं, और टूटा हुआ दाँत दर्शाता है कि एक परिपूर्ण मनुष्य इन द्वन्द्वों के प्रभाव से मुक्त होता है। इस दाँत को वे अपने दायें हाथ में एक क़लम की तरह थामे रहते हैं, जो एक प्रज्ञाशील मनुष्य की सृजनात्मक क्षमता को दर्शाता है। उनके एक अन्य हाथ में थमा हुआ मोदक जीवन के उस आनन्द और वास्तविक मिठास की ओर संकेत करता है, जिसका स्वाद एक प्रबुद्ध व्यक्ति ही ले सकता है।

एक दिन नारद मुनि अलौकिक युगल से भेंट करने आये और दिव्य बालकों को देखने पहुँचे। उन्होंने एक अनार लाकर उन बालकों को दिया, लेकिन यह एक विशिष्ट फल था, ब्रह्माण्डीय प्रज्ञा का फल, इसलिए उसके दो टुकड़े नहीं हो सकते थे। दोनों बालकों में से कोई एक ही बालक उसको खा सकता था। इसलिए शिव ने अपने इन दोनों बालकों, गणेश और कार्तिकेय से कहा कि उनमें से जो भी सम्पूर्ण विश्व की परिक्रमा करके सबसे पहले लौट आएगा उसी को वह फल दिया जायेगा। कार्तिकेय तुरन्त अपने मोर पर सवार होकर निकल पड़े, उनको पक्का विश्वास था कि वह फल उन्हीं को मिलेगा। गणेश का वाहन धीमी गति का चूहा था जो मोर से आगे निकल ही नहीं सकता था, लेकिन उन्होंने इसकी तनिक भी चिन्ता नहीं की। उन्होंने चुपचाप अपने माता-पिता की एक परिक्रमा की और फल प्राप्त करने के लिए अपना हाथ बढ़ा दिया।

"तुम किस आधार पर अपने को इस फल का हक़दार समझ रहे हो?" चकित होकर माता-पिता ने पूछा।

"आप दोनों मिलकर ही तो समूचा विश्व हैं। तब फिर मुझे इस भौतिक जगत की परिक्रमा करने की क्या आवश्यकता है?" उन्होंने पूछा।

शिव और पार्वती ने उनकी इस प्रज्ञा के लिए उनकी सराहना की और फल उनको दे दिया। जब कार्तिकेय ने आकर देखा कि उनका भाई वह फल खा रहा है, तो उनको झटका लगा। उन्होंने क्रोधित होते हुए अपने माता-पिता से इस बारे में पूछा और उनको इस ऊपरी पक्षपात का कारण बताया गया। कार्तिकेय अपने भाई की इस चालाकी से बहुत

क्षुब्ध हुए और उन्होंने घोषणा कर दी कि वे कैलाश छोड़ देंगे और परम ज्ञान हासिल करने कहीं अन्यत्र जाकर ध्यान करेंगे।

उन्होंने इसके लिए शिव से आज्ञा माँगी, और तमिल साहित्य में ऐसा बताया जाता है कि शिव ने उनको उत्तर दिया, "पलम नी," जिसका अर्थ होता है, "तुम स्वयं फल हो।" यह महान उपनिषद का कथन है, "तत् त्वम् असि," अर्थात "तुम ही वह हो।" किंवदन्ती के अनुसार, कार्तिकेय ने कैलाश छोड़ दिया और दक्षिण की पलनि नामक पहाड़ी पर चले गये, जहाँ पर उन्होंने इस सत्य की खोज के लिए तपस्या की।

इस कथा का एक और रूपान्तरण भी मिलता है जो सुब्रमण्य के प्रस्थान की व्याख्या करता है। इस कथा के अनुसार, जब शिव-पार्वती के दोनों पुत्र विवाह के योग्य हो गये, तो उन्होंने उनके विवाह के बारे में सोचा। प्रश्न उठा कि पहले किसका विवाह हो। शिव ने घोषणा की कि इनमें से जो भी सबसे पहले विश्व की परिक्रमा पूरी कर लेगा, उसी का विवाह पहले होगा।

कार्तिकेय तत्काल अपने मोर पर सवार होकर निकल पड़े, जबकि प्रज्ञावान गणेश ने पवित्र स्नान किया और अपने माता-पिता की विधिपूर्वक तीन परिक्रमाएँ लगाकर कहा कि उनको विवाह का पहला अवसर मिलना चाहिए। जब उनसे उनके इस आचरण के औचित्य के बारे में पूछा गया, तो उन्होंने कहा कि आप दोनों में समस्त चर-अचर विश्व समाहित है, इसलिए आपकी परिक्रमा कर लेना इस विश्व की परिक्रमा के बराबर है।

गणेश के विवाह का उत्सव उनके भाई के लौटने से भी पहले सम्पन्न हो गया था। प्रजापति विश्वरूप की सिद्धि और बुद्धि नाम की दो कन्याएँ थीं, और उन्होंने शिव से अनुरोध किया था कि वे उन दोनों कन्याओं को गणेश की पत्नियों के रूप में स्वीकार कर लें। इस प्रकार कार्तिकेय अपने माता-पिता से अत्यन्त नाराज़ हुए और, माता-पिता के द्वारा बहुत मनाये-समझाये जाने के बावजूद, पलनि नामक पहाड़ी पर चले गये।

गणेश की दो पत्नियाँ होने का गूढ़ अर्थ इस प्रकार है : गणेश *भगवत गीता* के स्थितप्रज्ञ मनुष्य के प्रतीक हैं; और इस तरह का मनुष्य बुद्धि अथवा विवेक से विवाहित होकर (आबद्ध होकर) सिद्धि अथवा पराचैतन्य शक्तियाँ अर्जित करता है। एक सुसंस्कृत-समुन्नत व्यक्ति इन दोनों को अपनी पत्नियों के रूप में प्राप्त करने का आनन्द उठाता है।

गणेश को दोनों पत्नियों से सन्तानें हुईं। बुद्धि की सन्तान का नाम क्षेम, अर्थात सुख-समृद्धि था; और सिद्धि की सन्तान का नाम लाभ, या उपलब्धि - चेतना की उच्चतर अवस्था की प्राप्ति - था। जो व्यक्ति परम आत्म का बोध प्राप्त कर लेता है, उसको किसी भी वस्तु का, यहाँ तक कि भौतिक समृद्धि का भी, अभाव नहीं रह जाता।

इस बीच कार्तिकेय दक्षिण की पर्वत-श्रंखलाओं के बीच पलनि नामक पहाड़ी पर रहे। वहाँ वे मुरुग, अर्थात दिव्य युवा के नाम से जाने गये। वनवासियों के बीच रहते हुए उनको उन्हीं की एक सुन्दर कन्या, वल्लि से प्रेम हो गया और उन्होंने उससे विवाह कर लिया। बाद में देवराज इन्द्र ने इस महान वीर के साथ, जिसने देवताओं के लिए युद्ध में विजय दिलायी थी, अपनी कन्या देवयानी का विवाह कर दिया।

एक बार जब शिव ने योग के बारे में प्रवचन किया, तो संसार का हर प्राणी कैलाश की ओर भागा। इस विराट सामूहिक पलायन के कारण पृथ्वी हिमालय की ओर झुकने लगी। सारी प्रज्ञा और ज्ञान उत्तर की ओर चला गया, और संसार के सन्तुलन को बनाये रखने का उपाय नहीं रह गया।

शिव ने अपने सबसे ज्ञानी शिष्य अगस्त्य से कहा कि मैंने आपको जो भी धार्मिक और लौकिक ज्ञान की धरोहर प्रदान की है, उसको लेकर आप दक्षिण की ओर प्रस्थान करें। अगस्त्य तैयार हो गये, लेकिन उन्होंने शिव से अनुरोध किया कि वे उनको ऐसी कोई वस्तु प्रस्तु प्रदान करें जो उनको हमेशा हिमालय का स्मरण कराती रह सके। शिव ने उनको दक्षिण की ओर ले जाने के लिए हिमालय के दो विशाल पर्वत दे दिये।

इत्तुम्बा नामक दैत्य को उन पर्वतों को ढोकर ले जाने का काम सौंपा गया। उसने एक विशाल धनुष तैयार किया और उसके दोनों सिरों पर दोनों पर्वतों को बाँधकर कन्धे पर लाद लिया। जब वह पलनि पहुँचा, तो वह पर्वतों को नीचे रख नदी पर चला गया। जब वह वापस लौटा, तो उन पर्वतों को दोबारा नहीं उठा सका। उसने आसपास देखा और पाया कि एक सुन्दर युवा बालक उनमें से एक पर्वत पर बैठा हुआ है। दैत्य को बड़ा गुस्सा आया और उसने बालक से उस पर्वत पर से उठ जाने को कहा, ताकि वह पर्वत को अपने गन्तव्य तक ले जा सके।

बालक ने मना कर दिया, और इत्तुम्बा क्रोध से लाल-पीला हो उठा। तभी अगस्त्य वहाँ आ पहुँचे और वे देखते ही उस बालक को पहचान गये, जो कोई और नहीं बल्कि स्वयं कार्तिकेय थे। अगस्त्य ने उनको प्रणाम किया, और कार्तिकेय ने कहा, "मैं इन पर्वतों को अपने पास ही रखूँगा, क्योंकि ये मुझे उत्तर दिशा के मेरे घर की याद दिलाते हैं।" अगस्त्य सहमत हुए, और तब से कार्तिकेय उन पर्वतों पर रहने लगे और अगस्त्य मैदान में रहने लगे। विश्व का सन्तुलन फिर से क़ायम हुआ।

कहा जाता है कि पार्वती अपने बड़े बेटे से अलग हो जाने के कारण इतनी दुखी थीं कि उन्होंने शिव से दक्षिण जाने की प्रार्थना की। वे मान गये और दोनों श्री शैल पर स्थित मल्लिकार्जुन नामक प्रसिद्ध ज्योतिर्लिंग (जो कि शिव के बारह तीर्थस्थलों में से एक है) पर रहने आ गये। इस स्थान से अपने पुत्र कार्तिक के पास मिलने जाना उनके लिए आसान था।

शिव के पुत्रों के विवाह के वर्णन विभिन्न रूपों में मिलते हैं। उत्तर भारत में शिव का बड़ा बेटा कार्तिकेय को माना जाता है, जबकि दक्षिण में गणेश को माना जाता है। उत्तर भारत में कार्तिकेय को लेकर मान्यता है कि वे ब्रह्मचारी थे, क्योंकि उनको हर स्त्री में अपनी माँ के दर्शन होते थे। दक्षिण भारत में गणेश को नित्य ब्रह्मचारी माना जाता है, क्योंकि उनको अपनी माँ के मुक़ाबले की कोई स्त्री कभी भी मिल ही नहीं सकी। दक्षिण में हर कहीं पर कार्तिकेय या मुरुग की उपासना की जाती है। उनको पुरुष-सौन्दर्य और पौरुष की मूर्ति माना जाता है, और उनके दोनों तरफ़ हमेशा स्वर्ग तथा पृथ्वी से आयी उनकी दोनों पत्नियाँ मौजूद होती हैं।

उत्तर भारत में कार्तिकेय की उपासना अब शायद ही कहीं होती हो। लेकिन गणेश को उत्तर तथा दक्षिण दोनों ही क्षेत्रों में विशेष स्थान प्राप्त है, और उनकी पत्नियों, सिद्धि और बुद्धि, को उनका अनिवार्य हिस्सा माना जाता है। जगत-जननी पार्वती के ये दोनों पुत्र सुसंस्कारित मनुष्य के दो पक्षों - बल और बुद्धि - को दर्शाते हैं।

ॐ नमः शिवाय

प्रणाम करता हूँ मैं तीनों लोकों के स्वामी और
गुरु श्री दक्षिणामूर्ति को, जो जीव और मृत्यु के बन्धनों को
काटने वाले हैं, और जिनका वह रूप मनन करने योग्य है
जिसमें वे वटवृक्ष के नीचे बैठकर ऋषियों को परम ज्ञान की
अपनी कृपा का उपहार देते हैं।

—आदि शंकराचार्य द्वारा रचित
'दक्षिणामूर्ति स्तोत्रम्' से

मैं प्राण या पाँच जीवन-शक्तियाँ नहीं हूँ,
मैं न तो काया के सात तत्त्व हूँ न ही उसके पाँच आवरण हूँ,
मैं शब्द, या प्रजनन या मलविसर्जन करने वाली
इन्द्रियाँ भी नहीं हूँ, मैं चेतना का सत्व और परम आनन्द हूँ
- शिवोऽहम्! शिवोऽहम्!

—आदि शंकराचार्य द्वारा रचित
'निर्वाणशतकम्' से

मैं उस निर्मल, उज्ज्वल शिवलिंग को प्रणाम करता हूँ
जो जन्म-जन्मान्तरों के दुःखों का नाश करने वाला है
और जो ब्रह्मा और विष्णु द्वारा पूजित है।

—'लिंगाष्टकम्'
(शिवलिंग का एक प्राचीन स्तोत्र)

ॐ

त्रिपुरान्तकाय नमः!

अध्याय 16

तीन दानवीय नगर

हम प्रणाम करते हैं, महाप्रभु,
जगत-पिता, परमेश्वर, त्रिनेत्रधारी,
तीन नगरों के ध्वंसकर्त्ता,
मृत्यु के समय की अग्नि समेत
तीन अग्नियों का शमन करने वाले,
नीलकण्ठ, मृत्युंजय, सकल जगत के प्रभु,
सदा-प्रशान्तिलीन, महादेवाधिदेव को।

—श्री रुद्रम्, यजुर्वेद

तारकासुर के तीन पुत्र थे जिनका नाम था, तारकाक्ष, विद्युन्माली और कमलाक्ष। अपने पिता की मृत्यु से बौखलाये हुए इन तीनों ने ब्रह्मा को प्रसन्न करने का निश्चय किया, ताकि वे उनसे ऐसे वरदान प्राप्त कर सकें जिनसे कि वे देवताओं का संहार कर सकें। उन्होंने कई वर्षों तक तपस्या की, और अन्ततः ब्रह्मा ने प्रकट होकर उनको मनचाहे वरदान देने का वचन दे दिया। अपनी सच्ची आसुरी मानसिकता के अनुरूप उन्होंने अपने शरीर की अमरता का वरदान माँगा। ब्रह्मा ने कहा कि यह वरदान देना उनकी सामर्थ्य के बाहर है, क्योंकि हर वस्तु जो जन्म लेती है, उसको कभी न कभी मरना होता है, और उनसे कोई दूसरा वरदान माँगने को कहा। कुछ देर तक गम्भीर सोच-विचार करने के बाद वे एक और बुद्धिमत्तापूर्ण योजना लेकर प्रस्तुत हुए। तीनों ने अपने लिए अलग-अलग तीन ऐसे नगरों का वरदान माँगा जो अभेद्य हों और किसी के भी द्वारा नष्ट न किये जा सकें। तारकाक्ष ने सोने का ऐसा नगर माँगा जो स्वर्ग के भी पार निकल जाए, कमलाक्ष ने चाँदी का ऐसा नगर माँगा जो अन्तरिक्ष में गतिशील हो सके, और विद्युन्माली ने एक ऐसे चुम्बकीय, लौह नगर का विकल्प चुना जो पृथ्वी पर कहीं भी सरलता से लाया-ले जाया सके। लेकिन ब्रह्मा ने जब यह कहा कि पूरी तरह अनश्वर कोई चीज़ नहीं हो सकती, तो वे इस पर सहमत हुए कि वे तीनों नगर एक पंक्ति में आ जाने पर ही नष्ट किये जा सकें। ऐसा एक हज़ार वर्षों में तभी होना था जब मध्याह्नकाल में पुष्य नक्षत्र ऊपर की ओर बढ़ रहा होता।

उन्होंने यह भी आग्रह किया कि वे एक ऐसे बाण से ही नष्ट किये जा सकने चाहिए जो अकेला तीनों नगरों को भेद सके, और यह बाण केवल शिव के द्वारा ही छोड़ा जा सकना चाहिए। ब्रह्मा हमेशा की भाँति अपने स्वभाव की दुर्बलता के चलते इन सारी शर्तों पर सहमत हो गये और देवशिल्पी मय ने तीन अभेद्य नगरों का निर्माण कर वे नगर तीनों भाइयों को सौंप दिये।

असुर स्वभाव से अहंकारी और क्रूर होते हैं, इसलिए जब इन चमत्कारपूर्ण नगरों के हाथ में आने के कारण तीनों भाइयों की शक्ति बढ़ गयी, तो उनसे यही उम्मीद की जा सकती थी कि वे अपने-अपने क्षेत्रों, यानी पृथ्वी, आकाश और स्वर्गलोक में अत्याचार फैलाना आरम्भ कर दें। आख़िरकार देवता ब्रह्मा के पास पहुँचे और उन्होंने उनसे आग्रह किया कि वे उनका तथा पृथ्वी का उन क्रूर भाइयों की हिंसा से उद्धार करें। ब्रह्मा, ज़ाहिर है, केवल बेढंगे क़िस्म के वरदान दे ही सकते थे; उनका निराकरण करने में वे पूरी तरह असमर्थ थे। इसलिए, हमेशा की तरह वे शिव के पास पहुँचे और अपना निवेदन उनके सामने रखा। शिव ने उनसे कहा कि वे अपने भक्तों का विनाश करने का माध्यम नहीं बनेंगे, और चालाक दैत्य क्योंकि जानते थे कि शिव के हाथों ही उनका विनाश लिखा है, उन्होंने तीनों नगरों में शिव की उपासना आरम्भ कर दी।

परिणामतः देवता, ब्रह्मा को आगे करके, जगत के रक्षक विष्णु के पास पहुँचे। विष्णु ने भी कह दिया कि शिव के भक्तों का विनाश करने की सामर्थ्य उनमें नहीं है। हर बार जब भी असुर कोई अपराध करते थे, तो वे किन्हीं न किन्हीं यज्ञों के माध्यम से शिव को प्रसन्न कर लेते थे और इस प्रकार अपने कर्मों के दुष्प्रभाव को नष्ट कर देते थे। इस तरह वे अपराजेय बनते गये थे। उनको दुर्बल बनाने का एक ही उपाय था कि उनको ये अनुष्ठान करने से किसी प्रकार रोका जाता।

विष्णु ने एक संन्यासी की रचना की जिसने उन तीनों नगरों में जाकर ऐसे विधर्मितापूर्ण आचारों-अनुष्ठानों का प्रचार आरम्भ कर दिया जो प्राचीन वैदिक परम्पराओं से बिलकुल भी मेल नहीं रखते थे। उस संन्यासी ने नगरवासियों को सलाह दी कि उनको शिव जैसे देवता की उपासना बन्द कर देनी चाहिए क्योंकि वे असुरों के मुक़ाबले बहुत कमज़ोर हैं। उसने असुरों को इस मत में दीक्षित कर दिया और जल्दी उन नगरों में शिव की उपासना पर प्रतिबन्ध लगा दिये गये। पुण्यशील अनुष्ठानों का अन्त हो गया और पापपूर्ण आचरणों का बोलबाला हो गया। दैत्य अपने तीनों अधिकार-क्षेत्रों में कातर प्राणियों पर झपटते और उनको मौत के घाट उतार देते।

देवता एक बार फिर से शिव की शरण में पहुँचे और उनको हाल की इन घटनाओं के बारे में जानकारी देकर इस दुर्दशा से उद्धार के लिए उनसे प्रार्थना करने लगे। शिव तैयार तो हो गये, लेकिन इन दैत्यों का वध करने में कई बाधाएँ आड़े आ रही थीं। ब्रह्मा ने देवताओं को स्मरण कराया था कि ये दैत्य किसी ऐसे बाण से ही मारे जा सकते हैं जो एक ही समय में तीनों नगरों को भेद सकता हो। यह एक कठिन कार्य था क्योंकि वे हर समय अलग-अलग लोकों में उड़ रहे होते थे। देवता इस समस्या से हैरान और खीजे हुए थे। हमेशा की तरह विष्णु उनकी सहायता के लिए आगे आये और उनसे बोले कि

तीनों नगरों को एक हज़ार वर्ष में एक बार जिस समय एक पंक्ति में आना था, वह समय जल्दी ही आने वाला है।

शिव ने कहा कि वे इन दैत्यों का वध करने को तैयार हैं, बशर्ते कि उनको उपयुक्त रथ और धनुष उपलब्ध करा दिया जाए। देवताओं के स्थपति विश्वकर्मा ने प्रकृति की सारी शक्तियों के अंशों का उपयोग करते हुए एक अलौकिक रथ तैयार कर दिया। वह सुनहरा और इतना चमकीला था कि उस पर आँखें नहीं टिकती थीं। उसका दायाँ पहिया सूर्य था और बायाँ पहिया चन्द्रमा था। दायें पहिये में वर्ष के बारह महीने बारह अरों के रूप में लगे हुए थे, और बायें पहिये में सोलह अरे थे जो चन्द्रमा की सोलह कलाओं से बने थे। छह ऋतुएँ इन पहियों की परिधियाँ थीं। समय स्वयं इस रथ की गति था। पहियों के अरों की घण्टियों में महान मन्त्र लटके हुए थे। भगवान ब्रह्मा स्वयं सारथी थे, और इन्द्र के नेतृत्व में सारे देवता बागडोर थामे हुए थे। विष्णु बाण में पैठे हुए थे, और अग्निदेव उसके फलक में। शिव या सर्व, अलौकिक धनुर्धारी थे।

वे जैसे ही रथ पर सवार हुए, पृथ्वी डावाँडोल होने लगी, पर्वत काँपने लगे। सारे देवताओं ने उनकी स्तुति की। ब्रह्मा ने मन की गति से रथ को गति दी, जिसके पीछे देवता भागे जा रहे थे। शिव ने एक लोक से दूसरे लोक तक तीनों नगरों का पीछा किया, लेकिन वे नगर एक पंक्ति में नहीं आये। तभी आकाशवाणी हुई कि यदि वे विजय चाहते हैं, तो सबसे पहले गणेश की पूजा करें। शिव ने यथोचित विधि से अपने ही पुत्र गणेश का आह्वान किया और उनसे प्रार्थना की कि वे उनके मार्ग की सभी बाधाएँ दूर करें। उन्होंने जैसे ही यह किया, तीनों नगर एक सीध में आ गये। हज़ार बरस बीत चुके थे ब्रह्मा द्वारा बताया गया समय आ चुका था। शिव अपने रथ पर खड़े हो गये, उन्होंने धनुष पर बाण चढ़ाया और उसकी डोर खींची। अभिजीत नामक शुभ मुहूर्त के उपस्थित होते ही उन्होंने बाण छोड़ दिया, और वह भयावह सनसनाहट पैदा करता हुआ पूरे वेग से उड़ चला। चूँकि विष्णु स्वयं बाण पर बैठे हुए थे और अग्निदेव उसका फलक थे, वह उल्का की भाँति चमचमाता हुआ आगे बढ़ा और उसने उन नगरों को जला डाला जिनमें वे असुर छिपे हुए थे। इस प्रकार शिव का नाम त्रिपुरान्तक और त्रिपुरारी पड़ा। देवताओं ने उनको साधुवाद दिया, लेकिन शिव का चेहरा सख़्त था। उन्होंने उन तीनों उड़ते हुए नगरों के भस्मीभूत अवशेषों से राख उठाकर उससे अपने माथे पर तीन आड़ी रेखाएँ खींचते हुए घोषणा की, "मेरे शब्दों को ध्यान से सुनो! एक दिन आएगा जब सारा जगत इन तीन नगरों की ही भाँति भ्रष्ट हो जायेगा। उस दिन मैं एक बार फिर अपना धनुष उठाऊँगा और समूचे ब्रह्माण्ड को नष्ट कर दूँगा। मेरे माथे पर पड़ी यह राख हर किसी को संहारकारी मृत्यु का स्मरण कराती रहे। भविष्य में मेरे सभी भक्त अपने माथे पर ऐसा ही निशान अंकित करेंगे।"

त्रिपुर (तीन नगर) की यह कथा मनुष्य के आसुरी जीवन से मुक्त होकर दैवीय जीवन में प्रवेश करने की कथा है। शिव इस दुर्ग के भीतर बसे अलौकिक धनुर्धारी या परमात्मा हैं। तीन नगर देह, मन और बुद्धि नामक तीन अन्तःआवरणों के प्रतीक हैं। ये सत्त्व, रज और तम नामक प्रकृति के तीन गुणों को भी दर्शाते हैं। स्वर्णिम नगर सत्त्व का प्रतीक है, चाँदी का नगर रज का प्रतीक है, और लौह नगर तम का प्रतीक है। अलौकिक धनुर्धारी

इन तीनों को ज्ञान के बाण से भेदकर जीवात्मा को मुक्ति दिला सके, इसके लिए इन तीनों का एक सीध में सन्तुलन की अवस्था में आना आवश्यक है। जब इस मुक्ति का समय आता है, तो सारे देवता और अलौकिक शक्तियाँ हमारी सहायता के लिए आ जाती हैं और देह के दुर्ग में बन्दी मानव आत्मा मुक्त हो जाती है।

एक बार शिव और पार्वती मन्दराचल पर्वत पर गये और वहाँ की चोटियों पर लीलाएँ करने लगे। पार्वती ने खेल-खेल में अपनी कमल जैसी हथेलियों से शिव की आँखें मूँद दीं। उनके ऐसा करते ही सारा संसार गहरे अँधेरे में डूब गया। चूँकि उनके नेत्रों में अग्नि का झुलसा देने वाला ताप था, इसलिए पार्वती की हथेलियाँ पसीजने लगीं। पसीने की बूँदें धरती पर टपकने लगीं। इस ताप और गर्मी के भीतर से वहाँ पर एक अमानवीय और भयानक, काला, विद्रूप तथा अन्धा जन्तु प्रकट हुआ। उसके सारे शरीर पर जटाएँ थीं। वह गुर्राता नाचता, किसी सर्प की भाँति अपनी जीभ लपलपाने लगा और शेर की भाँति दहाड़ने लगा। पार्वती ने अपनी हथेलियाँ शिव की आँखों पर से हटायीं, और एक बार फिर से संसार में प्रकाश वापस आ गया। उस विचित्र जन्तु को देखकर भयभीत पार्वती ने शिव से उसके बारे में पूछा।

शिव ने उत्तर दिया, "हे प्रिये, जब तुमने मेरी आँखें बन्द कीं तो तुम्हारा पसीना धरती पर गिरा और मेरे ताप से मिलकर उसने इस जन्तु को उत्पन्न कर दिया। इसलिए इस जन्तु की उत्पत्ति का कारण तुम ही हो। यह जन्तु अन्धक कहलाएगा, और तुम अपने पुत्र की भाँति उसका पालन करोगी।"

पार्वती ने स्वीकार किया, और वह बालक गणों की देखरेख में पला-बढ़ा। इसी समय हिरण्याक्ष नामक असुर शिव से पुत्र का वरदान पाने तपस्या कर रहा था। उसकी तपस्या के अन्त में शिव उसके सम्मुख प्रकट हुए, और हिरण्याक्ष ने उनसे पुत्र का वरदान माँगा। शिव उसकी साधनाओं से प्रसन्न थे, लेकिन उन्होंने उससे कहा कि पुत्र उसके भाग्य में नहीं है लेकिन वे उसको उसके पुत्र के रूप में अन्धक प्रदान कर देंगे। असुर अत्यन्त प्रसन्न होकर अन्धक को अपने साथ लेकर अपने राज्य में लौट गया।

बाद के समय में विष्णु ने हिरण्याक्ष और उसके भाई हिरण्यकश्यपु का वध कर दिया। प्रह्लाद, हालाँकि, असुर हिरण्यकश्यपु का पुत्र था, लेकिन वह भगवान विष्णु का परम भक्त था और अपने पिता की मृत्यु के बाद वह पाताल लोक का राजा हुआ। हिरण्याक्ष बड़ा भाई था, लेकिन उसका पुत्र चूँकि अन्धा था, इसलिए वह राजा नहीं बन सका। अन्धक की अयोग्यता और अपने पिता के राज्य को सँभाल पाने में उसकी अक्षमता के लिए उसका चचेरा भाई उसको चिढ़ाया करता था। जब अन्धक के लिए ये कटाक्ष असहनीय हो उठे, तो वह कठोर तपस्या करने जंगल में चला गया। उसने प्रण किया कि यदि ब्रह्मा प्रकट नहीं हुए, तो वह अपने शरीर के अंग काट-काटकर यज्ञ की अग्नि में होम कर देगा। अन्ततः ब्रह्मा प्रकट हुए और उन्होंने उससे वरदान माँगने को कहा।

अन्धक ने तुरन्त ही अमरता का तथा युद्ध में अपराजेय होने का वरदान माँगा। ज़ाहिर है, ब्रह्मा उसको अमरता का वरदान देने में तो सक्षम नहीं थे, इसलिए उन्होंने उसके सामने मृत्यु की विधि चुनने का विकल्प रखा। अन्धक ने पल भर को विचार किया और

फिर एक चतुराई से भरा प्रस्ताव उसने ब्रह्मा के सामने रखा। उसने कहा कि उसकी मृत्यु उसी दशा में हो जब वह अपनी माँ जैसी किसी ऐसी स्त्री की लालसा करे जो दुनिया की सबसे गौरवर्ण स्त्री हो। ब्रह्मा ने सहमति दी और उसके कंकाल जैसे शरीर को छू दिया, जो तुरन्त ही एक बलशाली और सुन्दर काया में बदल गया। उसका अन्धापन भी जाता रहा। अन्धक अत्यन्त आनन्दित हुआ। उसने स्वर्ग से लेकर नर्क तक सारे लोकों में घूम-घूमकर हर राज्य को जीत लिया और इन्द्र समेत समस्त देवताओं को अपनी अँगुलियों पर नचाने लगा। अपनी शक्ति के अहंकार में वह वेदों, देवताओं और ब्राह्मणों का अपमान करने लगा। विभिन्न सुन्दर स्त्रियों के साथ संसर्ग करने लगा। यह उसके भाग्य का ही फेर था कि उसने हिमालय की मन्दार चोटी पर कुछ समय बिताने का निश्चय किया। उसके मन्त्रियों ने आकर उसको बताया कि उन्होंने एक अद्भुत दृश्य देखा है।

उन्होंने कहा, "हे दैत्यराज, एक कन्दरा में, जो यहाँ से बहुत दूर नहीं है, हमने एक ऋषि को गहरे ध्यान में डूबे हुए देखा है। उसके जटाजूटों में द्वितीया का चन्द्रमा टँका हुआ था और अपनी कमर में उसने हाथी की खाल लपेट रखी थी। उसकी देह से सर्प लिपटे हुए थे और गले में मुण्डों की माला थी। उसके शरीर पर राख पुती हुई थी। लेकिन जो चीज़ आपके लिए सबसे ज़्यादा रुचिकर लगेगी वह यह है कि एक अलौकिक रूप से सुन्दर स्त्री उसके निकट बैठी हुई थी। अगर आप उसको देखकर अपनी आँखों को तृप्त नहीं करते, तो आपने ये जो आँखें प्राप्त की हैं, इनकी क्या सार्थकता है? लेकिन हम आपको आगाह करना चाहते हैं कि दो जन्तु उसकी कन्दरा की रखवाली कर रहे हैं। उनमें से एक तो बैल है, और दूसरा देखने में बन्दर जैसा लगता है।"

यह सुनकर असुर आनन्दित हो उठा और अपने दूतों से बोला कि वे जाकर उस ऋषि से कहें कि वह या तो अपनी पत्नी हमारे सुपुर्द कर दे या फिर युद्ध के लिए तैयार हो जाए। ये योगी कोई और नहीं बल्कि शिव ही थे, और असुर के दूतों ने उनके पास जाकर कहा कि एक योगी के लिए यह शोभा नहीं देता कि वह एक युवा स्त्री को अपने पास रखे। उन्होंने आदेश दिया कि वे तुरन्त वह स्त्री दैत्यराज को सौंप दें।

शिव ने मुस्कराते हुए उनसे कहा कि वे जाकर अपने स्वामी से कहें कि वह अपना काम देखे। इसके बाद शिव ने पार्वती के समक्ष घोषणा कि वे कठोर तपस्या करने एक अभेद्य जंगल में जा रहे हैं। इस तपस्या के दौरान उनको ब्रह्मचर्य व्रत का पालन करना होगा, इसलिए यह उचित होगा कि पार्वती उनके साथ न जाएँ। इस प्रकार अपने गणों को पार्वती की रक्षा के लिए छोड़कर वे घने जंगल में चले गये। ठीक इसी समय अन्धक अपनी सेनाओं के साथ वहाँ पहुँचा और उसने कन्दरा की रखवाली करते गणों के साथ भीषण युद्ध किया। जब पार्वती ने गणों को पराजित होते देखा, तो उन्होंने अपने बचाव के लिए विष्णु से प्रार्थना की। विष्णु ने हज़ारों सुन्दर स्त्रियों के नानाविध रूप धारण कर पार्वती को इस तरह घेर लिया कि अन्धक को पार्वती को पहचान पाना असम्भव हो गया। उसको कुछ समझ में नहीं आया, और वह उल्टे पाँव वापस भाग गया। इसके बाद जल्दी ही शिव वापस लौट आये और एक बार फिर से गणों और असुरों के बीच भीषण युद्ध हुआ। अन्ततः शिव ने निर्णय लिया कि अन्धक के उद्धार का समय आ गया है, क्योंकि

उसने अपनी ही माँ पार्वती को वासना भरी दृष्टि से देखा है, जोकि संसार की सबसे गौरवर्ण स्त्री थीं। शिव ने अन्धक को अपने त्रिशूल से भेदा और उसको हवा में लहरा दिया। शिव का त्रिशूल अपने शुद्धिकरण के गुण के लिए जाना जाता है, और जैसे ही अन्धक को उस त्रिशूल ने भेदा, अन्धक का विवेक जाग्रत हो गया। उसके सारे पाप धुल गये, और वह शिव और पार्वती से क्षमा की याचना करने लगा। शिव कभी भी अपने मन में द्वेषभाव नहीं रखते थे, इसलिए उन्होंने तुरन्त ही उसको क्षमा करते हुए उससे वरदान माँगने को कहा। अन्धक ने सदा शिव के साथ बने रहने का वरदान माँगा। शिव ने अपनी सहमति देते हुए उसको अपने गणों का मुखिया बना लिया। जैसा कि हम देख ही चुके हैं, शिव के गण वैसे भी परित्यक्त, कुरूप और अवांछित प्राणियों का पंचमेल समूह था, इसलिए अन्धक इस पद के लिए सर्वथा उपयुक्त व्यक्ति था।

ॐ नमः शिवाय

ॐ

शूलपाणये नमः!

अध्याय 17

दानवों की पराजय

हे प्रभु, आप जो अपनी जटाओं में
गंगा को धारण करते हैं,
हे भूतनाथ, आप जो मृत्यु की भी मृत्यु हैं!
हे कामदेव का संहार करने वाली अग्नि,
हे अपने कण्ठ में विष धारण करने वाले प्रभु,
हे पंचतत्त्वों के स्वामी,
मुझ पर कृपा करें।

—सन्त सुन्दरार

एक बार इन्द्र और अन्य देवता अपने गुरु बृहस्पति के साथ भगवान शिव से भेंट करने कैलाश पर गये। शिव का मन देवताओं की परीक्षा लेने का हुआ, इसलिए वे एक विराट यक्ष का रूप धारण कर उनके रास्ते में लेट गये। जब इस विशालकाय प्राणी ने रास्ते से हटने से मना कर दिया, तो अपनी शक्ति के अहंकार में डूबे इन्द्र ने उनको मारने के लिए अपना वज्र उठा लिया। यक्ष, जो कि स्वयं शिव थे, उनका मानमर्दन करना चाहते थे। उन्होंने धरती से घास का एक तिनका उठाया और देवताओं से कहा कि अगर उनमें से किसी में सामर्थ्य हो, तो वह उनके हाथ से वह तिनका छुड़ा ले। इस बचकानी बात पर सभी देवताओं ने उनका उपहास किया। उनमें से हरेक को लगा कि उस तिनके को छीन लेना उनके लिए मामूली-सी बात है। एक-एक कर उनमें से हरेक ने उनसे वह तिनका छीनने की कोशिश की। सबसे पहली कोशिश वायुदेव ने की, लेकिन अपनी पूरी शक्ति से बहने के बावजूद वे उस तिनके को उड़ा नहीं सके।

फिर अग्निदेव आये और उन्होंने अपनी लपट से उस तिनके को जलाने का यत्न किया लेकिन वे उसको झुलसा भी न सके। आख़िरकार इन्द्र ने अपने वज्र से उस पर प्रहार किया लेकिन उसका न तो यक्ष पर ही कोई असर हुआ न तिनके पर। देवता चकरा उठे और उन्होंने यक्ष से पूछा, “ये सब क्या है? कौन हो तुम?”

यक्ष ने उत्तर दिया, "क्या आप लोग भूल गये हैं कि आप से ऊपर भी कोई शक्ति है? उस शक्ति की सहायता के बिना आप में से कोई भी कुछ भी नहीं कर सकता।"

इन्द्र क्रोधित हो उठे और उन्होंने एक बार फिर यक्ष पर प्रहार करने के लिए अपना वज्र उठाया। शिव ने अपना तीसरा नेत्र खोल दिया। उनके नेत्र से निकली आग्नेय ज्वाला ने इन्द्र को राख के ढेर में बदल दिया होता, लेकिन तभी बृहस्पति ने बीचबचाव करते हुए शिव से इन्द्र को क्षमा कर देने की प्रार्थना की। शिव ने इन्द्र को तो क्षमा कर दिया, लेकिन उनके तीसरे नेत्र से निकली वह आग यदि पृथ्वी पर गिर जाती, तो वह सृष्टि को झुलसा देती, इसलिए शिव ने उसको समुद्र में उस स्थान पर फेंक दिया जहाँ गंगा और महासागर का संगम होता है। यहाँ आकर इस अग्नि ने एक सुन्दर असुर बालक का रूप धारण कर लिया। इस बालक की आग्नेय चिंघाड़ों को सुनकर तीनों लोक भय से काँप उठे। देवता भागे-भागे ब्रह्मा के पास गये और उनसे कहा कि वे इस विचित्र जन्तु का कुछ करें। ब्रह्मा महासागर पर पहुँचे और उन्होंने उस बालक को अपनी गोद में उठा लिया। बच्चे ने तुरन्त अपने हाथ ब्रह्मा के गले में लपेटकर उनका गला घोंटना शुरू कर दिया। ब्रह्मा की आँखों से आँसू बह निकले। ब्रह्मा बड़ी मुश्किल से स्वयं को उस बच्चे की दमघोंटू जकड़न से मुक्त कर सके। महासागर ने, जो कि बच्चे के अभिभावक की तरह व्यवहार करता लग रहा था, ब्रह्मा से आग्रह किया वे बच्चे के जन्म के बाद के नामकरण आदि आवश्यक संस्कार कर उसके भविष्य के बारे में बताएँ।

ब्रह्मा ने, जिनकी आँखें अभी भी बच्चे की गलफाँस के कारण आँसुओं से भरी हुई थीं, जवाब दिया, "चूँकि यह मेरी आँखों को भिगो सकने में समर्थ हुआ है, यह जलन्दर नाम से जाना जायेगा। इस नाम की दोहरी सार्थकता है, क्योंकि इसका जन्म भी जल में हुआ है। यह अपराजेय, वीर और महासागर की ही तरह वैभवशाली होगा, और असुरों का सम्राट बनेगा। शिव के अतिरिक्त कोई भी इसका वध नहीं कर सकेगा। इसकी पत्नी असाधारण रूप से सुन्दर और हर दृष्टि से महान होगी।"

महासागर अत्यन्त प्रसन्न होकर बालक को अपने घर ले गया और उसने बड़े लाड़-प्यार के साथ उसका पालन-पोषण किया। बड़ा होकर वह एक सुन्दर-सजीला नवयुवक लगने लगा। महासागर ने इस युवक के विवाह के लिए कालनेमि नामक असुर से उसकी बेटी वृन्दा का हाथ माँग लिया।

जलन्दर राजा हुआ और उसने कई वर्षों तक असुरों का शासन सँभाला। एक बार उसने देवताओं को जीतने का संकल्प किया और इन्द्र को आदेश भेजा कि वे या तो उसके समक्ष आत्मसमर्पण कर दें, या फिर उससे युद्ध के लिए तैयार रहें। इन्द्र ने युद्ध किया, लेकिन वे जलन्दर के हाथों परास्त हो गये। इन्द्र, हमेशा की तरह, सहायता के लिए ब्रह्मा के पास भागे, लेकिन ब्रह्मा ने उनसे विष्णु के पास जाकर सहायता माँगने को कहा। देवता विष्णु के पास पहुँचे, लेकिन विष्णु ने कहा कि जलन्दर उनका साला है और इसलिए वे उसको नहीं मार सकते। विष्णु की पत्नी देवी लक्ष्मी का जन्म भी, जलन्दर की ही भाँति, समुद्र से हुआ था, और इसलिए जलन्दर लक्ष्मी को अपनी बहन और विष्णु को अपना बहनोई मानता था। इस नाते से उसने विष्णु से वरदान प्राप्त कर रखा था कि वे उसको

नहीं मारेंगे। अब देवता देवर्षि नारद के पास पहुँचे और उनसे प्रार्थना की कि वे किसी तरह जलन्दर को शिव के विरुद्ध भड़काएँ ताकि वह उनको क्रोधित कर सके; अन्यथा महाप्रभु उसको मारने को तैयार नहीं होंगे।

नारद अपनी वीणा बजाते हुए तुरन्त जलन्दर के महल में जा पहुँचे। उन्होंने उसकी प्रशंसा की और तीनों लोकों को अपने अधीन कर लेने के लिए उसको बधाई दी। बातचीत ज़ारी रखते हुए नारद ने कहा, "मैं देखता हूँ कि इन तीनों लोकों में आपकी बराबरी कर सकने वाला कोई भी नहीं है, लेकिन मैं अभी-अभी शिव के निवास-स्थल कैलाश से लौटकर आया हूँ, और मुझे स्वीकार करना होगा कि भगवान शिव की पत्नी मेरे देखे संसार की सबसे सुन्दर स्त्री हैं। मैं जानता हूँ कि आप नारी-सौन्दर्य के सच्चे रसिक हैं, और मुझे पक्का विश्वास है कि आप उनको अपने अन्तःपुर में रखना चाहेंगे।"

यह सुनकर जलन्दर भयानक उत्तेजित हो उठा। एक ही चीज़ थी जो सारे असुरों में समान रूप से पायी जाती थी, और वह थी स्त्री-सौन्दर्य की वासना, और यही पशुवत यौन-उन्माद उनमें से हर एक की बर्बादी का कारण बनता है।

जलन्दर भी इस बुराई से बचा नहीं था, बावजूद इसके कि स्वयं उसकी पत्नी वृन्दा सारे स्त्रियोचित गुणों का आदर्श थी। उसने शिव के पास अपने दूतों को भेजकर सन्देश पहुँचा दिया कि वे या तो खुशी-खुशी अपनी पत्नी उसके लिए समर्पित कर दें या फिर उसके कोप का शिकार बनने को तैयार रहें। उसकी इस हेकड़ी से शिव का काफ़ी मनोरंजन हुआ और उन्होंने उस दूत को कड़ी फटकार लगाकर वापस भेज दिया। जब जलन्दर ने यह सुना तो उसने शिव से युद्ध करने के लिए अपनी सेना भेज दी।

इस अवसर का लाभ उठाते हुए जलन्दर ने शिव का रूप धारण किया और वह सीधा पार्वती के निजी कक्ष में जा पहुँचा जहाँ पर वे अपनी परिचारिकाओं के साथ बैठी हुई थीं। स्वामी को आता देख वे उनके स्वागत के लिए बढ़ीं। जलन्दर अपने ऊपर नियन्त्रण नहीं रख सका और उसका छद्मवेश उसके ऊपर से गिर गया। पार्वती तुरन्त मानसरोवर झील की ओर भागीं और उन्होंने सहायता के लिए विष्णु से प्रार्थना की। महाप्रभु ने उनके समक्ष प्रकट होकर पूछा कि वे क्या चाहती हैं। उन्होंने पूरा किस्सा सुनाते हुए बताया कि किस तरह असुर जलन्दर ने उनका शील भंग करने और अपहरण करने का प्रयत्न किया है। उन्होंने विष्णु से कहा कि वे भी उसकी पत्नी वृन्दा के साथ वैसा ही व्यवहार करें।

विष्णु ने उनको सहायता करने का वचन दिया और वृन्दा के महल के निकट के जंगल में एक संन्यासी के वेश में जा पहुँचे। जब वृन्दा उद्यान में टहल रही रही थी, तो उसके सामने अचानक दो खूंखार दिख रहे बन्दर आ पहुँचे जिनको देखकर वह डर गयी। उस संन्यासी ने, जो कि स्वयं विष्णु थे, उसकी रक्षा की। बाद में संन्यासी ने उसी प्रकार उसके पति जलन्दर का रूप धारण कर लिया जिस प्रकार जलन्दर ने पार्वती को भ्रमित करने के लिए शिव का रूप धारण किया था।

उन्होंने वृन्दा के निकट जाकर उसको अपनी बाँहों में घेर लिया। जब वृन्दा को अहसास हुआ कि वे उसके पति नहीं बल्कि विष्णु हैं, तो उसने उनको शाप दे दिया कि

एक दिन आएगा जब एक राक्षस संन्यासी का वेश धारण कर उनकी पत्नी का अपहरण कर लेगा, और उनको उसकी खोज में जंगल-जंगल भटकना पड़ेगा। बन्दर और भालू तब उनके एकमात्र सहायक होंगे। भगवान ने हँसते हुए उस शाप को स्वीकार कर लिया क्योंकि वे जानते थे कि यह सब राम के रूप में उनके अवतार लेने पर होना पहले से ही सुनिश्चित था। इसके बाद वृन्दा ने स्वयं को आग में झोंक दिया। आग की लपटों के भीतर से उसकी प्राणशक्ति उठी और जाकर पार्वती के प्रभामण्डल में समा गयी। सारे देवताओं ने उस पर फूलों की वर्षा की और उसके सतीत्व और शुचिता के लिए उसकी सराहना की।

इस बीच पार्वती को न पाकर जलन्दर युद्ध के मैदान में वापस औट आया और उसने शिव को युद्ध के लिए ललकारा। शिव ने अपने पैर की अँगुली से महासागर को मथना आरम्भ कर दिया। उन्होंने जैसे ही अपनी अँगुली को घुमाया, पानी के भीतर से एक विशाल चक्र निकल आया। यह वही प्रसिद्ध सुदर्शन चक्र था जो बाद में उन्होंने विष्णु को भेंट कर दिया था।

अब शिव ने उस असुर से कहा, "हे जलन्दर, अगर तू मुझसे युद्ध करना चाहता है, तो तुझको यह चक्र अपने पैर की अँगुली से उठाना होगा। केवल तभी तू मुझसे युद्ध करने योग्य माना जायेगा।"

जलन्दर ने व्यंग्यपूर्वक हँसते हुए शिव का उपहास किया और अपनी ताक़त की डींग हाँकने लगा। लेकिन उस चक्र को वह अपनी पूरी सामर्थ्य भर कोशिश करने के बाद भी नहीं उठा सका। शिव के नेत्रों से लाल-नीली चिंगारियाँ फूटीं, और उन्होंने उस चक्र को उठाकर हवा में घुमाते हुए उस अहंकारी दैत्य का सिर काट डाला। जलन्दर की देह से निकला तेज उसी प्रकार शिव के इर्दगिर्द व्याप्त तेज में समा गया जिस प्रकार उसकी पत्नी की प्राणशक्ति पार्वती के प्रभामण्डल में समा गयी थी। सारा विश्व एक बार फिर अपनी सामान्य अवस्था में लौट आया, और देवता तथा अन्य दिव्य शक्तियाँ निर्भय होकर अपने-अपने निवासों पर लौट गयीं।

इसी से मिलती-जुलती शिव की एक और कथा शंखचूड़ नामक असुर से सम्बन्ध रखती है। दम्भ नाम का एक असुर था जिसके कोई पुत्र नहीं थे। उसने अपने गुरु शुक्राचार्य के पास जाकर उनसे पुत्र-प्राप्ति का उपाय सुझाने का अनुरोध किया। शुक्राचार्य ने उसको भगवान कृष्ण का एक मन्त्र प्रदान किया और कहा कि वह पुष्कर झील पर जाकर तपस्या करते हुए उस मन्त्र का निरन्तर जाप करे। भगवान विष्णु उसकी भक्ति से प्रसन्न होकर उसके सम्मुख प्रकट हुए और उन्होंने उससे वरदान माँगने को कहा। दम्भ ने पुत्र का वरदान माँग लिया। जल्दी ही उसकी पत्नी गर्भवती हुई, और उनके यहाँ एक शिशु का जन्म हो गया।

पूर्वजन्म में यह आत्मा भगवान कृष्ण का निकट सखा हुआ करती थी, और उसका नाम सुदामा हुआ करता था। उसको राधा का शाप मिला हुआ था जिस कारण उसको एक असुर के रूप में जन्म लेना पड़ा। उसका नाम शंखचूड़ था, और जब वह बड़ा हुआ तो उसने भी पिता का अनुसरण करते हुए ब्रह्मा को प्रसन्न करने के लिए पुष्कर पर जाकर कठोर तपस्या की। सृष्टि के रचयिता उसके सम्मुख प्रकट हुए और उन्होंने उससे

वरदान माँगने कहा। शंखचूड़ ने कहा कि वह अपराजेय होना चाहता है और देवताओं को पराजित करना चाहता है। ब्रह्मा ने सहमत होते हुए उसको हाथ में बाँधने के लिए एक रक्षाकवच (ताबीज़) प्रदान किया। उन्होंने उसको परामर्श दिया कि वह हिमालय पर स्थित तीर्थ बद्रिकाश्रम जाए, जहाँ पर उसको तुलसी नाम की एक महिला मिलेगी, जो कि उसके लिए उपयुक्त जीवन-संगिनी होगी।

शंखचूड़ ने उनके बताये अनुसार कार्य किया और तुलसी से विवाह कर लिया। अब शंखचूड़ असुरों का राजा बन चुका था। अपने गुरु से आशीर्वाद प्राप्त कर उसने देवताओं को पराजित कर दिया और स्वर्ग समेत तीनों लोकों को जीत कर वह महान सम्राट बन गया। वह इतना अच्छा शासक था कि उससे हर कोई प्रसन्न रहता था। केवल देवता ही दुखी थे, क्योंकि उनको स्वर्ग से निकाल दिया गया था। वे अपनी शिकायत लेकर ब्रह्मा के पास गये, जो उनको लेकर विष्णु के पास सहायता माँगने पहुँचे।

विष्णु ने उनसे कहा : "हे देवताओं, सुनो! यह शंखचूड़ मेरे कृष्णावतार के समय में मेरा बड़ा भक्त था। उसका नाम सुदामा था और वह श्री कृष्ण का अनन्य मित्र हुआ करता था। उसको राधा का शाप लगा था और और अब उसका असुर के रूप में पुनर्जन्म हुआ है। कृष्ण का आदेश था कि वह शिव के त्रिशूल से मारा जायेगा, इसलिए आप लोग शिव के पास जाइए।"

देवता कैलाश पर गये और उन्होंने शिव से सहायता की याचना की। शिव ने सहमति दी और शंखचूड़ को अपने दूतों के माध्यम से सन्देश भिजवाया कि वह देवताओं को उनका स्वर्ग वापस कर दे। शंखचूड़ ने मना कर दिया और उनसे कहा कि इसके लिए उनको युद्ध करना होगा। इस प्रकार युद्ध की घोषणा हुई और शिव के गणों ने शंखचूड़ के साम्राज्य की ओर कूच किया।

इसी समय शंखचूड़ को अपने पूर्वजन्म की याद आने लगी और वह समझ गया कि यह उसकी मुक्ति का सही समय है। युद्ध पर जाने से पहले उसने अपने पुत्र को सिंहासन पर बिठाया और अपनी पत्नी तुलसी से विदा ली। दोनों सेनाओं के बीच घमासान युद्ध हुआ, जिसमें शंखचूड़ ने स्वयं को अपराजेय सिद्ध कर दिया। अन्ततः विष्णु शिव के पास गये और उन्होंने उनको शंखचूड़ की अपराजेयता के रहस्य के बारे में बताया कि उसको अभेद्य कवच प्रदान किया गया है। इसके अतिरिक्त यह भी कि उसकी पत्नी निष्कलुष सती है और वह उसकी रक्षा के लिए निरन्तर प्रार्थना कर रही है, और जब तक वह ऐसा करती रहेगी, वह मर नहीं सकेगा।

शिव ने विष्णु से अनुरोध किया कि वे शंखचूड़ को अपनी माया से मोहित करें। विष्णु ने तुरन्त ही एक बूढ़े भिक्षुक का रूप धारण किया और शंखचूड़ से उसका कवच माँगा। शंखचूड़ कभी भी किसी भिक्षुक की याचना को नहीं टालता था, इसलिए उसने तुरन्त ही अपना कवच उतारकर उनको दिया। यह कवच पहनकर विष्णु तुलसी के पास गये और उसके पति का वेश धरकर उन्होंने उसके साथ सम्भोग किया। शंखचूड़ देखते ही देखते अपनी सारी शक्तियों से वंचित हो गया और शिव के त्रिशूल से आसानी से मारा गया।

शंखचूड़ शाप से मुक्त हुआ और अपना पूर्वजन्म का चोला प्राप्त कर गोलोक में अपने प्रिय मित्र श्री कृष्ण के पास चला गया। कहा जाता है कि भगवान विष्णु की पूजा के लिए उपयोग में लाये जाने वाले संसार के सारे शंख शंखचूड़ की हड्डियों से बने हैं। जब तुलसी ने विष्णु के छल के बारे में सुना, तो उसने अपना जीवन समाप्त कर देने का निश्चय कर लिया। उसने विष्णु को शाप दे दिया कि वे एक चट्टान में बदल जाएँगे। तभी शिव प्रकट हुए और उन्होंने तुलसी से कहा कि वह चिन्ता न करे, क्योंकि विष्णु ने वह कर्म उन देवताओं की सहायता के लिए किया था जो उनके भक्त थे।

उन्होंने कहा, "हे भद्रे, तुम अपनी इस देह को त्याग दो, तुमको संसार का सबसे पुण्यशील रूप प्रदान किया जायेगा। तुम इस धरती पर तुलसी नाम की पवित्र वनस्पति बनकर रहोगी। तुम कृष्ण और विष्णु को प्रिय होगी और सारे लोग तुम्हारी पूजा करेंगे। शंख और तुलसी कृष्ण तथा विष्णु की पूजा के अनिवार्य अंग होंगे। तुम्हारी काया गण्डकी नदी का रूप भी धारण करेगी। तुम्हारे शाप के कारण विष्णु इस नदी की एक चट्टान बन जाएँगे। नुकीले दाँतों वाले करोड़ों कृमि इस चट्टान को छेदकर इसको कुतर डालेंगे, और इसके वे टुकड़े शालिगराम के नाम से जाने जाएँगे तथा वे विष्णु की पूजा में उपयोग में लाये जाएँगे। जो व्यक्ति अपने घर में शालिगराम, शंख और तुलसी रखेगा उसको भगवान विष्णु प्रेम करेंगे।"

इस घोषणा के साथ शिव अन्तर्ध्यान हो गये और विष्णु तुलसी को लेकर अपने निवास पर लौट आये। वहाँ तुलसी ने अपनी देह त्याग दी और वह गण्डकी नदी बन गयी तथा विष्णु उस नदी के तट की एक चट्टान बन गये।

महर्षि अत्रि ब्रह्मा के पुत्र थे। वे संसार की परम सती स्त्री अनसूया से ब्याहे थे। चूँकि उनकी कोई सन्तान नहीं थी, उन्होंने जंगल में जाकर सन्तान-प्राप्ति की इच्छा से परमेश्वर का ध्यान किया। कई वर्षों की तपस्या के बाद अत्रि की देह से एक तेजस्वी ज्वाला प्रकट हुई जिसने सारे जगत को निगल लेने का ख़तरा पैदा कर दिया। देवता, सदा की भाँति ब्रह्मा के पास गये, और वे उनको लेकर विष्णु के पास पहुँचे, और अन्त में वे सब शिव के पास गये।

चूँकि अत्रि ने अपनी तपस्या में किसी ईश्वर विशेष का उल्लेख नहीं किया था, इसलिए तीनों ने मिलकर उनके पास जाने और उनका अनुरोध पूरा करने का निश्चय किया। ऋषि इन तीनों को देखकर किंचित विस्मय में पड़ गये और उन्होंने उनसे उनके आगमन कारण पूछा।

उन्होंने उत्तर दिया, "आपने परमेश्वर की तपस्या की है, और हम तीनों ही परमेश्वर हैं, इसलिए हमने आपको तीन पुत्र प्रदान करने का निश्चय किया है, जिनमें से प्रत्येक हमारी महिमा का अंश होगा।" जल्दी ही अनसूया गर्भवती हुईं। जो शिशु ब्रह्मा का अंश था, वह चन्द्रमा बना। विष्णु का जो अंश उनके पुत्र के रूप में जन्मा वह संसार में दत्तात्रेय नाम से विख्यात हुआ; उसने संसार को मुक्ति के मार्ग की महानता के बारे में शिक्षा दी। शिव का जो अंश उनके पुत्र के रूप में पैदा हुआ वह दुर्वासा के नाम से जाना गया, जो संसार भर में घूम-घूमकर लोगों की परीक्षा लेने के लिए प्रसिद्ध महान ऋषि हुआ।

यह सही है कि दुर्वासा अपने उग्र स्वभाव के लिए जाने जाते हैं, लेकिन हम देखेंगे कि वे जब भी क्रोधित हुए हैं, किसी न किसी उचित कारण से ही हुए हैं, और जिस किसी भी व्यक्ति को उन्होंने शाप दिया है, उसने उस शाप से कुछ न कुछ हासिल किया है। उदाहरण के लिए, दुर्वासा के कोप के कारण ही महाराज अम्बरीष अपनी दयालुता के लिए प्रसिद्ध हुए। दुर्वासा ने राम तक की परीक्षा ली थी, संसार को यह बताने के लिए कि किस तरह एक राजा ने अपने वचन की रक्षा के लिए अपने अत्यन्त प्रिय भाई तक का त्याग कर दिया।

एक और रोचक कथा है, जिसका सम्बन्ध अत्रि की पत्नी अनसूया से है जो, जैसा कि हमने देखा सतीत्व का आदर्श रूप थीं। एक बार ब्रह्मा, विष्णु और शिव तीनों ने उनके सतीत्व की परीक्षा लेने का निश्चय किया। उन्होंने साधुओं का वेष धारण किया और भिक्षा माँगते हुए उनके आश्रम पर जा पहुँचे। जब वे उनको भोजन देने बाहर आयीं, तो उन्होंने कहा कि उन्होंने प्रण ले रखा है कि वे किसी नग्न स्त्री से ही भिक्षा लेंगे। अनसूया धर्मसंकट में पड़ गयीं।

किसी साधु को भोजन देने से मना करना बहुत बड़ा अधर्म का कृत्य माना जाना था; फिर ये तीनों साधु महान दिखायी देते थे और अनसूया को भय था कि कहीं वे उनको शाप न दे दें। दूसरी ओर, उन्होंने सतीत्व का जो व्रत ले रखा था, यह उस व्रत के सर्वथा प्रतिकूल होता यदि वे उन तीन पुरुषों के सामने नंगी चली जातीं। उन्होंने कुछ पल विचार किया। फिर उन्होंने अपने सतीत्व के बल से उन तीनों देवताओं को शिशुओं में बदल दिया और उनको उठाकर घर के अन्दर चली गयीं। इसके बाद उन्होंने अपने वस्त्र उतारे और चुपचाप उनको स्तनपान कराने लगीं।

इस प्रकार वे तीनों लम्बे समय तक उनके आश्रम में रहने को विवश हो गये। सरस्वती, लक्ष्मी और पार्वती, जो इन तीनों देवताओं की पत्नियाँ थीं, अपने पतियों के इस तरह लम्बे समय के लिए ग़ायब हो जाने से चिन्ता में पड़ गयीं।

आख़िरकार उनको किसी तरह पता चला कि वे अत्रि के आश्रम में हैं। जब वे उस आश्रम में पहुँचीं, तो उन्होंने तीनों शिशुओं को अनसूया के साथ खेलते हुए देखा। जब अनसूया से पूछताछ की गयी, तो उन्होंने बताया कि वे सचमुच के शिशु नहीं हैं बल्कि तीन घूमन्तू साधु थे जो उनके पास भिक्षा माँगने आये थे।

तीनों देवियों ने लज्जित होकर अनसूया को बताया कि वे तीन साधु कोई अन्य नहीं बल्कि उनके पति हैं। अनसूया ने अपनी योग-शक्ति से उन तीनों शिशुओं को उनके मूल रूप में बदल दिया। अपनी परीक्षा की सफलता से अत्यन्त प्रसन्न तीनों देवताओं ने अनसूया और अत्रि को आशीर्वाद दिया और अपनी-अपनी पत्नियों के साथ अपने-अपने निवास पर लौट गये।

ॐ नमः शिवाय

न तो सत्कर्म करने से मुझको कोई लाभ होता है,
न ही पाप करने से मुझे कोई हानि होती है।
मैं न सुखी हूँ न दुखी हूँ।
मन्त्रोच्चारों, तीर्थयात्राओं, यज्ञों अथवा वेदों के अध्ययन से
मुझको कुछ भी हासिल नहीं होता। मैं न खाने वाला हूँ,
न भोजन हूँ और न ही भोजन की क्रिया हूँ।
मैं चेतना का सत्व और परम आनन्द हूँ -
शिवोऽहम्! शिवोऽहम्!

—आदि शंकराचार्य द्वारा रचित
'निर्वाणशतकम्' से

मैं न मरा हूँ, न जन्मा हूँ और
न ही मेरी कोई जाति है।
मेरे न पिता हैं, न माता हैं, क्योंकि मैं अजन्मा हूँ।
मैं न किसी का सखा हूँ, न सम्बन्धी हूँ,
न किसी का गुरु हूँ न शिष्य हूँ।
मैं चेतना का सत्व और परम आनन्द हूँ -
शिवोऽहम्! शिवोऽहम्!

—आदि शंकराचार्य द्वारा रचित
'निर्वाणशतकम्' से

ॐ

नीलकण्ठाय नमः!

अध्याय 18

क्षीर सागर का मन्थन

हे करुणाकर,
आप जिन्होंने घोर विष पी लिया था,
ताकि स्वर्ग के वासी अपना यौवन वापस प्राप्त कर सकें,
मुझ पर कृपा करें और मुझको मेरी दृष्टि प्रदान करें।

—सन्त सुन्दरार

एक बार ऐसा हुआ कि देवराज इन्द्र को दुर्वासा ने शाप दे दिया। ऋषि को वैकुण्ठ से एक माला प्राप्त हुई थी जो उन्होंने इन्द्र को भेंट की। इन्द्र ने इस उपहार के मूल्यवत्ता की उपेक्षा करते हुए उसको असावधानी के साथ अपने हाथी के सिर पर फेंक दिया। हाथी ने अपना सिर झटक दिया, और वह माला भूमि पर गिरकर कीचड़ में लिथड़ गयी। दुर्वासा यह देखकर कुपित हो उठे और उन्होंने इन्द्र को शाप दिया कि वह और उसके देवताओं का दल बूढ़े और जर्जर हो जाएँगे। देखते ही देखते सारे देवताओं का यौवन और उनकी दिव्य शक्तियाँ समाप्त हो गयीं। जैसा कि होता आया था, वे सब स्रष्टा ब्रह्मा के पास भागे और उनसे प्रार्थना की कि वे उनकी ओर से मध्यस्थता करते हुए भगवान विष्णु के पास चलें। वे सब विष्णु के पास गये और उनसे सहायता की याचना करने लगे।

भगवान अपनी समूची महिमा के साथ उनके सम्मुख प्रकट हुए और उनसे बोले, "हे देवताओं, काल सब कुछ का परम नियन्ता है। इस समय काल उन असुरों के पक्ष में है जो आप लोगों के आदि शत्रु हैं। काल का चक्र धीमी गति से घूमता है, लेकिन एक दिन वह आप लोगों के पक्ष में घूमेगा। यह केवल तभी होगा जब आप क्षीर-सागर का मन्थन कर उसके भीतर से अमृत प्राप्त कर लेंगे। जो भी कोई उस अमृत को पीता है, वह सदा-सदा के लिए यौवन प्राप्त कर लेता है, जिस जर्जर अवस्था को आप लोग प्राप्त हो चुके हैं, उसके चलते यह कार्य आप अकेले नहीं कर सकेंगे; आपको असुरों की सहायता लेनी होगी। हताशा की परिस्थितियों में अपने पक्के शत्रुओं से भी सहायता लेने में कोई हानि नहीं होती। अपना प्रयोजन पूरा कर लेने के बाद आप लोग उनके साथ शत्रुता की अपनी पुरानी स्थिति में लौट सकते हैं।"

"जो कोई उस अमृत को पियेगा, वह अमर हो जायेगा, इसलिए इस काम को करने में समय मत गँवाइए। तुरन्त असुरों के पास जाइए और उनसे सहयोग की याचना करिए। आपके पास कोई विकल्प नहीं हैं इसलिए वे जो भी शर्तें रखें उनपर सहमत हो जाइए। जब समुद्र का मन्थन होगा, तो उसमें से कई मूल्यवान वस्तुएँ निकलेंगी। जो कुछ भी निकले उसको लेकर न तो आकर्षित होने की आवश्यकता है न विकर्षित होने की। जो कुछ आपको दिया जाए वह स्वीकार करें, और किसी भी वस्तु से वंचित किये जाने पर क्रोध न करें। आप मथानी के रूप में मन्दर पर्वत का और रस्सी के रूप में वासुकि नाग का उपयोग कर सकते हैं। तमाम तरह की औषधिपरक वनस्पतियाँ, जड़ीबूटियाँ और लताएँ क्षीर सागर में डालें ताकि वह जम सके। तभी उससे वांछित वस्तुएँ निकल सकेंगी।" इस प्रकार कहकर विष्णु अन्तर्ध्यान हो गये।

देवताओं ने जाकर असुरों से सहयोग की याचना की, जो इस शर्त पर सहयोग करने को सहमत हो गये कि अमृत में उनको भी उचित हिस्सा दिया जायेगा। अपनी क्षमताओं को लेकर विश्वास से भरे हुए दोनों पक्षों ने मन्दर पर्वत पर पहुँचकर उसको उठाया और उसको महासागर की ओर ले चले। जल्दी ही ऐसी स्थिति बन गयी जब वे उसका भार उठाने में असमर्थ हो गये, और वह सोने का पर्वत अनेक देवताओं और असुरों को कुचलता हुआ पृथ्वी पर गिर पड़ा। तब गरुड़ पर सवार भगवान विष्णु प्रकट हुए और उन्होंने उस पर्वत को अपने एक हाथ से उठा लिया।

वे पर्वत को गरुड़ की पीठ पर आसानी से सन्तुलित कर समुद्र तक ले गये और उसको सही जगह पर रख दिया। इसके बाद देवताओं ने नागराज वासुकि को अमृत में उचित हिस्सा दिये जाने के अश्वासन के साथ उनसे अनुरोध किया कि वे मथानी की रस्सी की भूमिका निभाने को तैयार हों। वासुकि तैयार हो गये, और देवताओं तथा असुरों ने पूरे उत्साह के साथ नाग को उस पर्वतरूपी मथानी पर लपेटकर उस विराट मथानी को घुमाना शुरू कर दिया। चूँकि देवता बहुत बूढ़े और दुर्बल थे, इसलिए विष्णु ने स्वयं आगे बढ़कर सर्प का मस्तक थाम लिया और असुरों से उसकी पूँछ पकड़ने को कहा।

असुरों ने इस अपमान से बहुत आहत अनुभव किया। उन्होंने पूँछ को छूने तक से मना कर दिया और घोषणा कर दी कि यह उन जैसे श्रेष्ठ जनों के लिए अत्यन्त नीचा दिखाने वाली बात है कि उनको सर्प का पिछवाड़ा पकड़ने के लिए विवश किया जाए। भगवान विष्णु ने मुस्कराते हुए सर्प का सिर छोड़ दिया और उसकी पूँछ को उठा लिया। अन्य देवता भी उनके पीछे लगकर उनकी सहायता करने लगे। इस प्रकार दोनों पक्षों ने मिलकर भारी उत्साह से उस विराट समुद्र को मथना आरम्भ कर दिया।

दुर्भाग्य से, चूँकि पर्वत के लिए नीचे से कोई सहारा नहीं दिया गया था, इसलिए वह धीरे-धीरे डूबने लगा। देवों और असुरों के दलों में हाहाकार मच गया। भगवान विष्णु ने उनको सान्त्वना दी, एक विशालकाय कछुए का रूप धारण किया, और तैरते हुए पर्वत के नीचे पहुँचकर उसको अपने ऊपर इस प्रकार साध लिया, ताकि उसको दृढ़ आधार मिल सके। यह भगवान विष्णु का कूर्म अवतार था। अपरिमित विस्तार और शक्ति से सम्पन्न इस पुरातन कछुए ने उस विशाल पर्वत को अपनी पीठ पर इतनी आसानी से रख लिया जैसे वह महज़ एक

बटैया हो। कहा जाता है कि जब दोनों दल उस मथानी को ज़ोर-ज़ोर से मथ रहे थे, और जब वह पर्वत लयबद्ध तरीक़े से भगवान विष्णु की कछुए की पीठ के कवच पर घूम रहा था, तो वे उस पर्वत की खरोंचों से बहुत आनन्दित हो रहे थे।

देवों और दानवों की पूरी कोशिशों के बावजूद काम बहुत धीमी गति से चल पा रहा था, इसलिए भगवान ने दो और रूप धारण कर लिये - एक देवता का और एक असुर का - और दोनों दलों में शामिल होकर उनके उद्यम में सहयोग देने लगे। वे एक तरह की अचेतनता का रूप धारण कर वासुकि नाग की काया में भी प्रवेश कर गये ताकि उसकी काया शून्य हो जाए और उसको उस पीड़ा का अनुभव न होने पाये जो लगातार मथे जाने के कारण उसको सहनी पड़ रही थी।

जब मन्थन की उस प्रबल गति से पर्वत का सन्तुलन गड़बड़ाता लगा, तो उसके सन्तुलन को बनाये रखने के लिए भगवान दैत्याकार रूप धारण कर उसके ऊपर खड़े हो गये और आवश्यकतानुसार उसको कभी इस तरफ़ तो कभी उस तरफ़ दबाने लगे। इस प्रकार सभी पक्षों के संकल्प को बल प्रदान करने के लिए भगवान ने विभिन्न रूप धारण किये। अब थकान से चूर होते नाग की गर्म साँसें और उसके मुँह से छूटता झाग असुरों को झुलसाने लगे, जिन्होंने मूर्खों की तरह नाग को सिर की तरफ़ से पकड़ने का विकल्प चुना था। झाग हर ओर फैलता जा रहा था और इसलिए उसका अच्छा ख़ासा हिस्सा देवताओं को भी त्रस्त करने लगा था। तब भगवान ने बारिश उत्पन्न कर दोनों पक्षों को तथा नाग को भी ठण्डक और राहत पहुँचायी।

लेकिन उनके भरपूर उद्यम के बावजूद कोई अमृत प्रकट नहीं हुआ, और दोनों ही पक्ष उम्मीद खोने लगे। तब, उनका उत्साह बढ़ाने के लिए, भगवान ने हज़ार हाथों वाले प्राणी का रूप धारण कर लिया और दोनों पक्षों के बीच खड़े होकर दोनों ओर अपने पाँच-पाँच सौ हाथों से समुद्र को मथने लगे। वह एक अद्भुत दृश्य था, जिसको देव और असुर दोनों ही मन्त्रमुग्ध-से होकर देखते रह गये। अन्ततः चीज़ों में कुछ गति पैदा होती लगी। बहुत से जलचर जन्तु सतह पर आते दिखायी देने लगे।

अब तक वह बेचारा नाग इस पूरे झमेले से थककर चूर हो चुका था, और उसने कालकूट नामक भयानक हलाहल (विष) उगलना शुरू कर दिया। उस विष का घातक और चुभने वाला झाग हर तरफ़ फैलने लगा। भयाक्रान्त होकर हाहाकार करते देवता तब विष्णु के आग्रह पर इन्द्र की अगुवाई में शिव के पास भागे और उनसे प्रार्थना की कि वे इस नये संकट से उनकी रक्षा करें। अगर वह विष धरती पर फैल जाता, तो सारा विश्व उसकी चपेट में आकर नष्ट हो जाता।

सदाकृपालु शिव पार्वती के साथ तुरन्त उस स्थल पर पहुँचे, और इसके पहले कि वह घातक विष धरती पर फैलता, उन्होंने उसको अपनी हथेली मे थाम लिया और बिना हिचकिचाये पी लिया। इस प्रकार वे जगत के रक्षक कहलाये। संसार की रक्षा की ख़ातिर वे अपने जीवन का बलिदान करने को तैयार हो गये। पार्वती हालाँकि भलीभाँति जानती थीं कि उनकी शक्तियाँ अपरिमित हैं और उनको कोई भी चीज़ क्षति नहीं पहुँचा सकती, लेकिन उनके प्रति अपने प्रेम के चलते वे कमज़ोर पड़ गयीं। वे भयाक्रान्त होकर चीख़ उठीं और

उन्होंने अपने पति का गला पकड़ लिया ताकि वह विष वहाँ से नीचे की ओर न जा सके। इस प्रकार वह विष उनके कण्ठ में ही अटककर रह गया और उसने उसको नीला कर दिया। भगवान विष्णु ने शिव को नीलकण्ठ के नाम से पुकारते हुए उनको साधुवाद दिया, और देवताओं तथा असुरों ने विष्णु के स्वर में स्वर मिलाकर उनकी स्तुति की।

दूसरों के कल्याण के लिए अपने हितों का बलिदान कर देना परमेश्वर की उपासना का सबसे बड़ा रूप है, और समस्त देवताओं तथा असुरों ने शिव की स्तुति की। ऐसा विश्वास था कि जिसने विष पी लिया हो उसको रात भर सोने नहीं देना चाहिए, इसलिए वे सब सारी रात बारी-बारी से जागते हुए शिव का स्तुतिगान करते रहे। यहाँ तक कि वह रात्रि आज भी महाशिवरात्रि के नाम से मनायी जाती है, और शिव के सारे भक्त रात भर जागकर पहरा देते हुए सदाकृपालु भगवान का स्तुतिगान करते हैं। विष की जो कुछ बूँदें भगवान के हाथों से ढुलक गयी थीं, वे सर्पों, बिच्छुओं, और अन्य विषैली वनस्पतियों और जन्तुओं में बदल गयीं।

अगले दिन, देवताओं और असुरों ने फिर से उत्साहपूर्वक समुद्र-मन्थन आरम्भ कर दिया। सबसे पहले दिव्य गाय कामधेनु प्रकट हुई। यह गाय ऋषियों को उनके अनुष्ठानों के निमित्त भेंट कर दी गयी। इसके बाद प्रकट हुआ एक सफ़ेद अश्व, उच्चैश्रवा। हालाँकि उसको देवता लालचपूर्वक देख रहे थे, लेकिन भगवान के कहने पर वह बाली नामक असुर को दे दिया गया। इसके बाद आया चार दाँतों से युक्त सफ़ेद हाथी, ऐरावत, जिसको इन्द्र ने हथिया लिया। इसके बाद कौस्तुभ मणि प्रकट हुई जो भगवान विष्णु को उनके कण्ठ की शोभा बढ़ाने के लिए प्रदान कर दी गयी। इसके बाद पारिजात नाम से प्रसिद्ध, मनोकामनाएँ पूरी करने वाला वृक्ष तथा अप्सराएँ प्रकट हुईं। इन दोनों को देवताओं ने ले लिया।

अन्त में एक उज्ज्वल लाल कमल पर सवार देवी लक्ष्मी महासागर से प्रकट हुईं। तमाम तरह की मांगलिकताओं से परिपूर्ण वे सौन्दर्य की साक्षात् प्रतिमा थीं। उनके इस चौंधिया देने वाले रूप को देखकर देव और असुर दोनों ही अपना काम छोड़कर उनकी ओर भागे और गहरी अनुरागभरी दृष्टि से उनको देखने लगे। हर ओर से देवतागण उनके सिंगार के लिए बहुमूल्य वस्तुएँ ले आये। जब उनका किसी वधू की भाँति सोलहसिंगार सम्पन्न हो गया, तो उनसे कहा गया कि वे वहाँ उपस्थित लोगों के बीच से अपने लिए पति का चुनाव करें। राजसी वेषभूषा से सज्जित उन्होंने अपने कोमल हाथों में वरमाला ली और समुद्र-तट पर एकत्र उन असाधारण वैभवशाली पुरुषों के चारों ओर फेरे लगाने शुरू कर दिये। लेकिन वहाँ ऐसा कोई नहीं मिला जो उनको आकर्षित कर सकता! उनका कहना था कि हर देवता में कोई न कोई कमी है।

अन्त में उनकी दृष्टि विष्णु पर पड़ी जो निर्विकार भाव से, उनकी ओर से पूरी तरह से उदासीन, समुद्र तट पर बैठे अपने पैरों से पानी को छपछपा रहे थे। उनको लगा कि एकमात्र वे ही उनके योग्य वर हैं, और वे लजाती हुई उनकी ओर बढ़ीं और उनके गले में वरमाला डाल दी। भगवान ने पूरी गरिमा के साथ उनको स्वीकार किया और अपने हृदय में उनको उस चिरवांछित जगह पर प्रतिष्ठित कर लिया जहाँ से वे उनके सारे भक्तों को कृपापूर्वक निहारती हुई उनको हर तरह की सांसारिक और आध्यात्मिक समृद्धियाँ प्रदान कर

सकती थीं। इसीलिए ऐसा कहा जाता है कि समृद्धि की देवी लक्ष्मी उनके पास नहीं जातीं जो उनके पीछे भागते हैं, बल्कि उनके पास जाती हैं जो उनके पति के पीछे भागते हैं।

इसके बाद उन्माद की देवी वारुणी प्रकट हुईं। असुरों ने प्रसन्नतापूर्वक उनको अपने खेमे में सम्मिलित कर लिया। अत्यन्त कड़ी मेहनत करने के बाद अचानक, हाथों में अमृत का कलश थामे हुए एक पुरुष आकृति प्रकट हुई। धन्वन्तरि के नाम से ज्ञात वे भगवान विष्णु के ही एक आंशिक अवतार थे, और आयुर्विज्ञान के पिता हैं। जैसे ही असुरों ने उनको देखा, वे समझ गये कि यही वह अमरतादायी द्रव्य है जिसकी उनको प्रतीक्षा थी। उन्होंने लालच से भरकर उस पूरी की पूरी वस्तु को हड़प लेने का मन बना लिया और तुरन्त ही कलश को झपटकर वहाँ से भाग निकले। देवता इतने निर्बल थे कि वे स्तब्ध होकर देखते रह गये। इतना कमरतोड़ परिश्रम करने के बाद भी वंचना के दुख में डूबे हुए उन्होंने पाया कि कि उनका वह सारा परिश्रम अकारथ चला गया और असुरों ने, जैसी कि उनसे उम्मीद की जा सकती थी, सौदे को ईमानदारी से नहीं निभाया। देवता अपनी दुःखभरी कथा लेकर विष्णु के पास भागे।

उन्होंने देवताओं को सान्त्वना दी और उनकी सहायता का आश्वासन दिया। "जिन लोगों ने इस उद्यम की सफलता के लिए परिश्रम किया था उनको न्यायपूर्ण तरीक़े से उसका पुरस्कार और अमृत में वाजिब हिस्सा मिलना चाहिए था, लेकिन क्योंकि असुरों ने लालचपूर्वक पूरा का पूरा कलश हड़प लिया है, उनको इसके लिए दण्डित किया जायेगा और कुछ भी नहीं दिया जायेगा। यह धर्म का सनातन नियम है, जिसको मिटाया नहीं जा सकता।" इतना कहने के बाद वे वहाँ से अन्तर्ध्यान हो गये, और उनकी जगह पर अवर्णनीय रूप से सुन्दर और आकर्षक एक स्त्री प्रकट हो गयी। अपने बड़े-बड़े नितम्बों को मटकाती हुई वह उन असुरों के बीच जा पहुँची जो अब अमृत का ज़्यादा से ज़्यादा हिस्सा हथियाने को लेकर आपस में कलह कर रहे थे। जब उन्होंने इस अलबेली सुन्दरी को देखा, तो अमृत का कलश छोड़कर उसकी ओर भागे, और उसका परिचय तथा आने का प्रयोजन पूछते हुए, उससे बोले कि वह बिना किसी पक्षपात के वह अमृत उनके बीच बाँटकर उनके झगड़े को समाप्त कर दे।

उसने बताया कि उसका नाम मोहिनी है, और फिर अपनी सुन्दर आँखों की तिरछी चितवन के साथ नखरे दिखाते हुए बोली, "दरअसल मैं एक बहुत ही ओछे क़िस्म की औरत हूँ, आप चाहें तो मुझे एक तरह की वेश्या मान सकते हैं। आप मुझ पर भरोसा कैसे कर सकते हैं?"

असुर उसकी विनम्रता पर प्रसन्न होकर हँस पड़े और उसको वचन दिया कि उनको उस पर पूरा भरोसा है। मोहिनी ने कहा, "मैं एक ही शर्त पर यह अमृत आप लोगों के बीच बाँटने को तैयार हूँ कि आपको मेरा निर्णय मानना होगा और बाद में आप लोग झगड़ा नहीं करेंगे।"

वे खुशी-खुशी तैयार हो गये, और उस कन्या ने उनको कुश की घास पर पूर्व की ओर मुँह करके बिठा दिया। फिर उसने देवताओं से कहा कि वे दूसरी ओर असुरों की तरफ़ मुँह करके बैठ जाएँ। असुर अपने मुँह से एक भी शब्द नहीं निकाल सके, क्योंकि

उन्होंने उसको पहले ही उसकी आज्ञा का पालन करने का वचन दे दिया था। जब दोनों पक्ष दो पंक्तियों में चुपचाप बैठ गये, तो मोहिनी ने अमृत का सुनहरा कलश लेकर प्रवेश किया। उसके आते ही सबकी आँखें उस पर टिक गयीं।

वे सब के सब उसके रूप और नखरीले अन्दाज़ से इतने मोहित थे कि वह क्या कर रही है, इसकी ओर उनका ध्यान ही नहीं गया। विष्णु वह अमृत उन असुरों को नहीं देना चाहते थे जो स्वभाव से ही क्रूर थे। उनको अमरता प्रदान कर देना घातक होता। जब मोहिनी असुरों के सामने होकर गुज़री तो उसने उनको अनुराग-भरी दृष्टि की ही उपहार दिया। अमृत उसने केवल देवताओं को दिया। असुरों का इस गड़बड़झाले पर ध्यान ही नहीं जा सका, क्योंकि वे तो उसके रूप और चंचल व्यवहार के जादू से ही ठगे रह गये थे। हर एक को लग रहा था कि वह उसी पर मोहित है।

अन्त में, जब सारा का सारा अमृत पी लिया गया, तो वह उन असुरों को आतंकित करती हुई अपने वास्तविक रूप में आ गयी, जो समझ गये कि वे साफ़-साफ़ ठग लिये गये हैं। उन्होंने तुरन्त ही देवताओं के साथ मारपीट आरम्भ कर दी। देवता अमृत गटककर अब तक अपना खोया हुआ यौवन वापस प्राप्त कर चुके थे, इसलिए उन्होंने असुरों को दोहरी ताक़त के साथ टक्कर देते हुए परास्त कर दिया, और असुर अपने घावों को चाटते हुए तथा अपने इन आदि शत्रुओं से बदला लेने की अगली योजनाएँ बनाते हुए अपने घरों को लौट गये।

पुराणों की दूसरी कथाओं की ही भाँति इस कथा में भी गूढ़ अर्थ छिपा हुआ है। क्षीरसागर मन है। देवता और असुर इस मन में पैदा होने वाले सकारात्मक तथा नकारात्मक विचार हैं, जो इस मन को पूरी ताक़त से मथते रहते हैं। मन्दर पर्वत उस अज्ञान का बोझ है जिसको हम जन्म-जन्मान्तर तक ढोते रहते हैं। नाग की रस्सी हमारा अहंकार है। जब हम किसी तरह की साधना या ध्यान आदि किसी आध्यात्मिक अनुष्ठान के माध्यम से इस मन को वश में कर लेते हैं, तो जो सबसे पहली चीज़ उसमें से उभरकर आती है, वह है कामवासना, लोभ, क्रोध, भय आदि भावावेगों का संचित विष, जिसका निराकरण केवल भगवान ही कर सकते हैं। केवल तभी जाकर इस मानस में प्रज्ञा का अमृत उत्पन्न होता है। इस बिन्दु पर भी अपने अहंकार को नियन्त्रित रखना बहुत आवश्यक है, अन्यथा उस अमृतरूपी प्रज्ञा को निषेधात्मक भावनाएँ हमारे मुँह से छीन ले जाएँगी। हमारा आसुरी अहं इस अवसर का लाभ उठाकर स्वयं को सर्वोपरि घोषित कर देगा। यहाँ भी केवल भगवान ही हमें बचा सकते हैं। सच्ची प्रार्थना और उद्यम ही इस खोयी हुई प्रज्ञा को फिर से प्राप्त करने में हमारी मदद कर सकते हैं, और केवल तभी हम मुक्त हो सकते हैं।

इस कथा में एक और गूढ़ अर्थ छिपा हुआ है। मन्दर पर्वत देश का और नाग काल का प्रतीक हैं। देश की मथानी और काल की रस्सी के सहारे मन्थन कर हर कोई "समस्त सम्भावनाओं के क्षेत्र (समुद्र)" से अपनी-अपनी दुनिया को उपलब्ध करता है, जैसा कि क्वाण्टम भौतिकी में बताया गया है।

विष को निगलकर जगत की रक्षा करने के बाद शिव कैलाश पर वापस लौट आये थे। वहाँ पर उन्होंने सुना कि किस तरह विष्णु ने संसार की सबसे आकर्षक स्त्री मोहिनी

का रूप धारण कर देवताओं की पराजय को टाला है। वे भगवान का यह सम्मोहक रूप देखने के लिए बहुत लालायित हो उठे। वे पार्वती और भूतों की अपनी मण्डली को लेकर यह मोहक रूप देखने विष्णु के स्वर्ग वैकुण्ठ जा पहुँचे।

शिव ने कहा, "मुझको आपके अनेक आश्चर्यजनक अवतारों को देखने का अवसर मिला है लेकिन स्त्री के रूप में मैंने आपको कभी नहीं देखा। मैं वह रूप देखने को बहुत उत्सुक हूँ, इसलिए कृपा कर अपना मोहिनी रूप मुझे दिखाएँ।"

विष्णु मुस्कराये और बोले, "क्या आप सचमुच ही उसे देखना चाहते हैं? यह रूप हर किसी में काम-भावनाएँ जगाने के लिए गढ़ा गया है, लेकिन आप, ज़ाहिर है, एक परिपूर्ण योगी हैं, इसलिए आपको उससे कोई हानि नहीं होगी।" ऐसा कहकर वे अन्तर्ध्यान हो गये। सहसा शिव ने अनुभव किया कि वे किसी सुन्दर उद्यान में हैं जिसमें अभी-अभी वसन्त आया है। उस उन्मुक्त खिले हुए वातावरण के बीच उन्होंने एक अत्यन्त आकर्षक नवयौवना को सोने की गेंद से क्रीड़ा करते हुए देखा। गेंद मानो उसके सौन्दर्य के जादू के वशीभूत होकर हर ओर उछल रही थी और हिरणी जैसी उसकी चंचल आँखें गेंद की अनियमित उछाल के साथ-साथ यहाँ से वहाँ भाग रही थी। यह केवल गेंद ही नहीं थी जो उस जादू के वश में थी।

शिव ने पाया कि वे बगल में खड़ी अपनी अर्धांगिनी तक की उपस्थिति को बिसार चुके हैं। वे दरअसल सब कुछ भूल चुके थे, सिवा अपनी आँखों के सामने गेंद से खेलती उस मायावी नवयौवना के, और वे उसके पीछे-पीछे भागने लगे। जब वह कामिनी अपने ललचाते उन्नत उरोजों पर फिसलते-से पारदर्शी वस्त्र को ज़मीन पर सरसराती हुई उनके पास से गुज़री तो उसने उन पर एक लजाती हुई तिरछी चितवन फेंकी। बायें हाथ से अपने फिसलते हुए वस्त्र को थामने और दायें से गेंद को उछालने का नाटक करते हुए उसने शिव को लुभाती नज़रों से देखा और अपने नितम्बों को झुलाती हुई आगे बढ़ गयी।

जब शिव जैसा महायोगी भी पूरी तरह विष्णु की माया के वशीभूत हो गया, तो एक साधारण मरणधर्मा मनुष्य को इस माया के जादू में पड़ जाने के लिए कैसे दोष दिया जा सकता है? पार्वती की चकित आँखों के सामने शिव मोहिनी के पीछे-पीछे भागे जा रहे थे। अन्त में, इस क्रीड़ा से थककर विष्णु की उस मोहिनी ने स्वयं को उस रुद्र के आलिंगन में जकड़ लिये जाने के लिए छोड़ दिया, जिनकी कामभावना को उसके सौन्दर्य ने भड़का दिया था। फिर वह उनकी जकड़न से छूटकर भागी और उसका पीछा करते शिव का दिव्य वीर्य धरती पर गिरने लगा। शिव का वह वीर्य जहाँ कहीं भी गिरा, वहाँ सोने और चाँदी की खानें उत्पन्न हो गयीं। सहसा शिव की आत्मचेतना जाग्रत हुई और उनको अहसास हुआ कि वे किस तरह विष्णु की महामाया के हाथों ठगे गये हैं। वे पुनः स्थितप्रज्ञ हुए, और मोहिनी ने वापस विष्णु का अपना मूल रूप धारण कर लिया।

विष्णु ने शिव को बधाई दी कि वे उनकी उस मोहिनी के प्रभाव से बाहर आ सके जिससे मुक्त होना किसी के लिए भी बहुत कठिन होता है। उन्होंने कहा, "आप के सिवा और कौन है जो माया के प्रलोभन से मुक्त होकर अपनी मूलभूत स्थिति में लौट सकता है?"

कहा जाता है कि हर और हरि, या शिव और विष्णु के इस संयोग से ही धर्मशास्त्र का जन्म हुआ था। यह बालक विष्णु की जंघाओं से उत्पन्न माना जाता है, और उसमें दोनों देवताओं के गुण समाहित हैं।

हनुमान तक को शिव का अवतार बताया जाता है। शिव का बाक़ी बचा हुआ वीर्य सप्तऋषियों द्वारा एक पत्ती में एकत्र कर किसी उपयुक्त गर्भ में आरोपित करने के लिए पवन देवता को दे दिया गया। पवन देव उस वीर्य को दक्षिणी पर्वतमालाओं की ओर ले गये। वहाँ पर उनको अंजना नाम की एक कन्या दिखी, जो वानरों के परिवार से थी। उन्होंने वह वीर्य अंजना के गर्भ में आरोपित कर दिया और उससे जो पुत्र उत्पन्न हुआ वही हनुमान के नाम से जाना गया। ये वही हनुमान हैं जिन्होंने राक्षस रावण को परास्त करने में विष्णु के रामावतार के समय में उनकी सहायता की थी।

ॐ नमः शिवाय

ॐ

गंगाधराय नमः!

अध्याय 19

गंगा का अवतरण

हे मेरे नेत्रों, हर को देखो,
जिनके कण्ठ ने समुद्र से जन्मे विष को निगल लिया था,
उन प्रभु को, जो अपने दायें हाथ को लयबद्ध घुमाते हुए
शाश्वत नृत्यरत रहते हैं, हे मेरे नेत्रों,
उसको देखो!

—सन्त अप्पार

सगर नाम का एक सूर्यवंशी राजा हुआ करता था, जिसने परमेश्वर की उपासना के लिए अश्वमेध यज्ञ का आयोजन किया। यज्ञ के घोड़े को समूचे राज्य में घूमने के लिए स्वतन्त्र छोड़ दिया गया और राजा की सेनाएँ उसके पीछे-पीछे चल पड़ीं। अगर कोई राजा की सामर्थ्य को चुनौती देना चाहता, तो उसके लिए आवश्यक था कि वह उस घोड़े को रोकता और राजा की सेनाओं के साथ युद्ध करता। कहा जाता है कि जो कोई एक सौ अश्वमेध पूरे कर लेता था वह देवताओं पर शासन करने के योग्य मान लिया जाता था। जब सगर ने अपना सौवाँ अश्वमेध आरम्भ किया, तो देवराज इन्द्र यह सोचकर भयभीत हो उठे कि सगर उनको उनके सिंहासन से उतार देगा, और इसलिए उन्होंने यज्ञ के घोड़े को चुराकर पाताल लोक में उस स्थान के पास बाँध दिया जहाँ पर महान मुनि कपिल तपस्या कर रहे थे। जब घोड़ा ग़ायब हो गया, तो सगर ने उसे खोजने अपने सैनिकों को भेजा, लेकिन हर कहीं खोजने पर भी वह उनको नहीं मिल सका। अब सगर के सौ पुत्र घोड़े को ढूँढ़ने निकले और अपनी खोज के दौरान उन्होंने समूची पृथ्वी को खोद डाला। तब जाकर उनको वह पाताल लोक में दिखायी दिया, जो कपिल मुनि के बगल में मज़े से घास चरता रहा था। उनकी अपनी ही पापपूर्ण प्रवृत्तियों से उनका दिमाग़ भ्रमित हुआ जिससे उनको लगा कि कपिल मुनि ने ही उस घोड़े को चुराया है, और यह सोचकर वे मुनि पर झपट पड़े। ध्यान में डूबे कपिल मुनि ने अपने नेत्र खोले, और उनमें से भड़की अग्नि की लपटों में सगर के वे सौ के सौ पुत्र जलकर भस्म हो गये। यह समाचार सुनकर राजा का पोता अंशुमान अपने चाचाओं के लिए क्षमादान प्राप्त करने भागा। वह उस स्थल पर पहुँचा

जहाँ घोड़ा बँधा हुआ था। वह मुनि को देखते ही पहचान गया कि वे कोई प्रबुद्ध आत्मा हैं, और उसने उनसे प्रार्थना की कि वे घोड़े को मुक्त कर दें तथा उसके चाचाओं को क्षमा कर दें। मुनि ने उसको आशीर्वाद देकर कहा कि वह घोड़े को ले जाए और अपने पितामह का यज्ञ पूरा करे।

"तुम्हारे चाचाओं का शुद्धिकरण केवल उस गंगा के जल से हो सकता है, जो स्वर्ग में बहती है," कपिल मुनि ने कहा। अंशुमान ने वापस लौटकर यज्ञ तो पूरा कर लिया, लेकिन वह अपने छोटे से जीवन में गंगा को पृथ्वी पर लाने का काम करने में असमर्थ था। इसके लिए उसके पुत्र दिलीप ने भी घोर तपस्या की लेकिन वह भी गंगा को पृथ्वी पर लाने में असमर्थ रहा।

दिलीप का पुत्र राजकुमार भगीरथ यशस्वी इक्ष्वाकु वंश का अगला वंशज था। जब उसको अपने पिता और पितामहों द्वारा गंगा को पृथ्वी पर लाये जाने के लिए किये गये महान उद्यमों के बारे में पता चला, तो उसने निश्चय किया कि वह अपने पूर्वजों की विफलता को सफलता में बदलेगा और देवनदी गंगा को पृथ्वी पर उतरने को विवश कर अपने पूर्वजों को मुक्ति दिलाएगा। इस दृढ़ संकल्प से भरा हुआ वह युवा राजकुमार हिमालय पर पहुँचा और गंगोत्री के नाम से प्रसिद्ध हुए स्थल पर बैठकर उसने कई वर्षों तक घोर तपस्या की।

अन्ततः देवी गंगा प्रसन्न हुईं और उससे बोलीं कि वे पृथ्वी पर उतरने को तैयार हैं। "हे भगीरथ, मैं तुम्हारी तपस्या से प्रसन्न हूँ," उन्होंने कहा, "लेकिन यदि मैं नीचे आती हूँ, तो मेरे गिरने से पृथ्वी चूरचूर हो जाएगी और वह मेरे अपरिमित भार को सह नहीं सकेगी। इसलिए तुम्हें ऐसे किसी व्यक्ति की खोज करनी होगी जो मेरे गिरने के वेग को कम कर सके और मेरे भीषण भार को सह सके। इसके अतिरिक्त, जब मैं पृथ्वी पर आऊँगी, तो सारे मनुष्य मेरे जल में अपने पाप धोएँगे और मैं प्रदूषित हो जाऊँगी। तब मेरा शुद्धिकरण कौन करेगा?"

भगीरथ ने विनम्रतापूर्वक उत्तर दिया, "हे देवी, जब भी कोई पुण्यात्मा मनुष्य आपके जल में स्नान करेगा, वह पापियों के सम्पर्क से पैदा हुए आपके दूषण को मिटाकर आपको स्वच्छ कर देगा। पुण्यात्मा मनुष्य सब प्रकार की पवित्रताओं का भण्डार होता है। ऐसे पुण्यात्मा मनुष्य के हृदय में स्वयं भगवान निवास करते हैं, जो कि पवित्रता का सत्त्व हैं, और उनकी उपस्थिति में किसी प्रकार की अपवित्रता नहीं रह जाती। जहाँ तक आपकी पहली कठिनाई का प्रश्न है, केवल भगवान शिव ही आपके अवतरण के वेग को रोक सकने में समर्थ हैं। वे करुणा की निधि हैं। जब उनको पता चलेगा कि आपके पृथ्वी पर आने से सारी मनुष्यता का कल्याण होने वाला है, तो वे निश्चय ही मेरी सहायता करने को तैयार हो जायेंगे।"

इतना कहकर भगीरथ ने घोर तपस्या का एक और सिलसिला आरम्भ कर दिया जिसके माध्यम से उसने कृपासिन्धु शिव को प्रसन्न किया और उनसे अपने उद्यम में सहायता करने की प्रार्थना की। शिव तैयार हो गये और भगीरथ ने एक बार पुनः गंगा से नीचे आने का अनुरोध किया। देवलोकवासी गंगा सामान्यतः सृष्टिकर्त्ता ब्रह्मा के कमण्डलु में रहा

करती थीं। अपने वामन अवतार के दौरान विष्णु ने एक वैश्विक रूप धारण किया था और उस समय उनका एक पाँव ब्रह्मा की सृष्टि पर पड़ा था। भगवान के उस चरण-कमल को देखकर सृष्टा अत्यन्त आनन्दित हो उठे थे और उन्होंने वामन के पैर पर गंगा का जल उँड़ेल दिया था।

भगवान विष्णु के चरण-कमलों को धोकर शुद्ध हुआ यही गंगा का वह जल था, जो अब पूरे वेग के साथ धरती की ओर गिर रहा था। गंगा ने खेल-खेल में शिव की सामर्थ्य की परीक्षा लेने का फ़ैसला किया और भीषण वेग के साथ इस महाद्वीप पर गिरीं। शिव ने अपनी जटाएँ खोलीं और उनको उनके उन्मत्त वेग में ही उन जटाओं में इस प्रकार समा लिया कि उनकी एक बूँद भी शेष नहीं रह गयी, और इस प्रकार उनके अहंकार को पराजित कर दिया। वे पूरी तरह से उनके केशों में बिला गयीं। उन्होंने अपनी पूरी शक्ति भर प्रयत्न किया, लेकिन वे अपनी एक बूँद भी शिव के उन केशों से बाहर बहा पाने में सफल नहीं हो सकीं, जिनको शिव ने एक बार फिर से बाँध लिया था। बेचारा भगीरथ! उसको एक बार फिर त्रिनेत्र भगवान का ध्यान करना पड़ा और उसने उनसे प्रार्थना की कि वे स्वर्गवासिनी गंगा के जल का कम से एक हिस्सा तो अपने केशों से मुक्त कर दें, ताकि उसके पूर्वज शान्ति प्राप्त कर सकें। गंगा के अहंकार को नियंत्रित करने के बाद, भगवान ने प्रसन्न होकर भगीरथ की प्रार्थना को सुना और अपने जटाजूट की ऊपरी गाँठ के भीतर से गंगा को हल्का-सा रिस जाने दिया।

यही वह गंगा है जिसको हम आज देखते हैं। शिव के लिए जो एक मामूली-सा रिसाव था वह हमारे लिए एक भीषण प्रवाह है। गंगा हिमालय के आकाश चूमते शिखरों के बीच गोमुख के नाम से प्रसिद्ध हिमखण्ड (ग्लेशियर) से बाहर निकलीं। चूँकि गंगा भगीरथ के प्रयत्नों से नीचे आयी थीं, उन क्षेत्रों में उनका नाम भागीरथी है। चूँकि वे शिव के केशों में रक्षित हैं, वे उनकी दूसरी पत्नी बन गयीं, और शिव गंगाधर कहलाने लगे।

भगीरथ हिमालय की तराइयों की ओर तेजी से अपना घोड़ा दौड़ाते हुए बढ़े और गंगा उनके पीछे-पीछे चल पड़ीं। उनको उस समुद्र तक पहुँचने के लिए लम्बा रास्ता पार करना पड़ा जहाँ पर उनके पूर्वजों की अस्थियाँ पड़ी हुई थीं। कहा जाता है कि रास्ते में जाह्नव ऋषि का आश्रम पड़ा, और चूँकि नदी उस आश्रम को बहा देने वाली थी, इसलिए ऋषि ने चुपचाप उसको उठाकर अपने बायें कान में रख लिया। भगीरथ ने पीछे मुड़कर देखा कि गंगा ग़ायब हो चुकी हैं, और इसकी वजह का अनुमान लगाते हुए उन्होंने वापस लौटकर ऋषि से गंगा को मुक्त कर देने की प्रार्थना की। जाह्नव ने सहर्ष उनका अनुरोध स्वीकार कर लिया, और गंगा को अपने दायें कान से निकल जाने दिया। इस प्रकार गंगा ने जाह्नवी, अर्थात जाह्नव की पुत्री कहलायीं।

ऋषियों की ये कथाएँ उन पुण्यात्माओं की महानता की झलक देने के लिए हैं जो अपनी इन्द्रियों पर नियन्त्रण की उस पराकाष्ठा पर होते थे कि वे प्रकृति की शक्तियों को अपने वश में कर मनचाही दिशा में मोड़ सकते थे। ये ऋषि जगत के सर्वशक्तिशाली केन्द्र के साथ एकमेव हुआ करते थे और इसलिए ऐसा कुछ भी नहीं था जिस पर वे अपना हुक्म न चला सकें। गंगा को भगीरथ के उस आश्वासन का भी स्मरण था कि यदि कोई पवित्र

आत्मा उनका स्पर्श करती है, तो पापियों के स्नान करने के कारण जो भी अशुद्धियाँ उनमें एकत्र हो जाएँगी वे सब उस पवित्र स्पर्श से धुल जाएँगी। इस प्रकार गंगा अपने मार्ग की हर वस्तु को पवित्र करती हुईं भगीरथ के पीछे-पीछे तब तक भागती गयीं जब तक कि वे महासागर के उस तट तक नहीं पहुँच गयीं जो आज के समय के कोलकाता में स्थित है। सगर के पुत्रों की अस्थियाँ वहाँ पड़ी हुई थीं, और वे उनके ऊपर से बह गयीं और इस प्रकार उन्होंने भगीरथ को दिया गया उनके पूर्वजों को मुक्त करने का अपना वचन निभाया।

एक अत्यन्त पुण्यात्मा ऋषि के अपमान का पाप करने के बावजूद, इन राजकुमारों ने गंगा के पवित्र जल के साथ अपनी अस्थियों के परोक्ष सम्पर्क के माध्यम से स्वर्ग प्राप्त किया। भगीरथ का नाम असम्भव लक्ष्यों को प्राप्त करने के लिए किये जाने वाले अतिमानवीय उद्यम और पराक्रम का पर्याय बन गया। यही वह महिमा है जिसके साथ गंगा आज हमारे साथ है, उन सबको आशीर्वाद देने को तत्पर जो उसके जल में स्नान करते हैं या भक्तिभाव से उसकी प्रार्थना करते हैं। सारे धर्मपरायण हिन्दू यही आशा करते हैं कि मृत्यु के बाद उनकी अस्थियाँ उनके बच्चों के द्वारा देवनदी गंगा में विसर्जित की जाएँ, क्योंकि इसी में उनकी अन्तिम मुक्ति निहित है।

ॐ नमः शिवाय

मैं निराकार हूँ, और किसी भी तरह के विकारों और
गुणों से रहित हूँ। मैं सर्वव्यापी और स्वतन्त्र हूँ।
मैं सदा एकसा हूँ, न बन्धन में हूँ न मुक्त।
मैं चेतना का सत्व और परम आनन्द हूँ -
शिवोऽहम्! शिवोऽहम्!

—आदि शंकराचार्य द्वारा रचित
'निर्वाणशतकम्' से

ॐ

सोमाय नमः!

अध्याय 20

भस्मासुर

अबके बाद से, हे पिता!
आपके चरणों का दिन-रात ध्यान करने की बजाय
मैं अपनी देह को धरती पर त्यागने और
आपके चरणों के स्वर्ग में प्रवेश करने में मन लगाऊँगा।
यही मेरी दासता है।

—सन्त माणिक्कवाचकर

एक समय की बात है, एक भस्मक नाम का असुर हुआ करता था, जो सारे संसार पर शासन करना चाहता था। उसने तपस्या कर भगवान शिव को प्रसन्न करने का निश्चय किया। जब असुर ने कई वर्ष तक तपस्या कर ली, तो शिव प्रसन्न होकर उसको मुँहमाँगा वरदान देने को तैयार हो गये। भस्मक के मन में तो एक ही विचार था, सो उसने तत्काल कहा, "मुझे ऐसा वरदान दीजिए कि मैं जिस किसी के भी सिर पर अपना हाथ रखूँ वह तुरन्त राख के ढेर में बदल जाए।" 'भस्म' का अर्थ ही राख होता है, और शायद उसके नाम ने ही उसको यह विचित्र वरदान माँगने के लिए प्रेरित किया होगा। शिव तो अपने भक्तों के प्रेम के लिए प्रसिद्ध ही हैं, सो उन्होंने बिना आगा-पीछा सोचे उसको यह वरदान दे दिया। असुर की तो प्रवृत्ति ही ऐसी होती है कि जो हाथ उसको भोजन कराता है वह उसी हाथ को काट लेता है। अपनी इसी प्रवृत्ति के अनुरूप उस असुर ने भी इस वरदान का असर परखने के लिए अपने ही उपकारकर्त्ता के सिर पर हाथ रखने का फ़ैसला किया! वह अभी दो क़दम ही आगे बढ़ा था कि शिव उसके इरादे को भाँप गये। वहाँ से भाग खड़ा होना ही एकमात्र उपाय था, और यही उन्होंने भस्मासुर के मामले में किया।

शिव सीधे वैकुण्ठ की ओर भागे और विष्णु से सहायता की याचना की। विष्णु ने तुरन्त ही सारे जगत को लुभाने वाली मोहिनी का रूप धारण कर लिया और उस असुर के सामने जा खड़े हुए जो हत्या के लिए तत्पर अपना हाथ उठाये हुए तेजी से भागा आ रहा था। जब उसने रास्ता रोके खड़ी मोहिनी को देखा, तो वह अपना इरादा भूल गया और उससे विवाह करने की याचना करने लगा। सारे जगत को अपनी माया से भ्रमित कर

सकने में सक्षम आदि मायावी विष्णु ने वासना से भरे हुए उस असुर के सामने लजाने का स्वाँग करते हुए अपना सिर झुका लिया।

"हे भद्र पुरुष, मैंने एक प्रण ले रखा है कि मैं उसी पुरुष पर कृपा करूँगी जो मुझको नृत्य में पराजित कर देगा।"

"ओह, मैं तो एक मँजा हुआ नर्तक हूँ," आसक्ति से भरा हुआ असुर चीख़ा, हालाँकि वह किसी भैंसे की भाँति 'गरिमापूर्ण' था।

"ये तो बहुत ही अच्छा है," उस कामिनी ने कहा, "मैं कुछ मुद्राएँ बनाऊँगी और आप उनका अनुकरण करने की कोशिश कीजिए।"

"बिलकुल!" असुर ने कहा, "लेकिन यह सब जल्दी से निबटाइए, क्योंकि मैं आपको अपनी बाँहों में भरने के लिए व्याकुल हूँ।"

मोहिनी रहस्यमय ढंग से मुस्करायी। बातचीत में और अधिक समय जाया न करते हुए, उसने एक के बाद एक मुद्राएँ बनाना आरम्भ कर दिया। इन मूर्तिवत मुद्राओं में वह इतनी सम्मोहक लग रही थी कि भस्मक उसको जकड़ लेने के लिए आतुर हुआ जा रहा था, लेकिन उसने किसी तरह अपनी उत्तेजना को नियन्त्रित किया और भरसक उसकी मुद्राओं की नक़ल करने की कोशिश करता रहा। वह इतना उतावला और उसके सौन्दर्य से इतना अभिभूत था कि वह क्या कर रही है इस पर उसका ध्यान ही नहीं टिक रहा था, वह तो बस उसकी नक़ल किये जा रहा था। अन्त में मोहिनी ने अपना दायाँ हाथ अपने ही सिर पर रखकर एक मुद्रा बनायी। तनिक भी सोचविचार किये बिना भस्मक ने उसकी नक़ल की और तुरन्त ही राख के ढेर में बदल गया।

शिव अपनी जल्दबाज़ी, उदारता और भोलेपन के लिए जगत भर में विख्यात हैं। कहा जाता है कि भक्तों का भला करने की अपनी व्यग्रता में वे स्वयं की सुरक्षा का भी ख़याल नहीं करते। वे हर किसी को आशीर्वाद देते हैं और किसी पर भी बन्धन लगाने की कोशिश नहीं करते, चाहे वे असुर ही क्यों न हों। उनको जितनी जल्दी क्रोध आता है, उतनी ही जल्दी वे प्रसन्न भी हो जाते हैं। दूसरी ओर विष्णु अपनी चतुराई के लिए और हर परिस्थिति से निबटने की युक्ति ढूँढ़ निकालने के लिए जाने जाते हैं, इसलिए वे सदा परिस्थितियों के नियन्ता बने रहते थे, उनके शिकार कभी नहीं होते थे। इस प्रकार विष्णु ने शिव की रक्षा की और शिव उनके प्रति अत्यन्त कृतज्ञ हुए।

ॐ नमः शिवाय

ॐ

सदाशिवाय नमः!

अध्याय 21

मार्कण्डेय की कथा

हे परिशुद्ध, हे गुणों की खान!
हे रक्ताभ आँखों वाले गर्वीले बैल पर आसीन प्रभु!
हे स्वच्छ मधु! हे जीवन के जल!
हे सुन्दर नेत्रों वाले प्रभु!
हे अमर शक्तियों के बीच सिंह के समान!
प्रार्थना करता हूँ, मुझे बताएँ कि यहाँ पर मेरा कौन है?

—सन्त सुन्दरार

एक समय की बात है, मृकण्डु नामक एक ब्राह्मण हुआ करता था, जिसकी कोई सन्तान नहीं थी। उसने और उसकी पत्नी ने शिव से पुत्र के लिए प्रार्थना की। शिव ने उसके सपने में प्रकट होकर उससे कहा, "क्या तुम एक ऐसा पुत्र पसन्द करोगे जो हर दृष्टि से बुद्धिमान हो लेकिन जो सोलह वर्ष की आयु में मर जाए, या फिर तुम लम्बी आयु प्राप्त करने वाला मूर्ख पुत्र पसन्द करोगे?"

काफ़ी सोच विचार के बाद उन लोगों ने बुद्धिमान बालक का विकल्प चुना। जिस शिशु ने उनके यहाँ जन्म लिया वह सचमुच असाधारण था। उसको देखकर हर कोई अचरज और प्रसन्नता से भर उठता था। जब बच्चा बड़ा हुआ तो उसने देखा कि उसके माता-पिता उसकी सुरक्षा को लेकर कुछ अधिक ही परेशान रहते हैं। आख़िरकार उसने उनसे उनकी इस असामान्य उद्विग्नता के बारे में पूछा और उन्होंने उसको कारण बता दिया।

लड़के ने उत्तर दिया, "भगवान शिव को मृत्यु और अमरता दोनों का देवता कहा जाता है। क्या उन्हीं ने आपकी पुत्र-प्राप्ति की इच्छा को पूरा नहीं किया है? अगर हम उनसे प्रार्थना करें, तो क्या वे मुझको अमरता का वरदान नहीं देंगे?"

बच्चे के आत्मविश्वास को देखकर माता-पिता दंग रह गये। उन्होंने उसको अपने घर में बने छोटे-से मन्दिर में स्थपित लिंग की नियमित पूजा करने के लिए प्रोत्साहित किया। लड़का पूरी आस्था के साथ विधि-विधान से लिंग की पूजा करने लगा। अन्ततः उसका

सोलहवाँ जन्मदिन आ पहुँचा। माता-पिता बच्चे को अपनी नज़रों से दूर करने से घबराये हुए थे, लेकिन बच्चा तनिक भी चिन्तित नहीं था। वह नित्य की भाँति उस दिन भी अपने घर के मन्दिर की ओर चल पड़ा। परेशान माता-पिता भी उसके पीछे-पीछे चल पड़े। तभी उसने यम की भयानक आकृति को देखा, जो अपने हाथ में मृत्यु पाश थामे उसकी बगल में तेज़ी से डग भरता चल रहा था। बच्चा तेज़ी से लिंग की ओर भागा, और कहा जाता है कि जहाँ-जहाँ उसका पैर पड़ा वहाँ-वहाँ एक लिंग उभर आया और इन लिंगों ने मृत्यु के देवता के रास्ते में रुकावटें पैदा कर दीं। बच्चे ने मन्दिर में भागकर दोनों हाथों से शिवलिंग को जकड़ लिया। यम ने आगे बढ़कर बच्चे के चारों ओर अपना फन्दा लपेट दिया, लेकिन बच्चा चूँकि लिंग से लिपटा हुआ था इसलिए उस फन्दे ने बच्चे के साथ-साथ लिंग को भी घेर लिया।

भयभीत बच्चा ज़ोर से पुकार उठा, "हे शम्भु! मेरी रक्षा करें! मेरी रक्षा करें! मैं अकेला और असहाय हूँ!"

तुरन्त लिंग में भगवान प्रकट हो गये और उससे कोमल स्वर में बोले, "डरो मत, मैं मृत्यु के लिए तुमको ले जाने की अनुमति नहीं दूँगा।" इसके बाद उन्होंने यम की ओर मुड़कर कहा, "हे यम! आप अब अपने घर वापस जा सकते हैं। बच्चे को केवल सोलह वर्ष का जीवन दिया गया था, और आपने निर्धारित समय पर आकर अपने कर्त्तव्य का निर्वाह किया। आपका कर्त्तव्य पूरा हुआ। अब आगे का काम मैं सँभालूँगा।"

यम ने भगवान को प्रणाम किया और कहा, "आप मृत्यु और अमरता दोनों ही प्रदान करने वाले हैं। आप स्रष्टा, रक्षक और संहारकर्त्ता हैं। मैं आपकी आज्ञा का पालन करने के सिवा और क्या कर सकता हूँ?" इतना कहकर यम चले गये। शिव ने बच्चे को उठाया, जिसने अपनी आँखें मूँद ली थीं क्योंकि वह उस दृश्य से इतना भयभीत था कि आँखें खोलकर उसको देखने का साहस उसमें नहीं था।

"मेरे प्यारे बच्चे," भगवान ने कहा, "डरने की बिलकुल भी आवश्यकता नहीं है। मेरे भक्त कभी भी पराजित नहीं हो सकते। मृत्यु भी मेरे भक्तों के सामने असहाय होगी। तुम्हारी श्रद्धा और भक्ति अकारथ नहीं जा सकती। मैं तुमको बहुत लम्बा जीवन प्रदान करता हूँ। तुम इस पूरे मन्वन्तर भर जीवित रहोगे और एक महान ऋषि के रूप में कीर्ति प्राप्त करोगे। तुम हिमालय पर बद्रिकाश्रम में केदार कन्द पर अपना आश्रम बनाकर रहोगे। वहाँ पर रहकर तुम सृष्टि के इस पूरे चक्र के दौरान तपस्या करोगे, और उस युग के अन्त में रूपहीन तत्त्व में विलीन हो जाओगे। बिलकुल भी मत डरो। अब कोई भी तुमको नुक़सान नहीं पहुँचा सकता।"

इतना कहकर भगवान चले गये। वह बालक मार्कण्डेय के नाम से जाना गया। मार्कण्डेय कुछ समय तक अपने माता-पिता के पास रहने के बाद हिमालय पर चले गये, क्योंकि उनको अहसास हो चुका था कि उनके जीवन की वास्तविक भूमिका परमेश्वर का ध्यान करना है। ऋषि को तपस्या करते हुए कई युग बीत गये। जैसा कि अक्सर हुआ करता था, इन्द्र को उनसे ईर्ष्या होने लगी, क्योंकि उनको लगता था कि मार्कण्डेय उनका स्थान हड़पना चाहते हैं। ऋषि को मोहित करने तथा कामवासना का शिकार बनाने के लिए

इन्द्र ने अपना अमला उनके पास भेजा, जिसमें कामदेव, अप्सराएँ और अन्य अनेक दिव्य कन्याएँ शामिल थीं। कामदेव जहाँ कहीं भी जाते थे वसन्त और सुगन्धित मलय समीर उनके साथ होते थे। वे बद्रिकाश्रम में जहाँ पर ऋषि का आश्रम था वहाँ जा पहुँचे और उस बंजर इलाक़े को उन्होंने सौन्दर्य से भर दिया। वसन्त का मौसम छा गया। दूज के चन्द्रमा ने सन्ध्या के आकाश का शृंगार कर दिया। चारों ओर फूलों की बहार आ गयी, और लताएँ पराग ढरकाती कलियों से लद गयीं। मधुमक्खियाँ और भँवरे वातावरण में चारों ओर फैले मकरन्द की ख़ुशबू से मदहोश होकर गुंजार करने लगे। समूचा वातावरण ऐसा था कि वह कठोरतम संन्यासी के मन में भी प्रेम की भावनाएँ जगा सकता था। कामदेव ईख का अपना धनुष सँभाले आ पहुँचे और उनके पीछे-पीछे अपनी वीणाओं को झंकृत करतीं मधुर गीत गाती अप्सराएँ आ पहुँचीं।

ऋषि यज्ञ की अग्नि में आहुतियाँ डालने के बाद अधखुले नेत्रों के साथ ध्यान करते हुए बैठे थे। उनके मुख पर उस अग्नि की ही भाँति तेज था। अप्सराएँ आगे बढ़कर नाचने लगीं। संगीतकार अपने-अपने वाद्य छेड़ने लगे और कामदेव ने अपना पंचशिर बाण धनुष पर तान लिया। देव-नर्तकी पुंजिकस्थली मन्थर गति और कामुक ढंग से आगे बढ़कर संगीत की लय पर ऋषि के सामने नाचने लगी। उसके पारदर्शी ढीले वस्त्र उसके शरीर से खिसक रहे थे, और उसके घुँघराले बाल उसके चेहरे पर अठखेलियाँ कर रहे थे। इसी अवसर का लाभ उठाते हुए कामदेव ने अपना बाण छोड़ दिया।

मार्कण्डेय ने नेत्र खोल दिये। इन्द्र और उसके साथी पास ही झाड़ियों की ओट में खड़े इस पूरी कार्यवाही को देख रहे थे और वे पीले पड़े हुए थे, क्योंकि वे उस दृश्य को भूले नहीं थे जब कामदेव ने उनके कहने पर ऐसा ही दुस्साहस शिव के साथ किया था। इस बार कामदेव अपनी उन्हीं चालबाज़ियों का इस्तेमाल शिव के एक भक्त पर कर रहे थे, और वे उसके इस कर्म के परिणामों को लेकर कुछ अनिश्चिय की सी दशा में थे। अगर स्थिति बिगड़ी, तो वे वहाँ से भागने के लिए पूरी तरह से तैयार थे, लेकिन उनको यह देखकर आश्चर्य हुआ कि ऋषि तो जैसे सौम्यता की साक्षात् मूर्ति थे। उन्होंने देखा कि नर्तकियाँ ऋषि के सामने लजाते और उनकी ओर मुस्कराते हुए देखती खड़ी हैं। ऋषि परमेश्वर से एकात्म थे और वे जानते थे कि उनके मन में क्या चल रहा है। उन्होंने झाड़ियों के पीछे से चुपचाप ताकते इन्द्र को इशारे से बुलाया। इन्द्र लज्जित-से होते हुए उनके पास पहुँचे और उनको प्रणाम कर उनसे क्षमायाचना करने लगे। ऋषि ने इन्द्र को आश्वस्त किया कि उनका स्थान हड़पने का उनका बिलकुल भी इरादा नहीं है, वे तो केवल बिना किसी रुकावट के ईश्वर की भक्ति करना चाहते हैं।

जब इन्द्र चले गये तो विष्णु अपने नर-नारायण अवतार में मार्कण्डेय को आशीर्वाद देने प्रकट हुए। उन्होंने उनसे कोई वरदान माँगने को कहा, और काफ़ी आग्रह के बाद मार्कण्डेय ने भगवान से उनकी दिव्य माया की एक झलक दिखाने को कहा। यह कुछ विचित्र-सा अनुरोध था। हम सब आमतौर से उनसे यह आग्रह करते हैं कि वे अपनी माया का आवरण हटाएँ लेकिन सदा आत्मिक आनन्द में डूबे रहने वाले मार्कण्डेय तो माया का अर्थ ही नहीं जानते थे। भगवान इस आश्चर्यपूर्ण अनुरोध को सुनकर मुस्कराये और उस

अनुरोध को पूरा करने पर सहमत हो गये।

उनके जाते ही मार्कण्डेय ने पाया कि आसमान में काले, गुस्सैल बादल छा रहे हैं। सहसा तेज़ बारिश होने लगी, और हालाँकि वे पर्वत की चोटी पर बैठे हुए थे लेकिन चारों ओर से समुद्र उफनता हुआ दिखायी देने लगा, और मार्कण्डेय ने पाया कि उनका आश्रम बाढ़ में बहने वाला है। उनको लगा कि अब वे उस बाढ़ में डूबने से नहीं बच सकते, और अपने सोलहवें जन्म दिन के बाद पहली बार उनको भय का अनुभव हुआ। वे उस बाढ़ के पानी में अन्तहीन समय तक बचाव की किसी उम्मीद से वंचित भूख और प्यास से व्याकुल बहते रहे। उनको लगा जैसे वे इस संसार सागर में हमेशा से तैर रहे हैं। उनको अपने पिछले जीवन की कोई स्मृति नहीं रह गयी। कभी ऐसा होता कि वे पूरी तरह पानी में डूब जाते और फिर कभी तैरने लगते।

उन्होंने करुण होकर भगवान से सहायता की प्रार्थना की, और सहसा उनको बरगद का एक पत्ता पानी में तैरता हुआ दिखायी दिया। उस पत्ते पर स्नेह-स्निग्ध नेत्रों वाला एक नीलवर्ण तेजस्वी शिशु लेटा हुआ था। शिशु अपने दोनों हाथों से अपना एक पैर पकड़े हुए अपनी एड़ी चूस रहा था। यह मार्कण्डेय के लिए एक मौन सन्देश था कि संसार-सागर में डूबते हुओं के लिए भगवान के चरण-कमल ही एकमात्र सहारा हैं। इस विलक्षण शिशु को देखकर ऋषि अपने कष्ट भूल गये और उसकी ओर बरबस से खिंचे चले गये।

उन्होंने जैसे ही शिशु को आलिंगन में भरने के लिए अपने हाथ फैलाये, उनको लगा कि शिशु अपनी साँसों के सहारे उनको अपने भीतर खींचे लिये जा रहा है। शिशु के भीतर उनको विश्व के दर्शन हुए और उनको याद आया कि यह विश्व का वही रूप है जिसको वे उस महाप्रलय के पहले देखा करते थे। नक्षत्रों से भरा आकाश, स्वर्ग, पृथ्वी, महासागर, जंगल, और पर्वत आदि सभी कुछ उस विलक्षण शिशु के हृदय में मौजूद थे। उनका अपना आश्रम भी वहाँ था।

वे इस विस्मयकारी दृश्य को देख ही रहे थे कि सहसा वे उसकी साँसों के ज़ोर से उसके उदर से बाहर फिंक गये। एक बार फिर से वे बाढ़ के पानी में बह रहे थे, और वह विलक्षण शिशु बरगद के पत्ते पर लेटा उनकी पहुँच से दूर बहता चला रहा था। शिशु की स्नेह से भरी तिरछी दृष्टि से अभिभूत होकर वे उसको आलिंगन में भर लने को उसकी ओर तैरने लगे, लेकिन जैसे ही उनका हाथ उस तक पहुँचा भगवान ओझल हो गये, और मार्कण्डेय ने स्वयं को हिमालय के अपने उसी आश्रम में पाया और उनको अहसास हुआ कि अपनी कल्पना में वे अभी-अभी समय के जिस विराट दौर से होकर गुज़रे हैं वह वास्तव में क्षण भर से अधिक का नहीं था। उन्होंने केवल विष्णु की माया की महिमा को अनुभव किया था। उनके लिए न तो कोई अतीत है न ही कोई भविष्य है; सिवा एक महिमामय वर्तमान के वहाँ और कुछ भी नहीं है।

अपने भक्त को इस देवोपम अवस्था में देख, शिव अपनी अर्द्धांगिनी पार्वती के साथ उनको आशीर्वाद देने आ पहुँचे। ऋषि आँखें बन्द कर उस दिव्य शिशु का ध्यान कर रहे थे कि तभी उनकी आँखों में उस दृश्य की जगह इस दिव्य युगल की छवियाँ उभरीं। उन्होंने अपनी आँखें खोलीं और उनको अपने सामने खड़े हुए देखा। शिव का वर्ण अग्नि

के समान था। उनका जटाजूट दूज के चन्द्रमा से अलंकृत था, और उन्होंने हाथी की खाल लपेट रखी थी। उन्होंने अपने हाथों में त्रिशूल, दण्ड, कवच, तलवार और धनुष तथा रुद्राक्ष की माला धारण कर रखी थी। जगत-जननी पार्वती उनके बगल में खड़ी हुई थीं। मार्कण्डेय हड़बड़ाकर उठे और उनको दण्डवत् प्रणाम करते हुए उनकी स्तुति करने लगे। शिव ने उनसे वरदान माँगने का आग्रह किया।

मार्कण्डेय, जो अभी एक ही वरदान के असर से उबर नहीं पाये थे, बोले, "मैंने अभी-अभी विष्णु की माया का भीषण प्रभाव महसूस किया है। मैं अब इस संसार से कुछ भी नहीं चाहता। मैं तो केवल आपके और विष्णु के तथा आपके समस्त भक्तों के चरणों की अटल भक्ति चाहता हूँ।"

भगवान शिव ने जवाब दिया, "हे महान, उदात्त आत्मा! आपने जो कुछ भी माँगा वह सब आपको मिलेगा। आप वृद्धावस्था और मृत्यु के जंजालों से मुक्त होंगे। आपका जीवन प्रलय के समय तक जारी रहेगा, जैसा कि मैं आपसे पहले ही कह चुका हूँ जब मैंने आपको यम के फन्दे से बचाया था। आपको भूत, वर्तमान और भविष्य का बोध होगा, साथ ही सम्पूर्ण वैराग्य और सम्पूर्ण ज्ञान की प्राप्ति होगी। वैराग्य से युक्त एक साधु पुरुष के दर्शन मात्र किसी की भी आत्मा को शुद्ध करने के लिए काफ़ी होती है। स्वयं भगवान ऐसे साधु पुरुष के दर्शन की अभिलाषा करते हैं। आपके दर्शन मात्र से लोग पवित्र होंगे। आपकी कीर्ति हर युग में बनी रहेगी।"

इस प्रकार आशीर्वचन कहकर शिव और पार्वती वहाँ से चले गये। कहा जाता है कि मार्कण्डेय ऋषि आज भी ईश्वर के सारे भक्तों को आशीर्वाद देने को तत्पर हिमालय पर ध्यान में डूबे हुए हैं।

नर्मदा नदी के तट पर धर्मपुर नाम का एक सुन्दर नगर हुआ करता था। उस नगर में विश्वानर नामक एक ब्राह्मण अपनी पत्नी सुचिस्मति के साथ रहता था। वे दोनों शिव के परम भक्त थे और उन्होंने पुत्र-प्राप्ति के लिए उनसे वरदान माँगा था। दरअसल उन्होंने यह वरदान माँगा था कि स्वयं भगवान शिव उनके पुत्र के रूप में जन्म लें। भगवान ने वरदान दिया और उनके यहाँ एक पुत्र का जन्म हुआ जिसका नाम गृहपति था।

जब यह बालक ग्यारह वर्ष का था तब देवर्षि नारद ने उसका हाथ देखकर भविष्यवाणी की कि साल भर के भीतर उसके साथ कुछ अशुभ घटित होगा, जिसका ताल्लुक आग से होगा। माँ-बाप शोक में डूब गये, लेकिन जब बालक ने उनके दुःख का कारण सुना, तो उसने उनको सान्त्वना देते हुए कहा कि वे दुःख न मनाएँ, क्योंकि वह भगवान को प्रसन्न कर लेगा और इससे अनिष्ट टल जायेगा। माँ-बाप से आज्ञा लेकर वह प्रसिद्ध नगर काशी पहुँचा, जो शिव का प्रिय विश्राम-स्थल माना जाता है। वहाँ पहुँचकर उसने गंगा के प्रसिद्ध मणिकर्ण घाट पर स्नान किया और पूरे एक वर्ष तक लिंग की पूजा करता रहा। जब नारद मुनि द्वारा बताया गया समय आ पहुँचा, तो देवराज इन्द्र ने उसके पास पहुँचकर उससे वरदान माँगने को कहा। बालक ने इन्द्र से वरदान लेने से मना करते हुए कहा कि वह केवल भगवान शिव से ही वरदान प्राप्त करेगा। इन्द्र अत्यन्त क्रोधित हो उठे और उन्होंने इस उद्धत बालक का काम तमाम कर देने के लिए अपना वज्र उठा लिया।

बालक ने अपना हाथ उठाकर भगवान शिव से रक्षा की याचना की। शिव उसके सम्मुख प्रकट हुए और बोले, "हे बालक, डर मत। मैं ही था जो तेरी परीक्षा लेने इन्द्र के वेश में तेरे सामने प्रकट हुआ था। मेरे भक्त पर कोई भी अत्याचार नहीं कर सकता - न इन्द्र, न उसका वज्र, न स्वयं मृत्यु। मैं अब तुझे अग्नीश्वर नाम देता हूँ। तू आग्नेय दिशा (दक्षिण-पूर्व दिशा) का रक्षक होगा। जो भी कोई तेरा भक्त होगा उसको अग्नि, बिजली या अकाल मृत्यु का भय नहीं होगा।" अग्नि को शिव का एक रूप कहा जाता है। वह शिव का तीसरा नेत्र है।

ॐ नमः शिवाय

ॐ

कृपानिधाय नमः!

अध्याय 22

शिव के अवतार

ओ मेरे हृदय! उस उत्तान स्वर्णजटाओं वाले
परम निष्कलुष का ध्यान कर,
जो मेघाच्छादित पर्वत की पुत्री, देवी का प्रियतम है,
ओ मेरे हृदय! उसका ध्यान कर।

—सन्त अप्पार

हम सामान्यतौर पर शिव को अवतारों से जोड़कर नहीं देखते, लेकिन यह एक तथ्य है कि उन्होंने अपने भक्तों की ख़ातिर अनेक अवतार धारण किये हैं। यहाँ पर हम उनमें से कुछ का वर्णन करने की कोशिश करेंगे।

भगवान विष्णु का एक अवतार नरसिंह का था। कहा जाता है कि इस अवतार में हिरण्यकश्यपु का वध करने के बाद भी उनका कोप शान्त नहीं हुआ था, और सारा संसार उनके मुख से निकलती अग्नि में जल जाने के भय से थरथर काँप रहा था। तब देवताओं ने शिव के पास जाकर उनसे इस समस्या को सुलझाने की प्रार्थना की थी, और तब शिव ने शरभ नामक रौद्र रूप धारण किया था। वे विशाल टेढ़ी चोंच और भारीभरकम पंखों से युक्त एक महाकाय पक्षी की तरह दिखायी दे रहे थे। उनके विषदन्त बाहर की ओर निकले हुए थे और उनकी गर्दन काली थी। उनके बलिष्ठ हाथ, चार पैर, और सुदृढ़ पंजे थे। उनके तीन विशाल नेत्र थे जो सृष्टि के अन्त की विनाशकारी अग्नि की भाँति दहक रहे थे। जिस तरह कोई गिद्ध सर्प को पकड़ता है, उसी तरह इस भयावह जन्तु ने नरसिंह को अपने पंजों में जकड़ा और मार डाला। तब समस्त देवताओं ने उनका स्तुति-गान किया।

शिव ने अपना मूल रूप धारण किया और कहा, "जिस तरह दूध में दूध के मिलने से, या पानी में पानी के मिलने से, या घी में घी के मिलने से इनके लक्षणों में कोई परिवर्तन नहीं होता, उसी तरह विष्णु और मैं एक ही हैं, और चाहे मैं उनको मारूँ या चाहे वे मुझको मारे दें, इससे कोई अन्तर नहीं पड़ता। वास्तविक स्थिति यह है कि हम दोनों ही अमर हैं, और इसलिए हम में से कोई भी मारा ही नहीं जा सकता। यह तो केवल हमारी

लीला है। जिस तरह एक नट (अभिनेता) दर्शकों का मनोरंजन करने नाना प्रकार के वेश धारण करता है, उसी प्रकार हम अपने भक्तों की ख़ातिर विभिन्न भूमिकाएँ निभाते रहते हैं।"

ॐ ॐ ॐ

एक समय में शीलाद नाम के एक ऋषि हुआ करते थे। उन्होंने पुत्र-प्राप्ति की कामना से इन्द्र की तपस्या की। जब इन्द्र प्रकट हुए तो शीलाद ने उनसे एक ऐसे पुत्र का वरदान माँगा जो अमर हो, लेकिन इन्द्र ने कहा कि अमरता का वरदान दे पाना उनके लिए असम्भव है। उन्होंने कहा कि अमरता का वरदान तो केवल शिव ही दे सकते हैं। तब शीलाद ने शिव की तपस्या आरम्भ कर दी। वर्षों की तपस्या के बाद जब उनका शरीर कंकाल मात्र रह गया तब शिव ने उनके सम्मुख प्रकट होकर कहा कि वे स्वयं उनके पुत्र के रूप में जन्म लेंगे।

शीलाद ने तब यज्ञ प्रारम्भ कर दिया। यज्ञ के अन्त में उसकी अग्नि से एक बालक प्रकट हुआ। उसके तीन नेत्र और चार हाथ थे तथा अपने हाथों में उसने त्रिशूल और गदा ले रखे थे। उसने हीरों का बना कवच पहन रखा था। देवताओं ने शिव के इस नये रूप पर पुष्पों की वर्षा की। चूँकि इस बच्चे के जन्म से सभी को आनन्द मिला था, इसलिए उसका नाम नन्दी रखा गया, जो कि 'आनन्द' शब्द का ही संक्षिप्त रूप है। लेकिन बालक को जैसे ही शीलाद के आश्रम में ले जाया गया, उसका यह दिव्य रूप लुप्त हो गया और वह मनुष्य के साधारण बालक की भाँति दिखने लगा। वह ख़ुद भी अपने दिव्य जन्म के बारे में भूल गया। शीलाद इससे निराश तो हुए, लेकिन उन्होंने धीरज से काम लिया और बालक को अच्छी शिक्षा-दीक्षा प्रदान की।

एक दिन दो देवता, मित्र और वरुण उनके आश्रम में आये। उन्होंने इस बालक को देखकर कहा कि वैसे तो इसके ग्रह-नक्षत्र मांगलिक हैं, लेकिन यह आठ वर्ष की आयु से अधिक नहीं जिएगा। शीलाद यह सुनकर स्वाभाविक ही अत्यन्त दुखी हुए और रोने लगे। जब नन्दी को अपने पिता के शोक का कारण ज्ञात हुआ, तो उसने शिव की प्रार्थना की। शिव प्रकट हुए और उन्होंने शीलाद को रोने से मना करते हुए कहा कि वह बालक अमर है। उन्होंने बालक को हमेशा के लिए अपने पास रखने का वचन दिया। शिव ने अपना हार उतारकर बच्चे के गले में डाल दिया। नन्दी वापस अपने दिव्य रूप में आ गया, और पार्वती ने उसको अपने पुत्र के रूप में अपना लिया। उसको गणपति, अर्थात शिव के गणों का प्रधान बना दिया गया। इस तरह हम देखते हैं कि नन्दी, बैल के रूप में सदा शिव के सामने बैठा होता है।

ॐ ॐ ॐ

कहा जाता है कि शिव ने अपने भक्तों की परीक्षा लेने के लिए अनगिनत अवतार लिये। हम यहाँ पर उनमें से कुछ का ही वर्णन करेंगे। एक बार मदुरई ज़िले के नन्दीग्राम नामक गाँव में महानन्दा नाम की एक अतिसुन्दर देवदासी (गणिका या वेश्या) रहा करती थी जो

शिव की परम भक्त थी। वह सारी कलाओं में, विशेष रूप से प्रेम की कला में बहुत दक्ष थी। अपनी रात्रिकालीन गतिविधियों के बावजूद वह अपने हृदय में बैठे सच्चे स्वामी, अर्थात शिव, के लिए नाचने और गाने का समय निकाल लेती थी। अपने शयनकक्ष के बाहर वह साधारण वस्त्र और शिव को प्रिय लगने वाले रुद्राक्षों की माला पहने रहती और अपने माथे पर भभूत का तिलक लगाये रहती। उसने एक बन्दर और एक मुर्गे को पाल रखा था जिनको वह रुद्राक्षों से सजाकर रखती थी।

वह जब शिव की भक्ति के गीत गाती, तो ये दोनों पालतू उसके सिखाये अनुसार उन गीतों पर नाचते थे। शिव को उसके विचित्र पेशे के साथ उनके प्रति उसकी यह भक्ति चकित करती थी, इसलिए शिव ने उसकी परीक्षा लेने का फ़ैसला किया। वे वैश्यनाथ नाम एक व्यापारी का वेश धारण कर उसके घर पहुँचे।

व्यापारी ने रुद्राक्ष की माला पहने शिव का नाम जपते हुए उसके घर में प्रवेश किया। महानन्दा ने आनन्दित होकर उसका स्वागत किया, न केवल इसलिए कि वह एक सुन्दर पुरुष था बल्कि इसलिए भी कि वह उसके प्रिय शिव का भक्त मालूम पड़ता था। उसने जैसे ही बैठकर व्यापारी का सत्कार आरम्भ किया, व्यापारी की कलाई में लटकते, रत्नों से जड़े, एक कड़े पर उसकी निगाह पड़ी।

"आपका कड़ा कितना सुन्दर है," उसने ललचायी नज़रों से कड़े को देखते हुए कहा। व्यापारी ने उस कड़े को हासिल करने की उसकी इच्छा को भाँपते हुए कहा, "अगर तुम चाहो तो इसको ले सकती हो, लेकिन मैं तुमको बता दूँ कि यह अत्यन्त मूल्यवान आभूषण है। तुम इसके बदले में मुझको क्या दे सकती हो?"

उसने उत्तर दिया, "मैं तो देवदासियों के कुल की हूँ, प्रेम के टके के अलावा मैं आपको और क्या दे सकती हूँ?"

"ठीक है," व्यापारी ने कहा, "तुम क्या सोचती हो, इसका कितना मूल्य होगा?"

उसने उत्तर दिया, "अगर आप मुझे यह दे देंगे, तो मैं तीन दिन और तीन रातों के लिए आपकी पत्नी बनकर रहूँगी।"

व्यापारी तुरन्त तैयार हो गया और उसने कहा कि सूर्य और चन्द्रमा को साक्षी मानकर अपने इस वचन को तीन बार दोहराओ। उसने वैसा ही किया, और व्यापारी ने वह कड़ा उसको दे दिया। उसने उसको जगमगाते रत्नों से जड़ा एक लिंग भी सौंपा और कहा कि इसको वह बहुत ही सुरक्षित स्थान पर रखे क्योंकि यह उसके लिए बहुत क़ीमती वस्तु है। उसने उस प्रतिमा को ले जाकर उस मंच के बीचों बीच बनी वेदी पर रख दिया जिस पर वह नृत्य किया करती थी। मुर्गा और बन्दर उसकी रखवाली करने लगे।

महानन्दा और व्यापारी ने वह रात साथ-साथ बितायी लेकिन आधी रात को मुर्गे की बाँग और बन्दर का रोना सुनकर वे जाग गये। मंच पर चारों तरफ़ से आग लगी हुई थी जिसने उस प्रतिमा समेत सब कुछ को जला डाला था। इस नुक़सान से व्यापारी अत्यन्त दुखी होकर विलाप करने लगा। "अपनी इस मूल्यवान प्रतिमा को खो देने के बाद अब मैं इस दुनिया में नहीं रहना चाहता," उसने कहा, "मेरे लिए तुरन्त एक चिता तैयार करो

ताकि मैं उसमें कूद कर अपने इस व्यर्थ जीवन को समाप्त कर सकूँ।"

महानन्दा बहुत रोयी और उसने बहुत समझाया लेकिन व्यापारी अपनी ज़िद पर अड़ा रहा, और अग्नि की तीन परिक्रमाएँ करने के बाद वह उसमें कूद पड़ा। यह देखकर स्त्री बहुत दुखी हुई। बावजूद इसके कि वह एक देवदासी थी, वह शिव की परम भक्त थी, और उसने व्यापारी को तीन दिन-तीन रातों तक उसकी पत्नी होने का वचन दिया था, और अब वह अपना वचन निभाने की स्थिति में नहीं रह गयी थी।

"मात्र एक आभूषण की ख़ातिर मैंने तीन दिन तीन रातों के लिए इसकी पत्नी होने का वचन दे डाला। अब जबकि यह मर चुका है, मैं अपना वचन पूरा नहीं कर पाऊँगी। अब तो अपने वचन को निभाने का मेरे पास एक ही उपाय बचा है कि मैं एक सती स्त्री का अपना वचन निभाते हुए इसी के साथ अग्नि में प्रवेश कर जाऊँ।"

उसके सम्बन्धियों ने उसको बहुत समझाया, लेकिन वह अपने निश्चय पर अडिग रही और अपने पति की चिता में कूद पड़ने को तैयार हो गयी। अपने प्रभु शिव का ध्यान करते हुए आग में कूदने के लिए वह एक क़दम पीछे की ओर हटी। तभी शिव उसके सम्मुख अपनी समूची महिमा के साथ प्रकट हो गये और उन्होंने उसको रोक लिया।

उसका हाथ पकड़ते हुए उन्होंने उसको सान्त्वना दी, "यह मैं ही था जो तुम्हारी धर्म-मर्यादा, साहस और मेरे प्रति भक्ति की परीक्षा लेने व्यापारी के वेश में प्रकट हुआ था। मैंने ही उस अग्नि को उत्पन्न किया था जिसने तुम्हारे मंच और उस लिंग-प्रतिमा को जला डाला। तुम इस परीक्षा में सराहनीय ढंग से सफल हुई हो। अब तुम मुझसे मनचाहा वरदान माँग सकती हो।"

प्रभु की इस कृपा से कृतज्ञ और आनन्दित उस देवदासी ने कहा, "अब इस संसार के या स्वर्ग के या किसी भी और लोक के सुखों को भोगने की मेरी कोई इच्छा नहीं है। मैं तो केवल आपके चरण-कमलों का स्पर्श पाना चाहती हूँ। मेरे सेवक, परिचारिकाएँ और सम्बन्धी सभी आपके भक्त हैं। कृपा कर उनको भी मेरे साथ अपने धाम पर ले चलें और हम सबको बारबार जन्म लेने के भयावह दुखों से मुक्त करें।" यह सुनकर भगवान बहुत प्रसन्न हुए और उसको तथा उसके सम्बन्धियों और सेवकों को अपने धाम ले गये।

यह कथा बताती है कि किस तरह भगवान हमारे कर्मों की बजाय हमारे इरादों की ओर अधिक ध्यान देते हैं। यह स्त्री जन्मजात रूप से एक देवदासी थी। वेश्यावृत्ति उसके लिए दूसरे व्यवसायों की भाँति एक व्यवसाय था, लेकिन उसका निजी जीवन पूरी तरह से भगवान के लिए समर्पित था।

जहाँ तक उसके व्यवसाय का प्रश्न था, उसके पास कोई दूसरा विकल्प नहीं था, लेकिन उसका ध्यान हमेशा शिव पर एकाग्र रहता था। हमारे हृदय में झाँकने वाले भगवान हमको हमारे बाहरी दिखावों के आधार पर नहीं बल्कि हमारी आन्तरिक शुचिता के आधार पर परखते हैं।

ॐ ॐ ॐ

भगवान शिव का एक और आनन्ददायी अवतार किरात, यानी शिकारी का है। यूँ तो सारे ही पाण्डव, लेकिन विशेष रूप से अर्जुन शिव के भक्त हुआ करते थे। उनके चचेरे भाइयों, कौरवों ने उनको वनवास दे दिया। उस समय भगवान कृष्ण ने उनको सलाह दी कि वे इस समय का सदुपयोग करते हुए भगवान शिव को प्रसन्न करें और उनसे पाशुपत नाम का उनका शक्तिशाली प्रक्षेपास्त्र हासिल करें। उन्होंने कहा कि इस अस्त्र की सहायता से अर्जुन कौरवों के साथ उस युद्ध में विजय प्राप्त कर सकेंगे जो उनके अनुसार अवश्यम्भावी था।

कृष्ण के इस परामर्श पर अर्जुन हिमालय पर बद्रिकाश्रम के निकट स्थित इन्द्रकील नामक पर्वत पर गये। वहाँ पर जब अर्जुन जटाजूट बाँधे, पत्तियों और बेरों के आहार पर निर्भर होकर, अपने नेत्र बन्द किये हुए ध्यान कर रहे थे, तब उनके दुष्ट चचेरे भाई दुर्योधन ने मूक नामक एक राक्षस को भड़काकर उन पर अत्याचार कर उनकी तपस्या में विघ्न पैदा करने को भेजा। लेकिन भगवान शिव अपने भक्तों का कभी भी परित्याग नहीं करते। वे किरात का वेश धारण कर उस जंगल में पहुँच गये और सुअर का वेश धारण किये उस राक्षस को खदेड़ दिया। पार्वती किराती के रूप में उनके साथ थीं। सुअर और शिकारी की भीषण आवाज़ों को सुनकर अर्जुन ने आँखें खोलीं और देखा कि वह सुअर उसी ओर भागा आ रहा था जहाँ पर वे पूजा के लिए मिट्टी का शिवलिंग स्थापित कर बैठे हुए थे। उन्होंने तुरन्त ही अपना धनुष उठाया और अपनी ओर आते उस पशु पर तीर छोड़ दिया। उसी पल में किरात ने भी अपना तीर छोड़ा; दोनों ही तीर एक साथ अपने निशाने पर लगे। अर्जुन अपना तीर निकालने के लिए तेजी से आगे बढ़े, तभी किरात रूपधारी शिव भी झाड़ियों से बाहर निकले। शिव को अपने भक्तों को तंग करने में हमेशा ही आनन्द आता था, और अर्जुन तो उनके विशेष रूप से प्रिय थे। शिव ने गुस्से से भरे स्वर में कहा, "रुको! उस जानवर को छूना मत। वह मेरा है। मेरे तीर से मरा है।"

यह सुनकर अर्जुन को बहुत गुस्सा आया और उन्होंने तीखे लहजे में जवाब दिया, "जानते हो मैं कौन हूँ? मैं प्रसिद्ध धनुर्धारी अर्जुन हूँ। तुम एक साधारण से वनवासी धनुर्विद्या की मेरी सामर्थ्य का मुक़ाबला करने का दुस्साहस कैसे कर सकते हो? ज़ाहिर है यह मेरा तीर था जिसने इस जानवर को मारा है।"

यह गरमा गरम बहस जल्दी ही झगड़े में बदल गयी, और उन्होंने धनुषों के सहारे शक्ति-परीक्षण करने का फ़ैसला किया। भगवान और अर्जुन के बीच भयानक युद्ध झिड़ गया जिसमें शिव अपने भक्त के युद्ध कौशल की मन ही मन सराहना करते रहे। लेकिन अपनी सारी दक्षता के बावजूद अर्जुन उस दिव्य धनुर्धारी के मुक़ाबले कहीं नहीं टिकते थे। अर्जुन यह देखकर चकित थे कि एक निम्न कुल का वनवासी धनुर्विद्या में उनको मात दे रहा है। उनको कुछ सूझ नहीं पड़ रहा था। उन्होंने थोड़ी देर के लिए युद्ध विराम का आग्रह किया। उनका आग्रह मान लिया गया, और इस दौरान उन्होंने जल्दी से जंगली फूलों का एक हार तैयार कर उस लिंग को अर्पित किया जिसको वे कई महीनों से श्रद्धापूर्वक पूजते आ रहे थे, और फिर उन्होंने भगवान शिव से रक्षा करने की प्रार्थना की। नयी आशा और साहस

से लैस होकर जब वे एक बार फिर से अपने प्रतिद्वन्द्वी का मुक़ाबला करने उसके सामने पहुँचे तो वे यह देखकर चकित रह गये कि जो हार उन्होंने अभी-अभी शिवलिंग को अर्पित किया था वह इस नक़ली शिकारी के गले में पड़ा हुआ था। तब जाकर अर्जुन समझ सके कि यह सब भगवान की लीला थी। वे भागते हुए उस दिव्य शिकारी के पास पहुँचे और उसको साष्टांग प्रणाम करते हुए उन्होंने उससे युद्ध करने के अपने दुस्साहसपूर्ण अपराध के लिए क्षमा माँगी। तब शिव अपने वास्तविक रूप में प्रकट हुए जिसमें पार्वती उनके साथ थीं और उनके गण उनके इर्दगिर्द उछलकूद रहे थे। अर्जुन बारबार दण्डवत प्रणाम करते हुए उनसे क्षमा-याचना करने लगे।

शिव ने हँसते हुए कहा, "तुम्हारे साथ युद्ध करना बहुत बड़ा अनुभव था। मुझे तुम्हारे युद्ध कौशल पर गर्व है। माँगो, क्या वरदान माँगना चाहते हो।"

अर्जुन इतने लज्जित थे कि वे उस अस्त्र को माँगने का साहस ही नहीं कर सके जिसके लिए वे वहाँ तपस्या कर रहे थे। "मैं केवल इतना चाहता हूँ कि पूरे जीवन भर आपके चरणों में मेरी भक्ति बनी रहे," उन्होंने कहा। शिव, जो उनके हृदय में झाँककर देख सकते थे, ने आग्रह किया कि वे जो भी चाहें माँग सकते हैं, उनकी इच्छा पूरी की जाएगी। आख़िरकार अर्जुन ने उनसे उनका पाशुपत अस्त्र माँग लिया।

भगवान शिव ने कहा, "मैं निस्सन्देह तुम्हें अपना शक्तिशाली प्रक्षेपास्त्र पाशुपत प्रदान करूँगा, जिसके सहारे तुम अपराजेय हो जाओगे। तुम अपने शत्रुओं से विजय प्राप्त करोगे अपना राज्य वापस हासिल करोगे।" यह कहकर भगवान अपने धाम चले गये और अर्जुन वन में अपने भाइयों और पत्नी द्रौपदी के पास लौट आये।

ॐ ॐ ॐ

कन्याकुमारी का सुन्दर मन्दिर भारतीय उपमहाद्वीप के एकदम दक्षिणी छोर पर स्थित है। यह मन्दिर क्वाँरी देवी के लिए अर्पित है और इसके साथ एक सुन्दर कथा जुड़ी हुई है। एक बार देवताओं के अनुरोध पर शिव की अर्धांगिनी पार्वती कुछ असुरों के वध के लिए पृथ्वी पर जन्म लेने को विवश हुईं। इस सांसारिक अवतार में उनका नाम पुण्याक्षी था, और वे स्वाभाविक ही शिव की परम भक्त थीं। वे अपने समूचे हृदय से उनसे विवाह करने की इच्छा रखती थीं। लेकिन देवता नहीं चाहते थे कि उनका विवाह हो क्योंकि एक कुँवारी कन्या ही उन असुरों का वध कर सकती थी। उन्होंने शिव से अनुरोध किया कि वे उनकी ओर से देवताओं को राज़ी कर उनके पास आएँ और उनको अपनी पत्नी बना लें। अपने भक्तों के अनुरोध को स्वीकार करने को सदा प्रस्तुत रहने वाले शिव ने देवताओं से आग्रह किया कि वे उनको पुण्याक्षी के साथ विवाह करने इजाज़त दें। देवता इस अनुरोध को अस्वीकार नहीं कर सके, लेकिन उन्होंने एक ऐसी युक्ति सोची जिससे इस विवाह पर रोक लग सके।

"जो भी व्यक्ति उससे विवाह करेगा उसको कन्या-शुल्क चुकाना होगा," उन्होंने कहा।

"क्या शुल्क देना होगा?" शिव ने पूछा।

"कन्या-शुल्क के अन्तर्गत बिना गाँठों वाला एक गन्ना, बिना शिराओं वाला पान का एक पत्ता, और बिना आँखों वाला नारियल देना होगा," उन्होंने कहा।

शिव उनकी चालबाज़ी पर हँस दिये और उन्होंने पल भर में अपनी चमत्कारी शक्ति से इन वस्तुओं को जुटा लिया। "अब आप लोग विवाह की तिथि तय कर सकते हैं," देवताओं को चकित करते हुए उन्होंने कहा।

वे किसी न किसी तरह से उनको रोकने का दृढ़ निश्चय किये हुए थे, इसलिए उन्होंने कहा, "आपको कल मुर्गों के बाँग देने से पहले उनसे विवाह करना होगा, अन्यथा आपको इस युग के समाप्त होने तक प्रतीक्षा करनी पड़ेगी।" यह एक अच्छी ख़ासी चुनौती थी, क्योंकि पुण्याक्षी रहती थी भारतीय उपमहाद्वीप के सिरे पर और शिव उसके सबसे ऊपरी सिरे, यानी कैलाश पर रहते थे। शिव तैयार हो गये और तत्काल दक्षिण की ओर चल पड़े। कन्याकुमारी तक पहुँचने के ठीक पहले उनको मुर्गे की बाँग सुनायी दी। देवताओं ने मुर्गे से आधी रात को बाँग दिलवाकर उनको धोखा दिया था। शिव ने सोचा कि अब तो भोर ही हो गयी है, इसलिए आगे जाने का कोई अर्थ नहीं रह गया, क्योंकि अब तो वे निर्धारित समय से पहले अपनी दुल्हन के पास पहुँच ही नहीं सकते। उन्होंने अपनी यात्रा रोक दी और कन्याकुमारी के पास ही सचिन्दरम नामक नगर में लिंग के रूप में ठहरने का निश्चय किया। वहाँ पर वे अपनी प्रिया पुण्याक्षी को दिये गये वचन को निभाने इस युग का अन्त आने तक प्रतीक्षा कर रहे हैं।

वहाँ पुण्याक्षी को पाणिग्रहण-संस्कार के मुहूर्त के बारे में बताया गया था, और वह दुल्हन की वेशभूषा और शृंगार धारण कर भगवान की प्रतीक्षा कर रही थी। अतिथि आ चुके थे, और विवाह के बाद के प्रीतिभोज के लिए भोजन तक तैयार हो चुका था। दुर्भाग्यवश, शिव अपना वचन नहीं निभा सके थे, क्योंकि देवताओं ने अपने निश्चय के मुताबिक़ उनकी यात्रा में बाधा डाल दी थी। सूर्योदय होते ही मुर्गों ने बाँग दी, लेकिन दूल्हे का कहीं पता नहीं था। पुण्याक्षी को भयानक निराशा हुई। वह फूटफूटकर रो पड़ी, उसने भोजन के बर्तनों को ठोकर मारकर रेत में गिरा दिया, और अपने गहने उतारकर फेंक दिये।

असुर उसको चिढ़ाने लगे और बोले, "तुम हमसे विवाह क्यों नहीं कर लेती!" वह इतनी क्रोधित हो उठी कि उसने एक दराँती उठायी और उनकी ओर फेंककर सबको मार डाला, जिससे देवता बहुत प्रसन्न हुए क्योंकि उन्होंने ही योजना बनाकर यह पूरा का पूरा अभियान रचा था।

पुण्याक्षी ने उपमहाद्वीप के एकदम सिरे पर अपना घर बना लिया और वह कन्याकुमारी, अर्थात क्वाँरी देवी के नाम से जानी जाने लगी। यहाँ वह आज तक अपने मंगेतर शिव की प्रतीक्षा कर रही है।

देवताओं ने उसको वचन दिया कि इस ब्रह्माण्डीय युग का चक्र पूरा होने पर भगवान से उसका मिलन अवश्य होगा। उसने जो भोजन उलट दिया था वह रेत में मिल गया था, और हमें आज भी कन्याकुमारी के तट पर विभिन्न रंगों और प्रकारों की रेत देखने को मिलती है।

ॐ ॐ ॐ

प्राचीन तमिल राज्य मदुरई की राजकुमारी के जन्म के समय से ही तीन स्तन थे। ज्योतिषियों ने भविष्यवाणी कर रखी थी कि उसका बीच वाला स्तन उस दिन लुप्त हो जायेगा जिस दिन वह अपने होने वाले पति को आमने-सामने देखेगी। मीनाक्षी के विवाह की कोई सम्भावना दिखायी नहीं देती थी, क्योंकि उसका स्वभाव पुरुषों जैसा था और वह युद्ध-कला में निपुणता हासिल करने को राजकुमारी की अपनी योग्यता के रूप में देखती थी। वह अपने पिता के राज्य की सेनापति बन गयी। उसने उत्तर, दक्षिण, पूरब और पश्चिम समेत देश के चारों कोनों में अपनी सेना का नेतृत्व करते हुए, और विरोध करने वाले अभिमानी राजाओं को पराजित करते हुए, हिमालय तक के सारे राज्यों को जीत लिया।

जब वह हिमालय पर थी तब उसने एक ऐसे संन्यासी के बारे में सुना जो बहुत शक्तिशाली बताया जाता था और क्षत्रियों के सामने झुकने से इंकार करता था। कोई भी राजा उसको पराजित नहीं कर सका था। वह अपनी सेना को पीछे छोड़ती हुई तेजी से आगे बढ़ी लेकिन अचानक उसके सामने एक ख़ूबसूरत संन्यासी आ खड़ा हुआ जिसने उसको रास्ता रोक रखा था। उसने उस आदमी को रास्ते से हट जाने का आदेश दिया। वह मुस्करा भर दिया और अपनी जगह से टस से मस नहीं हुआ। उसके इस व्यवहार से क्रुद्ध होकर वह अपने घोड़े से कूदकर तलवार उठाये हुए उसकी ओर झपटी। वह बिना पलक झपकाये उसको देखकर हँस दिया।

जब उसने अपनी क्रोधभरी नज़रें ऊपर उठाकर उसकी ओर देखा, तो वह मारे आश्चर्य के अपनी जगह पर खड़ी रह गयी। उसका तीसरा स्तन अपने आप ज़मीन पर गिर गया, और उसने महसूस किया जैसे वह उस संन्यासी की मर्मभेदी निग़ाहों के सामने पिघलती जा रही है। उसका उठा हुआ हाथ नीचे आ गया और तलवार ज़मीन पर गिर गयी। वह उस संन्यासी के पैरों पर झुक गयी, जो कोई और नहीं बल्कि स्वयं भगवान शिव थे। वह ख़ुद भी दरअसल पार्वती थी जिन्होंने दिव्य लीला के निमित्त मीनाक्षी का अवतार ले रखा था। देवताओं ने इस जोड़े पर पुष्पों की वर्षा की और स्वयं विष्णु ने शिव के अवतार सुन्दरेश्वर नामक इस संन्यासी तथा मीनाक्षी का विवाह सम्पन्न कराया। इस दिव्य युगल की पूजा आज भी तमिलनाडु के मीनाक्षी मन्दिर में की जाती है।

ॐ ॐ ॐ

एक समय ऐसा आया जब जंगलों में रहकर कठोर तपस्या करने वाले ऋषियों में अहंकार की भावना पैदा हो गयी और उनके महान आचरणों में गिरावट आ गयी। उनको उचित रास्ते पर लाने के लिए शिव एक सुन्दर युवा संन्यासी का रूप धारण कर जंगल में जा पहुँचे (लगता है, यह भूमिका शिव को बहुत पसन्द थी)। युवा संन्यासी को देखकर ऋषिगण अपनी पत्नियों के साथ उनकी ओर भागे और उससे अपने साथ रहने का आग्रह करने लगे। उन्होंने उसको वचन दिया कि वे अपना रवैया बदल देंगे और उसकी इच्छानुसार आचरण

करेंगे। शिव उनके इस अनुरोध को सुनकर तिरस्कारपूर्वक हँस दिये। युवा संन्यासी के इस अपमानजनक व्यवहार से वे क्रोधित हो उठे और उन्होंने अपनी जादुई शक्ति के सहारे एक शेर, एक सर्प तथा एक प्रेत की रचना कर उनको उसके पीछे लगा दिया।

शिव ने शेर को मारकर उसकी खाल को अपना वस्त्र बना लिया, सर्प को अपने गले में लपेट लिया, और प्रेत की पीठ पर उछलते हुए नाचने लगे। वह एक भयावह नृत्य था जिससे धरती की चूलें हिलने लगीं। उनकी खुली हुई जटाएँ उड़कर आकाशीय पिण्डों से टकराने लगीं, उनके पैरों की ठोकरों से पर्वत चूरचूर होने लगे, और उनके हाथ नक्षत्रों के बीच भँवरें उत्पन्न करने लगे। इस विस्मयकारी नृत्य को देखने देवता स्वर्ग से नीचे उतर आये और असुर पाताल से भागे आये। अलौकिक संगीत की लयताल पर जारी उस नृत्य को देखकर अन्ततः ऋषियों को बोध हुआ कि दरअसल शिव ने उनके महत्त्वाकांक्षा रूपी शेर की खाल उधेड़ी है, उनकी वासनाओं के सर्प को पालतू बना लिया है, और उनके अहंकाररूपी प्रेत को कुचल डाला है। उनका रौद्र नृत्य दरअसल जीवन का सारतत्त्व था; वह सृष्टि, संगठन और संहार का ब्रह्माण्डीय चक्र था।

वह एक विक्षिप्त नाच था, उन प्रोटॉनों, न्यूट्रॉनों और तमाम ऊर्जा कणों का जो ऊर्जा से स्पन्दित इस पार्थिव सृष्टि की रचना करते हैं। वे सर्जक, पोषक और संहारकर्ता थे। उनके दायें हाथ में गड़गड़ाता हुआ डमरू था जिससे वह ध्वनि उत्पन्न हो रही थी जो मृत्यु के क्षण में कण्ठ से फूटती है, और जिसमें जन्म लेने के समय की गूँजें भी सुनी जा सकती थीं। उनके बायें हाथ में वह अग्नि थी जो जलाती भी है, विनाश भी करती है, लेकिन जो प्रकाश भी उत्पन्न करती है और उस भोजन को भी पकाती है जिससे जीवन का पोषण होता है। उनके चारों ओर काल का चक्र घूम रहा था - अन्तहीन जन्मों और मृत्युओं के सिलसिले का संसार-चक्र।

तमाम देवता, ऋषि और अन्य दिव्य हस्तियाँ भगवान के इस ब्रह्माण्डीय नर्तक-स्वरूप के, उनके इस नटराज अवतार के, विलक्षण दृश्य को मन्त्रमुग्ध होकर देखते रह गये। यही वह नृत्य था जिसने भरतमुनि के नाट्यशास्त्र के महान सिद्धान्त को प्रेरित किया था। इस महान घटना को शिव की काँसे से निर्मित उस विस्मयकारी प्रतिमा के माध्यम से कालजयी बना दिया गया है, दक्षिण भारत के चिदम्बरम मन्दिर में स्थापित है।

ॐ नमः शिवाय

ॐ

भक्तवत्सलाय नमः!

अध्याय 23

प्रेमपात्र शिव

मैं न बुद्धि हूँ, न मन हूँ, न अहंकार हूँ, न अवबोध हूँ,
मैं न श्रवणेन्द्रिय हूँ, न स्वादेन्द्रिय हूँ, न घ्राणेन्द्रिय हूँ,
न दृष्टीन्द्रिय हूँ, न मैं आकाश हूँ,
न पृथ्वी हूँ, न अग्नि हूँ, न वायु हूँ,
मैं चेतना का सत्व और परम आनन्द हूँ -
शिवोऽहम्! शिवोऽहम्!

—आदि शंकराचार्य द्वारा रचित
'निर्वाणशतकम्' से

विष्णु और शिव की कथाएँ कुछ इस तरह आपस में घुली-मिली हैं कि कभी विष्णु शिव के उपासक बताये जाते हैं, तो कभी शिव विष्णु के कहा जाता है कि एक बार विष्णु ने एक हज़ार आठ कमल के फूलों से शिव की पूजा करने का प्रण किया। कमल के फूल से समान्यतः विष्णु की पूजा की जाती है। विष्णु ने कहा कि वे शिव के एक हज़ार आठ नाम दोहराएँगे और हर नाम के साथ एक कमल का फूल उनको अर्पित करेंगे। विष्णु की परीक्षा लेने के लिए शिव ने उनकी थाली से चुपचाप एक फूल उठा लिया, ताकि उनकी पूजा के अन्त में एक फूल कम पड़ जाए। कमलनयन विष्णु ने ज़रा भी परेशान हुए बिना अपनी एक आँख निकाली और उसको शिवलिंग पर अर्पित कर दिया। शिव इस प्रेममय उपहार और उत्सर्ग से इतने प्रसन्न हुए कि उन्होंने अपना सुदर्शन चक्र भगवान विष्णु को भेंट कर दिया।

राक्षसों का राज रावण भगवान शिव का परम भक्त था। वह प्रतिदिन अपने विमान में सवार होकर भारत के सुदूर दक्षिणी तट के करीब स्थित लंका से उत्तर के आख़िरी छोर पर हिमालय में स्थित कैलाश पर्वत तक की यात्रा करता था। कुछ दिनों बाद जब वह इन रोज़-रोज़ की यात्राओं से थक गया तो उसने एक कारगर योजना बनायी : उसने शिव को उनकी मण्डली समेत लंका में ले आने का निश्चय कर लिया। रावण ने सोचा, पूरे के पूरे कैलाश पर्वत को उखाड़कर लंका में स्थापित कर लेने में ज़्यादा आसानी रहेगी। उसने अपने हाथ पर्वत के नीचे रखे और उसको हिलाना शुरू कर दिया। पार्वती रावण के इस

उपद्रव से बहुत अप्रसन्न हुईं और उन्होंने शिव से कहा कि वे रावण की इस उद्दण्डता पर रोक लगाएँ। शिव ने महज़ अपने पैर के अँगूठे से ज़मीन को दबा दिया और पूरा का पूरा पर्वत रावण के हाथों पर जा गिरा। रावण पीड़ा से कराह उठा और अपने दबे हुए हाथों को छुड़ाने के लिए शिव से प्रार्थना करने लगा, लेकिन शिव ने उसकी प्रार्थना पर ध्यान नहीं दिया। कहा जाता है कि तभी रावण ने उस प्रसिद्ध शिव ताण्डव स्तोत्र की रचना की थी जिसने शिव को इतना प्रसन्न कर दिया कि उन्होंने रावण के हाथों को मुक्त कर आशीर्वाद प्रदान किया और उसको जाने दिया।

फिर रावण ने संगीत वाद्य रुद्रवीणा की रचना कर शिव को भेंट की। शिव ने उससे वरदान माँगने को कहा। असुरों के उस राजा ने, अपने स्वभाव के अनुरूप, तत्काल उनसे पार्वती की माँग कर डाली!

शिव हँस दिये और बोले, "तथास्तु। जाओ और उनको ले जाओ। वे मानसरोवर में स्नान कर रही हैं।" अपने नटखट स्वभाव के चलते वे देखना चाहते थे कि उनकी पत्नी इस स्थिति से किस तरह निपटती हैं।

रावण तेज़ी से सरोवर की ओर भागा, लेकिन तब तक पार्वती के सेवक उनको इन घटनाओं की जानकारी दे चुके थे, इसलिए वे पहले ही रावण से निपटने को तैयार बैठी थीं। उन्होंने सरोवर से एक मण्डूक (मेंढक) को उठाया और उसको एक सुन्दर स्त्री में बदल दिया। उस स्त्री को उन्होंने मन्दोदरी नाम दिया।

जब रावण वहाँ पहुँचा, तो उसने सरोवर के किनारे एक चट्टान पर इस रूपवती स्त्री को बैठे देखा। उसने न तो पार्वती को पहले कभी देखा था न ही उसको शिव के शब्दों पर सन्देह करने का कोई मौक़ा कभी आया था, इसलिए वह उस स्त्री को ही पार्वती समझ बैठा और उसको लंका ले जाकर अपनी पत्नी बना लिया।

ॐ ॐ ॐ

शिव का एक और परम भक्त कुबेर वास्तव में रावण का भाई था। कुबेर, रावण और विभीषण वैश्रवण नामक ऋषि के तीन पुत्र थे। लंका पर मूलतः कुबेर का राज्य था, लेकिन रावण ने उसको पराजित कर नगर से बाहर फेंक दिया था और पुष्पक विमान समेत उसकी सारी सम्पत्ति पर कब्ज़ा कर लिया था। अपने साम्राज्य से निष्कासित कुबेर दुखी और हताश होकर सारे संसार में भटकता रहा।

अन्त में वह शिव के पूजास्थल के लिए प्रसिद्ध नगर काशी पहुँचा, और वहाँ उसने त्रिनेत्र भगवान का ध्यान किया। शिव उसकी तपस्या से प्रसन्न होकर उसके सम्मुख प्रकट हुए और उन्होंने उसको अनेक वरदान दिये। शिव को कुबेर से बहुत प्रेम हो गया क्योंकि वह क़द में बहुत छोटा, विद्रूप, बड़ी भरी तोंद वाला था और उसकी एक ही आँख थी। शिव को ऐसे लोगों की मदद करने में बहुत आनन्द मिलता था जिनसे हर कोई दूर भागता था। शिव ने कुबेर से कहा कि वह हिमालय पर कैलाश के निकट अलकापुरी नामक स्थान

पर जाकर रहे। उन्होंने उसको यक्षों और किन्नरों का अधिपति और पाताल लोक की सारी सम्पत्ति का रक्षक नियुक्त कर दिया।

कुबेर को शिव से इतना अनुराग हो गया कि वह उनको उपहार देकर प्रसन्न करना चाहता था। चूँकि वह सारी सम्पत्ति का स्वामी था, वह उनको ढेर सारा धन और आभूषण देना चाहता था। शिव को कुबेर के इस सोच के पीछे छिपे अहंकार पर हँसी आती थी कि वह उनको, जो कि जगत के स्वामी हैं, धन देकर प्रसन्न कर सकता है। जब कुबेर ने बहुत आग्रह किया, तो शिव ने उससे कहा कि वह उनके पुत्र गणेश को भोजन उपलब्ध करा दिया करे, क्योंकि कैलाश पर जो भी भोजन उनको मिल पाता था उससे उनका पेट नहीं भरता था।

कुबेर ने सोचा कि यह तो बहुत ही आसान-सा काम है, और वह सहर्ष तैयार हो गया। अगले ही दिन गणेश अलकापुरी पहुँच गये, जहाँ पर विशेष रूप से उनके लिए बड़े भारी भोज का आयोजन किया गया था। कुबेर ने पूरे सम्मान के साथ उनका स्वागत किया और उनको भारी भरकम थाल परोसा जिसमें बड़ी तादाद में तैयार किये गये वे सारे सुस्वादु व्यंजन मौजूद थे जिनकी कल्पना की जा सकती थी।

गणेश के सामने जो कुछ भी परोसा गया था उस सबको वे चट कर गये तथा और भोजन की माँग करने लगे। और भी ढेर सारा भोजन तैयार किया गया और परोसा गया, लेकिन वह भी देखते ही देखते साफ़ हो गया। कुबेर यह सोचकर घबरा उठा कि कहीं गणेश का पेट फट न जाए।

गणेश समझ गये कि कुबेर के मन में क्या चल रहा है, और उन्होंने अपने पेट से लिपटे हुए नाग की ओर इशारा करते हुए उससे कहा, "इस सर्प को देखिए। यह मेरे पेट को फटने नहीं देगा, इसलिए आपको इसकी चिन्ता करने की आवश्यकता नहीं है। कृपया और भोजन पकवाइये, क्योंकि मेरा पेट अभी भरा नहीं है। आपने मेरे पिता को वचन दिया था कि आप मेरी भूख को शान्त करेंगे, और अब लगता है आप अपने वादे से मुकर रहे हैं।"

यह भोज तब तक जारी रहा जब तक कि कुबेर का सारा कोष ख़ाली नहीं हो गया, और तब भी गणेश की क्षुधा बुझायी नहीं जा सकी। अन्ततः कुबेर को अपनी ग़लती का अहसास हुआ और वह गणेश के पैरों पर गिर पड़ा। उसने गणेश से अपने इस अहंकारपूर्ण सोच के लिए क्षमा माँगी कि उसकी सम्पत्ति इतनी विशाल है कि उसके सहारे वह देवताओं समेत कुछ भी ख़रीद सकता है। गणेश लोगों को उनके अहंकार पर नियन्त्रण रखने का सबक़ सिखाने के लिए जाने जाते हैं।

ॐ ॐ ॐ

बाण नामक असुर शिव का एक और परम भक्त था। उसके हज़ार हाथ थे और अक्सर जब शिव अपना ताण्डव नृत्य करते थे, तो वह अपने उन हाथों से हज़ार तालवाद्यों को बजाकर शिव को प्रसन्न कर देता था। इस नृत्य-संगति में प्रकट होती बाण की भक्ति से

प्रसन्न होकर शिव ने उससे वरदान माँगने को कहा। बाण ने अपने सच्चे आसुरी विश्वासघात का परिचय देते हुए उनसे यह वरदान माँगा कि वे उसके महल के पहरेदार बनकर रहें।

एक दिन बाण ने शिव से कहा कि उसके हज़ार हाथ युद्ध के लिए फड़क रहे हैं, लेकिन उसको ऐसा कोई व्यक्ति आज तक नहीं मिल सका जो उसको पराजित कर सके। "आपने मुझे ये जो हज़ार हाथ दे दिये हैं, ये मेरे लिए बोझ बन गये हैं। मैं किसी के साथ युद्ध करने के लिए व्याकुल हूँ, लेकिन मैं जिस किसी के सामने जाता हूँ वह मेरे हज़ार हाथों को देखकर भाग खड़ा होता है। युद्ध की अपनी उत्तेजना में मैंने कई पर्वतों को पीस डाला है, दिक्पालों को खदेड़ दिया है, और पृथ्वी के टुकड़े कर डाले हैं, लेकिन मुझे अभी भी सन्तोष नहीं हुआ है। मैं एक योग्य प्रतिद्वन्द्वी की तलाश में हूँ।"

शिव ने कहा, "हे बाण! यह जान ले कि जब तेरे ध्वजदण्ड के दो टुकड़े हो जाएँगे तभी तुझको तेरी बराबरी का शूरवीर मिल सकेगा, लेकिन यह भी याद रख कि वह तेरे घमण्ड को भी चूरचूर कर देगा।"

बाण यह जानकर आनन्दित हुआ कि उसको कोई ऐसा मिल सकेगा जो उसके हज़ार हाथों से टक्कर ले सकेगा। वह प्रतिदिन अपने ध्वजदण्ड की जाँच करने लगा कि कहीं उसमें टूटने के संकेत दिखायी दे रहे हैं या नहीं। उसने शिव की भविष्यवाणी के दूसरे हिस्से पर कोई ख़ास ध्यान नहीं दिया। बाण की उषा नाम की एक सुन्दर कन्या थी जिसको भगवान कृष्ण के पोते अनिरुद्ध से प्रेम हो गया था। उनका प्रेम-प्रसंग गुप्त ढंग से चल रहा था, और राजकुमार चुपचाप उसके निजी अन्तःपुर में रहता था जिसकी जानकारी उषा की क़रीबी सखियों के अलावा और किसी को नहीं थी। लेकिन कुछ समय बाद यह ख़बर अन्तःपुर के बाहर निकल ही गयी। जब बाण ने ये ख़बर सुनी, तो वह क्रोध से आगबबूला हो उठा और उसने अनिरुद्ध को कारागार में डाल दिया।

जब कृष्ण को अपने पोते की इस दशा की जानकारी मिली, तो वे अपनी यादव सेना लेकर बाण की राजधानी की ओर कूच कर गये, और वहाँ पर बाण और कृष्ण के बीच भीषण युद्ध हुआ, जिसमें बाण की सहायता शिव और उनके गण कर रहे थे, क्योंकि शिव ने उसको उसकी रक्षा का वचन दे रखा था। कृष्ण के पहुँचते ही बाण का ध्वजस्तम्भ टूटकर गिर गया था, और उसको लग गया था कि अब उसको जल्दी ही अपनी बराबरी का योद्धा मिल सकेगा, जैसी कि शिव ने भविष्यवाणी की थी।

भयानक युद्ध के बाद, जिसमें बाण की सेना तबाह हो चुकी थी, कृष्ण ने बाण के सीने पर अपनी तलवार की नोक टिका दी। उन्होंने बाण की जान तो बख़्श दी लेकिन उसके हाथ काट डाले, क्योंकि वे ही उसके अतिशय अहंकार की मुख्य वजह थे। जब उसके केवल दो जोड़ा हाथ शेष रह गये, तब शिव ने बीचबचाव करते हुए कृष्ण से उसकी जान और उसके बचे हुए दो हाथ बख़्श देने का अनुरोध किया, क्योंकि वह अन्ततः उनका भक्त था।

भगवान कृष्ण ने कहा, "हे पूज्य प्रभु! जो आपके लिए प्रिय है वह मेरे लिए भी उतना ही प्रिय है। मैं इस असुर को कभी नहीं मारूँगा। निश्चय ही मैंने इसके सारे अतिरिक्त हाथ काट डाले हैं जो कि इसके लिए बोझ बने हुए थे, लेकिन मैं इसके चार हाथ छोड़े देता हूँ

और इसको वरदान देता हूँ कि इन हाथों पर इसकी आयु का कोई प्रभाव नहीं होगा और इनकी अटल शक्ति इसके जीवन-पर्यन्त बनी रहेगी।"

बाण यह सुनकर अत्यन्त हर्षित हुआ और उसने प्रसन्न मन से अपनी बेटी उषा का हाथ यदुवंशी राजकुमार अनिरुद्ध के हाथों में सौंप दिया। इस प्रकार हम देखते हैं कि शिव और विष्णु की लीलाओं में कभी शिव के हाथों विष्णु की तो कभी विष्णु के हाथों शिव की पराजय होती है, और इस तरह दोनों ही अपने भक्तों को प्रसन्न रख पाते हैं।

ॐ नमः शिवाय

आत्मा सर्वव्यापी और स्वतःप्रकाशित है।
वह किसी पर अवलम्बित नहीं है।
नाम और रूप का यह विश्व अर्थहीन है
और मुझसे अलग है -
मैं जो अद्वितीय रूप से एक आत्मा हूँ,
गुण-रहित और, समूची सृष्टि के नष्ट हो जाने के बाद भी,
अविनाशी। यह अपनी प्रकृति से ही
परम आनन्दमय और परिशुद्ध है।

—आदि शंकराचार्य द्वारा रचित 'दश श्लोकी' से

हे पर्वतवासी और समस्त कल्याणों के दाता,
अपने बाण का शमन करें;
इस पार्थिव जगत के मनुष्यों को नष्ट न करें।

—श्री रुद्रम्, यजुर्वेद

अन्न से उत्पन्न हैं वे सारे प्राणी जो पृथ्वी पर पाये जाते हैं।
अन्न से ही उनका पोषण होता है और अन्न में ही वे
रूपान्तरित हो जाते हैं, जब अन्त में वे मिट्टी में मिल जाते हैं।
इस अन्नमय कोश से इतर एक अन्य कोश भी है।
वही है जो प्राणमय है। एक और भी कोश है इस
प्राणमय कोश से भिन्न - वह मनोमय है।
वस्तुतः एक और कोश भी है इस मनोमय कोश से इतर
चैतन्य से युक्त - आनन्दमय कोश।

—तैत्तिरीय उपनिषद

ॐ

हराय नमः!

अध्याय 24

ज्योतिर्लिंग

हे संहारक!
श्मशान घाट आपका क्रीड़ा-स्थल है,
पिशाच आपके संगी हैं,
चिताओं की राख से आप रंजित हैं,
मुण्डों की माला आपका कण्ठहार है,
आपका नाम और प्रकृति अमंगलकारी प्रतीत होते हैं।
तब भी, हे कल्याणकर्त्ता!
जो भी आपका ध्यान करता है,
वह परम मंगलकारी हो जाता है।

—शिव महिमा स्तोत्रम्

प्रत्येक कृष्णपक्ष की त्रयोदशी की रात शिव के सन्दर्भ में विशिष्ट होती है, और प्रदोष या शिवरात्रि के नाम से जानी जाती है। सामान्य तौर से कृष्णपक्ष में देवताओं की पूजा नहीं की जाती। चन्द्रमा के उतार का यह समय किसी भी कार्य को प्रारम्भ करने की दृष्टि से सामान्य तौर पर अमांगलिक माना जाता है। इस समय दैत्य और भूत आसपास भटकते हैं, और केवल शिव ही उनको नियन्त्रित कर सकते हैं। जैसा कि हमने देखा, शिव ने हमेशा ही यह प्रमाणित किया है कि एक योगी के सन्दर्भ में "अमांगलिक" शब्द का कोई अर्थ नहीं होता। इसलिए उन दिनों में जब चन्द्रमा लुप्त होता है, लोग सारे अनिष्टों को दूर रखने के लिए शिव की प्रार्थना करते हैं। फाल्गुन महीने की चन्द्रमा के उतार की त्रयोदशी की रात्रि महाशिवरात्रि के नाम से जानी जाती है।

यह वह दिन है जब शिव ने समुद्र-मन्थन के समय प्राणघातक हलाहल पिया था। कहा जाता है कि उस रात सारे देवताओं ने उनका गुणगान करते हुए जागरण किया था ताकि उनको नींद न आने पाये। इसलिए फाल्गुन मास के इस दिन जब शीत ऋतु का कोहरा वसन्त में घुल रहा होता है, शिव के सारे भक्त महाप्रभु का कीर्तन-भजन करते हुए, और उनकी पूजा करते हुए, रात्रि-जागरण करते हैं। उनको विष के ताप से ठण्डक

पहुँचाने के लिए शिवलिंग पर गंगा का जल चढ़ाया जाता है। ऐसे ही एक शिवरात्रि के दिन एक शिकारी, जिसको इस गूढ़ अनुष्ठान की कोई जानकारी नहीं थी, जंगल में भटक गया। जंगली जानवरों के भय से उसने एक बेल के पेड़ पर शरण ली। इस वृक्ष की पत्तियाँ तीन हिस्सों में होती हैं, जो शिव के तीन नेत्रों को दर्शाती हैं, और उनकी पूजा में इन पत्तियों का बड़ा महत्त्व है।

शिकारी खुद को जगाये रखते हुए पेड़ से गिरने से बचाने के लिए रात भर पेड़ की पत्तियों को तोड़-तोड़कर ज़मीन पर गिराता रहा। संयोग से उस पेड़ के नीचे एक शिवलिंग स्थापित था, इसलिए वह शिकारी अनजाने ही उस ख़ास रात में उपवास कर, रात्रि-जागरण करते हुए, और शिवलिंग को बेलपत्र अर्पित करते हुए शिव की पूजा करता रहा। सुबह होने पर शिव ने उसके सम्मुख प्रकट होकर उसको आशीर्वाद दिया। इस प्रकार, शिवरात्रि को अनजाने में भी शिव की उपासना का फल प्राप्त होता है।

इस त्यौहार के बारे में *महाभारत* में कही गयी कथा में चित्रभानु नामक एक राजा का उल्लेख मिलता है, जिसके बारे में कहा जाता है कि उसने बहुत ही निष्ठापूर्वक यह उपवास किया था। अपने पिछले जन्म में वह सुस्वर नामक एक शिकारी हुआ करता था। एक बार जब उसको शिकार करते हुए जंगल में रात हो गयी और वह घर नहीं लौट सका, तो उसने बेल के वृक्ष पर शरण ली।

प्यास से व्याकुल होकर वह रोने लगा, और उसके आँसू वृक्ष के नीचे स्थित शिवलिंग पर गिरते रहे। अपने को जगाये रखने और वृक्ष पर से गिरने से रोके रखने के लिए वह वृक्ष की पत्तियाँ तोड़ तोड़कर ज़मीन पर गिराता रहा। वह संयोग से महाशिवरात्रि का दिन था, और शिकारी इस प्रकार अनजाने ही रात भर शिवलिंग की पूजा करता रहा। इसी का सुफल था कि राजा चित्रभानु के रूप में उसका पुनर्जन्म हुआ।

शिव-पार्वती के बीच एक संवाद के दौरान पार्वती ने शिव से पूछा कि उनका सबसे प्रिय अनुष्ठान कौन-सा है।

शिव ने उत्तर दिया, "फाल्गुन मास की अमावस्या की चतुर्दशी की रात मेरे लिए सबसे ज़्यादा प्रिय है। मुझे अपने वे भक्त बहुत अच्छे लगते हैं जो इस दिन उपवास रखकर रात के चारों पहर बेलपत्रों से मेरी पूजा करते हैं। ये पत्ते मुझे आभूषणों से अधिक प्रिय हैं। अभिषेक रात्रि के चारों पहरों में किया जाना चाहिए। पहले पहर मेरा दूध से स्नान किया जाना चाहिए; दूसरे पहर में दही से; तीसरे पहर में घी से; और चौथे पहर में शहद से। चौथे दिन भक्तों को अपना उपवास तोड़ने से पहले निर्धनों को भोजन कराना चाहिए। हे पार्वती! कोई दूसरा अनुष्ठान नहीं है जो मुझे इससे अधिक प्रिय हो!"

सृष्टि से पहले की प्राचीनतम ब्रह्माण्डीय अलौकिक स्थिति अँधेरी रात के समान है। यह शिव की रात्रि है, और शिव की स्थिति है। इसीलिए रात के समय में उनकी उपासना की जाती है, और उनको तमस का प्रतिरूप माना जाता है। अन्धकार या तमस प्रकाश के अतिरेक से उत्पन्न होता है, न कि प्रकाश की अनुपस्थिति से। जब प्रकाश की फ्रीक्वैंसी का घनत्व अत्यन्त उच्च अवस्था में पहुँच जाता है, तो वह मनुष्य की आँख की पहुँच से

बाहर हो जाता है। कुछ प्रकाश अन्धा कर देने वाले कहलाते हैं। इसलिए कि जब हम ऐसे प्रकाश की ओर देखते हैं, तो हमें केवल अँधेरा दिखायी देता है।

ईश्वर वस्तुतः समस्त प्रकाशों का प्रकाश है और इसलिए मनुष्य की आँख के लिए अदृश्य है। उल्लू सूर्य की ओर नहीं देख सकता; वह केवल अँधेरे में ही देख पाता है। इसलिए मनुष्य की आत्मा जब तक ईश्वर की महानता का अनुभव नहीं कर लेती, तब तक वह ईश्वर के अन्धा कर देने वाले प्रकाश को नहीं देख सकती। करुणानिधान शिव इसीलिए रात्रि का रूप धारण करते हैं और हमको प्रसन्न करते हुए स्वयं को अन्धकार के रूप में पूज्य बना लेते हैं, ताकि इस प्रकार हमारे अन्तःचक्षु विकसित होकर उनको उनकी समूची महिमा में देखने के योग्य बन सकें। यही महाशिवरात्रि का गूढ़ रहस्य है।

लिंगपूजा शिव की भक्ति का सबसे महत्त्वपूर्ण पक्ष है, क्योंकि ऐसा माना जाता है कि वे लिंग में उपस्थित होते हैं। लिंग शब्द का वास्तविक अर्थ 'चिह्न' या 'लक्षण' होता है। परम ब्रह्म निराकार और इसलिए गुणों से रहित है, इसलिए उसका कोई लिंग (चिह्न) नहीं है। लेकिन मनुष्यों को रूप की आवश्यकता होती है ताकि उसका चित्त आसानी से उस पर एकाग्र हो सके, और इसलिए लिंग, जो कि एक गोलाकार, ऊर्ध्वमुख पत्थर होता है, ब्रह्म के प्रतीक के रूप में इस्तेमाल किया जाता है।

कहा जाता है कि शिव ने एक समय हज़ारों वर्ष तक एक पैर पर खड़े रहकर स्वयं को इस घूमते हुए ब्रह्माण्ड की धुरी बना लिया था। इस आकृति का न कोई आदि है न अन्त है और वह शिव का अलौकिक लिंग है। शिवलिंग को उस दिव्य जननेन्द्रिय के रूप में भी देखा जाता है जो अपने भीतर सृष्टि का बीज (वीर्य) समाहित किये हुए है; इसी से समस्त जीवन की रचना हुई है। जिस योनि (अर्थात स्त्री की जननेन्द्रिय) पर वह आधारित होता है, उसके साथ मिलकर यह योनि-लिंग पुरुष और स्त्री के, शिव और शक्ति के, अथवा ब्रह्माण्डीय ऊर्जा और ब्रह्माण्डीय प्रकृति के, उस मिलन को दर्शाता है जिसके चलते हर वस्तु अस्तित्व में आती है।

कहा जाता है कि एक बार भृगु ऋषि जब कैलाश पर पहुँचे, तो शिव और पार्वती अपनी प्रणय-लीला में इस क़दर खोये हुए थे कि भृगु ऋषि की उपस्थिति पर उनका ध्यान ही नहीं गया। इससे क्रुद्ध होकर भृगु ऋषि ने शिव को शाप दे दिया कि भविष्य में वे रूपाकार से वंचित, योनि में फँसे हुए लिंग के रूप में पूजे जाएँगे।

एक और कथा है जो शिव का वर्णन हिमालय के देवतरु (देवदार) जंगल में विचरते हुए एक अतिसुन्दर साधु के रूप में करती है। शिव की चुम्बक की भाँति आकर्षक देह को देखकर आश्रमवासी ऋषियों की पत्नियाँ उनकी ओर भागने लगीं। इस पर ऋषियों ने शिव को शाप दे दिया कि वे अपना सुन्दर रूप खो देंगे।

शिव तत्काल एक ज्योतिर्लिंग (लिंग के आकार के प्रकाश-स्तम्भ) में बदल गये। इस ज्योतिर्लिंग ने समूचे विश्व को निगल लेने का ख़तरा उत्पन्न कर दिया। ऋषि भयभीत हो उठे और वे पार्वती के पास पहुँचकर उनसे संसार की रक्षा करने की प्रार्थना करने लगे। पार्वती ने तुरन्त ही एक आधान-पात्र, अर्थात योनि का रूप धारण कर ज्यातिर्लिंग को अपने

भीतर जकड़ लिया। शिव की उत्तेजना शान्त हुई और उन्होंने ऋषियों तथा उनकी पत्नियों से कहा कि वे अपनी कामवासना और क्रोध के शमन के लिए लिंग-योनि की पूजा किया करें।

योनि देवी माता का प्रतीक है। उसका एक उपयोगी पक्ष भी है। वह लिंग का आधार है और पूजा के दौरान लिंग को अर्पित की जाने वाली सामग्री, पानी, दूध आदि को अपने भीतर इकट्ठा करती रहती है।

यूँ तो सारे भारत में हज़ारों की संख्या में शिवलिंग हैं, लेकिन इनमें से कुछ का विशेष महत्त्व है। इनमें सबसे ज़्यादा महत्त्वपूर्ण ज्योतिर्लिंगों की संख्या बारह है : सोमनाथ, मल्लिकार्जुन, महाकाल, ओंकार, केदार, भीमशंकर, विश्वनाथ, त्र्यम्बक, वैद्यनाथ, नागेश, रामेश्वर, और घृष्णेश। इनमें ज़्यादातर ख़ुद ब ख़ुद उत्पन्न हुए हैं। अन्यों की स्थापना मनुष्यों द्वारा की गयी है।

1. सोमनाथ

हम पहले ही देख चुके हैं कि चन्द्रदेव या सोम दक्ष के एक दामाद थे। दक्ष ने उनको शाप दिया था कि उनका क्षरण होगा और मृत्यु हो जाएगी, और सोम ने इस शाप से मुक्ति के लिए शिव से प्रार्थना की थी। जिस स्थान पर सोम ने शिव की यह प्रार्थना की थी, वह जगह सोमनाथ के नाम से जानी जाती है। यह प्रथम ज्योतिर्लिंग है।

2. मल्लिकार्जुन

हमने वह कथा भी सुनी है कि किस तरह शिव के पुत्र कैलाश छोड़कर दक्षिण की एक पहाड़ी पर रहने चले गये थे। अपने पुत्र के वियोग से पार्वती बहुत दुखी हुई थीं और उन्होंने उनके पास जाने के लिए शिव से अनुरोध किया था। कार्तिकेय ने उनको अपनी पहाड़ी पर रहने देने से मना कर दिया था, इसलिए शिव और पार्वती ने मल्लिकार्जुन नामक पहाड़ी पर अपना आवास बनाया था। इस प्रकार यह दूसरा ज्योतिर्लिंग है।

3. महाकाल

आधुनिक समय में उज्जैन के नाम से प्रसिद्ध प्राचीन नगर अवन्ति क्षिप्रा नदी के तट पर स्थित है। उस नगर में शिव के चार परम भक्त ब्राह्मण बन्धु रहा करते थे। नगर के सामने की पहाड़ी पर दूषण नाम का एक राक्षस रहता था, जो किसी भी ऐसे व्यक्ति को मार डालता था जो वैदिक अनुष्ठान करता था या शिव की भक्ति करता था। जब उसने अवन्ति के इन चार ब्राह्मणों के बारे में सुना तो वह उनको मारने वहाँ पहुँच गया। चारों भाई ज़रा भी विचलित हुए बिना शिवलिंग की पूजा करते रहे।

अचानक वह लिंग भीषण आवाज़ करता हुआ फट पड़ा, और उसके भीतर से विनाशकारी अस्त्रों को लपलपाते हुए शिव प्रकट हो गये। उनका वह रूप महाकाल, अर्थात महासंहारक का था। दूषण जलकर राख हो गया, और उसके सहयोगी भाग खड़े हुए। ब्राह्मणों ने शिव से प्रार्थना की कि वे उस जगह पर सदा बने रहें। शिव मान गये, और यही ज्योतिर्लिंग महाकाल के नाम से जाना गया।

4. ओंकारेश्वर

एक बार देवऋषि नारद विन्ध्य पर्वत पर गये। पर्वत ने ऋषि की पूजा की, लेकिन नारद जानते थे कि विन्ध्य घमण्ड से फूला हुआ है, इसलिए अपने विनोदप्रिय स्वभाव के मुताबिक़ उन्होंने विन्ध्य से कहा कि सुमेरु पर्वत उससे कहीं ज़्यादा श्रेष्ठ है। विन्ध्य सुमेरु की बराबरी पर आना चाहता था, इसलिए उसने भगवान शिव की तपस्या आरम्भ कर दी। जब शिव प्रकट हुए तो उसने उनसे कहा कि वे हमेशा वहीं पर रहें ताकि वह सुमेरु की बराबरी पर बना रह सके। शिव तैयार हो गये, और इस प्रकार यह चौथा ज्योतिर्लिंग ओंकार है, जो नर्मदा नदी के तट पर स्थित है।

5. केदारनाथ

हिमालय पर स्थित केदार ज्योतिर्लिंग से सम्बन्धित दो कथाएँ मिलती हैं। इनमें से एक का ताल्लुक पाण्डवों से है। पृथ्वी की अपनी यात्रा के अन्त में पाँचों पाण्डव अपनी पत्नी द्रौपदी के साथ हिमालय पर स्थित केदारकन्द नामक स्थान की ओर रवाना हुए। रास्ते में उन्होंने पाया कि एक जंगली कुत्ता तथा एक शान्त स्वभाव की भैंस उनके दल में शामिल हो गयी है। पाण्डव उस भैंस को देखते ही पहचान गये कि वे वस्तुतः उनके इष्टदेव शिव हैं जो भैंस के वेश में उनके पीछे चल रहे हैं, और वे उसके पीछे भागे। शिव ने स्वयं को उनके हाथों में सौंप दिया।

पाँचों भाइयों ने उस पशु को पाँच ओर से पकड़ लिया, और उस वक़्त वे संकट में पड़ गये जब वे पाँचों हिस्से टूटकर उनके हाथों में आ गये। घबराकर उन्होंने उन टुकड़ों को फेंककर एक लंबे-चौड़े इलाक़े में बिखरा दिया। ये टुकड़े जिन जगहों पर गिरे पंच केदार के नाम से जाने गये, जो सब के सब हिमालय पर शिव की उपासना की दृष्टि से बहुत महत्त्वपूर्ण माने जाते हैं। भैंस का कूबड़ जहाँ पर गिरा वह सबसे ज़्यादा महत्त्वपूर्ण स्थल है, और वही स्थल केदार नाम से प्रसिद्ध ज्योतिर्लिंग है। यह लिंग अन्य लिंगों से भिन्न भैंस के कूबड़ के आकार का है।

केदार से सम्बन्धित दूसरी कथा विष्णु के नर-नारायण नामक दोहरे अवतार से जुड़ी हुई है। कहा जाता है कि ये दोनों ऋषि केदारकन्द में बद्रिकाश्रम नामक उस स्थान पर निरन्तर शिव का ध्यान कर रहे थे, जो विष्णु के भक्तों का एक महत्त्वपूर्ण तीर्थस्थल है। लम्बे समय बाद शिव ने उनके सम्मुख प्रकट होकर उनसे वरदान माँगने को कहा। उन्होंने शिव से प्रार्थना की कि वे केदार की उस चोटी पर लिंग के रूप में हमेशा रहें।

6. भीमशंकर

विष्णु ने अपने राम-अवतार के दौरान रावण और उसके भाई कुम्भकर्ण नामक दोनों असुरों का वध किया था। कुम्भकर्ण की पत्नी का नाम कर्कटी था जिसका भीम नामक एक पुत्र था। कुम्भकर्ण की मृत्यु के बाद वह अपने पुत्र के साथ एक पर्वत पर रहने लगी। भीम ने जब एक बार उससे पूछा कि उसके पिता कौन हैं और वे लोग पहाड़ी पर अकेले क्यों रहते हैं, तो उसकी माँ ने राम के हाथों हुई उसके पिता की मृत्यु का पूरा किस्सा उसको

सुना दिया। भीम ने विष्णु के तमाम भक्तों से बदला लने का प्रण कर लिया। उसका पहला निशाना बना राजा कामरूप, जो विष्णु का महान भक्त था। भीम ने उसके नगर पर हमला कर सब कुछ नष्ट कर डाला और राजा तथा उसकी पत्नी को कालकोठरी में बन्द कर दिया। तब राजा-रानी ने शिवलिंग की पूजा करते हुए उनसे रक्षा करने की प्रार्थना की। जब भीम को यह बात पता चली, तो वह तलवार उठाये कालकोठरी में पहुँचा और उनका सिर काटने को उद्यत हो गया। उसी क्षण लिंग के भीतर से शिव उछलकर बाहर आ गये और मात्र 'हुम' की आवाज़ से उन्होंने भीम का वध कर दिया। भीमशंकर के नाम से प्रसिद्ध यह छठवाँ ज्योतिर्लिंग है।

7. विश्वनाथ

विश्वनाथ के नाम से प्रसिद्ध सातवाँ ज्योतिर्लिंग अत्यन्त पवित्र नगर वाराणसी में स्थित है। कहा जाता है कि इस स्थान पर स्वयं ब्रह्मा ने तपस्या की थी, और माना जाता है कि यह नगर कभी भी नष्ट नहीं हो सकता, वह उस महाप्रलय के समय भी बना रहेगा जब बाक़ी सारी सृष्टि का विलय हो जायेगा। ऐसी भविष्यवाणी है कि उस समय जब हर तरफ़ विनाश छाया होगा, शिव इस नगर को अपने त्रिशूल की नोक पर उठाकर इसकी रक्षा करेंगे।

वाराणसी से जुड़ी हुई एक और भी कथा है। एक बार शिव और पार्वती ब्रह्मलोक पहुँचे। उनके आने पर ब्रह्मा अपने पाँचों मुखों से उनकी स्तुति करने लगे। लेकिन उनका एक मुख स्तुतिगान में ग़लतियाँ कर रहा था। शिव संगीत के मामले में परिष्कार के अत्यन्त पाबन्द थे, इसलिए उन्होंने ब्रह्मा के उस सिर को उखाड़ दिया जो ग़लतियाँ कर रहा था। लेकिन यह क्योंकि एक ब्राह्मण के विरुद्ध किया गया पाप था, इसलिए शिव ने पाया कि वे उस सिर को झटककर अलग नहीं कर सकते, और वह उनकी पीठ पर अटककर रह गया। जब वे वाराणसी पहुँचे तब कहीं जाकर वह सिर नीचे गिरा, इसलिए शिव ने उस स्थान पर लिंग के रूप में रहने का निश्चय किया। यह लिंग विश्वनाथ (जगत का स्वामी) कहलाता है। ब्रह्मा द्वारा रचे गये पहले युगल, स्वयम्भु मनु और उनकी पत्नी शतरूपा, वे पहले मानव थे जिन्होंने सबसे पहले उस स्थल पर पूजा की थी।

8. त्र्यम्बकेश्वर

त्र्यम्बकेश्वर के नाम से प्रसिद्ध आठवाँ ज्योतिर्लिंग गोदावरी नदी के तट पर स्थित है। यह स्थान गौतम ऋषि और उनकी पत्नी अहिल्या से सम्बन्ध रखता है। उन्होंने लम्बे समय तक शिव की तपस्या की, और जब वे प्रकट हुए, तो गौतम ने उनसे एक वरदान माँगा। उन्होंने प्रार्थना की कि गंगा उनके आश्रम के पास से बहने लगे ताकि उसके पवित्र जल में स्नान कर वे उस पाप से छुटकारा पा सकें जो उनके हाथों अनजाने हो गयी गोहत्या के कारण उनको लगा हुआ था। शिव ने उनकी प्रार्थना तो स्वीकार की, लेकिन गंगा ने कहा कि वे केवल वहीं जा सकती हैं जहाँ शिव अपना घर बनाकर रहेंगे। इस प्रकार शिव उस स्थान पर लिंग के रूप में रहने को तैयार हो गये। गंगा उनके पास से बहने लगीं और गोदावरी कहलाने लगीं।

9. वैद्यनाथ

नौवाँ ज्योतिर्लिंग वैद्यनाथ के नाम से जाना जाता है। राक्षसों का राजा रावण शिव का परम भक्त था। उसने हिमालय पर शिव की तपस्या आरम्भ कर दी। जब शिव प्रकट नहीं हुए, तो रावण हिमालय की तराई में आ गया। उसने एक गड्ढा खोदा और उसमें एक शिवलिंग स्थापित कर उसकी तपस्या आरम्भ कर दी। इस पर भी जब शिव प्रकट नहीं हुए, तो राक्षस होने के नाते उसने अपने दस सिरों को अग्नि में होम कर देने का निश्चय कर लिया। उसने अग्नि जलायी और एक एक कर अपने सिर उसमें होम करने लगा। जब उसने अपना नौवाँ सिर काट डाला, तो शिव प्रकट हुए और उन्होंने उससे वरदान माँगने को कहा, क्योंकि ज़ाहिर है, अगर वह अपना आख़िरी सिर भी काट डालता, तो फिर वे वरदान देते भी किसको।

रावण ने अतिमानवीय शक्ति प्रदान किये जाने तथा अपने सभी कट चुके नौ सिर वापस स्थापित कर देने की प्रार्थना की। शिव ने उसके माँगे वरदान उसको दे दिये, क्योंकि वे वैद्यनाथ, अर्थात वैद्यों के स्वामी हैं। उन्होंने उसको एक अद्भुत ज्योतिर्लिंग भी दिया और कहा कि वह उसको कहीं भी ज़मीन पर रखे बिना सीधे लंका लेकर जाए। रावण इस उज्ज्वल लिंग को लेकर अपनी राजधानी लंका की यात्रा पर निकल पड़ा। देवताओं को चिन्ता हुई कि अगर वह उस लिंग को अपने द्वीप पर ले गया, तो वह अपराजेय हो जायेगा, इसलिए उन्होंने गणेश से प्रार्थना की कि वे किसी तरह उसके इस उद्यम को विफल कर दें। जिस वक़्त रावण रास्ते में भीषण लघुशंका की इच्छा से पीड़ित हो रहा था, तभी गणेश एक युवा ब्रह्मचारी का रूप धारण कर उसके सामने जा पहुँचे। रावण ने ज्योतिर्लिंग उस बालक को पकड़ाया और उससे कहा कि उसके लघुशंका से लौटने तक वह उसको अपने हाथों में लिये रहे। लेकिन रावण ने उस काम में इतना अधिक समय लगा दिया कि गणेश ने लिंग को ज़मीन पर रख दिया। जब रावण लौटा तो ब्रह्मचारी का कहीं नामोनिशान नहीं था, और जब उसने उस ज्योतिर्लिंग को उठाने की कोशिश की, तो अपनी सारी ताक़त लगा देने के बाद भी वह उसको उसकी जगह से हिला तक नहीं सका। वह उसी जगह पर गड़कर रह गया, और इस प्रकार यह लिंग, जिसको रावण ने अनजाने-अनचाहे ही स्थापित कर दिया था, वैद्यनाथ के नाम से जाना गया।

10. नागेश

दसवाँ ज्योतिर्लिंग नागेश के नाम से जाना जाता है। सुप्रिय नाम का एक व्यापारी था जो शिव का बड़ा भक्त था। अपनी यात्राओं के दौरान उसको जिस एक जंगल से गुज़रना पड़ता था उस पर दारुका नामक एक राक्षसी का राज्य था, जो उसको लगातार त्रस्त करती रहती थी। सुप्रिय ने शिव से सहायता की प्रार्थना की, और शिव ने अपने नागों के साथ वहाँ पहुँचकर दारुका को वहाँ से खदेड़ दिया। दारुका ने तब पार्वती से फ़रियाद की, और उन्होंने उसको एक घना जंगल उपलब्ध करते हुए कहा कि वह किसी को भी तंग किये बिना वहाँ चैन से रह सकती है। सुप्रिय ने जिस लिंग की पूजा की थी वह नागेश्वर (नागों के ईश्वर) के नाम से जाना जाता है, और पार्वती का नाम यहाँ पर नागेश्वरी है।

11. रामेश्वर

ग्यारहवाँ लिंग दक्षिण भारत में है और वह रामेश्वर के नाम से प्रसिद्ध है। विष्णु के रामावतार के समय राक्षसराज रावण उनकी पत्नी सीता का हरण कर उनको भारतीय समुद्र-तट से दूर लंका नाम से प्रसिद्ध अपने द्वीप पर स्थित महल में ले गया था। राम ने भारत और लंका के बीच फैले समुद्र को पार करने के लिए उस पर एक सेतु का निर्माण किया था, लेकिन समुद्र पार करने के पहले उन्होंने वहाँ पर एक शिवलिंग की स्थापना कर उसकी पूजा की थी। शिव ने प्रकट होकर उनको उनके कार्य में सफलता के लिए आशीर्वाद दिया था, और राम ने उनसे उस स्थान पर हमेशा बने रहने की प्रार्थना की थी। महासागर के तट पर स्थित यह लिंग रामेश्वर के नाम से जाना जाता है और यह भारत का सर्वाधिक प्रसिद्ध पूजास्थल है।

12. घृष्णेश

अन्तिम बारहवाँ ज्योतिर्लिंग घृष्णेश के नाम से प्रसिद्ध है। इस लिंग के साथ एक बहुत ही आकर्षक कथा जुड़ी हुई है। एक समय में, सुधर्म नाम का एक ब्राह्मण हुआ करता था, जिसकी पत्नी का नाम सुदेह था। वे बहुत दुखी रहते थे, क्योंकि उनकी कोई सन्तान नहीं थी। यह जानने के लिए कि उनके भाग्य में सन्तान है या नहीं, सुधर्म ने एक प्रयोग करने का निश्चय किया। उसने दो फूल तोड़े और उनमें से एक फूल को मन ही मन अपने पुत्र की कल्पना से जोड़ लिया। फिर उसने अपनी पत्नी से उनमें से एक फूल चुनने को कहा। दुर्भाग्यवश पत्नी ने दूसरा वाला फूल उठा लिया, जिसके आधार पर सुधर्म इस नतीजे पर पहुँच गया कि उसके भाग्य में पुत्र-प्राप्ति का सुख नहीं लिखा है। यह जानकर सुदेह बहुत दुखी हुई, और उसने अपने पति से आग्रह किया कि वह उसकी भतीजी घृष्ण से विवाह कर ले ताकि उससे उनके यहाँ पुत्र उत्पन्न हो सके। पत्नी के आग्रह पर सुधर्म ने घृष्ण से विवाह कर लिया। घृष्ण शिव की परम भक्त थी। उसने पुत्र-प्राप्ति के लिए प्रण किया कि वह प्रतिदिन मिट्टी से 101 लिंग बनाकर उनकी पूजा किया करेगी। पूजा के अन्त में वह उन लिंगों को पास के एक सरोवर में विसर्जित कर देती। जब उसने पूरे एक लाख लिंगों की पूजा कर ली, तो गर्भवती हुई और उसने एक अतिसुन्दर बालक को जन्म दिया। जैसी की अपेक्षा की जा सकती थी, जैसे ही इस बालक का जन्म हुआ, उसकी पहली पत्नी के स्वभाव में परिवर्तन आ गया और वह घृष्ण से बहुत ईर्ष्या करने लगी। आख़िरकार एक रात उसने बच्चे को मार डाला और उसका शव उसी सरोवर में फेंक दिया जिसमें लिंगों को विसर्जित किया गया था।

अगली सुबह घृष्ण उठी और रोज़ की भाँति शिव की पूजा की तैयारी करने लगी। इस बीच उसके पति ने पाया कि बच्चा ग़ायब है, लेकिन घृष्ण यह सुनकर ज़रा भी विचलित नहीं हुई और उसने लिंग की अपनी पूजा जारी रखी। शिव उसकी भक्ति से प्रसन्न हुए और उन्होंने उसके पुत्र को पुनर्जीवित कर दिया। बाद में जैसे ही शिव ने सुदेह को मारने के लिए त्रिशूल उठाया, अत्यन्त क्षमाशील घृष्ण ने शिव से प्रार्थना की कि वे उसकी चाची की जान बख़्श दें। शिव उसकी भलमनसाहत और क्षमाशीलता से बहुत प्रभावित हुए और

उन्होंने उससे वरदान माँगने को कहा। उसने शिव से प्रार्थना की कि वे सरोवर के निकट के उस लिंग में सदा उपस्थित रहें जिसकी वह प्रतिदिन पूजा करती थी। शिव ने उसको वह वरदान प्रदान किया, और वह लिंग घृष्णेश के नाम से प्रसिद्ध हुआ।

इन बारहों ज्योतिर्लिंगों की तीर्थयात्रा कर पाने को शिव के भक्त अपना दुर्लभ सौभाग्य मानते हैं।

भगवान शिव भूतेश्वर, अर्थात पंचभूत तत्त्वों के स्वामी भी कहे जाते हैं। तमिलनाडु में शिव के पाँच मन्दिर हैं जो पाँच तत्त्वों का प्रतिनिधित्व करते हैं। ये पाँच तत्त्व हैं, आकाश, वायु, तेजस (अग्नि), आपस् (जल) और पृथ्वी। आकाश-लिंग चिदम्बरम में, वायु-लिंग श्रीकलाहस्ति में, तेजो-लिंग तिरुवन्नमलई के अरुणाचलम में, आपस्-लिंग तिरुचिरापल्ली के जम्बुकेश्वर में और पृथ्वी-लिंग कांचीपुरम के एकाम्बरनाथ में स्थापित है।

ॐ नमः शिवाय

हम प्रणाम करते हैं उसको जो सबसे बड़ा है और सबसे छोटा है। प्रणाम करते हैं उसको जो आदि कारण और उसका परिणाम है। प्रणाम करते हैं उसको जो शाश्वत रूप से युवा है और शिशु भी है। प्रणाम करते हैं उसको जो जाँघों की सन्धि में है और वीर्य में है। हम प्रणाम करते हैं उसको जो दुराचार में है और सदाचार में है।

—श्री रुद्रम्, यजुर्वेद

तीन वस्तुएँ हैं जो संसार में निश्चय ही दुर्लभ हैं :
मनुष्य-देह के रूप में जन्म, मोक्ष की कामना,
और एक सच्चे गुरु का मार्गदर्शन।

किसी तरह से मानव-जन्म और पुरुष-देह
और वेदों का ज्ञान प्राप्त कर लेने के बाद भी
यदि कोई मूर्ख मोक्ष की कामना नहीं करता,
तो वह निस्सन्देह आत्महत्या करता है।
वह अयथार्थ वस्तुओं के मोह में पड़कर
खुद को समाप्त कर लेता है।

—कठोपनिषद

ॐ

सूक्ष्मतनये नमः!

भाग 2

जो शिव की भक्ति करते हैं

सनातन दर्शन बुनियादी तौर पर उस अलौकिक एकल वास्तविकता से ताल्लुक रखता है जो वस्तुओं, प्राणियों और बुद्धि के बहुपक्षीय जगत के सन्दर्भ में सारभूत महत्त्व रखती है। लेकिन इस एकल वास्तविकता की प्रकृति कुछ ऐसी है कि इसको सीधे-सीधे और तुरन्त केवल उन्हीं लोगों के द्वारा समझा जा सकता है, जिन्होंने स्वयं को प्रेममय, निष्कलुष-मन और निश्छल-आत्म बनाकर कुछ विशेष शर्तें पूरी करने का व्रत ले लिया होता है।... लेकिन हर युग में ऐसे स्त्री-पुरुष होते आये हैं जिन्होंने ऐसी शर्तों को पूरा करने का व्रत लिया है, जिनके आधार पर ही, एक कठोर अनुभवपरक तथ्य के तौर पर, ऐसा तत्काल ज्ञान हासिल किया जा सकता है। इनमें से कुछ लोग ऐसे हैं जो उस वास्तविकता के विवरण छोड़ गये हैं, जिसको वे इस तरह समझ सके थे, और जिन्होंने एक सम्यक चिन्तन-पद्धति के भीतर इस अनुभव के प्रदत्त तथ्यों को अपने अन्य अनुभवों के प्रदत्त तथ्यों के साथ जोड़ने का यत्न किया है। सनातन दर्शन के ऐसे प्रत्यक्षदर्शियों को, उनको जानने वाले लोग, “सन्त” या “पैगम्बर” या “ऋषि” या “प्रबुद्ध” कहकर पुकारते थे।

—अल्डॅस हक्सले

शिव के जिन भक्तों का वर्णन यहाँ किया जा रहा है, वे इसी कोटि में आते हैं।

ॐ

जगतगुरुवे नमः!

अध्याय 25

शिव-भक्त

ओ मेरे मुख, ध्यान रहे कि
तू उस प्रभु का स्तुतिगान करे,
जो, हाथी का चर्म पहनकर उस श्मशान में नाचता है,
जहाँ भूतों का वास है। ओ मेरे मुख,
ध्यान रहे कि तू उसका स्तुतिगान करे!

—सन्त अप्पार

शिव की कोई भी कथा दक्षिण भारत के उन शैव भक्तों का उल्लेख किये बिना पूरी नहीं हो सकती, जो नयनारों (नयनमारों) के नाम से जाने जाते थे। शिव और उनकी उपासना के उल्लेख यूँ तो प्राचीन तमिल साहित्य तक फैले हुए हैं, लेकिन इसके धर्मशास्त्र को तेरहवीं सदी के अन्तिम वर्षों में मेयकन्ददेव ने अपने ग्रन्थ शिव-ज्ञान-बोधम् में व्यवस्थित रूप प्रदान किया था। आगे चलकर यह शैव दर्शन का आधारभूत ग्रन्थ बना, जिसमें शिव को सर्वश्रेष्ठ देवता के रूप में प्रतिष्ठित किया गया है। शैव-भक्ति का स्वर्णयुग उन तिरेसठ धार्मिक सन्तों के समय में आरम्भ हुआ, जिनको नयनार या अडिया रनाम से जाना जाता है। इन्होंने शिव-भक्ति का सच्चा मार्ग बताया। सेक्किझार का *पेरिया पुराणम्* भगवान शिव के इन भक्तों के जीवन, कर्म और वचनों का लेखा प्रस्तुत करने वाला महान साहित्यिक ग्रन्थ है। इसकी रचना ईसा की ग्यारहवीं सदी में हुई थी।

संसार के आध्यात्मिक इतिहास में ऐसी बेजोड़ ईश्वर-भक्ति का दृष्टान्त मिलना मुश्किल होगा, जैसी भक्ति का परिचय इन तिरेसठ सन्तों ने दिया है। चूँकि यहाँ पर इन सबका उल्लेख सम्भव नहीं है, इसलिए हम इनमें से कुछ सबसे महान सन्तों के जीवन पर निगाह डालेंगे। इनमें चार सन्त ऐसे हैं जिनका कोई मुक़ाबला नहीं। ये सन्त अप्पार, सम्बन्दर, सुन्दरार, माणिक्कवाचाकार नामों से लोकप्रिय हैं।

इनमें से तीन तो सचमुच बाल सन्त थे, लेकिन इन्होंने अपने छोटे से जीवनकाल में भक्ति के चमत्कार कर दिखाये थे। सम्बन्दर की मृत्यु सोलह वर्ष तथा सुन्दरार की मृत्यु

अठारह वर्ष की आयु में हुई, और अप्पार की मृत्यु तब हुई जब वे अस्सी वर्ष से ऊपर के थे। लेकिन ये तथ्य कोई मायने नहीं रखते। ये सब अनन्त से बटोरे गये अनन्त हैं, और इनके नाम अनन्तकाल तक अमर और सम्मानित रहेंगे।

हालाँकि ये चारों ब्राह्मण जाति के थे, लेकिन बहुत से नयनार ऐसे थे जिनका सम्बन्ध ऊँची जातियों से नहीं था। वे अलग-अलग और सम्पन्न तथा निर्धन, ऊँची और नीची जातियों से थे। इनमें से एक शिकारी भी था, जिसने एक सुअर का शिकार कर उसके शव को भूनकर न सिर्फ़ खुद खाया बल्कि अपने इष्टदेव शिव को भी उसका भोग लगाया था। एक दूसरा मछुआरा था। तीसरा एक अछूत था जिसका ताल्लुक एक ऐसे समुदाय से था जिसका पारम्परिक भोजन मृत गाय का मांस हुआ करता था।

इनमें से किसी का भी जीवन वैसा नहीं था जैसे जीवन की उम्मीद किसी सन्त से की जा सकती हो। इनमें ज़्यादातर न तो शिक्षित थे और न ही उच्चकुल के थे। जो चीज़ इन सबमें सामान्य रूप से मौजूद थी, वह थी ईश्वर के प्रति असामान्य प्रेम। इन सन्तों का जीवन हमारे लिए इस बात का एक उदाहरण है कि किस तरह केवल परमेश्वर की भक्ति ही मनुष्य को कर्मों के चक्र से छुटकारा दिला सकती है।

अपने विशुद्ध प्रेम, अपनी श्रद्धा में बच्चों जैसी सरलता, और अपनी भक्ति के लक्ष्य को प्राप्त करने की दृढ़ इच्छाशक्ति के बल पर ये सन्त उस असीम को बाँधने में उसी तरह सफल हो सके, जिस तरह वृन्दावन की गोपियों ने भगवान कृष्ण के साथ किया था। इन सन्तों की कथाओं की समझ पाठक की मानसिक बनावट पर निर्भर करती है। अगर हम इनको श्रद्धापूर्वक देखने-समझने की कोशिश करें, तो ये कथाएँ हमें अपने जीवन को ऊँचा उठाने में मदद कर सकती हैं।

मानव-प्रजाति के इतिहास में हम मनुष्य के जैविक विकास के साथ-साथ उसके सांस्कृतिक और आध्यात्मिक विकास को भी समानान्तर रूप से घटित होते देख सकते हैं। यह विकास मुख्यतः उन भक्तों के माध्यम से हुआ है जिन्होंने सन्तों के विचारों, नियमों और आचरणों को अपने जीवन में ढाला है। भारत ने ऐसी अनेक महान आत्माओं को उत्पन्न किया है जिन्होंने सनातन धर्म के शाश्वत सत्यों का पोषण करने में मदद की है।

नयनार इसी कोटि में आते हैं। ये सन्त जगत और ईश्वर के वास्तविक स्वभाव को समझते थे, और उन्होंने इनमें से केवल ईश्वर को चुना था। इनकी भक्ति अज्ञात के प्रति अज्ञान और भय से उत्पन्न नहीं होती, बल्कि वह उन अन्तर्दृष्टि रखने वालों की प्रज्ञा से उत्पन्न होती है जिन्होंने स्वयं को अटल रूप से सत्य में स्थित कर रखा है। ईश्वर के प्रति प्रेम शरीर के प्रति मोह को पूरी तरह से समाप्त कर देता है।

वह संसार के प्रति भी हमारे मोह को जड़ से काट देता है। ये सन्त अपने शरीर समेत सब कुछ का उत्सर्ग करने को तैयार थे, और यदि उनके अत्यन्त प्रिय सम्बन्धी भी उनके इष्टदेव शिव के प्रति उनकी भक्ति में आड़े आते थे, तो वे उनका भी त्याग कर सकते थे। इन सन्तों के जीवन की कुछ विस्मयकारी घटनाएँ ऐसी हैं जिनको स्वीकार करना आधुनिक दिमाग़ के लिए असम्भव है। लेकिन जिनके हृदय भौतिकतावाद से अवरुद्ध नहीं

हो गये हैं, वे इस बात को समझ सकते हैं कि ईश्वर-प्रेम की दुनिया में चमत्कार बहुत सामान्य-सी चीज़ है, क्योंकि केवल ईश्वर ही है जिसके हाथ में हमारे जीवन की डोर है। सारी समस्याएँ उसकी कृपा की आग में पिघल जाती हैं। तमिलनाडु के ये सन्त ईश्वर से कभी भी किसी अनुग्रह की, यहाँ तक कि मोक्ष की भी माँग नहीं करते। वे केवल एक ही चीज़ के लिए प्रार्थना करते हैं, कि उनको भक्तों की विराट मण्डली में जगह दे दी जाए।

सुन्दरार का एक भक्ति-गीत इस प्रकार आरम्भ होता है, "मैं भगवान थिल्लै (शिव) के सेवकों के सेवकों का सेवक हूँ।" भक्त को भगवान से भी बढ़कर माना गया है। यह दिलचस्प तथ्य कई कथाओं से, यहाँ तक कि *श्रीमद् भागवत पुराण* तक से, ज़ाहिर होता है। ऐसा इसलिए है कि सच्चा भक्त वह है जिसने भक्ति की अपनी प्रबल शक्ति के सहारे देवता को अपने वश में कर लिया होता है। यह अधिक आसान है कि हम इस तरह के भक्त की पूजा कर उसका आशीर्वाद प्राप्त कर लें ताकि हम भी वही चमत्कार कर दिखाएँ।

पेरिया पुराणम् के सारे के सारे तिरेसठ भक्त संन्यासी थे, लेकिन वे आम संन्यासियों जैसे नहीं थे। इन संन्यासियों ने अपने नाते-रिश्तेदारों का, अपने गाँव और घर-द्वार का या अपने पेशे का त्याग नहीं किया था। उन्होंने जिनका त्याग किया था वे क्रोध, चोरी, हिंसा, अहंकार, परपीड़न, मोह और लालसा जैसी चीज़ें थीं। उन्होंने गेरुआ वस्त्रों के बाहरी आवरण नहीं अपनाये, बल्कि अहिंसा, सहिष्णुता, सत्य, और आत्मसंयम के आन्तरिक आचरण अपनाये थे। बाहर से देखने पर वे अपने अन्य पड़ोसियों से अलग नहीं दिखते थे, लेकिन अन्दर से वे सच्चे संन्यासी थे।

सन्तों के जिस तरह के करतब कर दिखाने की धारणाएँ लोकप्रिय हैं, इनमें से किसी ने भी ऐसा कोई चमत्कार नहीं किया था जिससे वे मुक्ति या मोक्ष हासिल करने योग्य मान लिये जा सकते, लेकिन सच्चाई यह है कि मुक्ति उन सभी ने प्राप्त की। इनमें से प्रत्येक सन्त ने ईश्वर को फाँसने का जो जाल बिछाया था वह प्रेम का जाल था। इस तरह का प्रेम शायद एक दिन में या एक जीवन में विकसित न हो सकता। ईश्वर को अपने हृदय का बन्दी बनाने के लिए जिस तरह का प्रेम आवश्यक है उसके लिए शायद कई जन्म आवश्यक होते होंगे।

माणिक्कवाचाकार गाते हैं, "देखो, उस ईश्वर को जो प्रेम नाम के जाल में फँस जाता है।"

इस तरह के प्रेम को, या इस तरह की भक्ति को, हासिल कर पाना मुश्किल भले ही हो, लेकिन यही एक ऐसी चीज़ है जिसको हर मनुष्य हासिल कर सकता है, चाहे वह मनुष्य धनी हो या निर्धन हो, और किसी भी लिंग, जाति, धर्म, भाषा, राष्ट्रीयता और पेशे से ताल्लुक क्यों न रखता हो। यह एकमात्र ऐसी योग्यता है जिसके चलते व्यक्ति दिव्यता को अपने हृदय में बन्दी बना सकता है, और इस योग्यता को हासिल करने में कोई भी बाहरी चीज़ बाधा नहीं बन सकती।

यह बिना किन्हीं शर्तों के किया जाने वाला प्रेम है - सम्पूर्ण प्रेम, ऐसा प्रेम जो न किसी को अधीन बनाना चाहता है न किसी के अधीन होना चाहता है। यह एकमात्र ऐसा

प्रेम है जो प्रेम के उस उद्‌गम में विलीन हो जाने की पात्रता रखता है जो कि ईश्वर है। व्यक्ति नामक स्वतन्त्र सत्ता लुप्त हो जाती है, और केवल एकमात्र ईश्वर शेष रह जाता है – शिवोऽहम्, शिवोऽहम्। भक्त दिव्य प्रेमी की बाँहों में लीन हो जाता है और अहं का कोई अंश शेष नहीं रह जाता। इन सारे सन्तों का सन्देश बहुत सीधा-साधा था : "सारे मोह त्याग दो, और केवल ईश्वर को प्रेम करो, सारी मनुष्यता को ईश्वररूप मानकर उसकी सेवा करो, और मुक्ति तुम्हारे हाथों में होगी।"

कहा जाता है कि स्वयं शिव का अपने भक्तों के बारे में यही कहना था, "कमियाँ, उनमें कोई कमियाँ नहीं।"

आइये हम देखते हैं कि यह भक्ति इन विभिन्न सन्तों के यहाँ किन रूपों में प्रकट होती है। क्या वे एक ही तरह की लीक पर चले, या उनकी भक्ति में विविधता थी? इनमें से सात सन्तों ने आचार-व्यवहार की मान्य विधियों का अनुसरण किया और अपनी मुक्ति के मार्ग पर चले। नौ सन्त वृद्धावस्था और निर्धनता की कठिनाइयों के बावजूद अपनी भक्ति पर अडिग बने रहे। सत्रह सन्तों ने हिंसा का धर्मसंगत तरीक़ा अपनाया; उन्होंने अपनी भक्ति को तजने की बजाय अपना जीवन तज दिया। एक ने अपनी आँख निकालकर उसको शिव की प्रतिमा की उस आँख पर रख दिया जिससे लगातार ख़ून बह रहा था। एक अन्य सन्त अपने इकलौते बेटे की बलि उन शिव को देने को तैयार था, जो उसके समक्ष एक भक्त के रूप में प्रकट हुए थे।

एक था जो अपनी कुहनी को चन्दन की तरह पत्थर पर घिसकर उससे भगवान की पूजा करता था। एक और था, जो हर रोज़ भोजन के लिए जाते वक़्त शिव के लिंग पर फूल की बजाय पत्थर फेंकता था। एक था जिसने उस चोर को पुरस्कार दिया था जो सार्वजनिक अन्न भण्डार से चावल चुराकर भगवान के भक्तों को भोजन कराता था। एक था जो प्रतिदिन एक धोबी को इसलिए साष्टांग प्रणाम करता था क्योंकि उसका मटमैला शरीर उसको भगवान शिव के राख से पुते शरीर की याद दिलाता था।

कुछ माला फेरते हुए जाप किया करते थे। कुछ शिव के पंचाक्षरी मन्त्र का निरन्तर जाप करते रहते थे। कुछ थे जिन्होंने प्रण ले रखा था कि उनके जीवन में चाहे समृद्धि हो चाहे निर्धनता, लेकिन वे स्वयं भोजन करने के पहले शिव के भक्तों को भोजन कराएँगे। इस तरह हम देखते हैं कि मुक्ति-प्राप्ति का मापदण्ड अत्यन्त उच्च स्तर से लेकर हास्यास्पदता के स्तर तक, महानता से लेकर अत्यन्त साधारणता के स्तर तक व्यापक था। इस सबके भीतर से जो सच्चाई निकलकर सामने आती है वह यह है कि भगवान आपके कर्म पर ध्यान नहीं देते, बल्कि उस कर्म में छुपे हुए प्रेम पर ध्यान देते हैं। भगवान कृष्ण ने अपने निर्धन मित्र कुचेला (सुदामा) के पके हुए चावलों की पसीने से भीगी पोटली स्वीकार कर उसको द्वारिका की सारी समृद्धि बख़्श दी थी। इसी प्रकार शिव भी इस पर ध्यान नहीं देते थे कि उनके कुछ भक्तों के कृत्य कितने हास्यास्पद हैं, उनका ध्यान प्रेम से उमगते उनके हृदयों पर जाता था।

ॐ नमः शिवाय

हम प्रणाम करते हैं उसको जो उपस्थित है
मृत्यु में और मुक्ति में। प्रणाम करते हैं
उसको जो उपस्थित है हरे-भरे खेतों और खलिहानों में।
प्रणाम करते हैं उसको जो उपस्थित है वैदिक मन्त्रों में और
उपनिषदों में। प्रणाम करते हैं उसको जो उपस्थित है
वृक्षों में और लता-गुल्मों में। हम प्रणाम करते हैं
उसको जो ध्वनि भी है और प्रतिध्वनि भी।

—श्री रुद्रम्, यजुर्वेद

हम प्रणाम करते हैं उसको जो उपस्थित है
दलदलों में और पोखरों में। प्रणाम करते हैं
उसको जो उपस्थित है नदियों में और तालाबों में।
प्रणाम करते हैं उसको जो उपस्थित है कुँओं में और
गड्ढों में। प्रणाम करते हैं उसको जो उपस्थित है
वर्षा में और सूखे में। हम प्रणाम करते हैं
उसको जो उपस्थित है तड़ित में और झंझावातों में।

—श्री रुद्रम्, यजुर्वेद

ॐ

देवाय नमः!

अध्याय 26

चार महापुरुष

उसने मुझको पकड़ लिया ताकि मैं खो न जाऊँ,
बची हुई आग की आँच में मुझे चमकाया,
मानस पिघल गया, देह काँप गयी,
मैं झुका, मैं रोया, मैं ज़ोर से चिल्लाया,
मैं नाचा और उसकी स्तुति करने लगा।

—सन्त मणिक्कवाचाकर

चार महान नयनार सन्त, जिनकी जीवनियाँ नीचे दी जा रही हैं, तमिल साहित्य में "श्रद्धा के पितृपुरुष" के रूप में जाने जाते हैं। इनमें से प्रत्येक ने ईश्वर तक पहुँचने के लिए अलग-अलग रास्ते अपनाये। ये सन्त सुन्दरार, अप्पार, सम्बन्दर तथा मणिक्कवाचाकर के नामों से लोकप्रिय हैं। सुन्दरार ने सख्य मार्ग (मैत्री का मार्ग) का अनुसरण किया। अप्पार ने दास मार्ग अपनाया। सम्बन्दर ने सत्पुत्र मार्ग अपनाया, और मणिक्कवाचाकर ने ज्ञान मार्ग का अनुसरण किया।

शिव का सखा

आठवीं सदी के सुन्दरामूर्ति नयनार का जीवन हमें बताता है कि किस तरह कोई व्यक्ति गृहस्थ जीवन बिताता हुआ भी शिव का तल्लीन भक्त हो सकता है। इससे हमें यह भी पता चलता है कि भगवान हमारी तमाम समस्याओं में गहरी रुचि लेते हैं। हमारे जीवन में ऐसा कुछ भी नहीं है जिसको भगवान छोटा या तुच्छ समझते हों; ये हम हैं जो उसके सामने अपनी उन समस्याओं को नहीं रख पाते जिनको हम तुच्छ घरेलू समस्याएँ समझते हैं। यह एक बहुत बड़ा सबक़ है कि सुन्दरार भगवान को अपने जीवन के हर छोटे से छोटे मसले में, यहाँ तक कि अपने प्रेम-प्रसंगों तक में, घसीटने से नहीं हिचकिचाते। वे मात्र अठारह बरस जीवित रहे लेकिन इस छोटे-से जीवनकाल में भी उन्होंने भगवान शिव के बारे में अत्यन्त सुन्दर गीतों की रचना की, जो थेवारम के नाम से जाने जाते हैं। शिव को सुन्दरार के ये गीत इतने अच्छे लगते थे कि वे उनकी लगातार परीक्षा लेते हुए उस परीक्षा

में खरा उतरने के लिए उनको लगातार उन गीतों का गान करने को विवश करते रहते थे।

अपने पिछले जन्म में सुन्दरार भगवान शिव के दास हुआ करते थे और कैलाश पर उनके साथ रहते थे। उनका काम था प्रतिदिन भगवान के अभिषेक के लिए पवित्र राख और पराग-युक्त पुष्पों के हार की व्यवस्था करना। एक बार ऐसा हुआ कि जब वे पार्वती के उद्यान से फूल तोड़ रहे थे, तो उनको उनकी दो परिचारिकाओं, कमलिनी और अनिन्दिति को देखकर उनसे प्रेम हो गया। उनकी इस इच्छा को जानकर शिव ने उनसे कहा कि वे उन स्त्रियों के साथ संसार में पुनर्जन्म लेकर अपनी इच्छा को पूरा करें।

"तुमने इन कन्याओं पर अपना मन लगाया है, इसलिए तुम इनके साथ दक्षिण क्षेत्र में जन्म लोगे। इनके साथ प्रेम-लीलाएँ करने के बाद तुम फिर से मेरे पास वापस आ जाओगे।" ये थे भगवान के शब्द।

सुन्दरार के मानव जन्म लेने का एक और कारण यह भी था कि वे कर्म के बन्धनों से पूरी तरह निवृत्त नहीं हो सके थे। सनातन धर्म के अनुसार ईश्वर की कृपा मनुष्य को, यहाँ तक कि बड़े से भक्त तक को, उसके सारे पापों से छुटकारा नहीं दिला देती। अगर ऐसा होता, तो जीवन का खेल ही समाप्त हो जाता। जीवन एक खेल है जिसमें जीवात्मा किन्हीं कारणों से स्वयं का परमात्मा से वियोग का अनुभव करती है और उसके साथ एकत्व की अपनी मूल स्थिति में वापस पहुँचना चाहती है। परमात्मा हमारा अदृश्य साथी है जो हमें निरन्तर प्रोत्साहित करता रहता है। भगवान भक्त के निकट रहता है और उसको कर्म के विधान की गति का बोध कराता रहता है। वह ईश्वर की इच्छा के समक्ष स्वयं को पूरी तरह समर्पित कर देने की उसकी इच्छा को निरन्तर मज़बूत बनाता रहता है, और इस प्रकार जीवन-मरण के चक्र में फँसे रहकर कर्मों के फल भोगने की उसकी आकांक्षा को नष्ट करता है। सुन्दरार के पुनर्जन्म का दूसरा कारण यह था कि भगवान उनसे उस अलौकिक संगीत की रचना करवाना चाहते थे जो संसार के अन्य प्राणियों को प्रेरित कर सके।

वहाँ के राजा ने इस सुन्दर बालक को देखा और उसको गोद ले लिया। राजा चौदह वर्ष की उम्र में उसका विवाह कर देना चाहता था, लेकिन विवाह-मण्डप में अचानक एक बूढ़ा ब्राह्मण जा पहुँचा जिसने सारे सम्बन्धियों को मुश्किल में डाल दिया। शरीर पर भभूत रमाये और गले में रुद्राक्ष की माला पहने इस ब्राह्मण ने कहा कि वह बालक उसका बँधुआ मज़दूर है और बिना उसकी अनुमति के बालक का विवाह नहीं हो सकता। वह सुन्दरार को अपने नगर में ले गया और वहाँ पर बुजुर्गों की एक पंचायत के सामने उसने एक ऐसा दस्तावेज़ प्रस्तुत कर दिया जिससे सिद्ध होता था कि वह बालक सचमुच ही उसका बँधुआ मज़दूर था। बच्चे पर इस प्रकार अपना हक़ साबित कर देने के बाद वह ब्राह्मण उसको लेकर शिव के एक मन्दिर में गया और ग़ायब हो गया। सुन्दरार समझ गये कि वह ब्राह्मण कोई और नहीं बल्कि उसके वेश में स्वयं भगवान थे। बाद में भगवान ने उसके सपने में आकर उसको आदेश दिया कि वह उनके बारे में गीतों की रचना करे। उस दिन के बाद से सुन्दरार मन्दिर-मन्दिर घूमते हुए भगवान की प्रशस्ति में गीत गाने लगे। तिरुवरूर के मन्दिर में उनको आकाशवाणी सुनायी दी कि "सुन्दरार, मैंने तुम्हें अपना सखा बना लिया है। अबके बाद से तुम धरती पर अपना शेष जीवन दूल्हा बनकर बिताओगे।"

पार्वती की जिस कमलिनी नामक परिचारिका से उनको प्रेम हो गया था वह परवयार नामक एक सुन्दर स्त्री के रूप में जन्म ले चुकी थी। तिरुवरूर के मन्दिर में उनकी भेंट हुई और उनको एक दूसरे से प्रेम हो गया। भगवान शिव, जिन्होंने पिछले जन्म में उनके विवाह को रोक दिया था, अब उनका सम्बन्ध जोड़ने वाले बनकर प्रकट हो गये और उन्होंने उनकी पहली मुलाक़ात के अगले ही दिन उनके विवाह की व्यवस्थाएँ कर दीं।

दोनों मिलकर भगवान शिव के साथ रिश्ता बनाने में अपने लोगों की मदद करने लगे। एक बार जब उनके गाँव में अकाल पड़ा, तो सुन्दरार ने गाँव के लोगों की भूख शान्त करने के लिए भगवान से प्रार्थना की और चमत्कारपूर्वक गाँव के भीतर ही अन्न का विशाल भण्डार निकल आया। परवयार को होली के समय ग़रीबों को पैसा बाँटने की आदत थी। उसने अपने पति से इसके लिए धन उपलब्ध कराने का अनुरोध किया। सुन्दरार बिना संकोच के शिव के मन्दिर में जा पहुँचे और उन्होंने भगवान से सोना माँग लिया। सुबह हाने पर उन्होंने पाया कि जिन ईंटों पर सिर रखकर वे रात में सोये हुए थे वे सब की सब सोने की ईंटों में बदल गयी हैं। इस प्रकार परवयार ग़रीबों को मनचाहा सोना बाँट सकी।

एक बार जब सुन्दरार यात्रा कर रहे थे, उन्होंने भूखे लोगों को भोजन की व्यवस्था करने के लिए भगवान से फिर से सोना माँगा। भगवान ने उनको ढेरों स्वर्ण-मुद्राएँ उपलब्ध करा दीं। सुन्दरार को समझ में नहीं आ रहा था कि इतना सारा सोना वे किस तरह ढोकर ले जाएँ, तो शिव ने उनसे कहा कि वे सारा सोना तालाब में फेंक दें और जब तिरुवरूर लौटें तो वहाँ पर वह सोना बटोर लें। सुन्दरार ने पहचान के लिए सोने की एक मुद्रा अपने पास बचाकर रख ली और बाक़ी सब तालाब में फेंक दीं। जब वे अपने नगर पहुँचे तो उन्होंने तालाब में डुबकी लगायी और उनको वे मुद्राएँ मिल गयीं। लेकिन उन मुद्राओं का मूल्य उनसे कम था जो उनको दी गयी थीं। यह सुन्दरार से गीत गवाने की शिव की एक और युक्ति थी। जब सुन्दरार ने एक और दिव्य गीत की रचना कर ली, तो शिव ने सोने को उसके पहले के मूल्य में बदल दिया।

जिस दूसरी स्त्री, अनिन्दिति से सुन्दरार को कैलाश पर प्रेम हो गया था, उसका जन्म भी सांग्लियार नाम से शिव की परम भक्त स्त्री के रूप में हो चुका था। उसने अपने पिता की पसन्द के आदमी से विवाह करने से इंकार कर दिया, और एक आश्रम में रहने लगी, जहाँ वह नित्य मालाएँ तैयार कर पास के मन्दिर में ले जाकर भगवान को चढ़ाया करती थी। इस मन्दिर में एक बार सुन्दरार ने उसको देखा, और अपने पिछले जन्म के रिश्ते के कारण उनको उससे प्रेम हो गया। चूँकि सांग्लियार ब्रह्मचारिणी थी, इसलिए अपने इस आत्मीय रिश्ते से उठ खड़ी हुई समस्या के समाधान के लिए सुन्दरार ने शिव से प्रार्थना की। शिव ने सांग्लियार के सपने में आकर उससे सुन्दरार से विवाह करने को कहा। वह विवाह करने को उत्सुक तो थी लेकिन जब उसको पता चला कि सुन्दरार पहले से ही विवाहित हैं, तो उसने उनसे वचन माँगा कि वे उसको किसी भी हालत में छोड़कर नहीं चले जाएँगे। शिव ने उससे कहा कि वह सुन्दरार से यह प्रण मन्दिर की बजाय पास के एक वृक्ष के नीचे खड़े होकर करवाये। सुन्दरार ने वैसा ही किया और उनका विवाह हो गया। जब वसन्त ऋतु आयी, तो सुन्दरार को याद आया कि किस तरह उसकी पहली पत्नी इस

समय तिरुवरूर के मन्दिर में भगवान के सामने नाच और गा रही होगी, और वे उसको देखने को व्याकुल हो उठे। सांग्लियार को दिये गये वचन के चलते वे काफ़ी समय तक को खुद को रोके रहे, लेकिन आख़िरकार उनसे नहीं रहा गया और वे सांग्लियार को कुछ कहे बिना वहाँ से चल दिये। अभी उन्होंने नगर की सीमा पार ही की थी कि सहसा वे अन्धे हो गये और ज़मीन पर गिर पड़े। सुन्दरार समझ गये कि चूँकि उन्होंने अपनी पत्नी से किये गये वादे को तोड़ा है इसलिए भगवान ने उनको यह सज़ा दी है। उनके कण्ठ से गीत फूट निकला और अपनी प्रबल भक्ति की भावना के साथ वे मन्दिर-मन्दिर जाकर भगवान से अपनी आँखों की खोयी हुई रोशनी वापस प्राप्त करने के लिए प्रार्थना करने लगे। वे जानते थे कि उनसे मन्दिर के बाहर शपथ दिलवाकर भगवान ने उनके साथ चालाकी की है, इसलिए भगवान के साथ अपनी निकट मित्रता और आत्मीयता के चलते उन्होंने अपनी आँखों की रोशनी वापस करने के लिए भगवान को तंग कर डाला। पार्वती उनके दुःख को समझती थीं, इसलिए आख़िरकार, कांचीपुरम स्थित सुन्दर नेत्रों वाली देवी कामाक्षी के मन्दिर में उन्होंने उनकी एक आँख की रोशनी लौटा दी। उन्होंने आनन्दित होकर उनकी स्तुति में कई गीतों की रचना की। तिरुवरूर पहुँचने से पहले, उन्होंने एक बार फिर भगवान से अपनी आँख की रोशनी लौटाने की प्रार्थना की। शिव ने उनसे मन्दिर के सरोवर में जाकर स्नान करने को कहा। जब वे सरोवर से नहाकर निकले, तो उनका रंग सोने जैसा हो गया।

लेकिन सुन्दरार इससे सन्तुष्ट नहीं हुए और उन्होंने भगवान से फिर से प्रार्थना की कि वे उनकी दोनों आँखों को रोशनी प्रदान करें ताकि वे मन्दिर में भगवान के दर्शन प्राप्त कर अपनी आँखों को तृप्त कर सकें। आख़िरकार शिव को उनकी बात माननी पड़ी और उन्होंने उनकी आँख की रोशनी लौटा दी।

इस बीच परवयार को उनके द्वारा दूसरा विवाह कर लेने के बारे में पता चल चुका था, इसलिए उसने उनको अपने घर में प्रवेश देने से मना कर दिया। एक बार फिर सुन्दरार ने इस नयी मुसीबत से छुटकारा पाने अपने एकमात्र सखा शिव के सामने सहायता की गुहार लगायी। शिव ब्राह्मण का वेश धारण कर परवयार के घर पहुँचे और उन्होंने उसके सामने सुन्दरार का पक्ष रखा। चूँकि परवयार शिव को पहचान नहीं सकी इसलिए पहले तो उसने उनकी बात मानने से इंकार कर दिया, लेकिन जब शिव अपने वास्तविक रूप में उसके सामने प्रकट हो गये तो वह सुन्दरार को स्वीकार करने पर राज़ी हो गयी। इस प्रकार दोनों का पुनर्मिलन हुआ।

इस प्रकार ऐसी कई कहानियाँ हैं कि जिनसे पता चलता है कि किस तरह शिव ने हर मुसीबत से सुन्दरार को उबारा और उनकी हर प्रार्थना को पूरा किया। लेकिन हर बार उनकी इच्छा पूरी करने से पहले शिव अपने लिए उनसे नया गीत गाने को कहते थे। कहा जाता है कि तीन बार स्वयं शिव ने उनको उनके गीत की पहली पंक्ति सुझायी थी। एक बार जब सुन्दरार अपनी पहली पंक्ति के लिए संघर्ष कर रहे थे, तो शिव ने उनको सुझाया, "ओह तुमको मन में अनुभव करना और शब्दों में व्यक्त करना कितना मुश्किल है।"

दूसरी बार, जब सुन्दरार को अपने गीत के लिए पहला सटीक शब्द नहीं सूझ रहा था, तो भगवान शिव ने मुस्कराते हुए उनको सुझाया, "इसमें क्या मुश्किल है? एक बार,

जब मैं तुमको विवाह-मण्डप निकाल ले जाने के लिए आया था, तुमने मुझको पागल कहकर पुकारा था, इसलिए तुम इसी शब्द के साथ पहले छन्द की शुरुआत क्यों नहीं करते?"

तीसरी बार भगवान ने उनसे इन जानेमाने शब्दों के साथ शुरुआत का सुझाव दिया था : "मैं थिल्लै में रहने वाले भगवान के दासों के दासों का दास हूँ।"

इस प्रकार सुन्दरार भगवान के सेवकों की मण्डली में शामिल हुए और जीवन-मुक्त, अर्थात मानव-देह में रहते हुए भी उससे मुक्त, हो गये।

भगवान सुन्दरार को अपने दोस्त की तरह बरतते थे। इसको सख्य मार्ग के नाम से जाना जाता है। इस मार्ग की महानता इस बात में है कि यहाँ भगवान अपने भक्त की सारी तथाकथित अन्तरंगताओं के प्रति सहिष्णु होते हैं। जैसा कि महाकवि तिरुवल्लुवर ने लिखा है, "अगर आप जानना चाहते हैं कि अन्तरंग मित्रता क्या होती है, तो वह इस बात में होती है कि आपका मित्र आपसे चाहे जितनी छूट लेता रहे, आप उस पर आपत्ति नहीं करते।"

एक बार जब सुन्दरार मन्दिर में प्रार्थना कर रहे थे, तो उस प्रतिमा को देखकर वे कैलाश वापस जाने की इच्छा से पागल हो उठे। वे दुःख से व्याकुल होकर ज़मीन पर लोटने लगे और भगवान से प्रार्थना करने लगे कि वे उनको अपने घर वापस ले चलें। उन्होंने अपना सर्वाधिक विषादपूर्ण गीत गाया। तब वे मात्र अठारह वर्ष के थे, लेकिन इस छोटे से जीवन-काल में ही उन्होंने सबसे मार्मिक भक्ति-गीतों की रचना कर ली थी, जो आज भी शिव-मन्दिरों में गाये जाते हैं। भगवान स्वयं भी उनको अपने पास बुलाने के लिए बेचैन थे, इसलिए उन्होंने उनको लेने के लिए अपने दिव्य सफ़ेद हाथी को उनके पास भेज दिया। उनकी पार्थिव देह उसी क्षण वहीं पर छूट गयी, और देखने वालों ने देखा कि सुन्दरार सफ़ेद हाथी पर सवार आकाशमार्ग से कैलाश की ओर चले जा रहे थे। उनकी दोनों पत्नियों ने भी अपने मृत्युलोक के बन्धनों को त्याग दिया और वे दिव्य धाम को लौट गयीं।

शिव का पुत्र

भगवान शिव के लिए थेवरम गीतों की रचना करने वाले एक अन्य नयनार हैं तिरु ज्ञान सम्बन्दर। उनको ईश्वर-पुत्र कहा जाता है - ईश्वरकोटि या दिव्य अवतार, जो जब चाहे तब अपने को मुक्ति दिला सकता है। सम्बन्दर का मात्र सोलह वर्ष की आयु में संसार से उठ जाना और इस अल्प अवधि में उनके द्वारा किये गये चमत्कार साबित करते हैं कि वे वाक़ई एक अवतार थे; मनुष्य की काया में पृथ्वी पर अवतरित ईश्वर। उनके जन्म के समय तमिलनाडु में जैन धर्म लोकप्रिय हो रहा था, और सम्बन्दर के माता-पिता ने एक ऐसे पुत्र के लिए ईश्वर से प्रार्थना की थी जो उस धरती पर मूल वैदिक आस्थाओं की पुनर्स्थापना कर सके।

एक बार जब सम्बन्दर तीन बरस के थे, उनके पिता उनको तालाब के किनारे छोड़कर नहाने चले गये। अपने सच्चे पिता के प्रति प्रेम और उसको देखने की चाह से भरे उस बालक ने आकाश की ओर देखते हुए रोना शुरू कर दिया। उसको सान्त्वना देने के लिए भगवान शिव ने उसके पास पार्वती को भेज दिया। उन्होंने आकर स्वयं ही उसको

स्तनपान कराया। जब उसका सांसारिक पिता लौटा, तो उसने बच्चे के दूध से भीगे मुँह को देखा और वह सोचने लगा कि उसको किसने दूध पिलाया होगा। बच्चा शिव की प्रतिमा की भाँति एक पैर पर खड़ा और दूसरे पैर को ऊपर उठाये, आकाश की तरफ़ अँगुली से इशारा करता हुआ अपना अमर गीत गाने लगा, "देखो उसको जिसने ताड़ के लिपटे हुए पत्तों से अपने कान बन्द कर रखे हैं।" ज़ाहिर है, वह भगवान शिव के अलौकिक रूप के दर्शन कर रहा था, और उस अल्पायु में भी उनकी पूजा आरम्भ कर चुका था। एक ऐसी उम्र में जब ज़्यादातर बच्चे ठीक से तुतला भी नहीं पाते, सम्बन्दर ने संस्कृत व्याकरण के सख़्त नियमों का पालन करते हुए तमिल की प्राचीन लय में निबद्ध ग्यारह छन्दों का गीत गाया। इसमें सन्देह नहीं कि वे ऐसा इसलिए कर सके क्योंकि उन्होंने समस्त कलाओं की देवी माता पार्वती के स्तनों से दूध पिया था।

सुन्दरार की ही भाँति वे भी मन्दिर-मन्दिर जाकर भगवान की स्तुति में ऐसे गीत गाया करते थे जिनको सुनने वालों के हृदय पिघल जाते थे। कहा जाता है कि भगवान ने उनको सोने से बने मँजीरों का एक जोड़ा भेंट किया था।

सात वर्ष की आयु में, औपचारिक शिक्षा की शुरुआत से भी पहले, जब उनका उपनयन संस्कार हो रहा था, उन्होंने खड़े होकर सम्पूर्ण वेदों का पाठ करके पुरोहितों को आश्चर्य में डाल दिया था। उन्होंने पुरोहितों को सीख दी कि शिव के "नमःशिवाय" नामक पंचाक्षरी मन्त्र में सारे वेद समाहित हैं, और एकमात्र वही उनके ज्ञान का स्रोत है।

वे इस संसार में जो कुछ करने आये थे, वह सब कुछ करने के लिए उनके पास इतना कम समय था कि वे तीन साल की उम्र से ही अपने पिता के कन्धों पर बैठकर एक से दूसरे स्थान की यात्राएँ करने लगे थे। जिन मन्दिरों में वे गये उनमें से अनेक मन्दिरों में उन्होंने चमत्कारों का प्रदर्शन किया और भक्तों के कष्टों का निवारण किया। एक बार एक भक्त की पत्नी की साँप के काटने से मौत हो गयी थी, और बताया जाता है कि सम्बन्दर ने अपने एक गीत से उसको फिर से जीवित कर दिया था। उस समय सारे तमिलनाडु में जैन धर्म का प्रभाव तेजी से फैल रहा था, और मदुरई नगर में तो वहाँ के राजा तक ने जैन धर्म अपना लिया था। केवल रानी और मुख्यमन्त्री ही शिव के उत्कट भक्त थे। जब रानी ने इस बाल-सन्त के बारे में सुना, तो उसने अपने मन्त्री के माध्यम से उनके पास सन्देश भेजकर उनसे नगर में पधारने का अनुरोध किया। जैन साधु मन्त्री के आने से डर गये, और उन्होंने काला जादू का प्रयोग कर मन्त्री के तम्बू में आग लगाने की योजना बना ली, लेकिन वे इसमें विफल रहे और आग, जिसकी मंजूरी राजा ने दी थी, उल्टी राह चलती हुई राजा के पास ही पहुँच गयी। राजा को अपने पूरे शरीर में भीषण जलन महसूस होने लगी। रानी ने उससे सम्बन्दर को बुलाने का अनुरोध किया। बाल-सन्त के साथ-साथ वहाँ पर जैन भिक्षु भी आ गये और उन्होंने सम्बन्दर को चुनौती दी कि वे अपनी शक्ति का प्रदर्शन करके दिखाएँ। राजा ने वचन दे दिया कि अगर वह स्वस्थ हो गया, तो वह सम्बन्दर का धर्म स्वीकार कर लेगा। भिक्षुओं ने स्वयं राजा के बायें हिस्से की चिकित्सा का ज़िम्मा लेते हुए सम्बन्दर से दायें हिस्से की चिकित्सा करने को कहा। भिक्षु मन्त्रों का उच्चारण करते हुए राजा के बायें हिस्से में मोर का पंख फेरते रहे, लेकिन राजा की जलन जारी रही।

सम्बन्दर ने भगवान शिव के शरीर की पवित्र राख की स्तुति गाते हुए राजा के दायें हिस्से में राख पोत दी, और तुरन्त ही राजा का रोग दूर हो गया। राजा ने वैसी ही चिकित्सा अपने बायें हिस्से की भी करने का अनुरोध किया, और उसका भी वही सुपरिणाम हुआ। राजा और रानी दोनों सम्बन्दर के पैरों पर गिर पड़े। लेकिन अड़ियल जैन भिक्षु और भी परीक्षाएँ लेने की ज़िद करने लगे। उन्होंने उनसे गीत-अभिमन्त्रित पत्तियों को आग में डालने को कहा। दोनों पक्षों ने अपने-अपने ताड़पत्र आग की लपटों में फेंके, और जैन भिक्षुओं की पत्तियाँ जलकर राख हो गयीं। उन्होंने आग्रह किया कि दोनों अपनी-अपनी पत्तियाँ नदी में फेकें, और जिनकी पत्तियाँ बहाव के प्रतिकूल बहें उनको श्रेष्ठ माना जाए। सम्बन्दर इस परीक्षा में भी खरे उतरे, और पूरा राज्य फिर से धर्मपरिवर्तन कर शैव हो गया।

सम्बन्दर अनेक तीर्थयात्राएँ करने के बाद सोलह बरस की आयु में अपने नगर में लौट आये। उनके पिता उनको विवाहित देखना चाहते थे।

सम्बन्दर तैयार हो गये और मन ही मन आनन्द लेते हुए उन्होंने अपना विवाह कार्यक्रम सम्पन्न कराया। ध्यान देने की बात है कि सम्बन्दर ने पंचाक्षरी मन्त्र की महिमा का गान पहली बार अपने उपनयन संस्कार के समय किया था और अन्तिम बार अपने पाणिग्रहण संस्कार के समय, दूल्हे की भव्य वेशभूषा में किया। अपनी बालिका वधू की छोटी-सी अँगुली को अपनी अँगुलियों में थामे जब वे पवित्र अग्नि के फेरे ले रहे थे, तभी वह अग्नि तेजी से भड़क उठी और उसने उनको और उनकी दुल्हन दोनों को निगल लिया। विवाह में आये मेहमान भी इस आग में भस्म हो गये और शिव के धाम को चले गये। इस छोटे-से जीवनकाल में सम्बन्दर ने शैवमत के लिए उतना ही बड़ा योगदान किया, जितना आदि शंकराचार्य ने अद्वैत के लिए किया था। अपने हज़ारों गीतों के माध्यम से उन्होंने लोगों के हृदय में नये सिरे से धार्मिक श्रद्धा और उपासना की प्राचीन पद्धतियों के प्रति आस्था का संचार किया।

शिव का दास

सन्त अप्पार की भूमिका ईश्वर के पुत्र सम्बन्दर के अग्रगामी जैसी थी - वैसी ही जैसी भूमिका कुमारिल भट्ट ने आदि शंकराचार्य के सन्दर्भ में निभायी थी और जॉन द बैप्टिस्ट ने ईसा के सन्दर्भ में निभायी थी। उनका जीवन सम्बन्दर के जीवन के इर्दगिर्द चक्कर काटता है। वे सम्बन्दर के समकालीन थे, हालाँकि दोनों के बीच की ऐतिहासिक मुलाक़ात उस वक़्त हो सकी जब अप्पार पचास से ऊपर के हो चुके थे और सम्बन्दर मात्र सात बरस के बालक थे। तब तक जैन मत तमिलनाडु के लोगों के बीच अपनी मज़बूत स्थिति बना चुका था, और अप्पार ने फ़ैसला कर लिया था कि उनको उस धर्म के बारे में और अधिक सीखना ज़रूरी है, ताकि वे सम्बन्दर के अभियान में मदद कर सकें। वे पाटलिपुत्र गये और जैन धर्म के सिद्धान्तों को गहराई से समझने के उद्देश्य से उन्होंने उसके मठ में दाख़िला ले लिया। उनको सच्चे धर्म से पथभ्रष्ट कहा गया, लेकिन सच्चाई यह थी कि अप्पार एक रहस्यवादी थे, और उनको सम्बन्दर के आगमन तथा उस आगमन के उद्देश्यों का पूर्वानुमान था। वे जानते थे कि सम्बन्दर को मात्र सोलह बरस जीना है, और अगर उनको सम्बन्दर

की मदद करनी है, तो उनको जैन मत के बारे में जानना होगा।

अप्पार ने बीस वर्षों तक एक जैन भिक्षु के रूप में जीवन बिताया, लेकिन जब सम्बन्दर सात साल के हो गये, तो अप्पार समझ गये कि अब समय आ गया है जब उनको मठ से विदा लेकर सम्बन्दर के पास जाना होगा और उनकी मदद करनी होगी। वे अभी इसी ऊहापोह में थे कि कि जैनों से दुश्मनी मोल लिये बिना मठ किस तरह छोड़ा जाए, कि तभी शिव उनकी मदद करने आ पहुँचे और उन्होंने उनको पेट की ऐसी गम्भीर बीमारी से पीड़ित कर दिया जिसका इलाज़ जैन नहीं कर सके। तब वे अपनी बहन के पास गये जिसने उनको शिव के पंचाक्षरी मन्त्र से पूर्ण स्वस्थ कर दिया।

अप्पार ने स्वयं ही यह गीत गाया है, "हे प्रभु, आप जो सूखी हुई खोपड़ी में भिक्षा माँगते हुए घूमते रहते हैं, कृपा कर मुझको उस शूल से मुक्ति दिलाएँ जो मेरे उदर में पल रहा है।"

इस समय तक उस इलाक़े का राजा जैन धर्म की दीक्षा ले चुका था, और जैन भिक्षुओं ने उसको अप्पार कीं हत्या के लिए विवश कर दिया था, क्योंकि वे उनके मुताबिक़ धर्मच्युत हो चुके थे। उन्होंने उनको चूने की सुलगती भट्टी में बन्द कर दिया। जब उन्होंने सात दिन बाद भट्टी को खोला, तो उन्होंने अप्पार को जीवित और गहरी समाधि की अवस्था में पाया। उन्होंने इसका श्रेय उन मन्त्रों को दिया जो उन्होने उनको सिखाये थे, और फिर उनको ज़हर दे दिया। अप्पार पंचाक्षरी मन्त्र का उच्चारण करते हुए उस ज़हर को यूँ पी गये जैसे वह अमृत हो, और वे जीवित बने रहे।

तब उन्होंने उनको एक पागल हाथी के पैरों में डाल दिया। जब अप्पार ने शिव की स्तुति में लिखे गये अपने एक सुन्दर छन्द के साथ उस हाथी का सामना किया, तो हाथी ने उनको झुककर प्रणाम किया और अपना सारा क्रोध जैन भिक्षुओं पर उँडेल दिया। अन्त में उन्होंने उनकी गर्दन में ग्रेनाइट की चट्टान बाँधकर उनको समुद्र में फेंक दिया। उस क्षण वह पत्थर पानी पर तैरने लग गया जब अप्पार ने गाया, "वह शब्द है, वह रक्षक है, वह वेद का अवतार है, वह तेज है...।" अपने गीत का समापन उन्होंने इन शब्दों के साथ किया : "प्रभु का नाम और कुछ नहीं, केवल नमःशिवाय है।"

नमःशिवाय का नाद या ध्वनि, लिंग के माध्यम से प्रतिबिम्बित दिव्यता की अनिश्चित आकार वाली अवस्था है। वह पत्थर उनको बहाता हुआ तट तक ले आया, और जब वे नगर में पहुँचे, तो उनका रूप उनकी काया पर पुती हुई राख और गले में पड़ी रुद्राक्ष की माला से दमक रहा था।

लेकिन उनसे तो कट्टरपन्थी शैव तक नाराज़ थे, क्योंकि वे उनको धर्मद्रोही मानते थे। इसलिए जब उन लोगों ने भी उनका बहिष्कार कर दिया, तो उन्होंने नगर छोड़कर सम्बन्दर से मिलने जाने का निश्चय किया। यह एक ऐतिहासिक मुलाक़ात थी, जिसमें दोनों ने एक दूसरे को पहचान लिया। क्षण भर के लिए भी हिचकिचाये बग़ैर दोनों एक दूसरे के पैरों पर गिर पड़े, क्योंकि दोनों ही एक दूसरे की महानता से परिचित थे। अप्पार ने उस बालक में शैव मत के रक्षक को पहचाना और वे कई दिनों तक सम्बन्दर के साथ रहे।

उनकी दूसरी भेंट तब हुई जब उस इलाक़े में अकाल पड़ा हुआ था, और दोनों ने मिलकर लोगों के कष्ट के निवारण के लिए शिव से प्रार्थना की। भगवान ने उनको लोगों को भोजन उपलब्ध कराने के लिए प्रतिदिन एक स्वर्ण मुद्रा प्रदान करने का वचन दिया। दोनों को मन्दिर के पूर्वी और पश्चिमी प्रवेशद्वार पर सोने का एक सिक्का पड़ा हुआ मिलता जिससे वे ग़रीबों के लिए भोजन की व्यवस्था करते। इसके बाद उन दोनों ने साथ-साथ यात्राएँ करते हुए अनेक पूजा-स्थलों का भ्रमण किया और कई चमत्कार दिखाये।

उनकी तीसरी और अन्तिम भेंट तब हुई जब सम्बन्दर जैनों को परास्त करने के बाद मदुरई लौट रहे थे। अप्पार ने जुलूस को आते देखा, और एक सच्चे सन्त की विनय का परिचय देते हुए उन्होंने उस पालकी को ढोने में मदद की जिसमें सम्बन्दर बैठे हुए थे। जब सम्बन्दर ने उनको देखा, तो वे पालकी से कूद पड़े और प्रेम से भरकर उनको गले लगा लिया। वे कुछ समय साथ रहे, और फिर हमेशा-हमेशा के लिए विदा हो गये।

यह तिरुप्पुन्तुरुति का मन्दिर है, जहाँ अप्पार ने अपना यह प्रसिद्ध गीत गाया था : "ओ मेरे मस्तक, विश्व के मस्तक के सामने झुक...," जिसमें वे अपने शरीर के प्रत्येक अंग को शिव की पूजा करने का आदेश देते हैं।

एक बार जब सन्त अप्पार मन्दिर के बग़ीचे में खुदाई कर रहे थे, भगवान शिव ने परीक्षा ली। खोदते-खोदते अचानक रत्न और सोना मिट्टी के साथ निकलने लगे। अप्पार ने उनको मिट्टी समेत अपने फावड़े से समेटकर कमल के फूलों से भरे पास के तालाब में फेंक दिया। इसके बाद स्वर्ग की अप्सराएँ उतरीं और उनको अपनी सम्मोहक भाव-भंगिमाओं से लुभाने की कोशिश करने लगीं। लेकिन उन पर उनका कोई असर नहीं हुआ, और उन्होंने पंचाक्षरी मन्त्र का अपना जाप जारी रखा।

उन्होंने गाया, "मैं जो ध्यान करने वाला हूँ, उसको किसी और चीज़ के बारे में ध्यान करने की क्या ज़रूरत है, सिवा प्रभु के चरणों के...मुझको और कुछ दिखायी ही नहीं देता, सिवा आपके घुँघरू-बँधे पैरों के... हे पवित्रात्मा, मैं यहीं और अभी आपके चरणों में आ रहा हूँ।" इस प्रकार कहते हुए अप्पार ने इक्क्यासी वर्ष की आयु में अपनी देह त्याग दी। उनका एकमात्र ध्येय था "विनम्र सेवा," और वे हमेशा अपने हाथ में एक खुरपी लिये रहते थे जिससे वे तमाम मन्दिरों के बग़ीचों में गुड़ाई करते रहते थे।

शिव का ज्ञाता

मणिक्कवाचाकर एक ब्राह्मण दम्पति की सन्तान थे। वे अपनी बाल्यावस्था में ही इतने प्रतिभाशाली थे कि वहाँ के राजा ने उनको अपना प्रधानमन्त्री बना लिया था। लेकिन नवयुवक को बहुत जल्दी ही संसार की अनित्यता का बोध हो गया और उसने सद्गुरु की तलाश करने का निश्चय किया। उस समय राज्य की अश्वसेना कमज़ोर पड़ रही थी, इसलिए राजा ने अपने प्रधान मन्त्री को घोड़ों का प्रबन्ध करने का आदेश दिया। मणिक्कवाचाकर बहुत प्रसन्न हुए और उन्होंने इस अवसर का लाभ उठाते हुए अपने गुरु को ढूँढ़ लेने का मन बना लिया। जब वे एक मन्दिर में पहुँचे, तो उन्होंने एक ब्राह्मण को देखा जो शिव ज्ञान बोधम् नामक ग्रन्थ लिये एक वृक्ष के नीचे बैठा था। उसको देखते ही

मणिक्कवाचाकर को लगा कि यही उनके गुरु हैं। उन्होंने भागकर ब्राह्मण के पैर छुए और उससे अनुरोध किया कि वह उनको अपना शिष्य बना ले। ये दरअसल उस ब्राह्मण के वेश में स्वयं भगवान थे जो मणिक्कवाचाकर को शिव-ज्ञान के रहस्यों की दीक्षा देने आये हुए थे। मणिक्कवाचाकर ने तत्काल अपनी सारी सम्पत्ति अपने गुरु के चरणों में अर्पित कर दी और उनकी प्रशस्ति में मधुर गान करने लगे। यह रत्नों से जड़ा हुआ हार था जो उन्होंने अपने गुरु को अर्पित किया था, जिस कारण भगवान शिव ने उनको मणिक्कवाचाकर कहकर पुकारना शुरू कर दिया था, क्योंकि उनके शब्द मणियों (रत्नों) की तरह थे। जल्दी ही वह ब्राह्मण ओझल हो गया, और मणिक्कवाचाकर को अहसास हो गया कि वे कोई अन्य नहीं बल्कि भगवान शिव ही थे। वे अपने गुरु के इस तरह चले जाने से अत्यन्त दुःख से भर उठे और इस दुःख में उस अभियान को ही भुला बैठे जिस पर निकले थे। इसके अलावा घोड़ों की व्यवस्था के लिए जो भी धन वे लेकर आये थे, वह सब उन्होंने पहले ही गुरु के चरणों में अर्पित कर दिया था, और गुरु ने वह धन मन्दिर के जीर्णोद्धार के लिए दे दिया था। उन्होंने राजा के पास सन्देश भेज दिया कि वे महीने भर बाद लौटकर आएँगे।

महीना बीत गया, तो गुस्साये हुए राजा ने उनके पास सन्देश भेजा। मणिक्कवाचाकर ने मामले की सूचना मन्दिर में भगवान को दी। शिव ने उनके सपने में प्रकट होकर उनसे कहा कि वे राजा के पास वापस लौट जाएँ, और वे स्वयं घोड़े लेकर वहाँ पहुँचेंगे। मणिक्कवाचाकर लौट गये और उन्होंने राजा से कहा कि घोड़ों की व्यवस्था हो चुकी है और वे किसी मांगलिक तिथि पर वहाँ पहुँच जाएँगे। लेकिन इस बीच राजा के अन्य मन्त्रियों ने राजा को मणिक्कवाचाकर के साथ उस मन्दिर में हुई सारी घटनाओं की जानकारी दे दी कि किस तरह उन्होंने घोड़ों के लिए सौंपा गया सारा धन अपने गुरु को दे दिया है। राजा क्रोधित हो उठा और उसने मणिक्कवाचाकर को यातनाएँ देने का आदेश दे दिया।

मणिक्कवाचाकर ने इन यातनाओं को चुपचाप सह लिया क्योंकि उनको पूरा भरोसा था कि भगवान उनको दिये गये वचन को अवश्य निभाएँगे। अपने भक्त को इस प्रकार कष्ट में पड़ा देखकर भगवान शिव ने पास के जंगल के सारे सियारों को घोड़ों में बदल दिया और अपने ही सन्देशवाहकों को घुड़सवार बनाकर राजा के पास भेज दिया। भगवान स्वयं घोड़ों के व्यापारी बनकर उनके साथ एक मांगलिक तिथि पर वहाँ पहुँच गये। जब राजा ने उन घोड़ों को देखा, तो उसको प्रधानमन्त्री के साथ किये गये अत्याचार को लेकर बहुत पश्चाताप हुआ और उसने विह्वल मन से प्रधानमन्त्री से क्षमायाचना की।

मणिक्कवाचाकर घोड़े के व्यापारी को देखते ही समझ गये कि वे स्वयं भगवान शिव हैं, और वे उनके पैरों पर जा गिरे। घोड़े अस्तबल में ले जाए गये। लेकिन, अपने मनमौजी स्वभाव के अनुरूप शिव ने घोषणा कर दी कि रात के समय तक वे घोड़े अपने असली रूप में आ जाएँगे और हुआ-हुआ करते हुए जंगल में भाग जाएँगे।

वैसा ही हुआ, और राजा मणिक्कवाचाकर पर आगबबूला हो उठा। उसको लगा कि मणिक्कवाचाकर ने उसको फिर से बेवकूफ़ बनाया है, और उसने उनको गिरफ़्तार कर फिर से यातनाएँ देने का आदेश दे दिया। सन्त ने भगवान से सहायता की प्रार्थना की, और देखते ही देखते नगर से लगी हुई नदी में बाढ़ आने लगी। नगर में भय व्याप्त हो गया,

सैनिक भाग खड़े हुए और मणिक्कवाचाकर मन्दिर में जाकर प्रार्थना करने लगे। इस बीच राजा ने आदेश निकाला कि सारे नागरिक नदी पर जाकर तटबन्ध की दरार को भरने के काम में हाथ बटाएँ ताकि बाढ़ को रोका जा सके। नगर में एक बूढ़ी औरत थी जो कुछ भी बोझ उठा पाने में असमर्थ थी। उसने भगवान से सहायता की प्रार्थना की। शिव एक मज़दूर के वेश में वहाँ पहुँचे और उन्होंने तटबन्ध पर इतनी ताक़त से कीचड़ फेंकना शुरू कर दिया कि उसकी दरार फिर से खुल गयी। राजा, जो उस वक़्त वहीं मौजूद था, यह देखकर बौखला उठा। उसने एक मोटी लकड़ी उठाकर उस मज़दूर के सिर पर दे मारी। उन प्रहारों को राजा समेत संसार में हर किसी ने महसूस किया। तब जाकर राजा को अहसास हुआ कि वह सब प्रभु की लीला थी। राजा को किसी अदृश्य शक्ति का स्वर सुनायी दिया जो कह रहा था कि राजा मणिक्कवाचाकर के पास जाकर उनके साथ किये गये अन्यायों के लिए उनसे क्षमा माँगे। राजा भागा-भागा सन्त के पास गया, उसने हाथ जोड़कर उनसे क्षमा माँगी, और राजगद्दी सँभालने का अनुरोध किया। मणिक्कवाचाकर ने इंकार कर दिया और राजा से हमेशा-हमेशा के लिए विदा ले ली। उन्होंने काफ़ी राजनीति कर ली थी और अब उनको अहसास हो गया था कि वे इस पृथ्वी पर किसी बड़े उद्देश्य के लिए आये हैं। अब तो वे एक बार फिर से अपने गुरु से मिलना चाहते थे। अपने गुरु के वेश में अपने प्रभु से भेंट की उम्मीद में उन्होंने दक्षिण भारत के तमाम मन्दिरों की यात्राएँ कीं। भगवान शिव उनको प्रसन्न करने के उद्देश्य से हर मन्दिर में उनके गुरु के रूप में प्रकट हो जाते। अन्त में वे चिदम्बरम के महिमापूर्ण मन्दिर में पहुँचे, जहाँ शिव नटराज के रूप में विराजमान हैं। यही वह जगह है जहाँ पर मणिक्कवाचाकर ने "तिरुवाचकम" नामक अपने प्रसिद्ध गीत की रचना की थी।

उस समय श्रीलंका से एक बौद्ध भिक्षु, वहाँ के सम्राट तथा उसकी गूँगी बेटी के साथ चिदम्बरम आये हुए थे। वे यह जानना चाहते थे कि बुद्ध के अलावा भी क्या किसी ईश्वर का अस्तित्व है। चिदम्बरम के राजा ने शैवों और बौद्धों के बीच शास्त्रार्थ आयोजित करने का निश्चय किया। मणिक्कवाचाकर को शैवमत के प्रतिनिधि के रूप में चुना गया, क्योंकि वही इस मामले सबसे बड़े ज्ञानी थे। शास्त्रार्थ के अन्त में बौद्ध भिक्षुओं की बोलती बन्द हो गयी।

श्रीलंका का सम्राट मणिक्कवाचाकर की विद्वत्ता से चमत्कृत रह गया, और उसने उनसे कहा, "अपने मेरे विदग्ध गुरुओं को गूँगा कर दिया है। अब अगर आप मेरी गूँगी बेटी को वाणी प्रदान कर दें, तो हम सब अपना धर्म त्यागकर आपका धर्म स्वीकार कर लेंगे।" मणिक्कवाचाकर ने भगवान से सहायता की प्रार्थना की, और उस गूँगी लड़की ने न केवल धाराप्रवाह बोलना शुरू कर दिया बल्कि उसने बौद्ध भिक्षुओं के तर्कों का अत्यन्त प्रामाणिक ढंग से खण्डन भी किया। कहने की आवश्यकता नहीं कि सम्राट ने धर्मपरिवर्तन कर लिया।

एक दिन भगवान शिव ने एक ब्राह्मण के वेश में मणिक्कवाचाकर के पास आकर उनसे "तिरुवाचकम" नामक गीत गाने का आग्रह किया। जब मणिक्कवाचाकर ने वह गीत गाया, तो भगवान उसको तालपत्र पर उतारते गये। मणिक्कवाचाकर भगवान के इस प्रेम से इतने विह्वल हो उठे कि उनकी आँखों से आँसुओं की धारा बह निकली, और वे वहीं मन्दिर की सीढ़ियों पर प्रणाम की मुद्रा में गिर पड़े। जब मन्दिर के पुजारी आये, तो उन्होंने सीढ़ियों

पर भगवान के हस्तलिखित तालपत्रों को पड़ा हुआ, और मणिक्कवाचाकर को परम आनन्द की अवस्था में पाया। पुजारियों ने मणिक्कवाचाकर से पूछा कि तालपत्र पर किसकी लिखावट है, और उसका क्या अर्थ है। मणिक्कवाचाकर ने काँपते हाथों से मन्दिर के अन्दर स्थापित प्रतिमा की ओर इशारा करते हुए कहा, "ये गीत केवल उसके बारे में हैं। वही है जिसने इनको लिखा है!" वे इस क़दर भावविह्वल थे कि उनके मुँह से और कोई शब्द नहीं निकल सके और वे वहीं नटराज के चरणों में पड़े रह गये। वे सचमुच ही भगवान की प्रतिमा में समा गये और फिर कभी दिखायी नहीं दिये।

ॐ नमः शिवाय

हे मेरे हाथों! आपस में जुड़ो
और उस अपौरुषेय सत्ता को प्रणाम करो,
जिसने कटिबन्ध के रूप में विषैले मुँह वाले
सर्प को धारण कर रखा है।
जिसके चरणों में सुगन्धित पुष्प बिखरे हुए हैं।
ओ मेरे हाथों आपस में जुड़कर उसको प्रणाम करो।

—सन्त अप्पार

शब्द उस अवस्था का बखान नहीं कर सकते;
मस्तिष्क उसको ग्रहण नहीं कर सकता,
इन्द्रियाँ उसको अनुभव नहीं कर सकतीं।
सिवा ईश्वर और आत्मा में दृढ़ आस्था के
उसको समझा नहीं जा सकता।

—योगवाशिष्ठ

ॐ

अनंगाय नमः!

अध्याय 27

चरम अनुयायी

जन्म हुआ शिकारियों के कुटुम्ब में जो
मधुमक्खियों के छत्तों को लूटते थे और मांसभक्षण करते थे।
वह उन पर्वतीय जंगलों में घूमता था, जहाँ घूमते थे बाघ।
वह लाल आँखों वाले कुत्तों की नस्ल उपजाता था
और जानवरों का शिकार करता था।
वह घातक धनुष, भाला और तलवार चलाता था,
और पशुओं की लाशों के साथ रहता था।
उसका रूप, बाघ द्वारा कुतरा हुआ बलिष्ठ हाथ,
शक्तिशाली अस्त्रों की खरोंचों से भरा चट्टानी वक्ष,
भालुओं के दाँतों के निशान लिये चेहरा।
तीखे दाँतों वाले जंगली सुअर द्वारा चीर दी गयी जंघा।
तनी हुई घनी चोटी, रक्ताभ, डरावनी आँखें,
गरजती हुई कर्कश आवाज़!

—सन्त नकीरा

यह कविता कन्नप्पा नयनार के बारे में है, जो एकदम आरम्भिक सन्तों में से एक थे। वे एक क्रूर प्राणी थे, क्रूर भूमि पर विचरने वाले एक जनजातीय क़बीले के क्रूर सरदार के पुत्र। किंवदन्ती है कि वे अर्जुन के अवतार थे, जिन्होंने एक शिकारी का भेष धारण कर भगवान शिव से युद्ध करने का दुस्साहस किया था; इसी कारण उनका जन्म एक शिकारी के रूप में हुआ था। अपना पहला शिकार करते हुए कन्नप्पा ने एक जंगली सुअर का पीछा करते हुए उसको मार गिराया था। जिस समय उनके साथी उस सुअर को भून रहे थे, वे पहाड़ की चोटी पर बने मन्दिर में गये।

मन्दिर में पहुँचकर जब उन्होंने वहाँ स्थापित शिवलिंग को देखा, तो उनमें ज़बरदस्त परिवर्तन आ गया। वे आनन्द-विह्वल होकर लिंग की ओर दौड़े और उसको बाँहों में भरकर चूमने लगे, क्योंकि उसमें उनको अपने प्रिय ईश्वर के दर्शन हुए। कन्नप्पा सीधे-साधे

शिकारी थे, जिनको उपासना की आनुष्ठानिक विधियों की कोई जानकारी नहीं थी, लेकिन उनके साथियों ने उनको शिव की पूजा करने का ढंग समझाते हुए कहा कि प्रतिमा पर जल चढ़ाकर उसको फूल और भोजन अर्पित किये जाते हैं। हालाँकि उनको अपने प्रिय को अकेले छोड़कर जाना बहुत बुरा लग रहा था, लेकिन वे भागकर गये और भुने हुए मांस का सबसे अच्छा हिस्सा लेकर वापस मन्दिर पहुँचे, और एक-एक टुकड़े को चखकर उनकी गुणवत्ता परखने के बाद उन्होंने उन टुकड़ों को प्रेमपूर्वक पत्तों पर रख दिया।

फिर वे भागकर नदी पर गये, और चूँकि उनके पास कोई बर्तन नहीं था इसलिए उन्होंने पानी को अपने मुँह में भरा, और क्योंकि उनके पास कोई टोकरी नहीं थी, उन्होंने कुछ फूल इकट्ठे कर उनको अपने बालों में खोंसा, और वापस मन्दिर की ओर भागे। मन्दिर पहुँचकर उन्होंने मुँह का पानी प्रतिमा पर थूककर उसका अभिषेक किया, और अपनी चप्पलों से सिर में खुँसे फूलों को झड़ाकर उनको लिंग के ऊपर गिरा दिया।

इसके बाद उन्होंने मांस का पत्तल लिंग के सामने रखते हुए कहा, "यह रहा मांस जो मैंने भूना है और जिसको अपनी अनुभवी जुबान से चखा है। प्रार्थना करता हूँ कि इसको खाने की कृपा करें।" वे प्रतिमा पर अपनी आँखें गड़ाये बेचैनी से प्रतीक्षा करते रहे, जैसे कोई माँ अपने लाड़ले बच्चे को निहारती है। जब सूरज डूब गया, तो उनके साथियों ने उनको घर चलने के लिए बहुत मनाया, लेकिन वे प्रतिमा के सामने से हटने को तैयार नहीं हुए।

अगले दिन जब कन्नप्पा शिकार पर गये हुए थे, तो प्रतिदिन पूजा करने आने वाला पुजारी उस मन्दिर में पहुँचा और मन्दिर की अपवित्र दशा को देखकर घबरा गया। उसने देखा कि गर्भगृह में कुत्ते के पैरों के निशान और प्रतिमा पर अजीबो-ग़रीब फूल बिखरे हुए हैं तथा हर कहीं पर मांस की गन्ध फैली हुई है। उसने मन्दिर को शुद्ध करने के लिए ज़रूरी अनुष्ठान किये। फिर वह भगवान के स्नान के लिए ताँबे के घड़े में पानी लेकर आया।

उसने अपने मुँह पर कपड़ा बाँध रखा था ताकि उसकी साँसों से पानी अशुद्ध न होने पाये। फिर वह सरकण्डों से बनी टोकरी में फूल लाया, और इसके बाद उसने भोग लगाने के लिए दूध और चावल से बनी पवित्र खीर तैयार की। अनुष्ठान पूरा करने के बाद वह घर लौट गया।

जल्दी ही कन्नप्पा वहाँ आ पहुँचे और उन्होंने पुजारी के किये-धरे पर पानी फरते हुए अपने ही ग़ैरपारम्परिक अन्दाज़ में पूजा सम्पन्न की। यह सिलसिला पाँच दिनों तक जारी रहा, जिसने पुजारी को परेशान कर डाला। पाँचवें दिन भगवान ने पुजारी के सपने में आकर उससे कहा कि अगर वह कुछ ख़ास चीज़ देखना चाहता है, तो छुपकर देखे। पुजारी शिवलिंग के पीछे छिप गया। छठवें दिन जब कन्नप्पा ताज़े मांस का ढेर लेकर वहाँ पहुँचे तब पुजारी को एक भयावह दृश्य देखने को मिला। लिंग के भीतर भगवान की दायीं आँख से ख़ून की धारा बह रही थी।

कन्नप्पा ने तेजी से भागकर ख़ून को रोकने की कोशिश की, लेकिन कोई फ़र्क़ नहीं पड़ा। उन्होंने कुछ जड़ीबूटियाँ लाकर उस आँख पर लेप किया लेकिन उससे भी कोई लाभ

नहीं हुआ। आख़िरकार उनको एक ज़बरदस्त उपाय सूझा। उन्होंने अपने तीर की नोक से अपनी एक आँख निकाली और उसको बड़े प्रेम और जतन से घायल आँख पर चिपकाकर घाव को भर दिया, लेकिन तुरन्त ही प्रतिमा की दूसरी आँख से भी ख़ून बहने लगा।

इस बार कन्नप्पा को मालूम था कि क्या करना है, लेकिन समस्या यह थी कि अपनी दूसरी आँख के बिना वे प्रतिमा की उस आँख को कैसे देखते। तब उनके मन में एक कमाल का विचार आया। उन्होंने उस घायल आँख की जगह को निश्चित करने के लिए अपना बायां पैर उस पर रखा और अपनी आँख निकालने के लिए उस पर तीर की नोक रख दी।

इससे आगे सह पाना भगवान के लिए असम्भव लगा। वे लिंग से उछलकर बाहर आ गये और कन्नप्पा का हाथ रोककर उनसे बोले, "रुक जाओ, कन्नप्पा!"

उन्होंने तीन बार ये शब्द दोहराये, और कन्नप्पा को तीन बार उनका अनुग्रह प्राप्त हुआ। उनका उत्सर्ग भगवान विष्णु के उत्सर्ग के ही बराबर था, जिन्होंने अपना एक कमलनयन निकालकर त्रिनेत्रधारी प्रभु को दे दिया था। कन्नप्पा का प्रेम अद्वितीय था, और कविगण आज तक उनकी महिमा का गान करते हैं।

ॐ ॐ ॐ

अरिवत्तयार नयनार भगवान शिव के महान भक्त थे। वे भगवान को प्रतिदिन पके हुए लाल चावल, लाल भाजी और आम का अचार अर्पित करते थे। उनकी परीक्षा लेने भगवान शिव ने उनकी सारी सम्पत्ति समाप्त कर दी, लेकिन अरिवत्तयार ने दूसरों के खेतों से मज़दूरी कमाकर भगवान को उसी सामग्री का अर्पण जारी रखा।

अपने परिवार समेत वे स्वयं घटिया चावल खाते थे, लेकिन भगवान को सबसे अच्छा चावल अर्पित करते थे। लेकिन एक समय आया जब केवल लाल चावल ही बच रहा। तब अरिवत्तयार चावल खाना बन्द कर अपने बग़ीचे की साग-सब्ज़ियों से अपना पेट भरने लगे, और चावल शिव को अर्पित करते रहे। एक दिन जब वे रोज़ की तरह भोजन-समग्री लेकर मन्दिर जा रहे थे, तो कमज़ोरी की वजह से उनके पैर डगमगा गये और वे वहीं गिर पड़े। उनके हाथ का भोजन भी ज़मीन पर बिखर गया।

वे बुरी तरह रो पड़े और बोले, "हे प्रभु, अगर यह सच है कि आप सर्वव्यापी हैं, तो आप इस समय इस जगह पर भी होंगे। प्रार्थना करता हूँ कि इस भोजन को स्वीकार करें जो ज़मीन पर गिर गया है। अगर आप इसको ग्रहण नहीं करेंगे तो मैं अपने प्राण त्याग दूँगा।"

ऐसा कहते हुए उन्होंने अपना हँसिया निकाला और उससे अपने गले को रेतने लगे। तभी उनको किसी के द्वारा आम का अचार चबाये जाने का स्वर सुनायी दिया। इसी के साथ उस पवित्र हाथ ने उनके हाथ से हँसिया छीनकर उनको अपने प्राण लेने से रोक दिया।

ॐ ॐ ॐ

मूर्ति नयनार शिव की प्रतिमा पर प्रतिदिन चन्दन का लेप कर उसकी पूजा किया करते थे। एक समय आया जब राज्य पर एक जैन राजा का शासन हो गया और उसने शिव के उपासकों का दमन करना शुरू कर दिया। मूर्ति नयनार ने बिना विचलित हुए अपनी उपासना ज़ारी रखी। उनका धर्म परिवर्तन कराने के उद्देश्य से राजा ने राज्य में चन्दन की लकड़ी के उपयोग पर प्रतिबन्ध लगा दिया। मूर्ति ने भगवान शिव से एक ऐसा राजा देने की प्रार्थना की जो शिव के उपासकों का हितचिन्तक हो। उनके पास जितनी भी चन्दन की लकड़ी थी वह धीरे-धीरे समाप्त होती गयी और एक दिन आया जब उनके पास पूजा करने के लिए लकड़ी का एक छोटा-सा टुकड़ा भी नहीं बचा। उन्होंने पूरा नगर छान डाला लेकिन उनको कहीं से भी चन्दन की लकड़ी का छोटा-सा भी टुकड़ा नहीं मिल सका।

जब पूजा का समय आया, तो उन्होंने मन्दिर में जाकर निराश मन से चन्दन की जगह अपनी कुहनी को घिसना शुरू कर दिया। उससे तेजी से ख़ून बहने लगा। भगवान शिव प्रकट हुए, उन्होंने मूर्ति को रोककर कहा कि वे उनके उत्सर्ग को स्वीकार करते हैं और वे उस राज्य के राजा होंगे। उसी रात वह दुष्ट राजा मर गया, और जैसा कि वहाँ का रिवाज़ था, मन्त्रियों ने महल के हाथी को राजा का उत्तराधिकारी चुनने के लिए भेज दिया। हाथी बिना चूके सीधे मन्दिर में पहुँचा और मूर्ति नयनार को देखकर उनके सामने झुका और उनको पीठ पर बिठाकर राजमहल में वापस ले आया। मन्त्रियों ने मूर्ति से राजगद्दी स्वीकार करने का अनुरोध किया। वे तैयार हो गये, लेकिन उन्होंने कुछ शर्तें रखीं। उन्होंने कहा कि उनका अभिषेक इत्रों से नहीं बल्कि राख से किया जाए, वे कोई आभूषण नहीं पहनेंगे बल्कि केवल रुद्राक्ष की माला पहनेंगे, और उनका जटाजूट ही उनका मुकुट होगा। मन्त्रीगण सहमत हुए। मूर्ति राजा बन गये, और राज्य में एक बार फिर से शैव धर्म फलने-फूलने लगा।

ॐ ॐ ॐ

चन्देश्वर नयनार बचपन से ही प्रतिभाशाली थे। एक दिन वे एक ग्वाले के हाथों एक गाय को पिटते हुए देखकर इतने दुखी हुए कि उन्होंने स्वयं ही ग्वाले के रूप में गाँव को वालों अपनी सेवाएँ देने निश्चय कर लिया। बालक की देखरेख में गायें ख़ूब हृष्टपुष्ट होने लगीं और स्वेच्छापूर्वक भरपूर दूध देनें लगीं। दूध इतना ज़्यादा होता था कि बालक प्रतिदिन नदी किनारे मिट्टी का शिवलिंग बनाकर उस पर दूध चढ़ाया करता था। एक दिन उसके पिता ने उसको यह कृत्य करते हुए देखा, और गुस्से में आकर उस शिवलिंग को पैर की ठोकर मारकर गिरा दिया। बच्चे ने सिर उठाकर देखा तो पाया कि यह उसके अपने पिता हैं जिन्होंने उसकी पूजा भंग की है।

उसने एक लकड़ी उठायी जो तुरन्त एक कुल्हाड़ी में बदल गयी, और उस कुल्हाड़ी से अपने पिता के पैर काट डाले। उसने अपनी पूजा ज़ारी रखी, बिना इस ओर ध्यान दिये

कि उसके पिता ज़मीन पर पड़े हुए हैं।

भगवान प्रकट हुए और उन्होंने उसकी उस चरम भक्ति-भावना के लिए उसको आशीर्वाद दिया, जो लिंग के अपमान को सह नहीं सकती थी और जो किसी भी तरह के निजी ममत्व को उसकी आस्था के मार्ग में आने की छूट नहीं देती थी।

ॐ ॐ ॐ

शक्यिार एक शैव थे जो हालाँकि बाद में बौद्ध भिक्षु हो गये थे, लेकिन शिव के प्रति उनके हृदय में बसा हुआ प्रेम नष्ट नहीं हो सका था। हालाँकि वे अपना बौद्ध चोला नहीं बदलते थे, लेकिन भिक्षा के लिए जाते समय शिवलिंग की पूजा किया करते थे। उनके रास्ते में एक शिवलिंग पड़ता था जिस पर वे प्रतिदिन एक पत्थर फेंकते हुए भगवान शिव को अपनी पूजा अर्पित करते थे। उनके इस अजीबो-ग़रीब क़िस्म के पुष्प-अर्पण के नतीजे में उस उजाड़ स्थान पर पत्थरों का ढेर इकट्ठा हो गया। उन्होंने अपनी इस अनूठी उपासना का तरीक़ा नियमित रूप से जारी रखा। पत्थर फेंकने का यह कृत्य प्रेम से रंजित होता गया और भगवान ने उसको इसी रूप में स्वीकार भी किया। एक बार भोजन करते हुए उनको याद आया कि आज उन्होंने भगवान को अपनी रोज़मर्रा पूजा अर्पित नहीं की है, और भोजन छोड़कर शिवलिंग की ओर भागे। जैसे ही उन्होंने पत्थर फेंका, भगवान ने प्रकट होकर उनको आशीर्वाद दे दिया।

ॐ ॐ ॐ

शिरुथोण्डा नयनार एक ऐसे भक्त थे जो किसी शिव-भक्त को भोजन कराये बिना स्वयं भोजन नहीं करते थे। एक बार भोजन के ठीक पहले शिव एक भक्त के वेश में उनके पास जा पहुँचे। शिरुथोण्डा ने प्रसन्न होकर उनसे आसन ग्रहण करने को कहा। शिव ने कहा कि उन्होंने प्रण ले रखा है कि वे हर छह महीने में एक बार पाँच वर्ष के किसी ऐसे बच्चे का मांस खाएँगे जो अपने माता-पिता की इकलौती सन्तान हो, और आज वह वक़्त आ चुका है।

शिरुथोण्डा ने पाया कि उनका बेटा इन दोनों शर्तों को पूरा करता है, और वे ज़रा भी हिचकिचाये बिना उनकी शर्तों को मानने को तैयार हो गये। उनकी पत्नी ने भी सहमत होते हुए कहा कि यह उनका बड़ा सौभाग्य है कि उनको इस रूप में एक शिव-भक्त की सेवा करने का अवसर मिल रहा है। मासूम बच्चे को लाकर प्रेमपूर्वक माँ की गोद में बिठाल दिया गया। पिता ने बच्चे का सिर काटा, और उसका मांस पकाकर अतिथि को परोस दिया गया। शिव-भक्त ने आग्रह किया कि मेज़बान भी उसके साथ बैठकर भोजन करे, इसलिए शिरुथोण्डा भी अपने इकलौते बेटे के मांस के उस भोज में शामिल होने बैठ गये। फिर उनके उस कठिन अतिथि ने आग्रह किया कि मेज़बान का पुत्र भी उनके साथ भोजन करने बैठे।

शिरुथोण्डा ने हकलाते हुए क्षमा-याचना की, लेकिन अतिथि ने आग्रह किया कि उनकी पत्नी रसोई से बाहर जाकर अपने बेटे को पुकारे। बच्चे को पुकार लगायी गयी और चकित माँ-बाप ने देखा कि उनका बेटा पुकार सुनते ही भागकर आ गया है। जब वे बच्चे को लेकर वापस रसोई में पहुँचे तो वह जगह सुनसान पड़ी हुई थी। न तो वह भिक्षुक ही वहाँ पर था न वह मांस था। तब उनको अहसास हुआ कि ये स्वयं भगवान थे जिन्होंने उनकी इस पराकाष्ठा पर ले जाकर परीक्षा ली थी।

ॐ नमः शिवाय

आत्मा स्वयम्भू है, विश्वव्यापी है - निष्कलुष।
वह संकल्पना और पाप की सीमा से परे है।
उसका कोई रूप या देह नहीं है और
इसलिए उसको किन्हीं शस्त्रों से
आघात नहीं पहुँचाया जा सकता।
यही आत्मा अपने निजी या वैयक्तीकृत रूप में ईश्वर है -
वह जो सर्वज्ञ और सम्पूर्ण है।
वह सन्तों और द्रष्टाओं का प्रेरक है।
वह सर्वशक्तिमान और अन्तिम आश्रय तथा
कर्मों के फल देने वाला है।

जो आत्मा के इस सत्य को नहीं जानता और
इन्द्रियों के मोहपाश मे बँधा जीवन को जिये चला जाता है,
वह घोर अँधेरे गर्त में गिरता है।
लेकिन जो आत्मा के इस सत्य को जानते हुए भी
इन्द्रियों के पाश में बँधा रहता है
वह उससे भी अधिक गहरे अँधेरे गर्त में गिरता है।

—चन्द्रमौलीश्वर सरस्वती की
कृति 'द वेदाज़' से

ॐ

शाश्वताय नमः!

अध्याय 28

स्त्री भक्त

वह जो यह कहती हुई कि
'मैं भगवान के पवित्र पर्वत पर अपने पैर नहीं रखूँगी,'
पैरों को आकाश की ओर उठाये,
अपने दोनों हाथों के बल चलती गयी थी,
वह जिसको रक्तिम-सुनहरी काया वाले प्रभु से
'मेरी माँ' का सम्बोधन सुनने का सौभाग्य प्राप्त हुआ था,
जब उमा इस दृश्य को देखकर हँस पड़ीं थीं,
वह उस करैक्कल कुटुम्ब की निधि हैं,
जहाँ वृक्षों की शाखाओं से शुद्ध मधु टपकता है।

—सन्त नम्बियन्दर नाम्बी

एक धनी व्यापारी की बेटी पुनीतवती एक पतिव्रता स्त्री थी। एक बार उसके पति ने बाज़ार से दो आम भेजते हुए उसको सन्देश भिजवाया कि वे आम उसके दोपहर के भोजन के लिए सुरक्षित रखे जाएँ। इस बीच घर में एक अतिथि आया और उसने एक आम उसको खिला दिया। जब पति घर आया, तो दूसरा आम उसने उसको दे दिया। वह इतना मीठा था कि उसने दूसरा आम लाने को कहा। वह दुविधा में पड़ गयी और उसको सच बताने की हिम्मत नहीं जुटा पायी, क्योंकि उसको लगा कि यह सुनकर वह नाराज़ हो जायेगा कि उसने दूसरा आम अतिथि को खिला दिया है। उसने भगवान के पास जाकर उनसे सहायता की प्रार्थना की। उन्होंने उसको एक आम दिया जिसको उसने काटकर प्रसन्नतापूर्वक पति के सामने रख दिया। लेकिन यह आम सचमुच ही अलौकिक था, इसलिए उसके पति ने पूछा कि वह उसको कहाँ से मिला है। उसको सच्चाई बतानी ही पड़ी। पति ने उसकी बात पर विश्वास नहीं किया और उससे कहा कि वह वहीं से एक और आम लाकर दे। उसने प्रार्थना-गृह में जाकर भगवान से अनुनय किया कि वे उसको एक झूठी स्त्री के रूप में बदनाम होने से बचा लें। उन्होंने उसको एक और आम दे दिया। जब उसके पति ने यह चमत्कार देखा, तो उसे लगा कि उसकी पत्नी कोई देवी है, और इस कारण उसने यह

सोचते हुए उसका त्याग कर दिया कि उसके साथ यौन-सम्बन्ध रखना पापकर्म होगा। वह व्यापार के लिए यात्रा पर चला गया और उसके बाद कभी उसके पास वापस नहीं लौटा।

जब वह यात्रा से वापस लौटा, तो वह देश के दूसरे किसी हिस्से में बस गया। उसने एक अन्य स्त्री से विवाह कर लिया, जिसके गर्भ से उनके यहाँ एक बेटी का जन्म हुआ, जिसका नाम उसने अपनी पहली पत्नी के नाम पर पुनीतवती रख दिया। जल्दी ही उसकी पहली पत्नी पुनीतवती के माँ-बाप को उसका पता-ठिकाना मालूम पड़ गया। वे अपनी बेटी को लेकर उसके पास पहुँच गये और उससे बोले कि वह उसको वापस अपने घर में रखे। पुनीतवती को देखते ही वह उसके पैरों पर गिरकर माफ़ी माँगने लगा। उसने पुनीतवती के नाराज़ माता-पिता को स्पष्ट किया कि उसकी दृष्टि में पुनीतवती एक देवी है और इसलिए वह उसको अपनी पत्नी के रूप में नहीं बरत सकता।

जब पुनीतवती ने यह सुना, तो उसने अनुभव किया कि सारे सांसारिक सम्बन्ध बन्धन हैं, और जिनके साथ उसका वास्तविक रिश्ता है वे केवल भगवान शिव ही हैं। अपने सच्चे स्वामी से मिलने के उद्देश्य से उसने कैलाश पर्वत पर जाने का निश्चय किया। जब वह पर्वत पर पहुँची, तो उसको उस पवित्र भूमि पर पैरों से चलने का विचार असहनीय लगा, इसलिए वह अपने हाथों के बल पर्वत पर चढ़ने लगी। पर्वत शिखर तक पहुँचते-पहुँचते वह हड्डियों का ढाँचा रह गयी, और पार्वती उस भुतही-सी आकृति को क़रीब आते देख हँस पड़ीं।

शिव ने पार्वती को डाँटते हुए कहा, "हे पार्वती, ध्यान दो! यह जो इस विचित्र ढंग से चढ़ती चली आ रही है, वह माँ है, जो हमको दुलार करती है।" जब वह उनके क़रीब जा पहुँची, तो शिव उसको पुकार उठे, "हे माँ!" जवाब में पुनीतवती ने रोते हुए कहा, "हे पिता" और ऐसा कहते हुए वह उनके पैरों पर गिर पड़ी।

शिव ने उससे मनचाहा वरदान माँगे को कहा, जिस पर उसने उनके प्रति अपने अमर प्रेम का वरदान माँगा। फिर उन्होंने उससे घर लौट जाने का और उनका ताण्डव देखकर उनकी महिमा के गीत गाने को कहा। यही काम उसने जीवनपर्यन्त, शिव-लोक में बुला लिये जाने के क्षण तक जारी रखा। वह शिव के भक्तों में एकमात्र ऐसी थी जिसको कैलाश की यात्रा के बाद अपने घर लौट जाने का सौभाग्य प्राप्त हो सका।

ॐ ॐ ॐ

सुन्दरार की माँ इसई-ज्ञानियार और मदुरई की रानी मंगयर्क्करासी, जिनको जैनों से शास्त्रार्थ करने के लिए सम्बन्दर को मदुरई ले जाने का श्रेय प्राप्त है, ऐसी दो अन्य स्त्री सन्त हैं जिनका उल्लेख सेक्किज़ार ने अपनी कृति *पेरिया पुराणम्* में किया है।

ॐ ॐ ॐ

अप्पार की बहन तिलकवती ने अपनी ही सामर्थ्य से सन्त का दर्जा प्राप्त किया। उनकी मदद के बिना अप्पार को दुनिया में कोई नहीं जान पाता। वे उनकी एकमात्र सम्बन्धी थीं,

और उन्हीं ने उनको पाला तथा अकाल मृत्यु से उनकी रक्षा की।

उनकी मँगनी एक योद्धा से हुई थी, लेकिन उनका विवाह होने के पहले ही उनके माता-पिता चल बसे थे। इसके बाद जल्दी ही उनका मंगेतर भी युद्ध में मारा गया। उसकी मृत्यु होने पर उन्होंने भी मर जाने का निश्चय कर लिया, लेकिन छोटे भाई अप्पार के इस अनुरोध पर कि वे उनकी ख़ातिर जिएँ, उन्होंने मरने का विचार त्याग दिया और उनका पालन-पोषण किया। जब उनके भाई ने जैन धर्म अपनाने का निश्चय किया, तो उनका दिल बुरी तरह से टूट गया। उन्होंने स्वयं को पूरी तरह से भगवान शिव के प्रति समर्पित कर दिया और अपने दिन पूजा-पाठ में बिताने लगीं। उन्होंने भगवान से प्रार्थना की कि वे उनके भाई को जैनों के चंगुल से छुड़ाएँ। कहते हैं कि भगवान शिव ने उनकी प्रार्थना सुनी और, जैसा कि हम देख चुके हैं, उन्होंने अप्पार को उस गम्भीर उदर रोग से पीड़ित कर दिया जिसको जैन भिक्षु ठीक नहीं कर सके। उनको अपनी बहन की शरण लेनी पड़ी, जिसने पंचाक्षरी मन्त्र का जाप कर और उनकी देह पर पवित्र भभूत मलकर उनको पूरी तरह से चंगा कर दिया। इसके बाद उन्होंने उनसे भगवान शिव के मन्दिर में जाकर प्रभु से क्षमा माँगने को कहा। अप्पार की कहानी में हम देख ही चुके हैं कि इसके बाद उनका क्या हुआ। इस प्रकार उनकी बहन, जो उनकी माँ और पिता तो पहले से ही थी, अब उनकी गुरु भी बन गयी। उसने न सिर्फ़ उनके शारीरिक रोग को दूर किया बल्कि उनको आध्यात्मिक मुक्ति भी प्रदान की। वे सचमुच ही एक नारी-रत्न थीं।

ॐ ॐ ॐ

एक अन्य स्त्री सन्त नीलांकर नामक एक ब्राह्मण की पत्नी थी, जिसका नाम हमें ज्ञात नहीं है। वह रोज अपने पति के साथ शिव मन्दिर जाकर उनके साथ पूजा किया करती थी। एक दिन जब उसका पति ध्यानमग्न होकर पंचाक्षरी मन्त्र का जाप कर रहा था, तभी उसने शिवलिंग पर एक मकड़ी को गिरते देखा। अपनी मातृवत भावना से प्रेरित होकर, उसने कोई सोच विचार किये बग़ैर मकड़ी को फूँक मारकर अलग कर दिया। यह देखकर उसके पति को गहरा झटका लगा। किसी देव-प्रतिमा को फूँक नहीं मारना चाहिए क्योंकि वह हमारे थूक के छींटे पड़ने से दूषित हो जाती है। इस मूर्खता के लिए वह उन पर बहुत बरसा और घोषणा कर दी कि वह उनको अब अपने घर में नहीं रखेगा। बेचारी स्त्री को मन्दिर में ही रात बिताने पर विवश होना पड़ा। उसी रात उसके पति ने सपना देखा जिसमें शिव ने प्रकट होकर अपना शरीर दिखाया जिसमें पूरी तरह से ज़हर फैल चुका था। केवल उतना ही हिस्सा ज़हर के प्रभाव से बच रहा था जिस पर वह मकड़ी गिरी थी, जिसको उसकी पत्नी ने फूँक मारकर झड़ा दिया था। कहने की आवश्यकता नहीं कि मूर्ख पति भागता हुआ तुरन्त मन्दिर पहुँचा और अपनी पत्नी से वापस घर चलने का अनुरोध करने लगा। उसकी पत्नी ने बिना सोचे-विचारे जो कुछ किया था, वह पूरी तरह से उसके मातृवत अनुराग से प्रेरित था, और भगवान ने उसको उसी रूप में लिया था। हम देखते हैं कि शिव के मित्र, पुत्र और सेवक तो थे, लेकिन यह पहली बार था जब उनको, जो

किसी स्त्री के गर्भ से पैदा नहीं हुए थे, एक माँ भी मिल गयी।

निश्चय ही, इन सारी स्त्रियों के कर्म उस महान त्याग के सामने फीके पड़ जाते हैं जो त्याग शिरुथोण्डा नयनार की पत्नी ने किया था। जैसा कि हमने उसकी कथा में देखा, वह अपने इकलौते बेटे को अपनी गोद में रखकर बैठ गयी थी ताकि उसका पति बच्चे का सिर आसानी से काट सके! उसने बिना पलक झपकाये उन तथाकथित शिवभक्त के लिए अपने बच्चे का मांस पकाया और परोसा भी था। ऐसा उत्सर्ग असाधारण है, और स्त्री सन्तों के हमारे इस लेखे में उसका महत्त्वपूर्ण स्थान है।

ॐ ॐ ॐ

हम इस पर ताज्जुब कर सकते हैं कि शिव अपने भक्तों के ऐसे हृदयहीन प्रतीत होने वाले आचरण को कैसे स्वीकृति दे सकते हैं। कोई भी संस्कृति और धर्म उसके अनुयायियों की उदासीनता और असंवेदनशीलता की वजह से नष्ट होते हैं, उनके अतिरेक से नहीं होते। शैव हमेशा से अपनी उस आक्रामकता के लिए जाने जाते रहे हैं जिसके सहारे वे शिव के प्रति अपनी उत्कट भक्ति को व्यक्त करते हैं, और शिव इस आक्रामकता को पसन्द करते लगते हैं। भगवान विष्णु के भक्त, लेकिन, अपने उस प्रशान्त, शान्तिप्रिय स्वभाव के लिए जाने जाते रहे हैं, जो स्वयं भगवान विष्णु के स्वभाव के अनुरूप है। हिन्दू धर्म में तमाम तरह के स्वभावों को स्वीकार करने की अद्भुत सामर्थ्य है, और वह बिना किसी कठिनाई के अलग-अलग तरह के लोगों को उनके अपने स्वभाव के सबसे क़रीब बैठने वाले मार्ग चुनने की सुविधा देता है। ऐसा कोई तयशुदा नियम या आचरण-संहिता नहीं है जिनका पालन करना निरपवाद रूप से तमाम मनुष्यों के लिए अनिवार्य हो। ईश्वर के कोई ख़ास चहेते नहीं हैं। वह सबसे ऊपर जिस चीज़ को महत्त्व देता है वह है भक्ति के पीछे निहित भावना।

ऐसे अनेकानेक और भी सन्त हैं जिनका उल्लेख *पेरिया पुराणम्* में किया गया है और जिनके नामों के गीत आज भी तमिलनाडु में गाये जाते हैं। स्थान की कमी के कारण हमने इनमें से कुछ का ही ज़िक्र किया है। इस पुस्तक का समापन हम थॉमस मेरटॉन के इन शब्दों के साथ करेंगे : 'योगी (रहस्यवादी) वह होता है जो प्रेम की उस शक्ति के समक्ष समर्पण कर देता है जो मनुष्य से बड़ी होती है। वह एक ऐसे अन्धकार में ईश्वर की ओर बढ़ता है जो मनुष्य की तर्कबुद्धि और अवधारणात्मक ज्ञान की रोशनी के परे है। जब हम योग (रहस्यवाद) के बारे में बात करते हैं, तो हम उस इलाक़े के बारे में बात कर रहे होते हैं जहाँ पर मनुष्य पूरी तरह से अपने खुद के जीवन, खुद के मस्तिष्क, खुद की इच्छा के नियन्त्रण में नहीं होता। तब भी इसी के साथ-साथ उसका समर्पण एक ऐसे ईश्वर के प्रति होता है जो उसको अपने स्वत्व से कहीं ज़्यादा आत्मीय महसूस होता है।"

भक्त सिद्धि की उस पराकाष्ठा पर पहुँच जाता है जहाँ उसके मन में जीवन पर नियन्त्रण की इच्छा भी नहीं रह जाती। उसका कोई स्वतन्त्र जीवन या बुद्धि या इच्छा नहीं रह जाती। उसने अपने शरीर, मन और आत्मा को अपने अस्तित्व के उस मर्म को सौंप दिया होता है, जो स्वयं ईश्वर है, और इस प्रकार वह इस पर सन्तोष करने लगता है कि

ईश्वर का अनुग्रह और मनीषा उसको अपनी दिव्य करुणा की लहरों के सहारे अस्तित्व के सुदूर तट तक बहा ले जाएँगे। सम्पूर्ण समर्पण के इस मार्ग में न किसी पतन की गुंजाइश रह जाती है, न किसी भूल की, क्योंकि उसके अस्तित्व का नियन्ता, उसका सच्चा प्रेमी, उसकी सारी मुश्किलें दूर करता है।

ॐ नमः शिवाय

मुझमें न घृणा है न लगाव है,
न लोभ है न आसक्ति है।
मुझमें न अहंकार है, न होड़ की भावना है,
मैं कर्त्तव्य, सम्पत्ति, संवेग,
या मुक्ति किसी भी चीज़ के पीछे नहीं भागता हूँ।
मैं चेतना का सत्व और परम आनन्द हूँ –
शिवोऽहम्! शिवोऽहम्!

—आदि शंकराचार्य
द्वारा रचित 'निर्वाणशतकम्' से

हम प्रणाम करते हैं आपको जो अगोचर भी हैं
और विभिन्न रूपों में गोचर भी हैं।
हम प्रणाम करते हैं आपको जो उत्तम में भी अभिव्यक्त हैं
और अधम में भी। हम प्रणाम करते हैं आपको
जो उपस्थित हैं उनमें जो रथों पर सवार हैं और
उनमें भी जो उनपर सवार नहीं हैं।
हम प्रणाम करते हैं आपको जो रथ भी हैं और
रथों के मालिक भी हैं।

—श्री रुद्रम्, यजुर्वेद

दिनोंदिन मनुष्य मृत्यु के निकट पहुँचता जाता है,
छीजता जाता है उसका यौवन।
जल की तरंगों की तरह है सौभाग्य की देवी।
बिजली की तरह चंचल है जीवन स्वयं ही।
हे शिव! हे आश्रयदाता!
रक्षा करें मेरी जिसने आपके चरणों में शरण ली है।

—आदि शंकराचार्य

ॐ

अनन्ताय नमः!

उपसंहार

हम प्रणाम करते हैं उस आनन्द के स्रोत को जो
लौकिक भी है और अलौकिक भी।
हम प्रणाम करते हैं उस कल्याणकारी को,
जो किसी भी वस्तु से अधिक कल्याणकारी है।
हम प्रणाम करते हैं उसको जो उपस्थित है
पवित्र नदियों में और उनके तटों पर स्थापित प्रतिमाओं में।

—श्री रुद्रम्, यजुर्वेद

वेद दर्शन के विशाल भण्डार हैं; मानव-सभ्यता के लिए ज्ञात प्राचीनतम आध्यात्मिक व्याख्याओं के विशाल भण्डार। वे हिन्दू दर्शन की आधारशिलाएँ हैं उनकी संख्या चार है : *ऋग्वेद, यजुर्वेद, सामवेद और अथर्ववेद।* इनमें से प्रथम तीन सबसे ज़्यादा महत्त्वपूर्ण माने जाते हैं। इन तीनों में *यजुर्वेद* का स्थान मध्य का है। भगवान शिव के लिए समर्पित सूक्त "श्री रुद्रम्" इस वेद के सात अध्यायों में के मध्य में आता है। शिव का पंचाक्षरी मन्त्र "श्री रुद्रम्" के मध्य में आता है। शिव का नाम पंचाक्षरी मन्त्र के मध्य में आता है। इस प्रकार "श्री रुद्रम्" को वेद-पुरुष का नेत्र माना जाना है, जो कि भगवान शिव हैं। तब पंचाक्षरी मन्त्र को इस नेत्र की पुतली कहा जा सकता है। "श्री रुद्रम्" का पाठ समस्त यज्ञों में किया जाता है। शिव के ग्यारह रुद्र रूप हैं, और इन यज्ञों में ग्यारह पुरोहित पवित्र जल के ग्यारह कलशों में भगवान शिव का आह्वान करते हुए "श्री रुद्रम्" का ग्यारह बार उच्चारण करते हैं। शिव भूतेश्वर, अर्थात पाँच तत्त्वों (पंचभूतों) के स्वामी, भी हैं। इसलिए मन्त्र के पाँच अक्षर इन पाँच तत्त्वों के प्रतीक भी हैं। जब इस मन्त्र का उच्चारण किया जाता है, तो यह हमें क्रमशः पृथ्वी के स्थूल तत्त्व से सूक्ष्म तत्त्वों की, और अन्ततः उस परम ईश्वर की दिशा में ले जाता है, जो यहाँ पर शिव के रूप में ज्ञात है। इस प्रकार हम अपने अध्यायों का समापन इस अनूठे मन्त्र के साथ करते हैं, जिसके उच्चारण से सारे मनुष्य जन्म-मरण के चक्र से मुक्ति प्राप्त करेंगे।

हम शिव-लीला की इस पुस्तक का अन्त सभी पाठकों के लिए भगवान शिव के पंचाक्षरी मन्त्र, "न-म-शि-वा-य," की व्याख्या के साथ कर रहे हैं। यह मन्त्र हमेशा प्रणव मन्त्र (ॐ) के तुरन्त बाद आता है। सम्पूर्ण मन्त्र "ॐ नमःशिवाय" है। जो लोग शिव के

प्रति सच्ची श्रद्धा और भक्ति के साथ इस मन्त्र का जाप करेंगे वे निस्सन्देह भगवान के अनुग्रहपात्र बनकर समस्त सुख, समृद्धि और मोक्ष प्राप्त करेंगे।

आमतौर से सारी पूजाओं का समापन शिव की आरती उतारते हुए किया जाता है। शिवलिंग की आरती उतारते हुए एक छोटा-सा छन्द गाया जाता है। मेरी यह पुस्तक स्वयं ही मेरे त्रिनेत्र प्रभु वनमाली की पूजा है। इसलिए हम इसका समापन भगवान शिव की उसी आरती से करते हैं :

कर्पूरगौरम करुणावतारम्।
संसारसारं भुजगेन्द्रहारम्।।
सदावसन्तं हृदयारविन्दे।
भवं भवानि सहितं नमामि।।

(मैं पार्वती सहित उन शिव को नमन करता (करती) हूँ,
जो सदा मेरे हृदय-कमल में वास करते हैं,
जो कपूर की भाँति गौरवर्ण हैं और करुणा के अवतार हैं,
जो संसार का सत्त्व हैं और जो सर्पराज को
अपने कण्ठ में हार की तरह धारण करते हैं।)

—यजुर्वेद

ॐ नमः शिवाय

हरि ॐ तत् सत्

भगवान शिव के पूजन की विधि

अब सुगन्धित पुष्प, धूपबत्ती, दीपक,
भगवान के स्नान के लिए सामग्री,
इन वस्तुओं को हाथ में ले मैं किसी अच्छे-से स्थान पर जाता
हूँ और भगवान के लिए आसन तैयार करता हूँ।
उस पर उनकी प्रतिमा स्थापित करता हूँ और
ध्यान करता हूँ उनके रूप का और
उस प्रकाश का जो कि ईश्वर है।
आह्वान करता हूँ उनका कि वे अवतरित होकर
प्रतिमा में व्याप्त हों
गहरी भक्ति-भावना से उनकी पूजा करता हूँ
पुष्पों, गीतों और कीर्तन के साथ
आस्थापूर्वक सारे धार्मिक अनुष्ठानों का निष्पादन करते हुए।
जो लोग नित्य ये अनुष्ठान करेंगे
वे भगवान के पार्श्व में स्थित होंगे।

—शिव-ज्ञान सिद्धियार

विश्व-शान्ति के लिए वेद का आह्वान

ॐ सर्वेषां स्वस्तिर्भवतु।
सर्वेषां शान्तिर्भवतु।
सर्वेषां पूर्णंभवतु।
सर्वेषां मंगलंभवतु।।
ॐ सर्वे भवन्तु सुखिनः।
सर्वे सन्तु निरामयाः।
सर्वे भद्राणि पश्यन्तु।
मा कश्चित दुःख भाग्भवेत्।।

सभी स्वस्थ हों।
सभी को शान्ति प्राप्त हो।
सभी सन्तुष्ट हों।
सभी मंगलमय हों।
सभी सुखी हों।
सभी रोगमुक्त हों।
सभी को केवल कल्याणप्रद के दर्शन हों।
कोई भी दुखी न हो।

ॐ ॐ ॐ

ॐ असतो मा सद्गमय।
तमसो मा ज्योतिर्गमय।
मृत्योर्मा अमृतं गमय।।

मुझको असत्य से सत्य की ओर ले चलो।
मुझको अन्धकार से प्रकाश की ओर ले चलो।
मुझको मृत्यु से अमरता की ओर ले चलो।

ॐ ॐ ॐ

ॐ पूर्णमदः पूर्णमिदं पूर्णात् पूर्णमुदच्यते।
पूर्णस्य पूर्णमादाय पूर्णमेवावशिष्यते।।
ॐ शान्तिः शान्तिः शान्तिः।।

वह पूर्ण है और यह भी पूर्ण है, पूर्ण से पूर्ण की उत्पत्ति है।
पूर्ण से पूर्ण को घटा देने पर केवल पूर्ण ही शेष रहता है।।
ॐ शान्ति! शान्ति! शान्ति!

भगवान शिव के नाम

1. आदि पुरुष
2. अर्द्धनारीश्वर (आधे पुरुष और आधे नारी-रूप ईश्वर)
3. आशुतोष (जिसको तत्काल सन्तुष्ट किया जा सके)
4. भैरव (भयावह, जिसके हाथ में रक्तरंजित तलवार है)
5. भव (शाश्वत सत्ता; उद्गम; उत्स)
6. भोला (सरल हृदय)
7. भूतेश्वर (पंचभूतों या पंचतत्त्वों के स्वामी)
8. चन्द्रचूड़ (जो अपने केशों में द्वितीया के चन्द्रमा को धारण करता है)
9. चन्द्रशेखर (जो अपने केशों में द्वितीया के चन्द्रमा को धारण करता है)
10. दक्षिणामूर्ति (अलौकिक गुरु; जिसका मुख दक्षिण दिशा की ओर है)
11. गंगाधर (गंगा को धारण करने वाला)
12. गिरीश (पर्वतों का स्वामी)
13. गुहेश (गुफाओं का स्वामी)
14. हर (जगत के दुखों और अनिष्टों का निवारण करने वाला)
15. ईशान (विश्व का सर्वोच्च ईश्वर)
16. कालकान्त (समय को निगल जाने वाला)
17. कपालिन् (जिसके हाथ में कपाल, अर्थात खोपड़ी है)
18. किरात (शिकारी)
19. कृत्तिवास (जो पशुओं की खाल पहनता है)
20. महादेव
21. महायोगी
22. महेश्वर
23. नागेश्वर
24. नटराज (अलौकिक नर्तक)
25. नटेश (नृत्य-सम्राट)
26. नीलकण्ठ
27. पशुपति (प्राणियों स्वामी; अलौकिक चरवाहा)
28. रुद्र (प्रचण्ड क्रोध से भरा हुआ)

29. सदाशिव
30. शम्भुनाथ (समृद्धि और सफलता प्रदान करने वाला)
31. शंकर (वात्सल्य से भरा हुआ और सुख देने वाला)
32. सर्व (ब्रह्माण्डीय धनुर्धारी)
33. शिव (मंगलमय)
34. सोमसुन्दर (चन्द्रमा के समान सुन्दर)
35. सोमनाथ (सोम नामक पवित्र औषधि का स्वामी)
36. सुन्दरमूर्ति
37. त्रिपुरान्तक (तीन नगरों के दानवों का वध करने वाला)
38. त्र्यम्बक (तीन आँखों वाला)
39. वैद्य (वेदों का रक्षक; चिकित्सक)
40. वैद्यनाथ (वैद्यों का स्वामी)
41. वेद-पुरुष (वेदों का सर्वोच्च पुरुष)
42. वीरेश्वर (युद्ध-कला का स्वामी)
43. विरूपाक्ष (विचित्र नेत्रों वाला)
44. विश्वेश्वर

ॐ नमः शिवाय

अनुवादक के बारे में

मदन सोनी हिन्दी के लेखक हैं जो मुख्यतः साहित्यालोचना और अनुवाद के क्षेत्र में सक्रिय हैं। आलोचना पर केन्द्रित उनकी अनेक पुस्तकें प्रकाशित हैं तथा उन्होंने विश्व के कई शीर्षस्थ लेखकों और चिन्तकों की रचनाओं के अनुवाद किये हैं जिनमें शेक्सपीयर, लोर्का, नीत्शे, एडवर्ड बॉण्ड, मार्ग्रेट ड्यूरास, ज़ाक देरिदा, एडवर्ड डब्ल्यू सईद आदि शामिल हैं। हाल ही में उनके द्वारा अनूदित अम्बर्टो ईको का विश्वविख्यात उपन्यास *द नेम ऑफ़ द रोज़ (ख़ाली नाम गुलाब का)* प्रकाशित हुआ है। मंजुल प्रकाशन के लिए उन्होंने जो अनुवाद किये हैं उनमें हरमन हेस का उपन्यास *सिद्धार्थ*, नीरज कुमार की पुस्तक *डायल डी फ़ॉर डॉन* और एस. हुसैन ज़ैदी की पुस्तकें *डोंगरी टू दुबई (डोंगरी से दुबई तक)* तथा *बायकला टू बैंकॉक* शामिल हैं।

भोपाल स्थित राष्ट्रीय कला-केन्द्र भारत भवन के मुख्य प्रशासनिक अधिकारी के पद से सेवा-निवृत्त सोनी को अनेक सम्मान और पुरस्कार प्राप्त हुए हैं जिनमें मानव संसाधन विकास मंत्रालय, संस्कृति विभाग की वरिष्ठ अध्ययन वृत्ति और रज़ा फ़ाउण्डेशन पुरस्कार शामिल हैं। वे नान्त (फ़्रांस) के उच्च अध्ययन संस्थान के फ़ेलो भी रहे हैं।